ZHONGGUO XIAOSHUO
100 QIANG

中国小说100强(1978—2022)

下弦月

吕 新 著

北京联合出版公司
Beijing United Publishing Co.,Ltd.

图书在版编目（CIP）数据

下弦月 / 吕新著． -- 北京 ：北京联合出版公司，2023.9
（中国小说100强）
ISBN 978-7-5596-7021-2

Ⅰ.①下… Ⅱ.①吕… Ⅲ.①长篇小说－中国－当代 Ⅳ.①I227

中国国家版本馆CIP数据核字(2023)第106522号

下弦月

作　　者：吕　新
出 品 人：赵红仕
出版监制：张晓冬　范晓潮
责任编辑：管　文
特约编辑：和庚方　郭　漫
封面设计：武　一

北京联合出版公司出版
（北京市西城区德外大街83号楼9层　100088）
北京兴星伟业印刷有限公司印刷　新华书店经销
字数207千字　650毫米×920毫米　1/16　21.5印张
2023年9月第1版　2023年9月第1次印刷
ISBN 978-7-5596-7021-2
定价：68.00元

版权所有，侵权必究
未经书面许可，不得以任何方式转载、复制、翻印本书部分或全部内容。
本书若有质量问题，请与本公司图书销售中心联系调换。
电话：010-65868687

中国小说100强（1978—2022）丛书

编委会

丛书总策划

张　明　　著名出版人
张　英　　资深媒体人

编委主任

吴义勤　　中国作协副主席
　　　　　中国小说学会会长

编　委

吴义勤　　中国作协副主席、中国小说学会会长
宗仁发　　《作家》杂志主编
谢有顺　　中山大学教授、中国小说学会副会长
顾建平　　《小说选刊》副主编
张　英　　资深媒体人
文　欢　　作家、出版人

总　序

"中国小说100强"（1978—2022）是资深出版人张明先生和腾讯读书知名记者张英先生共同策划发起的一套大型文学丛书。他们邀请我和宗仁发、谢有顺、顾建平、文欢一起组成编委会，并特邀徐晨亮参与，经过认真研讨和多轮投票最终评定了100人的入选小说家目录。由于编委们大多都是长期在中国文学现场与中国文学一路同行的一线编辑、出版家、评论家和文学记者，可以说都是最专业的文学读者，因此，本套书对专业性的追求是理所当然的，编委们的个人趣味、审美爱好虽有不同，但对作家和文学本身的尊重、对小说艺术的尊重、对文学史和阅读史的尊重，决定了丛书编选的原则、方向和基本逻辑。

从文学史的角度来说，1978年以后开启的新时期文学是中国当代文学的黄金时代，不仅涌现了一批至今享誉世界的优秀作家，而且创造了许多脍炙人口的文学经典，并某种程度上改写了20世纪中国文学史的版图。而在中国新时期文学的经典家族中，小说和小说家无疑是艺术成就最高、影响力最大的部分。"中国小说100强"（1978—2022）就是试图将这个时期的具有经典性的小说家和中国小说的经典之作完整、系统地筛选和呈现出来，并以此构成对新时期文学史的某种回顾与重读、观察与评判。呈现在读者面前的这套丛书是对1978—2022年间中国当代小说发展历程的一次全面、系统的整体性回顾与检阅，是中国当代文学经典化的重要成果，从特定的角度集中展示了中国新时期文学在小说创作方面的巨大成就。需要说明的是，与1978—2022年新时期文学繁荣兴盛的局面相比，100位作家和100本书还远远不能涵盖中国当代小说的全貌，很多堪称经典的小说也许因为各种原因并未能进入。莫言、苏童、余华等作家本来都在编委投票评定的名单里，但因为他们已与某些出版社签下了专有出版合同，不允许其他出版社另出小说集，因而只能因不可抗原因而割爱，遗珠之憾实难避免，而且文学的审美本身也是多元的，我们的判断、评价、选择也许与有些读者的认知和判断是冲突的，但我们绝无把自己的标准强加于别人的意思。我们呈现的只是我们观察中国这个时期当代小说的一个角度、一种标准，我们坚持文学性、学术性、专业性、民间性，注重作家个体的生活体验、叙事能力和艺术功力，我们突破代际局限，老、中、青小说家都平等对待，王蒙、冯骥才、梁晓声、铁凝、阿来等名家名作蔚为大观，徐则臣、阿乙、弋舟、鲁敏、林森等新人新作也是目不暇接，我们特别关注文学的新生力量，尤其是近10年作品多次获国家大奖、市场人气爆棚的新生代小说家，我们禀持包容、开放、多元的审美立场，无论是专注用现实题材传达个人迥异驳杂人生经验、用心用情书写和表现时代精神的现实主义作家，还是执着于艺术探索和个体风格的实验性作家，在丛书里都是一视同仁。我们坚信我们是忠实于自己的艺术理想、艺术原则和艺术良心的，但我们并不认为自己的角度和标准是唯一的，我们期待并尊重各种各样的观察角度和文学判断。

当然，编选和出版"中国小说100强"（1978—2022）这套大型丛书，除了上述对文学史、小说史成就的整体呈现这一追求之外，我们还有更深远、更宏大的学术目标，那就是全力推进中国当代文学"经典化"的历程和"全民阅读·书香中国"建设。

从 1949 年发端的中国当代文学已经有了 70 多年的发展历程，但对这 70 多年文学的评价一直存在巨大的分歧，"极端的否定"与"极端的肯定"常常让我们看不到当代文学的真相。有人认为中国当代文学达到了前所未有的高度和水平。王蒙先生在法兰克福书展上就说：中国当代文学现在是有史以来最繁荣的时期。余秋雨、刘再复甚至认为中国当代文学的成就远远超过了现代文学。也有人极端否定中国当代文学，认为中国当代文学都是垃圾。他们认为现代文学要远远超过当代文学，中国当代文学连与现代文学比较的资格都没有。比如说，相对于鲁（迅）、郭（沫若）、茅（盾）、巴（金）、老（舍）、曹（禺）这样大师级的人物，中国当代作家都是渺小的侏儒，根本不能相提并论，两者比较就是对大师的亵渎。应该说，与对中国当代文学的肯定之声相比，对当代文学的否定和轻视显然更成气候、更为普遍也更有市场。尽管否定者各自的角度和出发点不同，但中国当代作家、作品与中外文学大师、文学经典之间不可比拟的巨大距离却是唱衰中国当代文学者的主要论据。这种判断通常沿着两个逻辑展开：一是对中外文学大师精神价值、道德价值和人格价值的夸大与拔高，对文学大师的不证自明的宗教化、神性化的崇拜。二是对文学经典的神秘化、神圣化、绝对化、空洞化的理解与阐释。在此，我们看到了一个非常有趣的悖论：当谈论经典作家和文学大师时我们总是仰视而崇拜，他们的局限我们要么视而不见要么宽容原谅，但当我们谈论身边作家和身边作品时，我们总是专注于其弱点和局限，反而对其优点视而不见。问题还不在于这种姿态本身的厚此薄彼与伦理偏见，而是这种姿态背后所蕴含的"当代虚无主义"。这种"虚无主义"的最大后果就是对当代作家作品"经典化"的阻滞，对当代文学经典化历程的阻隔与拖延。一方面，我们视当下作家作品为"无物",拒绝对其进行"经典化"的工作,另一方面又以早就完全"经典化"了的大师和经典来作为贬低当下泥沙俱下的文学现实的依据。这种不在同一个层面上的比较,不仅毫无意义,而且只能使得文学评价上的不公正以及各种偏激的怪论愈演愈烈。

其实,说中国当代文学如何不堪或如何优秀都没有说服力。关键是要进行"经典化"的工作,只有"经典化"的工作完成了才有可能比较客观地对当代的作家作品形成文学史的判断。对当代的"经典化"不是对过往经典、大师的否定,也不是对当代文学唱赞歌,而是要建立一个既立足文学史又与时俱进并与当代文学发展同步的认识评价体系和筛选体系。当然,我们也要承认,"经典化"问题是一个非常复杂的问题,并不是凭热情和冲动一下子就能完成的,但我们至少应该完成认识论上的"转变"并真正启动这样一个"过程"。

现在媒体上流行一些对于中国当代文学经典化冷嘲热讽的稀奇古怪的言论,其核心一是否定中国当代文学有经典、有大师,其二是否定批评界、学术界有关"经典化"的主张,认为在一个无经典的时代,"经典"是怎么"化"也"化"不出来的,"经典化"是一个实实在在的"伪命题"。其实,对于文学,每个人有不同的判断、不同的理解这很正常,每一种观点也都值得尊重。但是,在"经典"和"经典化"这个问题上,我却不能不说,上述观点存在对"经典"和"经典化"的双重误解,因而具有严重的误导性和危害性。

首先,就"经典"而言,否定中国当代文学早就不是什么新鲜事,对当代文学的虚无主义态度在很多人那里早已根深蒂固。我不想争论这背后的是与非,也不想分析这种观点背后的社会基础与人性基础。我只想指出,这种观点单从学理层面上看就已陷入了三个巨大误区:

第一个误区,是对经典的神圣化和神秘化的误区。很多人把经典想象为一个绝对的、神圣的、遥远的文学存在,觉得文学经典就是一个绝对的、乌托邦化的、十全十美的、所有人都喜欢的东西。这其实是为了阻隔当代文学和"经典"这个词发生关系。因为经典既然是绝对的、神圣的、乌托邦的、十全十美的,那我们今天哪一部作品会有这样的特性呢?如果回顾一下人类文学史,有这样特性的作品好像也没有。事实上,没有一部作品可以十全十美,也没有一部作品能让所有人喜欢。在这个问题上,我们应该明确的是,"经典"不是十全十美、无可挑剔的代名词,在人类文学史上似乎并不存在毫无缺点并能被任何人所认同的"经典"。因此,对每一个时代来说,"经典"并不是指那些高不可攀的神圣的、神秘的存在,只不过是那些比较优秀、能被比较多的人喜爱的作品而已。从这个意义上说,当今中国文坛谈论"经典"时那种神圣化、莫测高深的乌托邦姿态,不过是遮蔽和否定当代文学的一种不自觉的方式,他们假定了一种遥远、神秘、绝对、完美的"经典形象",并以对此一本正经的信仰、崇拜和无限拔高,建立了一整套关于中国当代文学的伦理话语体系与道德话语体系,从而充满正义感地宣判着中国当代文学的死刑。

第二个误区,是经典会自动呈现的误区。很多人会说,是金子总是会发光的。但对文学来说,文学经典的产生有着特殊性,即,它不是一个"标签",它一定是在阅读的意义上才会产生意义和价值的,也只有在阅读的意义上才能够实现价值,没有被阅读的作品没有被发现的作品就没有价值,就不会发光。而且经典的价值本身也不是固定不变的。如果一个作品的价值一开始就是固定不变的,那这个作品的价值就一定是有限的。经典一定会在不同的时代面对不同的读者呈现出完全不同的价值。这也是所谓文学永恒性的来源。也就是说,文学的永恒性不是指它的某一个意义、某一个价值的永恒,而是指它具有意义、价值的永恒再生性,它可以不断地延伸价值,可以不断地被创造、不断地被发现,这才是经典价值的根本。所以说,经典不但不会自动呈现,而且一定要在读者的阅读或者阐释、评价中才会呈现其价值。

第三个误区，是经典命名权的误区。很多人把经典的命名视为一种特殊权力。这有两个层面的问题：一，是现代人还是后代人具有命名权；二，是权威还是普通人具有命名权。说一个时代的作品是经典，是当代人说了算还是后代人说了算？从理论上来说当然是后代人说了算。我们宁愿把一切交给时间。但是，时间本身是不可信的，它不是客观的，是意识形态化的。某种意义上，时间确会消除文学的很多污染包括意识形态的污染，时间会让我们更清楚地看清模糊的、被掩盖的真相，但是时间同时也会使文学的现场感和鲜活性受到磨损与侵蚀，甚至时间本身也难逃意识形态的污染。此外，如果把一切交给时间，还有一个前提，那就是对后代的读者要有足够的信任，要相信他们能够完成对我们这个时代文学的经典化使命。但我们对后代的读者，其实是没有信心的。我们今天已经陷入了严重的阅读危机，我们怎么能寄希望后代人有更大的阅读热情呢？幻想后代的人用考古的方式对我们这个时代的文学进行经典命名，这现实吗？我不相信后人对我们身处时代"考古"式的阐释会比我们亲历的"经验"更可靠，也不相信，后人对我们身处时代文学的理解会比我们亲历者更准确。我觉得，一部被后代命名为"经典"的作品，在它所处的时代也一定会是被认可为"经典"的作品，我不相信，在当代默默无闻的作品在后代会被"考古"挖掘为"经典"。也许有人会举张爱玲、钱钟书、沈从文的例子，但我要说的是，他们的文学价值早在他们生活的时代就已被认可了，只不过很长时间由于意识形态的原因我们的文学史不谈及他们罢了。此外，在经典命名的问题上，我们还要回答的是当代作家究竟为谁写作的问题。当代作家是为同代人写作还是为后代人写作？幻想同代人不阅读、不接受的作品后代人会接受，这本身就是非常乌托邦的。更何况，当代作家所表现的经验以及对世界的认识，是当代人更能理解还是后代人更能理解？当然是当代人更能理解当代作家所表达的生活和经验，更能够产生共鸣。因此，从这个角度来说，当代人对一个时代经典的命名显然比后代人更重要。第二个层面,就是普通人、普通读者和权威的关系。理论上,我们都相信文学权威对一个时代文学经典命名的重要性,权威当然更有价值。但我们又不能够迷信文学权威。如果把一个时代文学经典的命名权仅仅交给几个权威,那也是非常危险的。这个危险表现在什么地方呢?就是几个人的错误会放大为整个时代的错误,几个人的偏见会放大为整个时代的偏见。我们有很多这样的文学史教训。在这个问题上,我们既要相信权威又不能迷信权威,我们要追求文学经典评价的民主化、民主性。对一个时代文学的判断应该是全体阅读者共同参与的民主化的过程,各种文学声音都应该能够有效地发出。这个时代的文学阅读,最理想的状态应该是一种互补性的阅读。为什么叫"互补性的阅读"?因为一个批评家再敬业,再劳动模范,一个人也读不过来所有的作品。举个例子:现在我们一年有5000部以上的长篇小说,一个批评家如果很敬业,每天在家读二十四小时,他能读多少部?一天读一部,一年也只能读三百部。但他一个人读不完,不等于我们整个时代的读者都读不完。这就需要互补性阅读。所有的读者互补性地读完所有作品。在所有作品都被阅读过的情况下,所有的声音都能发出来的情况下,各种声音的碰撞、妥协、对话,就会形成对这个时代文学比较客观、科学的判断。因此,文学的经典不是由某一个"权威"命名的,而是由一个时代所有的阅读者共同命名的,可以说,每一个阅读者都是一个命名者,他都有对经典进行命名的使命、责任和"权力"。而作为一个文学研究者或一个文学出版者,参与当代文学的进程,参与当代文学经典的筛选、淘洗和确立过程,更是一种义不容辞的责任和使命。说到底,"经典"是主观的,"经典"的确立是一个持续不断的"过程","经典"的价值是逐步呈现的,对于一部经典作品来说,它的当代认可、当代评价是不可或缺的。尽管这种认可和评价也许有偏颇,但是没有这种认可和评价,它就无法从浩如烟海的文本世界中突围而出,它就会永久地被埋没。从这个意义上说,在当代任何一部能够被阅读、谈论的文本都是幸运的，这是它变成"经典"的必要洗礼和必然路径。

　　总之，我们所提倡的"经典化"不是要简单地呈现一种结果，不是要简单地对一个时代的文学作品排座次，不是要武断地指出某部作品是"经典"，某部作品不是"经典"，不是要颁发一个"谁是经典"的荣誉证书，而是要进入一个发现文学价值、感受文学价值、呈现文学价值的过程。所谓"经典化"的"化"实际上就是文学价值影响人的精神生活的过程，就是通过文学阅读发现和呈现文学价值的过程。可以说，文学的经典化过程，既是一个历史化的过程，更是一个当代化的过程。文学的经典化时时刻刻都在进行着，它需要当代人的积极参与和实践。因此，哪怕你是一个对当代文学的虚无主义者，你可以不承认当代文学有经典，但只要你还承认有文学，你还需要和相信文学，还承认当代文学对人的精神生活具有影响力，你就不应该否定当代文学经典化的重要性。没有这个"经典化"，当代文学就不会进入和影响当代人的生活，就失去了存在的意义。每一个人，哪怕你是权威，你也不能以自己的好恶剥夺他人阅读文学和享受文学的权利。

　　从这个意义上说，当代文学的经典化当然是一个真命题而不是一个伪命题。在一个资讯泛滥的时代，给读者以经典的指引是文学界、出版界共同的责任，而这也是我们编辑出版这套书的意义所在。

　　最后，感谢张明和张英先生为本套书付出的辛劳，感谢北京立丰天文化传播有限公司、北京金圣典文化有限公司的资金支持，感谢全体编委和北京联合出版公司各位编辑，感谢所有对本套丛书的出版给予大力支持的作家和他们的家人。

　　是为序。

吴义勤
2022年冬于北京

目 录
Contents

第一章　冬日黄昏＿＿1

第二章　两个女人＿＿29

第三章　上深涧，胡汉营＿＿56

第四章　在淡黄的街景里排队等候＿＿122

第五章　去柳八湾，兼送老舅回家＿＿147

第六章　亮在丘陵与山岗之间的煤油灯＿＿173

第七章　童年的武器＿＿235

第八章　除夕夜在医院遇到朱槿＿＿265

第九章　仿佛林教头风雪山神庙＿＿288

第一章　冬日黄昏

一

下午四点多，不过说不定也有可能已经五点多了，风小了一些，不再眯眼，北门外那一带忽然出现了几个小黑点。因为没有表，还因为天一直阴着，连着好些天都是铁青的、深灰的，小山和老舅两个人都没办法得出一个准确的判断，只能根据自己的经验和眼睛去目测时间，觉得时间要不是四点多，那就一定是五点多，因为他们觉得三点肯定已经过了，可要说是六点呢，又好像有点早，那时间就一定停留在中间那一块上，跑不出那个范围去。在这件事情上，小山和老舅没有争论，看法是一样的。以至于老舅对小山说，真奇怪，咱俩竟然也有意见一致的时候。小山说，那是因为你这一回说对了。

风很大的时候，什么也看不见，风里的土竖起来，变成一块又一块的黄布，风刮到哪里，那些层叠错乱的黄布就在哪里就地展开，尽管每一幅都不厚，却也足以把好多东西都遮挡在布的那一面。只有等风走远以后才发现，灰蓝色的远方还在，近处的房子和树木也在。

那几个小黑点就是在风小了的时候出现的,在北门外灰蒙蒙的街上,很显眼地露了出来,猛一看,一动不动,就像是被人用锤子钉在了那里。仔细再看,才看出它们其实始终是活动着的,一拱一拱的,一直都在朝前走着。

老舅拄着拐杖,另一只缩在大衣袖子里的手扶着院子边上的栅栏,居高临下地看着远处灰蒙蒙的街道和几乎看不见一个行人的城外的公路、原野,嘴一直合不上,两道眉毛也全都不在它们应该在的位置上。栅栏不能倚靠,不结实,只是一个表面化的东西,若硬要倚靠,会连人带栅栏一起掉下去。

"嗯,我看见了,好像是你妈她们回来了。"

小山正蹲在门前鼓捣一个废旧的手电筒,唯一的目的是能让它亮起来,只要能亮了,那这个东西从此以后就属于他本人了。可是已经好几天了,无论怎么修理,它还是不亮,倒是他的手上先后留下了好几处伤痕。听见老舅这样说,他直起腰,朝栅栏这边跑过来,手里的那个旧电筒叮当乱响。他还没有眼前这道栅栏高呢,往上蹦了几下,跳起来也还是没有看见什么。这以后,他就在老舅的身边挤来挤去,老舅用一只手按住他的头,对他说:

"别瞎挤,掉下去咱们就都没命了。"

可不是么,他们这个院子应该是全城最高的地方,从栅栏上往下看,先是从烈士陵园里延伸出来的一大片松树和柏树,然后是旧城墙留下的土岭,再往下,才是正经的城里,密密匝匝的人家的房顶,来来往往的复杂的电线,旗杆,灰砖的塔。

"老舅,我妈在哪儿呢?"

"这会儿又看不见了,城关医院凸出来的那一片房子把她们挡住了。"

"你才说是几个小黑点,你是咋认出来的?"

"人都是那样的，从远处看，谁不是一个小黑点？就算是中央的人，从远处看，那也是几个小黑点呢。"

"啊呀！老舅，你很反动哩，你会出事哩。"

"跟你说过多少回了，别总是老舅老舅的，把人都叫老了，我还没结婚呢。"

"你是我妈的老兄弟，你不是老舅谁是？"

"你懂啥！我这个'老'不是人们常说的那个老，我这个'老'是小的意思，恰恰代表最小。"

"要是和我比，你还敢说你不老么？"

"谁和你比，你才活了几年。"

"老舅老舅老舅——"

"真他妈讨厌！有其父必有其子，和你那个爹一模一样。"

小山在栅栏前蹦着跳着，大声地说着，几只麻雀眼看着他要蹦过来了，嗖嗖地都飞到了房顶上。房顶上面的黄泥的烟囱静悄悄的，一丝烟也没有，看上去冰凉，冷清，一点儿也不像是一个日常能冒烟的东西。

"老舅，我爸爸他怎么你了？"

"明知故问不是？还'怎么你了'？说起我受他的害，几天几夜也说不完。不说别的，就说我这条腿，怎么断的？我要不是出去到处找他，它好好的就能断了？我这腿要是没断，这会儿我能在这里坐着？早就到关河供销社上班去了。最关键最严重的一点，我要是不受到他的连累，我就能在城里的供销社工作，我是五七中学的前三名，根本不用到关河那么远的地方去。可是现在，就凭这条腿，我连去关河工作的机会都没有了呢，只能去最远最苦的尖蚂蚁供销社了。你是他的儿子，你凭良心说说，如果这还不叫受害，那啥能叫受害？非要我也进了监狱才叫受害？"

从医院里回来后，他腿上打着厚厚的混凝土一般的石膏，一步也走不了。姐姐对他说，先别回柳八湾去了，帮我照看一下小山和小玲，顺便给他们做做饭，我出去找。他说，你一个人去？姐姐说，萧桂英放寒假了，她和我一起去。

那小美呢？

把她带到柳八湾，让妈先给照看上几天。

第二天她们就走了，两个女人用围巾遮着脸，出了北门。

天就在他们说话的这个工夫黑了下来，小山一抬头，发现周围的好多东西已经看不清了，下面的城里已有了星星点点的灯火。而他们这个院子，一直没有通电，一到天黑，就成为一片真正的野地。尤其在没有月亮的晚上，黑暗极了，即使满天的星星也不起作用，脚下，四周，还是黑的，走路只能依靠经验和常识。星星是够亮的，可是离地上的人家还是太高太远了，本身它们又那么小。他们这片全城最高的地方，只有气象站和他们屋后的烈士陵园有电，但天一黑，连烈士陵园里也黑得伸手不见五指，只剩下守夜的那个屋里亮着灯，脸上有疤的张僖坐在小凳子上，吃一颗花生米喝一口酒，外面的松树和柏树常常在黑夜里比赛般地叫唤。张僖不怕它们叫唤，它们要是不叫唤，黑森森地一声不吭，他还不习惯呢。

下面的那些有灯火的地方，那才叫城里呢，那才是人间呢。

"老舅，我妈咋还不回来呢？"

"按道理应该快上来了。"

"老舅，你看见的那几个小黑点肯定不是她们，要是的话，早就回来了。"

"那也不一定，说不定路上有事呢，进商店里买个东西。"
"天都这么黑了，商店早就都关门了。"

看见他还不离开，那几个小黑点就好像开始有些烦躁了，在地上一翻，一滚，翻腾了几下，等再站起来的时候，就都变成人了，不过，变成了人，也还是原来那么大，比玉米粒稍微长一点点。他就奇怪了，世界上怎么还有这么小的人，从来都没见过呢。他就问他们是谁，从哪儿来，要到哪儿去。但是他们互相看看，却都不说话，其中一个还用手挠了挠头。头是那么的小，比一颗绿豆大不了多少，挠头的那只手就更小了。看见他们都不吭气，他就想吓唬他们一下，就把一只手指尖朝下竖在他们的面前。一只小孩的手，能有多大，可在他们的面前一下就成了一道万丈的绝壁。他看见他们已经惊慌了，就是平常人面对崇山峻岭时的那种心情和反应。他看见他们开始商量着什么，因为他听见了一阵又细又低的说话声，只是听不见说的是什么。再一细看，原来每个人的身上都背着包袱，甚至还有雨伞，斜插在背后，两三把暗红色的，两三把月白色的。

也许他说的是对的？老舅迎着风，看着下面城里的灯火，看上去有些心虚，不时地揉一揉快冻硬了的耳朵。他原本也没看清，只是一厢情愿地凭着一种心情在判断，在猜想。当然，那几个突然出现在灰蒙蒙的北门外的小黑点，有可能是姐姐她们，但也有可能是别人呀，不是么？甚至更有可能根本就不是几个人，而是几头打那一带经过的牛或者马，那也都是有可能的。现在看来，人还真是不能随随便便地张嘴就来，信口瞎说，这种事别说面对有经验的成年人，即使是一个什么也不懂的小孩，其实也不是那么好哄的呢，小山看他时的那种眼神就很能说明问题呢。

路上已经什么也看不见了，即使有人顺着坡摸黑从下面走上来，只要不走到眼前，那也别想看见。他拄着拐杖转身往回走，岗上的风整齐地合唱着，像是一架巨大的无边无际的风琴在黑暗中演奏。他明显地感觉到打着石膏的那条腿完全不冷，相比之下，另一条没打石膏的腿则像是没穿裤子一样。下面城里的风要小得多，不打转，不呼啸，更不浩浩荡荡，因为不时会被那众多的相互错落的房屋和街道分割，拦截，分成无数块，截为若干股，三股两股，丝丝缕缕，等真正刮到人的身上，也就没有多大威力了。

"老舅，鼓楼街上的那个刷着黄油漆的木头人每天半夜都在说话呢——"小山说。

他没理小山，耳边还是那架巨大风琴的演奏声。

"说的这种话：'哎呀，我再也不敢了。'"

小山一身的土。他堵在屋门口，先不让小山进家，让他把身上拍打干净再进。

小山拍打了几下，果然有浓浓的雾一样的灰土荡漾起来，很快就把他们两个人都罩住了。他把头转过去，无意中朝气象站的屋顶上瞥了一眼，却看见那上面好像直挺挺地站着一个人，正朝他们的院子这边打量着，顿时觉得头皮一阵发麻，又像被揪得很紧。再看时，那个人好像又不见了。黑暗中，他听见小山问他："行不行了？"又一阵风刮来，他觉得上半身比下半身要冷得多，上半身要是也有石膏护着，那就什么天气也不怕了。烈士陵园，亡灵们集体的家，屋顶上时常蓝幽幽的。

"老舅，我都拍了一百二十下了！身上一点点土也没了。"

老舅侧过身，放小山进去，自己也随后迈过门槛。进门之前，忍不住又向气象站那个屋顶上瞥了一眼，很快又吓了一跳，那上面好像又有了人了！

他关上门，屋里完全是一个黑洞，连小山在哪里都没看清楚。

"小山，赶快把灯点上。"

他想起了外面房顶上那个直挺挺的人影，犹豫着，不知要不要把这事说出来？一个更小的黑影在黑暗中飘移着，从灶台与窗台之间的那个角落里摸到火柴，哧的一声划着。灯一点亮了，他明显地感到先前的黑暗顿时矮了下去，分成若干种叹息，朝四周退去。

他拄着拐杖，在地上走了几步，然后在正面墙上的领袖像前停了一下，接着又开始走，拐杖有一声没一声地敲击着地面。忽然他问道：

"小山，你看我现在这个样子，像不像一个残废军人？"

问过以后，他一边继续走，一边支楞起一只耳朵，等待着小山的回答，却不料半天也没有听见。这以后，拐杖停住了，不再敲打地面，他转过身，看见小山正站在他的身后，背靠着灶台，手里还拿着那少半盒火柴。

"怎么，不像？"他看着小山，像是在逼问，追问，其实话里也就有那个意思。

"柳八湾的耿三才最像残废军人呢，"小山看着门口那边说，"没有比他更像的了。"

耿三？他的眼前立即浮现出一张焦黄的脸，几个门牙又宽又长，像马牙，拄着双拐，披着土黄色的军大衣。没有腿，却穿着裤子，一条裤腿空荡荡地吊着，另一条裤腿卷上去，在大腿根那里用绳子系住，风吹不进去，十分保暖。有人说他纯粹是在糟蹋布料，那张黄脸就会变白变黑。愤怒的时候，就用双拐横扫他能够得着的一切东西，从庙里的香炉，到办公室的镜子、电话，再到大小干部们的腿脚，都在他横扫的范围之内。虽说都是一个村里的，但以前的耿三是什么样子的，他不知道，只知道从朝鲜回来以后就成了那样的了。是呀，耿三才是真正的残废军人呢，不管像不像，都是货真价实的。小山在灯影里晃来晃去，一会儿说是去拿煤油，一会儿又说是听见有人在外面走动，其实是怕和他说话，怕他再追问什么。他一开始没有看出来，光顾着计较像不像的问题了。他只是发现这小鬼头其实也很会说话呢，平常他还总把他当小猫小狗看，看来比小猫小狗要懂得多呢，不是么？他不说你像，也不说你不像，而是绕开你八丈远，直接搬出一个最正宗的真正的残废军人和你比，让你自己去想，自己去掂量，看看到底是你像还是人家像，一比就把你比下去了，而且让你心服口服，高明呀！他想，自己算什么，一天兵也没当过，拄了根拐杖就觉得是残废军人了，人家打仗的那会儿，他还在吃奶呢。

他来到门口，想看看气象站房顶上的那个人影还在不在，却看见天阴了，有一种要下雪的样子。要是照这样一直阴下去，迟早会阴出一场雪。

"老舅，能不能下雪？"小山的头从他的旁边伸了出来。

"我哪能知道，我又不是老天爷。"他说。

"要是下了雪，再冻了，那就提不回水来了。"小山说，"那道大坡，一冻了，比玻璃还要滑，空手都上不来呢。"

二

萧桂英说，直属粮库有一个叫王梁的女人，男人也是好几年没有消息，都说他已经死了，家里就给他偷偷地立了一个牌位。你猜怎样？牌位立起来没多久，男人突然回来了，虽说看上去像鬼一样，却真的是活着的。名叫王梁的女人看着站在灯影里的那个男人，有些不敢相信，麻着胆子问他到底是人是鬼。那个鬼一样的男人说，你这个蠢女人，我不在这几年，你倒是长本事了，难道你已经能和鬼对话了？说着，伸过一只手去让女人摸。女人一摸，手是热的，还摸到了他手背上的那个疤，那是他离家以前就有的，女人眼前一黑，就晕过去了。后来，有人就说，这就是女人，摸到一只热手，她要晕过去，要是摸到一只冰冷的没有一丝温度的手，就更要晕过去，总之，不管什么情况，她们都是要晕过去的。

她们在风里走着，长长的风声像是几万人在合唱。

刚一离开平川，村口的一只黄狗在后面汪汪地叫了起来，萧桂英就觉得脚下被狠狠地硌了一下。她们停下来，萧桂英一手扶着怀玉的肩膀，抬起脚一看，发现鞋底已经磨破了一个洞，硌她的石子就是从那个洞里钻进去的。

一天以后，在去往关河的路上，怀玉的鞋底也磨破了，和萧桂英鞋底的那个洞几乎一模一样。天上有太阳的时候，地上也反射着黄黄的阳气，要是不算特别冷，她们就都穿着那种白塑料底子的布鞋，除了走路轻便，还耐磨，只有当寒气不断地从脚底蹿往全身的时候，她们才会拿出棉鞋换上。

在杨千户岭农机站外面，闻着墙里面的一阵一阵的柴油味，怀玉和萧桂英坐在一棵被锯倒了的大杨树上，两个人并排坐着，脱下磨破了的布鞋，从包里拿出黑灯芯绒的棉鞋换上。才一伸进脚去，脚下立刻就感到了一种厚实和温暖，那种感觉，就像把自己的两只脚伸到了一个可以终身托付的地方。临出来之前，萧桂英本来打算要穿上她那双高腰的棉皮鞋，但怀玉告诉她千万不要穿，因为这一路上全是土路和沙石路，爬坡，过河，翻山越岭，好几天下来，非把她那双漂亮的棉皮鞋毁了不可。

这一趟出来，很可能又是白跑了，不仅林烈连一点儿影子也没有，还白白地耗费了萧桂英的好几天假期。

"再等一年，要是还没有消息，我也给他立个牌位。"怀玉说。

她的话像是把萧桂英吓住了。萧桂英说："那种东西……还是不立的好。家里还有孩子们，突然立起那么一个东西，怪吓人的。"

怀玉说的其实是一种气话或玩笑话，她从来也没有想过要那么做。

一路上，怀玉一直都心怀愧疚和气愤，愧疚是对萧桂英的，气愤则只能留给林烈。把四岁的小美寄放到柳八湾的娘家以后，甚至都没有多住一夜，她和萧桂英就开始了马不停蹄的行走和寻找。望狐，马市，关河，破房，平川，这些原以为最有可能的地方统统都去过了，甚至连更远一些的外号叫匈牙利的匈牙、拒门一带也都去过了，什么也没有找到，全是白跑。跑到后来，怀玉就不得不对当初的那个消息有些怀疑了。

越往北走，人就越少，地势也就越开阔、越荒凉，有时走上一整天，沿途碰到的人不超过十个。

"当初到底是听谁说的？"萧桂英问怀玉，"那个人亲眼看见的？"

"是一个姓米的老太太，"怀玉说，"人们都叫她米大娘，我平时也那么叫，是我们在南市街时的街坊。米大娘说她的四儿子跟着媒人去相亲，路过关河供销社的时候，他们进去给女方家买东西——就是在关河供销社，米大娘的儿子发现林烈在那里买烟，买火柴。说得还十分详细：林烈买的是那种没有名字和出厂的七分钱一盒的白皮烟，十盒火柴。"

"这听上去就像是真的，"萧桂英说，"十盒火柴，那得划多长时间？"

"我最初也是这么想的，"怀玉说，"这里面还有一个情况：林烈不认识米大娘的小儿子，当然更不可能认识那个媒人，可是米大娘的儿子认得林烈，他相亲回来就告诉了米大娘。"

"米大娘然后又告诉了你？"

"对，小脚老太太，亲自爬上那么高的坡，到了我们现在的那个家里。费苦巴力地走那么远的路，就是为了送个假消息给我？她没有必要骗我，也不会骗我，我只能信。"

"这样看来，林烈也许真的在关河出现过。"

"咱们这一趟出来，也就是冲着这个消息，不然这么老远图什么呢，还搭上了你。"

说着话，就又有愧疚洇在怀玉的脸上。

"别那么想，"萧桂英对她说，"我去镇远找胡少海的时候，不也是你跟我去的么。我记得，在一个叫泥坑的地方淋了雨，我还生了一场病，你背着我去村里找医生，那个很不讲卫生的赤脚医生好像叫张瑞。"

"不叫张瑞，叫谢什么瑞。"怀玉说，"把你放到他们炕上后，我在旁边看着他，他想不洗手就干，我对他说：'大夫，您不洗洗手？您还没洗手呢。'他很不高兴地看了我一眼，然后很不情愿地去洗手。洗完手以后，又想用他们家平时熬粥用的那个大铁锅煮针，给注射器消毒，那哪能消得了毒，那锅上还粘着米呢。我坚持让他用茶壶煮，茶壶是专门烧水用的，那还干净些，又把他气得够呛：'你们这两个女人，实在是难伺候！'"

她们坐在那根放倒了的树干上，忽然哈哈大笑了起来。

冷风呼呼地刮着,从她们的面前和背后经过,冬日黄白的阳光稀薄得能照见人影,有几只鸡在她们前面的一片混杂着草末的土里耐心地翻找着。不远处的一片歪歪斜斜的山墙下,一位老人手搭凉棚,朝她们这边瞭望着。

她们这几天走的这些地方,行政上已属于另一个县份的管辖,不过,在说话的口音上,却并没有太厉害的变化。所以,不仅她们俩没有多少生疏感,别人也没以为她们是哪里的人,只当也是本地的。你去一个地方,只有发出不一样的声调,别人才会觉得奇怪,进而知道你是从外面来的。她们一个地方一个地方地找,有时候走到一个新的地方,怀玉就会有一种感觉,似乎在她们到来之前的一个小时,甚至十几分钟,如同丧家之犬一样的林烈刚刚离去,一个仓惶的背影还未完全走远……这样的一种感觉常常促使怀玉会长久地望着那些空荡荡的大路和弯弯曲曲的小路,看见路上有人出现,她的心就会嗵嗵地跳起来。

树影在外面簌簌地乱动,摇晃,让白麻纸的窗户变得斑驳、眼生,很像是窗户上开满了黑色的花枝,多少有些超出了人间的家庭所应有的景象。

天又阴了,站在门前,看见整个世界都是铅灰色的。

一个人要是认真地藏起来,另一些人找得白了头,也不一定能找到。

怎么想起说这个?

突然想起来的。

不对,一定是又有了啥事。

没有,什么也没有。

今天看见赵燮元了，笑得很阴森。

他要笑，你能管住？想笑让他笑去。

饭盒里还有一个馒头一个窝头，你要是饿了，放到炉子上烤一烤再吃。壶里有热水。

你要去哪儿？

我还是不放心那个叫小齐的，两个眼睛转得哗啦哗啦的。我还得再去一趟酸山林场。

马上就要下雪了。

下雪总比下雨好。一会儿，他们来叫你，你就走，钥匙我拿着呢，你把门锁了就行。

她说着，出了门，走了不多一会儿，雪果然下起来了。阴晦低暗的天底下，看不见别的行人，整个世界好像只有她一个人在走。

"风好像小了。"萧桂英轻声说道。

"一到路上就又大了。"怀玉说。

"才三十多岁，就觉得已经老了。"

"三十多还不老么？小时候看见那些三十多岁的人，觉得他们多么老呀。我二姨二十八九岁的时候到我们家，我们就觉得她已经很老了，没有五十，也有四十好几了。她呢，也早把自己当成中年以后的人，让她和我们跳绳，她就说，二姨老了，跳不动了。"

"他们那一代人，比咱们老得更厉害。"

"每天起来，就觉得身上好像背着一座山。"

"那年我剪了辫子，胡少海竟然从背后认不出我了。"

"又有多久没去看他了？"

"有七八个月了。"

"还是胡少海好一些，他至少在一个固定的地方，你也知道他在哪里。"

嘴上那么说，但在心里，怀玉基本上相信林烈也还在人世间，否则也就不会把家和孩子们扔下，满世界地出来找他了。怎么解释自己这些天来的种种行为，那还不是因为觉得他还活着么。米大娘的小儿子带回来的那个消息姑且算是一个崭新的捻子，但从根本上来说，是她心里的那根捻子还没有完全灭掉。自从嫁给这个男人之后，除了让她一鼓作气地生下三个孩子，剩下的便是没完没了的惊吓和操不完的心，还不算让她失去了工作。这些天，她和萧桂英两个人吃过的苦、受过的罪，已经很难说清楚了，很多时候连一口水都喝不上。

那天临近中午的时候，她们赶到关河供销社。不是有人看见他曾经在这里出现过么，怀玉决定就在关河住上一两天，万一他哪根神经一抽搐，走了以后又二次返回来了呢，那也是有可能的。丧家之犬，没有目标，没有方向，在同一条路上打上好几个来回，那也完全正常。

已经到了吃中午饭的时候了，先前密麻纷绕的乱云般的炊烟已经消散，只剩下寥寥的几缕。关河供销社那个年轻的售货员让怀玉和萧桂英到外面去等，因为他也要锁门下班，回家去吃饭了。怀玉问他下午什么时候开门，年轻的售货员说，两点以后吧。说完就从柜台后面出来，催撵着跟在两个女人的身后，等怀玉和萧桂英出了门以后，他很快就从里面把门锁上了。原来，供销社的后面还有一个很大的后院，年轻的售货员每天下班走的都是通往后院的那个门。

从供销社出来之前，怀玉从那个年轻的售货员手里买了几个饼，是本地出产的那种油性极大的饼，用两张浅褐色的草纸包着，叫月饼，里面却并没有馅，而且一年四季都有。吃完以后，几个手指上都是油。如果掰下一小块，用拇指和食指用力一捏，能捏出黄黄的油来。她们一人一个，剩下的又包好放起来。

正是吃饭的时候，街上没有人，只剩下几只鸡和一条狗。她们坐在供销社外面的黑色的火山石台阶上，一人吃着一个饼。萧桂英吃两口，然后就用舌尖舔一下油乎乎的手指。几天来，怀玉好像才是头一次注意到她们两个人的头发都乱蓬蓬的，萧桂英的头发上甚至还沾着两根黄色的草叶。

"我们……这个年龄的……女人，已经……不讨人……喜欢了。"

萧桂英艰难地说完这句话以后，嘴里的东西已经把她噎住了，她的头往前伸了一下，接着又腾出一只手去捶打自己的腰。怀玉看见她的喉咙那里坚硬而又缓慢地往下滑动了一下，再看她的眼眶下面，已有几滴泪憋了出来。

"太干了是不是？"

萧桂英点点头，用那只没有油的干净的手拭去刚刚因为干噎而沁出的几滴眼泪。她之所以被噎住，是因为她一直都在大口大口地吃着，而怀玉的吃法恰好相反。那时候，她想到了小山，小山最喜欢吃这种饼，如果没有人呵斥或者约束，一次也许能吃下去两三个。

萧桂英吃完最后一口，从裤兜里掏出手帕擦了擦嘴，又擦了手。她对怀玉说，要是两个年轻漂亮的姑娘在他的柜台前站着，相信他宁可不回去吃饭，也不会撵她们出来。

桂英这话不谬呀！那天，她们从平川出来，天眼看就要黑了，乌麻乱道的天色越压越低，锅盖一样盖下来，旷野上一个人也没有，冷风呼啦呼啦地从脸上刮过。后来，忽然有一辆拖拉机正顺着她们的方向从后面开了过来，两个女人站在路边，大声地说话，打招呼，又不停地招手，萧桂英甚至还解下自己的围巾挥舞，应该说，挥舞的第一个目的其实也达到了。开拖拉机的也不年轻了，至少也在三十以外，满脸通红，如果不是刚刚喝完了酒才出来，那就一定是一个天生的赤红脸。在经过她们两人身边的时候，也明显地放慢了速度，不能排除，至少也有百分之五十的要停下来的可能，但却始终没有停下来。他一边慢慢地开着，一边歪着头看着这两个枯瘦的女人，看了大约有几十秒钟，最后头一扭，脚下一使劲，还是冒着黑烟开走了，很快就在一片树丛后面不见了。

她们站在风里，望着远处的拖拉机留下的黄色的尘雾，然后又互相看看。有好一阵，那山形的黄蒙蒙的土雾停滞在路上，稠得动不了。

隔着一片平时人们行走的空地，正对着供销社方向的南边有几间低矮的黄泥的房子，房顶上全是一两尺高的枯草，外面的山墙也剥落得很厉害，露出里面一片一片的石头或原始的土坯，像是春天时狗褪毛的那种样子。房子周围有几棵杨树和杏树，还有几棵歪向一边的老榆树。在那道远看更加矮小的正常人都得低头弯腰才能进去的院门里面，不时地有一个老太太出来又回去，一会儿出来倒一点炉灰，一会儿又拿着一把笤帚，朝供销社这边远远地打量着，眺望着。怀玉和萧桂英，她们吃完手里的饼，坐在供销社外面的台阶上看了一会儿，后来决定过去要点水喝。萧桂英早就渴了，怀玉刚一说，她便立即站起来，拍了拍裤子后面的土，两个人朝南面的那片外形涣散得几乎就要趴到地上的房子走去。又可以确切地说，就是奔那个老太太去的。她们闻到了羊粪和牛马粪的气味，还有草木灰的气味。有两只鸡卧在一棵杏树的树杈上，没有看见羊，却听见一声羊叫。

老太太看见有人过来了，拿着笤帚，就站在门框前等着。

怀玉叫了一声大娘，问能不能给她们点水喝。老太太爽快地答应着，又关切地询问她们吃饭没有，侧身让开一条过道，让她们进家里去。

黄白的土夯实的院子，一条又细又窄的石板路从街门通向屋门，另一条同样细窄的石板路从屋门口通向院子的西南方向，两条石板路形成一个"人"字。站在门外，只能看见那人字的一多半。

"我们不进去了。"怀玉说。

又让了一会儿，见她们还是不肯进去，老太太就一个人回屋里去了。没多久，就端着一碗冒着热气的水出来了，她把水递给怀玉。

怀玉又把水递给萧桂英。

萧桂英说："你先喝。"

"别让了，"怀玉对萧桂英说，"我没你渴得厉害。"

老太太不知啥时候回去的，很快，她又端出一碗水，递给怀玉。怀玉说：

"我们俩有一个碗就够了。"

一个碗咋喝？她站在她俩的对面，看着她们喝水。那时候，萧桂英的那一碗水已经喝光了，几乎是一口气喝完的，她擦了一下嘴说：

"哎呀，渴死了。"

老太太笑着，然后又转身回去了，等再出来的时候，直接抱了一个竹皮暖壶出来了。她一边给萧桂英的碗里倒水，一边看着萧桂英说：

"看这闺女瘦的。"

萧桂英说："天生就这样儿。"

怀玉喝着水说："大娘，谢谢您。"

"叫你们进家去也不进。"老太太说，她的头上罩着一块有霉味的褐色头巾。

"这已经够麻烦您的了。"萧桂英说。

"一早的时候就看见你们了。你们是走亲戚的？要去谁家？"

"我们不是走亲戚的,"怀玉说,"我们出来办点事。"

听见怀玉这样说,老太太噢了一声,不再说话了,轮流看着她俩。

喝完水,告别了老太太,再返回供销社外面的那道台阶前的时候,怀玉和萧桂英几乎同时都觉得她们再也不能像先前那样再继续坐在这台阶上了,必须得另外换一个地方。

为什么？

人就是这样奇怪,在这以前,在没有向那位老太太要水喝之前,她们一直就在台阶上坐着,说话,看来往的人,当然也看着对面小院子里的那位老太太。她们坐得坦然,自在,并不觉得欠谁什么。可是,自从喝完水回来以后,先前的那种自然的感觉就再也没有了,她们都觉得无法再在原来的位置上继续坐下,尤其是无法再看着那位老太太一趟一趟地出来进去,关键是老太太也能看见她们,看见她们还坐在上午坐着的地方,这让她们觉得特别的难为情。要是不去要水喝,那就什么问题也没有,那就永远不会怕谁看见她们。

所以,她们一下也没有再坐,两个人就在那台阶前站了一会儿。后来她们就决定离开那道台阶,脱离开那位老太太的视线,到供销社的侧面去找一个地方坐下。

可是,刚一走到供销社西侧面的山墙下,她们便发现这边由于没有房屋的阻挡,风特别大,也特别硬,裹挟着沙土,吹得人几乎连嘴都张不开,眼睛也不能睁大,只能眯着。

她们背朝风站着。萧桂英对怀玉说：

"把小美放在她姥姥家,看来还是对的。这几天她要是一直跟着咱俩,不知要受多少罪。"

"以后再也不带她出来了,"怀玉说,"这也是经验和教训。"

"我这会儿总算是理解过去那些干革命的人了，为什么不能有家庭，有孩子？事实证明，就是不能有。"

"对，有了就是实实在在的累赘和麻烦，就会放不下。行军打仗，他们是负担，到乡下搞土改，更不能带着孩子去。一旦被捕，他们就又会成为你最薄弱最容易被突破的地方——人家把他们小鸡一样拎到你面前，你招还是不招？比把活老鼠放进你裤裆里还要厉害。"

午后的风声就像一种长长的呜呜咽咽的调子，从北边很远的地方开始唱起，一路唱过来，中间似乎连一个断音都没有过。

他们就那样站在风里，他的脸扭曲得可怕。

他说，向他认个错？那你就让他等着吧！告诉他，等明天太阳从西边出来我就去了。

听着他的脚步声渐渐地远去，她也开始往回走。风不断地把衣服掀起，幸好今天穿的不是那件灰色的裙子，这也是眼下唯一最让她感到安慰的一点。昨天在邮局门口，亲眼目睹一个女人被吹得裙子向上翻起，罩在头上，像一把朝着反方向打开的伞。

一路上她都在想着他的那些又噎人又灼人的赤炭似的话，他说，如果到时候我没去，那也不能怨我，只能怨太阳。

回到家里以后，她把十几张一角两角的零钱掏出来，看了看，连一张伍角的都没有，草草地整理了一下后，就都压到了花盆下面。然后，从柜子里拿出一张两元的，拿在手里想了一会儿，又放回去，换了唯一的一张伍元的。

这以后，她锁好门，拿着钥匙，从两棵杏树下穿过。

三

十二月份只是风大,每天都刮风,其实还并不是一年中最冷的时候,真正寒冷的时候,应该是十几天以后的一月份。

真奇怪,一年中最冷的时候不是它的末尾,竟是下一年的开始。

冬天,风大,寒冷,这似乎是不好的一面,但万物至少都有两面,冬天的另一面就是,正因为滴水成冰、天地萧瑟,所以路上才很少有行人,凡是出现在路上的,都是些不得不出来的人。对于像他这样的人来说,那就应该算是好事了,甚至可以说再好不过。大自然运用它本身的胸怀和力量在掩护你,庇佑你,不举旗,不图报,只是把严寒不声不响地铺开,把那些有可能突然伸腿把你绊倒的人困在他们各自的位置上,还有什么比这更好的呢。

另外,尽量不要和路上遇到的人随便打招呼,甚至攀谈,那有可能是另一种新的灾难的开始。如果确有事需要打听或者了解,那也要选择那些看上去极度老实本分的。特别是某些耳朵上别着纸烟,两只眼睛滴溜溜乱转的所谓的见过世面的油滑分子,身上带有明显的社会经验、社会气味,更要值得警惕。即使再有要紧的事情需要打听或者求助,也绝不能找他们问询,不仅不能,反而更要设法避开他们,让自己隐藏到树林里,或者丘陵的后面,在特定的时间内或地域上错过那类人,不要让他们注意到你,那就算是万幸或者运气。

当然,也更不能管路上遇到的你认为老实本分的那些人叫老乡,一叫老乡,你可能就完了。一声老乡,折射出的并非是鱼水关系,而是一种嵯峨——一种人心的嵯峨，身份和等级的迥异，真正的距离。只能证明你与被问者基本不是一回事，甚至都有可能不是同一个阶级。

　　阶级始终是存在的，尽管常有人转换概念，自以为聪明地把阶级叫成阶层。阶层是什么？当然是阶级的另一个名字。引车卖浆者和摇唇鼓舌者不是一个阶级，朝廷与州县难道就是一个阶级么？尽管这中间的人员是可以互换的，铁打的营盘流水的兵，就像营盘与兵的关系。做工的可以变成种地的，种地的当然也能变成做工的，甚至写字的。一名农具厂的会计，仅仅依靠告密和奋力攀爬，最终能执掌刑部么？答案并不悲观，事实证明确有此可能，甚至完全没有问题。当然，数年后，他也可能去烧火、喂牛，甚至身首异处。王侯将相，宁有种乎？早在两千多年前，部分心思活络的人便已意识到一切都是可以互换的，一个人从一个阶级到另一个阶级，有时候可能极度漫长，甚至终其一生，搭上身家性命，也未必就有结果。但有的时候，那也仅仅就是一夜之间的事，昨晚临睡前你还土头巴脑，唯唯诺诺，活得不如一只蚊子，等到窗户发白，早晨到来，却发现已经可以盛气凌人了。

　　三天前，他从平川往北，一路上基本走的算是一条直线，也好像并没有绕过太多的弯子，可是奇怪的是，三天后，他惊骇地发现自己竟然又回到了平川。

　　显然是迷路了，除此之外再没有更好更合理的解释。尽管地球是圆的，起点也就是终点，可具体到他走的那点路，实在还是不能上升到那样一个层面上去理解和解释。

　　这么大个人，在这世上好歹也东倒西歪地摔打了这么多年，怎么就能迷了路呢？有一瞬间，他觉得自己真是个废物，大到国家、社稷，小到集体、家庭，似乎压根就不需要他这样的人，所以才会一个坎接一个坎地摆在他的面前，想方设法地让他过不去，阻止他继续走下去。

而他，竟然完全看不出那一切的安排和用意，很多时候，更像是一只没有翅膀的呆头雁，一直都在不停地扑腾。

你呀，你这只呆头雁。

除了满心的疑惑和解释不了的奇怪，再次回到平川，还让他感到无比的惊慌。他仔细地观察过这一带的情形，民风淳朴，基本都是一些很封闭的地方，如同一个广义上的大家庭。就连那些走村串户的货郎、皮匠、毛毛匠，也都是固定的那几个，每年到时候来的都是那几个，不是熟人，胜似熟人。那么，对于这样一个平时很少有生面孔出现的村子来说，一个神情焦躁、眼神慌乱的生人在短短的三天之内反复露面，一再出现，到底会意味着什么，也就不难想象了。别以为会没有人记住你、认出你，对于这种地方的人们来说，一张陌生的脸更容易被记住，更何况你还是再次出现。或许，就在你的不远处，有人正猫在那里，而对方十有八九并不是要成心看见你，记住你，只是你本人一而再，再而三地执意要闯入别人的视线，那能怪谁呢？啊，这个人，两三天前好像就见过呢，到底是个什么人呢？

他当然没敢进村里去，只是隔着一条结了冰的河和一片小树林子，远远地望着，村子里看不到一个人影。

他找了一个背风的地方坐下，掏出烟。很早的时候他就发现了，吸烟在很大程度上可以抵挡饥饿，吸上两支以后，先前那种饥肠辘辘嗷嗷待哺的感觉就会过去，不再穷凶极恶地占据人的意识。另外，还能够部分地抵挡严寒，无论多冷的天，有一支热辣辣的烟在手，心里就是暖的，甚至是亮的。特别是在异乡的暗夜里，没有星星，没有月亮，四周一片死寂，只有你的脸前有一个小红点在亮着，默默地燃烧着，那似乎就成了天地间唯一的一点生机。用力吸一下，三分之一的脸被微微地照亮，映红，叫人想起暖风熏人、草长莺飞的暮春时节。处于绝望中的人，就是靠着它的指引，挨过今夜，又送走明日，一点一点地走下去。

尽管是一个背风的地方，人还是半躺着的，但还是费了三根火柴才把烟点着，这让他不能不感到心疼。不能怨风，要怨只能怨自己划火柴的本领不高，这需要日后加紧苦练，否则，不知还要白白地浪费掉多少火柴。在关河买的烟已经快抽完了，他用手捏了捏烟盒，还剩下不多的几支。他眨着眼睛，凝望着墨蓝色的夜空和黑暗的却比天空承载了更多不幸的大地，心里却在想着该怎样分配它们：一天两支？或者两天三支？但无论怎样，也还是坚持不了多久。这事要怪也只能怪他自己，当初头脑发热，刚一买到手的时候，似乎以为是得到了一座取之不尽用之不竭的宝库，以为拥有了金山银山，很是挥霍地乱抽了一气，完全是一个败家子的做派，所以才落得现在这样一个结果。多少事实都无不在证明，人无远虑必有近忧，人，没有计划，还真是不行。很多时候即使很会计划，也安排得很好，到头来也还是会出现那种让人意想不到的困难局面，更何况从一开始就没有计划，或者完全不懂计划。当初从关河供销社出来，就迎着风，一口气抽了四支。后来，过一条小河，仅仅只是因为在结了冰的河面上滑倒，摔了一跤，到了河对面就又抽了两支。

又没有摔坏，为什么要抽那两支？黑暗中，他问自己。

他一动不动地看着黑蓝色的大地和更远处的同样色调的却看上去多少有些虚假的山脉，睡意渐渐地上来了，以至于连自己是什么时候闭上眼睛的都不知道。

风从他头顶上面的半月形的土崖上刮过，一路叫喊着往南去了，似乎根本无意吹拂到他,更似乎完全没有注意到有这么一个人的存在。

怎么会有那么多的人呢?

到处都是硬邦邦的胳膊、腿和晃来晃去的人脸。

到处都能听见婴儿的哭声。

到处都能看见穿白鞋的女人。

丈夫死了,做妻子的就要把白布缝到鞋上,为他戴孝,最多一年,也有半年、几个月的。等到把那块白布揭去以后,这女人就自由了,就能改嫁了。

柳梢发芽的时候,岳维寿说,年轻人们,你们可赶上了好时候,生正逢时,有什么意见就尽管说,统统说出来,畅所欲言!对我,对咱们单位,甚至对整个社会和国家,都可以说,说错了也没关系。在万恶的旧社会,大家有话不敢说,没地方说,现在好了,请大家都敞开心扉吧。他傻,当即就剖肠豁肚,开门见山,给岳维寿本人提了一条意见。一两天后,竟然又提了几条,有针对岳维寿的,也有针对上头和社会的。不只他一个人傻,周围还有和他一样的,他们忘乎所以地提啊提。老绵羊邢钟规劝他们说,年轻人们,悠着点吧,自古以来也没有这样说话的呢。去!自己不敢说,还不让别人说。他们把他扒拉到一边。可是没想到,后来竟真的被他说中了。

突然有一天,啪的一声,夹子落下来了,顿时血流成河,有的被夹住了手脚,有的被夹住了咽喉,更有人没有来得及挣扎一下就断了气。

原以为老邢只是一只软弱驯顺的老绵羊,那时才猛然发现其实是一只足智多谋的老狐狸呢。

还是岳维寿,看着满地的血,咧开大嘴笑着。

柳树疯了,头发过膝,最长的竟垂到地上,无论白天还是黑夜,看上去都像是一些披头散发的女人，有的独自站着，还有的三五一伙，十几个一字排开，只是听不清她们在说什么。为什么她们不穿白鞋，不戴孝，难道是还没有得到确切的消息？问题是已经有手推车支支扭扭出现了，也有担架从南门外过来，苍蝇们成群结队地跟着，关注着，轰的一声散开，又轰的一声聚拢。

乌鸦天黑前就也已经来了，红嘴向前，雪白的肚皮朝下。

但令人意想不到的是，四年前，岳维寿忽然死了，最后是怎么安葬的，他不知道。刚得到消息时，他在心里嘿嘿地笑了两声。造化弄人呢，谁能想到岳维寿竟然急急忙忙地提前死到他们这些血流不止的人的前面去了，要论身体里血液的储量，哪堪可比呢。你想天想地，想东想西，想破了脑袋，能想出这事？大约一个星期以后，在西关，他迎面遇到了因为戴孝而穿着一双白鞋的岳维寿的女人，她当然也认识他，甚至还很熟。但是，当他们在西关狭窄的街上相遇时，她却摆出一副完全不认识的样子，匆匆地就过去了。有两个光着上半身的人正在修理一辆马车，不，不是在修理马车，好像是在给马钉掌。一个人蹲在地上，把马的一条腿抱起来，马蹄朝外，另一个人用锤子在钉，嘴里还含着两个备用的马掌钉，两半截不算尖利的黑铁露在嘴唇外面，猛一看还以为是两颗长牙。

他看了一眼那女人的背影。是心里愧疚，还是因遽然丧夫而备感恼怒，他不得而知。一双黯然的白鞋踏上一条有枯树和土墙做伴的岔路，很快就不见了。为避免再次相遇，他留在原地，很仔细地看了一会儿钉马掌的过程，十几分钟以后，他觉得已经看会了，看懂了几个关键的步骤和要领。某一天，如果让他去钉马掌，他觉得自己是能够胜任这工作的，至少不会觉得陌生，无从下手。他会回忆起这一天看到的主要情景：有着众多拥挤的旧房子的西关，灰蓝色的街景，树叶，柴草，穿白鞋的昔日顶头上司的遗孀，两个钉马掌的人，鸡，狗，几个挤在一起看小人书的西关一带的孩子。

他平常说话不多，大家便认为他的心里有秘密，至于是什么样的秘密，他本人要是不说，别人也就很难知道。在我们这样一个社会，这其实是一种十分危险的行为，你有什么不能说，见不得人的秘密呢？这与那些怀揣炸药包的人又有什么两样呢。岳维寿生前就曾不止一次地说过，应该把心交出来。还说，有秘密的人是可耻的，是不能被接受的。他说，交出来？交给谁？交给你？岳维寿说，交给组织。说了半天，最终还是要交给你。你非要说是交给我，那也行，不过，我只是个经手人。他说，好，那我告诉你，我什么秘密也没有。那你就藏着吧。

刚端起碗，正要吃饭，突然，一鞭子抽过来，不仅打落了饭碗，那韧性十足的鞭梢还蛇一样缠到了他的脖子上。

吴士同站在门口说，还想吃饭？你有什么资格吃饭？

脸上的那两道血印子，一直没有人告诉他，他也没发现。直到有一天去沟里挑水，蹲下的时候才从水里看见了倒影。

从岩口跑出来已经有一个多月了，按照正常人一天吃三顿饭计算，不，就算两顿，一个月也应该吃六十多顿，而他在这期间好像只吃了十几顿，有没有二十顿，他不敢肯定，也记不起来了。他不知道像这样还能坚持多久。

本来并不想跑，更不想这样四处亡命，可是马志明的死给他送来了震耳欲聋的一击，无论任何时候，脑子里都回荡着嗡嗡的巨响，就像有人在他的耳边用铁锤敲击钢板，让他一想起来就感到恐惧，日夜惊慌不安，被无边无际的嗡嗡声包围着，笼罩着。因为他相信，他要是不跑，结果最终一定也会像马志明一样。那是真打，绝不是吓唬，更不是开玩笑，敷衍了事。不说别的，光是用烧红的火柱往身上扎，一扎一个既冒烟又冒油的黑窟窿，那就很少有人能受得了。附近一带的人们常能闻到那种烟熏火燎的味道，最早的时候还以为是在用火处理带毛的猪头猪脚。

在十几年的时间里，孙璞，白沙，廖士源，周赞，傅冬生，史苠玉，赵琳，马志明，先后都死了，没有一个是自然死亡的。他的情况和他们差不多，不会比他们更好。

赵琳生前曾说，这艘摇摇晃晃的大船，它要驶向哪里，我们真不知道，也看不出丝毫的苗头。倒是它每转一个弯，每颠簸一下，都会让人觉得晕头转向，难以承受。

其实，对于大多数靠双手养家糊口的人来说，能够专注于每日的劳作，不去被迫旁骛，即是一种福气，一种宁静的祥和。这才是基础，若没有这个基础，没有这样的一个巨大的底座，任何一种形式和意义上的塔尖都是无法存在的，也是难以想象的。但事实却总是这个巨大的底座常被带离原地，被拖着奔跑，碰撞，歪斜着，七零八落，东倒西歪地到处滚动。

啊，上深涧！

啊，胡汉营！

啊，十二潭！

前些天，他又路过那里了，年轻的时候，他们被发配到那里教书。星期天，如果没有学习和劳动的任务，就早早地起来，用藤编的笊篱去河里捞小鱼，那应该算是他们的又一个故乡呢。下雨的时候，望着烟雨朦胧的村庄和远处的万里关山，他们吹笛子，拉二胡，戴着草帽去村外的小树林子里采蘑菇，在小火炉上把玉米面窝头烤得焦黄香脆，用褐色的比草纸略细腻一些的被师生们共同称作"黑连史"的纸油印出期中和期末的试题，用蘸水笔蘸着红墨水批改作业，力求让每一份思想汇报和检讨都尽可能地富有文采。对于我们这样一个国家，我们爱还爱不过来呢，又怎么可能有不敬，有异心呢？可这种事你们自己说了不算。

时隔多年之后，又一次看见那些熟悉的地方，他却没敢进村里去，只是隔着冰封的田野，远远地眺望了一会儿。田野边上的黑褐色和青灰色的树木遮挡着大部分的房屋，所能眺望到的其实也只是一个大概的轮廓。但就是那些萧瑟的轮廓，也很是把他羁绊了一会儿。他想起了他们曾经住过的地方，一开始好像在村西头，离学校不远。第二年往村里深入了一点，门前有一口井，每天天不亮的时候就有人在挑水，铁桶在井台上磕出响声，木桶基本没有声音。冬天因为天冷，人们摸黑把水从井里提上来，挑了就走。夏天天亮得早，给了人们放肆的机会，井台边就不那么安静了，有时会有人吵架。他们掀起斜纹布窗帘的一角朝井台边看，看见那个叫银枝的年轻的寡妇挑起一担水正在离去，杨柳腰一闪一闪的。

在那萧瑟清冷的轮廓里，突然响起一阵喤喤的锣声，这骤然传来的声响让他变得慌乱。他弯着腰，从一条石头砌起的防洪坝的后面边走边撤，朝一片树叶落尽却看上去依然够得上密实的灰褐色的树林子里走去。

第二章　两个女人

四

　　七岁的小玲突然在炕上翻了一个身,把小山和老舅都吓了一跳,他们从外面进来,说话,划火柴,点灯,然后又说话,完全忘了这屋里还有一个人,而且差不多已经睡了整整一个下午了。两点多吃中午饭的时候,她和小山打了一架,起因是她发现自己铅笔盒里的一块才用了不到两次的新橡皮不见了。另外,最重要的也是最让她生气的是,她的一根刚刚削了个头的翠绿色的铅笔也不见了,现在躺在铅笔盒里代替它的是多半根土黄色的旧铅笔,而且上面满是牙印,像是老鼠咬过的,或者别的什么小动物的牙印。她很清楚,当然不是老鼠咬的,更不是别的什么小动物,铅笔又不能吃,它们为什么要咬它?四岁的妹妹小美跟着妈妈出门了,她就算不出门,也从来不咬铅笔。所以,排除了老鼠和小美后,只能是小山干的,他最喜欢做这种事,拿走她的新铅笔,把他的那多半根难看的烂铅笔换给她。其实根本就不用排除谁,她一下就知道是谁干的了。

小山一开始还抵赖呢,死活都不承认,这是最让她生气的。

老舅当时对小山说,她小,还是你妹妹,你就不能让着她点儿么。可小山反驳说,她还没上学,早早地准备那些干什么?装了一铅笔盒的铅笔橡皮,就像一个还不到结婚年龄的女人,成天摆弄自己的那点儿嫁妆,想要早一点嫁出去。小玲就是那个时候开始哭了的,好像哭了好长时间。后来,哭乏了,哭累了,不知不觉地就睡着了。

所以,当忽然看到小玲在炕上翻了一个身的时候,老舅一下显得十分吃惊,他像是猛然想起很多事来。他对小山说:

"把小玲叫醒吧,不能让她再睡了。"

又说:"哎呀,完全把她给忘了。"

可是小山却不主张把小玲叫醒。"就让她再睡着哇,"小山对老舅说,"她一醒来又要哭闹,你能哄住她?"

"那也不能让她就这么没明没夜地睡着,会睡出毛病来呢,"老舅说,"你把她的东西还给她,她不就不哭了么。"

"我又没拿她的。"

"还说没有?这个家里,除了你和她,谁还用铅笔?赶快还给人家。不然等你妈回来,我要和她说。"

小山慢慢地向炕前走去,忽然又回过头:

"老舅,我要是叫不醒她咋办?"

"你还没叫,就知道叫不醒?"

小山伸手推了两下,又揪住一条耷拉在枕头外的小辫拽了拽,小玲醒了,他赶忙把手松开。

小玲瘾瘾怔怔地坐起来,头发都睡乱了,有的贴在脸上,遮住了睡着前哭过的痕迹,有一些朝上面支楞着,一条小辫散开了,像个小疯子一样。她看着已亮起了灯的屋子,从神情上来看,她像是到了一个从未到过的陌生的地方,不过,灯影里站着的那两个人倒不陌生,一个是老舅,一个是小山。啊,小山——坏小子,连老鼠也不如的家伙!自己竟然是这么个人的妹妹,真叫人难过,说不出口。一刹那间,她清醒了,记忆的一角被什么东西照亮,探照灯一样扫过,使她渐渐地记起了吃中午饭时发生的事。

她白了小山一眼,接着就把目光从他的身上移开。

她的眼神像两只刚睡醒的蝴蝶,在飞离了讨厌的小山以后,本来想在老舅的脸上停留一会儿,却又忽然想起眼前这个老舅其实也是个靠不住的人呢,从来不给她做主,也很少看到他主持公道。一没事的时候,就歪着头察看他的那条腿,看上一会儿后,就开始烦躁,有时垂头丧气,不住地唉声叹气,有时眼睛里闪烁着一些恶狠狠的东西。

她看着屋门口,外面已漆黑一片,什么也看不见了。

她看见小山慢慢地朝她走过来,一条胳膊从肘关节那里弯成一个直角,他的那只手臂在一前一后地动来动去,像是要从袖子里出去,又像是正在遭受痒痒。就在那时,突然,她的眼前一亮,她看见从小山的袖筒口逐渐地露出一个东西,她差一点大声地喊出来:正是她的那根崭新的刚削了个头,几乎还没有用过的翠绿色的铅笔。啊,果然是他拿的,只能是他,不是他还能是谁。捉贼拿赃,现在贼自己把它露出来了,他的手臂又伸缩了一会儿,然后整支铅笔就都出来了。他看了一下,接着就把它放到她的面前,闷声说道:

"还给你。"

放下铅笔后,小山就迅速走开,在地上转了几圈,似乎是对老舅说,又似乎是对小玲说,还好像是在自言自语:

"女人们都根本不能开玩笑,我这一辈子,再也不敢和女人们开玩笑了。"

"她才七岁,还是个孩子,"老舅说,"你怎么能说她是女人?不要随便给人乱扣帽子,只有结了婚的女人才能叫女人。"

小玲拿起铅笔仔细地看了一遍,见上面还十分光滑,还没有落下牙印,还和新的一样,这就是说,小山还没有来得及咬它,啃它,这让她多半天来一直悬着的心一下放了下来。她从一个枕头下面取出自己的铅笔盒,把重新找回来的新铅笔放进去,又把里面的那多半根土黄色的满是牙印的旧铅笔扔给小山。

小山拿过来,也没有看,直接就把那多半根丑陋的铅笔别到了自己的一只耳朵上。他在地上轻快地走来走去,很像是一个木匠手下的一名小徒弟。他蹲到门口,掀起门帘,朝外面张望了一下,外面更黑了,没有人影,也没有别的什么声音,只有呜呜的风声和一百米以外的两个变压器的沉闷的嗡嗡声。

只一会儿工夫,掀门帘的手,露在门外的脸,就快要冻硬了。他放下门帘,对老舅说:

"老舅,咱们还吃不吃饭了?"

"不是两顿饭么?"老舅说,"不是早就吃完了么?"

"我妈说,你现在正在养伤,要是天黑了还想吃,就还能吃一顿。"

"等她回来再说吧。"

"今天肯定不回来了。"

"甚的孩子,不盼你妈回来?"

"哪能不盼,盼也没用呢。老舅,你现在是新四军伤病员呢,每天养伤。"

天越来越黑,已经不能叫晚上了。现在,连老舅自己也不得不承认,北门外出现的那几个小黑点,真的不是姐姐她们。就像小山所说的,要是的话,早就回来了,这会儿也早已暖和过来了。不大的一个小县城，火柴盒一样的格局，就算是故意绕远，也早就绕回来了。去年秋天，他从柳八湾来城里，在北门外下了马车，扛着一口袋萝卜，从北门外到姐姐她们现在的这个家，一共也没用多长时间，这中间还包括要爬上那道又高又长的大坡。

他坐下来，把拐杖立到一边。

腿是硬的，感觉不像是他的一条腿，更像是一截晒干了的胶泥。有好几次，他真想把石膏撬起一点点，看看里面到底怎样了。

有一种习惯，每年一入冬，家家户户都吃两顿饭，第一顿饭在早上七八点之间，是学生们下早自习的时间，第二顿饭是下午三点，而三点也正是各个学校放学的时间。吃过那顿饭以后，这一天便不再吃东西了，学生们下午也不再去学校，都背起筐子去拾粪，完成各人的积肥任务。直到晚上，因为经常停电，四年级以上的学生带着煤油灯去上晚自习。小山现在还没有资格上晚自习，因为他才三年级，也没有积肥的任务，但是到明年就有了。而用墨水瓶改制的一盏煤油灯也已经提前准备好了。

头一年上学的时候，有一篇课文，一共四句：

爷爷七岁去讨饭，
爸爸七岁去逃荒，
今年我也七岁了，
高高兴兴去上学。

书上说的是七岁上学，而小山学这篇课文的时候已经八岁了。为此，他问过妈妈，妈妈说是好多孩子都像他这样。后来，有的老师也说，怪不得你们笨呢，八岁怎么能上学，八岁就不能上学。七上八不上，要不七岁，要不就干脆九岁，八岁恰恰是一个最不开窍的年龄。教体育的赵永胜老师更是直截了当地说，你们这些狗杂种，这么好的新社会还不好好学习，你们到底想干什么？这事直到现在小山也还是没弄明白，八岁怎么就不开窍了呢，大了一岁，为什么反而更笨了呢，还不如一个七岁的。

而一到假期里，两顿饭的习惯就总会被有些人家打破。三点钟吃完以后，到了晚上八九点钟的时候，有的人家还要吃一次，特别是那些家里有干重体力活儿的，临睡前要是不吃，根本睡不着，眼睛瞪得贼亮，心里只有一个盼望，有什么东西能把自己的肚子填饱。妈妈平时在家的时候，有时也会做第三顿饭给他们吃，大多是秋天晒干的豆角、葫芦片或者白菜，放一两滴油，更多的时候不放油，吃完后，满嘴都是干菜的那种味道，有时还有一股霉味。

"老舅，你饿不饿？"

"不饿。"

"我觉得你饿了。"

"你觉得？你从哪儿觉得？"

老舅不再看那条腿了。小山在地上走来走去，到处翻找着。听见老舅说，我从十来岁的时候起，就让你们这些外甥老舅老舅地叫着，觉得从来也没有年轻过一天。当然，那时候还没有你们，主要是你大姨二姨的那些孩子。小山把一个酱色的罐子倾斜过来，伸进手去掏了一下，接着又用一只眼睛往里瞄。瞄了一会儿，就又把罐子扶正，盖上了。这个时候，小山倒觉得老舅有点儿像一个残废军人了，更准确地来说，是那种打了败仗，刚从战场上下来，被遗弃在路边的伤兵。小山在很多电影里见过那种人，有的瘸着腿，披着毯子，有的直接趴在路上，哭喊着，期望他们自己的汽车能把他带走，但所有的汽车全都拼命地开走了,从来不带他们走。老舅当然没有趴下,他弯着腰往一个纸箱子里看。

小山找到一截一尺多长的外表灰白的干海带,拿给老舅。老舅说:"这不能吃,这是要留着过年吃的,从哪儿拿的再放回哪儿去。"

把海带放回去,不一会儿,小山又找到一些豌豆。小山向老舅建议说:

"老舅,咱们炒豆子吧,炒豆子也能顶饭呢。"

"就这么炒出来,根本咬不动。"老舅说,"等夏天吧,下雨的时候,用雨水泡上两个时辰,炒出来的豆子就会又暄又甜。"

听老舅这样说,小山不禁有些失望地看着他。就在这时,从黑黢黢的烈士陵园那边传来清脆的击掌声,不是连续拍手,而是隔一会儿响一声,他们三个人都听见了。

"是那个叫张僖的人么?"老舅问小山。

小山很肯定地说:"张僖从来不拍手。"

"瞎说吧,中国人还有不会拍手的?"老舅说,"连不识字的农村人都会鼓掌,更何况他也算是一名公职人员哩。"

"他真的不拍手,因为想拍也拍不了。"小山说,"他的一只手有毛病呢,五个手指弯弯曲曲地扭在一起,根本伸不展。他倒是很想拍呢。"

小山说着,把自己的一只手伸开,五个手指一个压一个,然后再蜷曲起来。"张僖的手就是这样的,你看,这能拍响么?"

听小山这样说,老舅不作声了。他皱着眉头看看小山,然后又侧着耳朵去听,等了有一会儿,却又没有听见。

"不是他,那会是谁呢?深更半夜的……"

听见老舅这样说,本来独自坐着的小玲不由自主地往前挪了几下,

靠近了坐在炕沿上的老舅,还用手揪住老舅的衣襟。老舅回头看了看头发凌乱的小玲,伸手在她的头上摸了一下,然后架起拐杖说:

"你们两个老老实实地坐着别动,我出去看看。"

起身时他摇晃了一下,架着拐杖朝门口走去,用一个肩膀掀起门帘。外面比傍晚那时候更黑了,多出了一种阴潮潮的黑暗,烈士陵园里的松柏发出阵阵低沉的呜呜声。他想起了几十里以外的家,柳八湾此时此刻也应该是漆黑一片的,狗在黑暗中叫着,和白天的时候叫得不一样,有时叫声里会带有明显的哭腔和破音,不由得让人怀疑它们看见了什么可怕的东西。小时候他们一致认为是鬼,狗看见鬼也会害怕呢。

其实还不到半夜,晚上十来点钟,住在后街的明亮突然来找他,对他说,你爹回来了,就在我们家,怎么弄也弄不走。

他看着面色灰暗的明亮,不知道他在说什么,因为父亲三年前就死了。

明亮说,我知道你不信,你跟我去看看,看了你就知道了。

于是,穿过黑黢黢的街巷,两个人往后街上走。到了明亮他们家里,却看见只有明亮的母亲一个人坐在炕上。他看看明亮。

明亮说,你别着急,就在我妈身上呢,一会儿一说话,你就知道了。

他吃惊地说,我爹……在你妈身上?

明亮点点头。果然,明亮的母亲开口说话了,只是并不是她本人的声音,而是一个男人的声音。那情景很有点儿像是双簧表演,一个人在前面坐着说话,但是声音却是另一个人的。他只听了两句就听出来了,是他父亲的声音。

可是，再看明亮的母亲的身边，什么也没有，更没有人藏着。

他也汗毛倒竖，他问明亮怎么办。明亮说，这种事，去医院也没用，得找专门会看这种病的人。可是他们都不认识。于是，两个人又摸黑出来，去找一个外号叫"阴眼"的人，"阴眼"认得很多神秘的人。

"阴眼"答应和他们去。这以后，他们骑着两辆自行车，明亮带着"阴眼"，一起朝东南方向骑。路上他才知道，会看这种病的那个人，现在公开的身份是矿务局子弟小学的副校长。他听了，狠狠地吃了一惊。又问是男的还是女的，回答说是女的。

过七星河的时候，"阴眼"说他的脚不能沾凉水，于是他就背着"阴眼"过河，明亮一个人扛着两辆自行车。一背上"阴眼"，他顿时觉得身上被一股凉气席卷，就是夏日山洞里的那种飕飕的凉气。

整个过程昏昏沉沉，但是有一点可以确定的是，他们回来以后，按照人家说的一件一件地去做，明亮的母亲很快就恢复了正常。恢复正常后的明亮的母亲，大汗淋漓，十分疲倦，像是大病了一场。

五

午后，不到三点钟，供销社的门开了，怀玉和萧桂英再次走进去的时候，有一个满脸胡子的男人正站在柜台前等着打煤油。那个年轻的售货员拿着一个灌煤油的塑料漏斗，一边往那个男人的瓶子里灌煤油，一边斜楞起一只眼看着从外面走进来的这两个女人，虽然每天阅人无数，但直觉告诉他，还是上午的那两个女人。

她们装作是第一次来，装作是在认真地挑选东西，而不是专门混进来取暖的，他一眼就看出来了。她们在柜台前磨磨蹭蹭，慢慢地看着，浏览着，有时甚至还要对某一块毛巾或者一件女式上衣指指点点，似乎已经想要买了，却又没有最后拿定主意，所以，一直都在浏览中，一直都在选择中。她们从鞋帽货架上浏览到农业生产资料货架上，笨重的铁锹、麻绳、犁铧、细铁丝编的筛子一类的东西，显然不是她们很想看的。所以，不久以后，她们就离开那些农具，在一排副食货架前停住了。

信不信她们会一直浏览到天黑，啥也不买？年轻的售货员听见自己的身体里有一个声音这样在问。又听见另一个声音马上回答说，信，当然信。

灌满一瓶煤油后，他从鼻子里哼了一声。

还算好，她们只是在慢慢地看，最多小声地交谈几句，并没有大声嚷嚷着让他拿这个递那个。

看着货架上的一排罐头，怀玉觉得自己的脸红了，甚至还有一些隐隐约约的灼烧。在萧桂英最渴的那时候，她真应该拿出钱来，给萧桂英买一瓶罐头，让她解解渴，可是她没有。是不是因为萧桂英当时说了那样的话？萧桂英说，水果糖不能解渴，会越吃越渴；水果罐头里的水也不能喝，会越喝越渴。既然萧桂英都那么说了，她也就顺水推舟地表示赞同，装了糊涂，最终也没有把钱拿出来，只是不知萧桂英看出来没有？罐头里的糖水真的不能解渴么？那怎么会？它清凉甘甜，那怎么会不解渴？不仅能解渴，甚至还能治病呢，不是么？常有人病了，吃一两瓶罐头，病马上就好了。

站在货架的对面，怀玉想到了自己的小气，觉得愧对萧桂英这样一个多年的姐妹。她想，多年前的怀玉不是现在这样的啊。

越想越生气，当然是生自己的气。究竟是从什么时候起变成了今天这样？又是什么在这中间起了决定性的作用？

是林烈？

是的，就是他——她似乎一下就找到了事情的根源。

不是么，若不是他还能是谁？要不是因为他，她现在至少还会有一份工作，最坏的结果，无非是也像萧桂英一样从中学被贬到小学，甚至即使是被贬到只能徒步到达的偏远山区，每个月的月中或者月末，一定也还会有一份属于自己的工资领到自己的手里。

有时候她想起他，就像是想起一剂毒药，那一种表面上听起来像人参的东西，在她还不到二十岁的时候，就开始在她的生活里出现并融化了。她曾经还以为是糖，甚至蜜，每天主动地高高兴兴地舔一点，有时候尝到的明明是一种不容置疑的辛苦的滋味，还以为是自己本身嘴苦的缘故，把问题千方百计地往自己的身上揽。

其实真正叫人头疼的还并不是那些非常宏大的问题，以及所谓的原则性的问题，而是一些十分具体的小事情，灰尘一样，针尖一样，每天都有，每天又都清理不干净，似乎从来也没有一尘不染的时候。她就被这些东西永远地包围着，簇拥着，她到哪里，它们就跟到哪里。那些宏大的问题可以不去想它，不想它也可以度过每一天，每一年。可是那些小事情就不一样了，必须得去想，去正经地面对，不然就是短短的一天也很难度过。

当然，今天一天没有饭吃，完全可以饿一天，一天不吃又饿不死人。可是明天呢，后天呢，大后天呢，一个月以后呢，一年以后呢，你还能保证永远像第一天一样？

尽管去彤云白跑了一趟，从侯生贵那里没有要回一分钱，但五月的最后一天，她还是请金巨才吃了一顿饭。都说金巨才像阎王判官一样冷酷无情，难说话，可看他歪着头啃骨头时的那副样子，觉得他也还是一个正常的普通人，甚至有着小狗般的认真和孩子般的天真，并非像外界传说的油盐不进，一个真正无情的人会那么？你请他，他能来，就足以能说明他并不是什么阎王或者判官。就算你把酒菜准备得再丰盛，试问，谁能把阎王或者判官请来？仅仅就是一顿饭，金巨才前后的态度就有了很大的变化。很多人外表强硬，看着吓人，其实内里也并不像碉堡那样难攻。

萧桂英忽然碰了碰她的手。

她听见一声响亮的咳嗽，是主人在自己的领地上的那种咳嗽法。仅仅只是回去吃了一顿中午饭，年轻的售货员就换了一件崭新的蓝色的制服，里面还衬了一个白的确良的假领。他的眼睛有毛病，牙却挺白。这会儿，他的嘴里不住地传来阵阵响动，一会儿是一种嘎啦嘎啦的声音，一会儿又是一种咕噜咕噜的响声。很快，怀玉她们就听出来了，是水果糖在嘴里与牙齿磕碰时才会发出的那种声音。

"他吃糖一定不花钱吧？"

萧桂英尽量小声地问怀玉。怀玉说：

"肯定不花。"

"今天一颗，明天一颗，总有一天会堆成一座山。"

她们走到门口，怀玉掀起挂在门上的蓝色的棉布门帘，把头探了出去。外面的风依然很大，街上没有一个人，好多的树枝都在摇晃。

"哎，那两个女人，干啥呢？赶快把门帘放下来，把热气都跑出去了。"

听到背后的喊声，怀玉吓了一跳，手一哆嗦，蓝色的棉门帘自己重新合上了。回过头，看见那个年轻的售货员正在很不高兴地望着她们。

"我们就是想看看天气。"萧桂英说。

"想看出去看去，出去看得多清楚。"

又说："天气不好，还用看么，听也能听出来。"

"等风再小一些咱们就走，"怀玉拉了一下萧桂英的一只袖子，低声说道，"天黑以前离开这里。"

"不等了？"

"这怎么等？一会儿天黑了，咱们住哪儿？"

这倒真是个问题。上午一来了以后，她们就发现了，关河虽说是个公社所在地，也有一点集镇的模样，可是却没有一家旅店，供销社这一块儿便是全关河最中心最热闹的去处。人们从家里出来，其实没有什么地方可去，都习惯性地直奔供销社就来了。夏秋两季，天气好的时候，每一个供销社的外面都聚集着很多人。冬天风大，天冷，外面站不住，就都拥到供销社里面。而她们下一个要去的地方叫捧场，距离这里还有好几里的路程。

不断地有人掀起门帘从外面进来，有的买两个碗，有的称一斤盐，还有人用鸡蛋换火柴或者针线。有一个小个子的男人买了一顶蓝布的帽子，走了没多久就又回来了，说是帽子太大，要求换一顶略为小一点儿的。年轻的售货员有些不信，让他当场再戴上试试看。那个人把帽子往头上一戴，果然，眉毛和眼睛立即就都看不见了。周围的人们立即笑起来，怀玉和萧桂英看着，差一点也笑出声来。年轻的售货员

41

见情况属实，也龇开白牙笑着，很快又重新换了一顶给他，并让他在柜台前再试戴一次。

一个围着灰色头巾的老太太，对年轻的售货员说，上次在他这里买的二斤枣，本来是准备过年吃的，回去后剥开一个，发现里面全是蛆和小虫虫。接着就又剥，一连剥了十几个，二十几个，都一样，只有不多的几个是好的，没蛆的。年轻的售货员向老太太解释说，东西都是从县里的果品公司进回来的，要有问题，在他们那里的时候就有了。

"您是不是以为是我把每一个枣都剥开，然后把蛆和小虫虫放进去的？"年轻的售货员对站在柜台外面的老太太说，"您也不想一想，我哪有那本事？就算我有那个本事，就算我有很多的蛆和小虫虫，也没有那个耐心和工夫呀。我把每一个枣都剥开，把蛆和小虫虫放进去，我又怎么给人家恢复成原样呢，总得恢复得像个枣吧？"

"看你这孩子，"老太太说，"我又没说是你放进去的。"

"吃的东西，哪有不坏的。"年轻的售货员说，"坏了、馊了，长毛了，有蛆了，那不是挺正常的事么。咱们自己家里不也常有吃的东西放着放着就坏了么。"

"那倒是，"老太太说，"我秋天腌的一小缸萝卜就全坏了。"

"对呀，那又能怨谁呢？怨萝卜、怨水，还是怨缸呢？"

"谁也不怨，就怨我哩。"

四点多的时候，怀玉和萧桂英终于决定要走了，她们觉得再多停留一分钟都是累赘和罪过。只有她们俩，既不买东西，也插不上别人的话，孤零零地站在门口，谁也不认识她们，与眼前的环境和气氛格格不入。其他的人，有的是来买东西的，买完了也不走，留下来站着，说话。有的人不买东西，却也是差不多每天都要见面的熟人，相互之间说着一些只有他们才能明白的事。供销社的地中间生着一个火炉，怀玉和萧桂英，她们也不太好意思往炉子前站，去抢占一个暖和的位置，因为炉子前早已围了一圈人。他们说一会儿话，某一个时候就忽然停下来，看着站在门口的这两个女人。每当那时候，她们就会有一种被人参观的感觉。

"风看来是小不了啦，"怀玉对萧桂英说，"不管它了，咱们走吧。"

萧桂英点点头。于是，她们掀起那条厚重的棉布门帘，一起走了出来。

"冻死也不再进去了。"怀玉说。

外面的风果然还很大。就在她们出来的这个时候，供销社前面的沙土的空地上，有两个黄蒙蒙的旋风已经初步形成，正在慢慢地盘旋。就像发动机刚发动起来那样，一开始速度并不是很快，先是呈漏斗状，大头朝上，在地上转圈子，转着转着，速度明显变快，漏斗变成了螺旋状的，又像一个一头拖到地上的又高又长的大口袋，突然拔地而起，往空中去了。

"飞沙走石呢。"萧桂英说。

她们把扣子扣好，围巾围好，只露一双眼睛，沿着供销社后面的一条小路向北，向七八里地以外的那个叫捧场的地方走去。

刚走了几步，根本还没有走出关河的三分之一，她们便意识到是在顶风行走，风就在她们的正面，从天到地，一字排开，高大，强硬。不，风好像并不只是在正面，更像是在任何地方，而且也不是一字排开的，而是像海水一样深邃广大，把所有的人和东西都淹没在其中。两个女人很难迈开腿，身体在不住地打转。说话，互相都听不见对方的声音，要是迎着风，连嘴都张不开呢，一个字还没有说出口，便又被生硬地原封不动地顶了回去。每朝前迈一步，身体就要在风里打几个转。转啊转啊,每当转到背朝着风的时候,她们就又看见了关河供销社红瓦的屋顶、灰色的围墙和那些荒凉的院落。

风里似有千军万马的冤魂在厮杀,在呼喊。

她们紧紧地靠在一起,两张脸几乎要贴住,但只有这样,只有用这种姿势,才能把话说清楚,并让对方听见。

"照这种走法,一个钟头也走不了一里路。"怀玉说。

"等到了捧场,"萧桂英说,"怕已经半夜了呢。"

"要是那样,那就更麻烦了,黑更半夜的,我们去哪儿呢?"

"要是夏天就好了,随便找个地方坐一会儿,天就亮了。"

其实这时候天已经黑了,但她们好像并没有及时地发现。从五点多以后,黑夜就加快了脚步,天色不是一点一点一寸一寸地变黑的,而是一大片一大片地往深里走,黑麻麻的一张网从天上撒下来,地上就全黑了。你低下头去做一件事,低头的时候天还是亮的,还能看见走着的人和冒烟的房子。等到过一会儿,再抬起头时,所有的一切都已经看不见了,房子的存在要靠里面的一盏黄色的灯来证明,不然你怎么能知道那边有几间房子。附近有没有人,要靠声音来证明。一个人,如果不开口,不喊一声,就很容易被以为是一根木头桩子。

直到看见关河的村里有了星星点点的昏黄的光晕,她们才发现天早就黑了。

怀玉吃惊地说:"人们都已经点灯了。"

萧桂英其实早就看见了关河村里的灯光,只是这会儿她冷得上下牙不住地打战,她多么盼望能够到某一个小木格窗户上映出黄色灯光的房子里去暖和一会儿,喝一杯热水,对,就要那种最滚烫的冒着缕缕热气的水。然后,靠在一面有灶火烘烤的墙上,闭一会儿眼,要是背后再能有一个枕头,那就更好了。神仙又能有多舒服。

她们决定往回返，看看能不能在关河村里寻到一个住的地方。风从背后呜呜地推动着她们，使她们走得很轻快，和迎着风走正好相反，甚至有一种微微的双脚离地的飘起来的感觉。

满天星星，但可惜它们都又高又远，不能为地上走路的人照亮。

在河川里看星星，人就像星星一样小。

她对霍世荣说，你看今晚的星星多亮。

霍世荣说，我没工夫看它们，我得先把胎补好，不然就去不了矿务局了。

一辆老旧的加重自行车，后架上驮着一口袋黄米，按照一斤换二斤或者弄好了能换二斤半的比例，去矿务局能换回至少两口袋玉米面。霍世荣他们家有六七个孩子，个个都像狼一样能吃，每年都得用这种办法来对换粮食，平衡生活，不这样就真的过不下去。可是走着走着，车胎忽然又爆了，他不得不停下来补胎。一条黑红色的内胎从里面拿出来，她吃惊地看见那上面真的是千疮百孔，不知已补过多少次。每次出门，霍世荣都要随身带着胶水、锉，还有气管子，自己补胎，自己打气，这样就可以不求人。走到荒僻的没人烟的地方，车胎忽然破了，你能找谁去？霍世荣，师范时代的浪漫才子，曾经写过诗，画过画，现在他一切都不记得了。穿着补丁摞补丁的衣裳，虽然还留着当年的偏分头。这个偏远学校的教员，现在只关心一斤细粮能换几斤粗粮，别的都不能引起他的兴趣和注意。他说要是一斤能换三四斤，他准能高兴得死过去，甚至跪下给他们磕头都没问题。

她回去做饭，想让她的这位昔日的老同学吃一点饭再走。可是等她做好饭再出来的时候，霍世荣早已补好胎，驮着他的那一口袋黄米走了。

  按照时间来看，霍世荣骑到那里的时候应该正是后半夜，他得坐在家属区外面等，等到天亮以后才能进行交易。

  又一次从供销社的前面经过时，看见供销社早已锁了门，还上了护板，长长的一溜护板，把一天的喧哗一点不剩地关了进去。此刻，它蹲伏在黑魆魆的地上，本身也是一个黑洞洞的东西。"白天那么多人，好像都没家一样，天一黑，都回去了，不管好赖，都有一个家。"怀玉说。萧桂英的脚下踩到一块石头，身体打了一个趔趄，怀玉赶快把她扶住。问崴脚了么，回答说没有。

  "很可能已经睡了。"萧桂英说。

  说着话，摸着黑，朝白天她们曾经要过水的那位老太太住的那几间矮小的房子前走去，这是她们两个人一路上商量的结果。因为她们觉得，在整个关河，在这个黑漆漆的夜里，眼前这几间房顶上长满荒草的房子是最有可能接纳或者容留她们的一家，除此以外，她们实在想不出还能去哪里。

  可是，等到了跟前才发现，通往小院的那扇窄小的门是从里面紧紧地插着的，看不清也很难说运用了怎样的一种机关。她们试着推了推，发现竟然插得十分牢固，虽然整个门都在晃动，却就是打不开。说是门，其实严格的意义上来说，根本不能叫门，只是用三四根胳膊粗细的并不直溜的木头扎成的一个木排，上中下又用三根横档固定了起来。这样的一个东西，如果把它放在水上，是可以当作小船来行走的。

  小院里一片漆黑，房子里也是黑的。

  "大娘！"怀玉小声地朝里面叫了一声。

"大娘！"萧桂英也同样小声地叫了一声。

叫过之后，院子里依然一片寂静、漆黑，那几间矮小的快要趴在地上的房子里也没有任何动静，没有回应，也没听见有人起来。两个女人站在小门前，听见墙边的几棵高大的榆树在风里簌簌作响，接着又看见那些黑色的树冠正在有节奏地摇来晃去。事实上整个关河的树木都在拼命地摇晃，唰唰地响着。村里的榆树、柳树、杏树，村外的杨树，高大的只摇晃它们的头发，瘦小的全身都在晃动。

其实，眼下最让她们感到犯愁的还不是叫不醒那位老太太，而是完全不知道老太太的家里到底还有什么人。如果仅仅只是老太太一个人，那倒好办了，也不愁了，相信只要她们多拍几遍那道木栅栏门，多叫几声，一定能把她叫醒。老年人的觉，说睡也能睡，说醒也能醒。怕就怕到时候真正叫醒的不是那位老太太一个人，而是她身后的一大家子人，而且又根本没有任何多余的地方可以留人，一下收留两个女人。

黑暗中，怀玉对萧桂英说：

"咱们走吧，到公社那边再看看。"

"公社？"萧桂英吃惊地说，"咱们这样的身份，去公社？"

她们转身向黑洞洞的街里走去。怀玉边走边对萧桂英说，当然不可能去公社住，人家也不会让你们住的，难道能让两个来历不明的女人睡在办公桌上？来历明白也不行。公社是办公、发布命令和执行命令的地方，又不是专门留人的招待所或旅馆。一个人，即使再没地方住，即使到牛圈里去对付一黑夜，也不可能去打公社的主意，不是么？你去北京，想念毛主席，一颗红心红似火，一片丹心向阳开，理由能拿得出手，也能说得出口，晚上没有地方住，你能想到去中南海或者人民大会堂去对付一黑夜么？早上刚来的时候，怀玉就注意到了，在公社那个大院子的外面，有一串其貌不扬的小房子，看情形显然应该也是从那个公社的大院子里延伸出来的，也应该属于里面的一部分，但只是看上去好像又不那么重要，像是一种庶出的关系。也正是这一点，正是因为它不重要，所以她才觉得有希望，才决定和萧桂英一起到那里去看看，说不定能碰上运气。

从街口那边一拐过来，怀玉就看到它们了，在公社冰冷的围墙外面，小小的，黑黑的，像一串被临时召集在一起又用绳子串联起来的弯腰驼背的人。房顶高不过两米，小窗户，窄门，有的门框上方钉着小木牌子。怀玉从包里拿出几乎很少使用的手电筒，一个挨一个地照过去，看见白油漆刷过的小木牌上写着红字，果然都是些不太重要的部门：兽医站，植保站，文化站，林业站，土板墙办公室，还有一个写着"沙办"，从字面上很难一下看出是干什么的。所有这些房子里外都是黑的，都锁着门。

只有兽医站里面亮着灯。

六

清水河……清水河！

一看见这个名字，他就想起了夏天，之后又是冬天，想不起与这河有关的具体的某一个人，能想到的却是它在不同季节里的各种模样。

并不仅仅对外人是这样，就连给予了他生命并抚育他长大的父亲母亲，这些年来他也很少能想起他们。究其原因，他觉得心里一直被太多的可怖的东西占据着，是一种连续不断的马不停蹄的占领和褫夺。旧的那一批还没有撤离，新一轮的东西就又到了，这就是他的心，像极了一片被踩躏得看不出本来面目的土地。这样的一片几乎被煮熟了的心田，还有什么东西能够再挤进来，并得到安置？

篮球被扔出去，虽然没有投进篮筐里，但是却一蹦老高，到了房顶上，众人又是一阵热烈的掌声，只有他忘了鼓掌。不，其实也并不是忘了，而是觉得不应该鼓掌，又没有投中，鼓什么掌。但是众人都在热烈鼓掌，他反应过来，正要鼓，史渔麟却因为有事要先走了，小马跟在他的身后，替他拿着衣服和提包。从他的身边经过时，史渔麟一边用毛巾擦汗，一边低声说，不用鼓，我不需要你鼓。

史渔麟走远后，他还愣在原地，刘照明从背后拍了一下他的肩膀，说，伙计，反应太慢了，将来要吃大亏的。

离开村子二三里，有一间孤零零的土房，远看时以为是一个瓜棚，走近才发现要比瓜棚正式得多，墙上用掺了麦秸的泥抹过，不漏风，屋顶看上去很严实。什么叫严实？抬起头看不见天，看不到亮，没有风从头上刮过，也不眯眼，那就叫严实。

一个四十多岁的人正蹲在地上，在一个铁锅里炒着一种面粉。

他进去的时候，面粉已炒得很黄，散发出阵阵香气。由于颜色的改变，已不大能看出到底是什么面粉。玉米面？豆面？以这间房子的模样，以房子主人的模样，他想不大可能是白面，没有人会这样对待白面，更何况是眼前这么一个人。

一看就是个老实人，用一只手护在锅沿上，防止在炒的过程中把面粉铲出去。锅下面的火焰像一条条红黄色的舌头一样不时地从炉圈下跑出来,欢蹦乱跳地蹿到他的那只手上,舔着几个脏污的黑手指。

他也蹲下来,蹲在炉子的另一边,这样一来,炉子的热气和面粉的香气就不时地涌到他的脸前,让他不由自主地用鼻子深深地吸了几口。吸过之后,竟有一种被邀请吃饭的感觉,更有一种占了便宜的感觉,身上开始变得暖和,又觉得脸上的皮肉也绷得不那么紧了,渐渐地放松下来,脸色也不再灰白、青黑,开始有血色泛出。

他问炒面粉的人,能不能让他在这里坐一会儿?炒面粉的人说能。

看样子面粉已经炒好了,因为炒面粉的人把锅从火上端下来,放到地上,接着又把一个铁茶壶坐到火上。这以后,他一手扶着锅,另一只手继续慢慢地翻炒着锅里的面粉。他渐渐地看懂了,锅里还有很强的余温,如果不继续翻炒,最下面的那些面粉就会煳掉的。

他对炒面粉的人说,我帮你炒两下。

炒面粉的人没有停手,可能压根儿也没打算把手里的那个铲子递给他,而是低着头,眼睛看着锅里焦黄的面粉,声音却在问他:

"你是干啥的?从哪儿来,要到哪儿去?"

他说他是过路的,又乏又累,身上的烟抽完了,想买烟,可是又不知道供销社在哪里。他假装不知道,其实他当然是知道的。还知道凡是供销社那种地方,永远都聚集着不少的人,横七竖八,众目睽睽。他不想让自己出现在那么多人的面前,除了会坏事,再没有任何一点点好处,真正的有百害而无一益。十二月底的淡黄的光线从一露头便被凄厉的寒风所稀释、抵消,变得如一层稀薄的糖衣一样镀在天地山川之间。

炒面粉的人炒完最后一下,把铲子从面粉下面抽出来,放在上面。

然后对他说：

"我知道，我替你去买。"

那时候，坐在火上的那个又脏又旧的黑铁壶里面传来了咕噜咕噜的响声，布满白色水垢的壶嘴上冒出了热气。又过了一会儿，先前那些散乱的热气突然聚集起来，收拢成一根白气的棍子，和壶嘴一样粗细，不断地从壶里延伸出来。白棍子平静而又气呼呼地冲向屋顶，屋顶上开始有泥土一块一块地掉下来。

炒面粉的人拿来一个很大的粗瓷碗，举起来，对着门口的光线看了看。为什么要那么看，是担心碗底有砂眼甚至窟窿么？可能没有看到窟窿。这以后，用三个并拢起来的手指在碗里擦了两下，把碗放在地上，提起那个又脏又旧的黑铁壶，倒了一碗滚烫的水给他。他摸出一块钱给了炒面粉的人，并告诉了他烟的名称。炒面粉的人用糊满干面粉的手把钱放进身上的一个口袋里，就要出门去了。看见人家帮他去买烟，他一时也很想帮人家做点什么，于是就问，要不要替他把炒好的面粉从锅里盛出来？哪知炒面粉的人一听就急了，说千万不要动，就那么在锅里放着，要等到完全放凉了才能往口袋里或坛子里装。

炒面粉的人让他安心喝水，顺便帮他看一下家，他一会儿就回来。说完，就急匆匆地走了。他也跟出来，站在低矮的门口，看着炒面粉人的身影，看见他上了一道长堤，两边有灰色的柳树，要是在夏天，那绝对是一个最理想的散步的好去处。不过，他刚才来的时候，却并没有走那条长堤，他是通过两条田间的小路和一些灌木丛，一点一点地绕过来的。

看着看着，就在他想返回小屋里的时候，突然看见炒面粉的人越走越快，到快要看不见他的时候，几乎变成了小跑。看着那个消失了的身影，他的心忽然一下悬了起来：替一个陌生人去买烟，用得着走那么快么？那更像是在飞快地赶往医院，或者跑着去送一封十万火急的信。别的不说，光是看见一群鸟从他刚才经过的地方突然飞了起来，在树梢上面集体打着来回，就知道他走得有多么急了。啊，就在那一刹那之间，他突然感到脑子里的一个角落倏忽被照亮，让他想起了他临出门前的样子：低着头，沾着面粉的嘴角边掠过一丝极为短暂而又奇怪的笑……他可能以为他没看见，但是他恰好看见了，而且也注意到了，只是当时没往心里去。而之所以没往心里去，完全是出于一种盲目的放松和对于他的信任。

信任害死人！

果然，大约十来分钟以后，炒面粉的人回来了，当然不是他一个人回来的，还有另外的三个人，加上他，一共是四个人。有两个年轻人，一人背着一支半自动步枪。另外没有枪的那个人，披着一件有毛领子的短大衣，从举止神态上看，应该是一名领头的干部。有意思的是，让他感到可笑而又可怕的是，在快要接近那间孤零零的小屋前时，他们都明显地放轻了脚步，并以一种猫捕食的方式慢慢地接近着目标。领头的干部做了一个手势，四个人迅速散开，呈半圆形，对那间瓜棚般的小屋形成包抄。他们一点一点地往前，到了门口，三个人突然像一阵凄厉的白毛风一样刮了进去，倒是作为小屋主人的炒面粉的人，是最后才跟进去的。

当然，他们很快就又出来了，因为他并不在里面。

他在哪儿呢？那时候，他正趴在下风头的一条二三尺深的垄沟里，他们的话顺着风传到了他的耳边。

"人呢，你说的那个人呢，在哪儿呢？"

"奇怪，怎么不见了呢？"

"你咋就认定他是一个逃犯呢？"

"他让我替他去买烟,说实话,我就是从这一点开始怀疑他的。您想,一个人,连烟都不敢去买,那正常么?显然就是怕人看见,怕见人嘛。你是拿钱去买烟,又不是去抢烟,有什么不敢的,可我看他就是不敢。他因为啥不敢?这还不能说明问题?身上有事呢。"

"这也没用呀,无论多可疑,人都已经跑了。"

"我看他渴得厉害,好像已经好几天没喝过水了。本来暖壶里就有水,可那是昨天的水,已经不热了,我怕他喝了就走,所以就多了个心眼,没给他喝,而是用茶壶重新给他热了一壶。滚烫的水,开得哗哗的,再着急的人,再干渴的人,面对那么滚烫的水,他也没办法,只能等,一时半会儿根本不可能喝下去。我当时的心理活动,就是想用那碗水把他给拖住,然后再去报告。可谁知道……"

"人家一口也没喝,对不对?我刚才进去看见了,那碗水动也没动,还在地上放着。一碗水就想留住一个人?不是我说你,陈元秀,你就是一头猪。"

"我不如猪呢!就连全国广大的小学生们都知道,猪浑身是宝,肉可以改善人民生活,支援国家建设;皮可以制成皮革,用途广泛;毛可以制成各种刷子,用途更是多得不得了;就连它的粪,那也是肥沃土地,发展农业生产的最好的肥料,庄稼一枝花,全靠肥当家。可我呢,我身上能给国家给人民提供什么?什么也没有!除了每天浪费粮食,还不省心,还得国家拿出专门的人力物力来批斗我,帮助我,教育我……贡献没有,麻烦一大堆,一想到这些,我就会整夜整夜地睡不着。"

"那次开会斗你,有人说你是一头猪,你还不服气,还梗着脖子辩解,说大家对你人身攻击。大家说错你了么,对你人身攻击了么?"

"没有,其实一散会我就明白了,大家说的都是事实,一句攻击的话也没有。这些日子以来，我每天都在反省，大家对我其实非常好，大家是爱护我的，每次开会，还专门搬来长条凳让我坐，可是我坐在上面，心里要多难受就有多难受。我难受什么呢？我难受的是，那么好的凳子，却让我这么一个恶心的人坐，对那凳子不公平呢。我是怕我把它也坐得恶心了，又给国家和人民造成一次浪费。"

"别扯得太远了。你把我们叫过来，人却跑了，一把手枪，两支步枪，全白拿了。两支步枪，加起来有十几斤重呢。"

"对不起，全是我的错，没想到他这么狡猾……这是他给我的那一块钱，让我给他买烟的，现在我要上缴。"

"动机是好的，可惜结果很糟。一块钱归你了，你留着吧。"

"不行，我一定要上缴，我不能留。我要是留下了，我成了什么人？我会吃不香睡不着，只会增添新的罪孽。给我一次做贡献的机会好么？"

"那好吧。另外，以后就把你这个地方作为一个瞭望哨，发现有可疑的人，要动点脑子和手段。"

"我记住了。别让我再发现了，发现了他就别想再跑了。"

他继续趴在垄沟里，听见那几个人好像要走了。

脸朝下，贴着泥土，他慢慢地呼吸着泥土的气息。

他们乘坐的这种闷罐车不是火车，而是汽车，是用黄色的帆布蒙着顶子和四周，外面用好几道绳子一勒，里面就黑得伸手不见五指。

闷罐汽车从头一天晚上八点钟出发，就一直在不停地行走，到第二天早上八点多，汽车才终于停住。

前半夜，他们几个人坐在黑暗的车厢里，曾悄悄地议论过，同时也一边感受着汽车走过时外面的地形，判断着到了哪里。一路上听见汽车过河时溅起的水声，上坡时沉重的喘息声，此外还有急转弯时的剧烈的摇晃和震动，几个人的头在黑暗中毫无防备地"砰"地撞到一起，眼前直冒金星，老孙——孙志远还被撞出鼻血。或者被汽车的离心力甩开，后背碰到车厢上。

听见汽车在过河，但完全不知道过的是哪一条河。听见在爬坡，谁又能知道爬的是哪一道坡。所以，后半夜的时候，他们就都不再猜测了，就都睡着了。

第二天早上八点多，汽车终于停住，有人把黄色的帆布掀开一部分，他们惊喜地看到了外面的无比灿烂的阳光。

几个人共同认为，不停不歇地走了这么一黑夜，应该早就出了本省的地界，此刻他们停车的这个地方，一定已经是外省的某一个地方。但是下车后，他们都傻了，他们到达的地方竟然是蓝旗县！蓝旗县，不就是他们的邻县么，两县之间也不过五六十华里。

眼前的情景不禁让人哑然，老孙鼻孔里塞着血棉花，率先笑了起来，不过，他的笑声一直局限于嗓子里。那笑声喑哑无比，除了身边的几个人，再没有人能够听得到。

第三章　上深涧，胡汉营

七

屋里安静了不大一会儿，小玲忽然又说道：

"老舅你听，又拍手哩，就在房后。"

老舅抬起头，竖起耳朵听着，果然听见一两声啪啪的声音。但是再听，很快就又没有了。

"是陵园里的鬼在拍手哩，你知道么？"小山对小玲说，"一会儿就要从房顶上伸下一只有毛的绿手，也有可能是一只血手，把你抓起来，再从房顶上把你弄走。"

小玲仰起脸朝屋顶上看了一眼，发现真的有几根草棍在动，就好像真的有那么一只手已经悄悄地伸下来了，还碰了碰她的辫子，顿时哇的一声大哭起来。

"小山，小心我拿拐杖打你！"老舅狠狠地说着，用手里的拐杖在旁边的那个小柜子上敲了一下。

小山走到门口，听见老舅又说：

"他妈的,真是会欺负人!把一个女人和三个小孩子安排到这种地方住,常年和鬼魂做邻居,也不知安的什么心?"

小山心里清楚,老舅即使再生气,也不会打他的,而爸爸要是在,那可就说不准了,十有八九会一脚把他踹到门外。从大的广阔的方面来说,他希望自己和别的孩子一样,也是一个有爸爸的孩子,不管他是做什么的,也不管他好坏,只要有那么一个人在这个世界上就行。但是,从细小的每一天的生活来说,他其实并不想见到爸爸,甚至,他要是一直都不在他们的日常生活里出现,那才好呢。所以,他更喜欢和老舅在一起,心里希望老舅能长期住在他们这里,最好能永远住下去。很多时候,老舅也像是个孩子呢。没有爸爸在,就等于没有拘束,没有严厉的斥责,更没有紧张和打骂,无论多晚回来,也不会被一脚踢出门外。

不过,没有爸爸也有没有爸爸的麻烦。小山他们学校里七年级的朱凯,身材细长,外号叫长腿蜘蛛。长腿蜘蛛的爸爸死了,母亲又给他们兄弟姐妹几个找了一个继父,不料这个继父却是一名历史反革命分子。长腿蜘蛛从六年级的时候就开始申请入团,一直到现在七年级眼看就快毕业了,仍然还是没有申请成,这中间最主要的障碍或者说绊脚石就是他这个继父。为这事,长腿蜘蛛经常和他妈打架,有时就干脆不回家。小山印象最深的一次就是有一天上午正在做广播体操的时候,长腿蜘蛛的那个继父突然来看长腿蜘蛛,手里还拿着两个用纸包着的馅饼。当着那么多同学和老师的面,长腿蜘蛛的脸当时就红了,他接过那两个馅饼,看也没看,直接就扔到了街上。那么香的馅饼,说扔就扔了?学校里的孩子们后来常说,长腿蜘蛛为啥不吃馅饼?因为他是蜘蛛,只逮苍蝇和蚊子,谁能把馅饼织进网里去?

后来,看见老舅好像已经不生气了,小山就忍不住又说:

"老舅，前天夜里，我听见松树下有鬼哭呢，我就是让那声音哭醒的。"

"又来了！能不能不说这种事？"老舅说，"成天没一句正经话。"

"是真的呢，我听得真真的。"

小玲也不哭了，看着老舅。

"咱们房后的那些人，他们都是烈士，"老舅说，"国家给了他们荣誉，还有抚恤金，还有啥好哭的呢。"

"对，老舅你说得对。"小山说，"我们班上的牛建军，他爸爸就是烈士呢。他妈每次围着围巾要出门的时候，别人就问她，大兰呀，这是要去哪儿呀？他妈就用很尖细很侉的河北口音说：'去民政局领抚恤呀。'"

老舅说："那他爸爸也埋在这后面？"

"那倒不知道，"小山说，"也应该在吧，不然能在哪儿呢。"

小玲说："老舅，我想喝水。"

老舅提着暖壶，倒了半碗水给小玲。

之后，老舅把拐杖靠到墙上，上了炕上。小山帮他拿来两片消炎止痛的药，又到外面摸黑取了些炭回来。靠近门口的那些灰蓝色的炭，都是他用小筐从外面捡回来的。公共食堂的伙房外面，锅炉房的墙边，水泥厂和化肥厂的渣山上，都是一些可以二次燃烧的炭，分量却比原来轻得多了，即使是捡满一筐，背起来也并不觉得有多沉。奇怪的是，尽管分量轻了，火力却并不小，用风箱一拉，火焰都是青蓝色的。铁匠炉都使用这种炭，能把碗口粗细的铁烧红，烧软，那就是最好的证明。

小山关上门，把门帘重新掖好，外面的风进不来了，就在门外打转，有时突然怒吼一声，又像人一样用肩膀撞门。单薄的木门不时地发出吱吱扭扭的叫声，好像快要顶不住了。

老舅问小山："你取炭的时候，看见隔壁亮灯没亮？"

"没亮，"小山说，"黑洞洞的一片。我还专门过去听了一下，一点儿声音也没有。"

"这个'瞎子'，这么冷的天，也不知去哪儿了？"老舅说。

"他们是快吃晌午饭的时候走了的，"小山说，"他背着一个篓子，小石头就站在篓子里，还扭过脸看我呢。"

"这么冷的天，他也不怕把那个孩子冻死。"老舅说。

"他也穿得不厚呢，"小山说，"就他那件开了线的旧制服，里面好像套了个棉袄。"

"他是大人，又是在监狱里住过好几回的人，咋都好说。"

"我还问小石头来着，你们要去哪儿，小石头没说话，流着两股鼻涕，嘴里吃着个东西。我敢肯定，要不是一截冻萝卜，那就一定是一个他永远也咬不动的干核桃。"

小山记得，今年夏天，"瞎子"石觉刚放回来不久，就立即去黄家梁他大姐那里把小石头接了回来。头一个礼拜，三岁的小石头就像一个才从一个主人手里转到另一个主人手里的小动物一样，根本不认识这个新的主人，更不知道这个接他回来的外号叫"瞎子"的人是自己的亲爹。他不说话，一句也不说，总是躲在门后，或者被褥的后面，有时探出一半的脸，打量着出现在他眼前的各种人和事。

"小石头很好玩呢，"小山说，"我给他拿泥捏了一个黄豆那么大的东西，哄他说是糖，叫他张开嘴，他就张开了。我才给他放进去，手还没拿出来，他就吃开了。吃了一会儿，觉得不好吃，就都吐出来了。"

"那么一个没妈的孩子，已经够可怜的了，你还欺负他，给他吃土？"老舅说。

"我没欺负他，我就是和他玩儿呢。"小山说，"我还给他拿水漱口来，他不漱么。"

"他那是怕了你了，万一不是水呢？"老舅说，"换成是我，我也不敢漱呢。"

小玲也说，小石头好像时刻都想吃东西，谁要是拿手碰一下他的嘴，他的嘴马上就张开了，就像窝里的那种等着喂食的黄嘴的小鸟。

后半夜，就像有人用锤子一直不停地敲打，老舅被腿疼疼醒了。他在黑暗中睁开眼，咬着牙，伸出手摸了摸，以为出了脓，但是摸过后手却是干的，并没有沾上什么湿漉漉的东西，那就证明没流血也没流脓。他又把手拿到脸前闻了闻，也没有闻到什么异常的气味。

没有脓也没有血，这让他放心了不少。疼痛是一定的，那没办法。他掀起窗帘的一角，朝外面看了一下，外面黑得像一面镜子，没有月亮，没有星星，黑得无边无际，却又叫人觉得有些喘不过气来。忽然，就在那镜子一般的仅有的一块黑色的玻璃上面，他看到了一个隐隐约约的头像，一开始吓了一跳，但很快就发现，那应该是他自己，因为他朝旁边歪了一下，黑镜子上的那个头像也跟着歪了一下。

他放下窗帘，重新躺下。两个孩子睡着以后，这个屋子里一下就完全安静了，再没有一点响亮的声音。他听见那几只老鼠又窸窸窣窣地出来了，又在不屈不挠地啃那个装着劈材的纸箱子。尽管什么油水也没有，但每次熄灯后一出来，它们还是要首先直奔那里。也不知什么脑子，脑子不怎么样，记性好像也不怎么样。

耗子们，再精明，再狡诈，也还是不能和人相比呢。

姐姐家的油瓶子，原来一直放在靠墙角的地上，半夜里曾经被耗子们扳倒过两次。后来放得稍高一些，还是不行。自从他来了以后，他想出了办法，用一根绳子把油瓶子吊到了房梁上，做饭的时候再放下来，绳子的一头系在门环上。如果今天的饭不需要放油，那也就用不着把油瓶子从房梁上放下来了。自从油瓶子高升以后，耗子们就再也摸不着了。由油瓶子举一反三，他又把姐姐家的两个装米面的口袋也用绳子吊到了房梁上，平时就在上面吊着，做饭的时候再放下来。如果是粥，那就只放下那个装米的口袋，面口袋就不需要再放下来了。

小山很喜欢扯动绳子，把吊在房梁上的口袋放下来，因为那不仅不算是劳动，其中反倒有一种别人体会不到的乐趣。口袋里的米面不多了的时候，他还能在做完饭以后，拉动绳子，噌噌地把口袋重新吊上去。

半夜里，耗子们出来，其实也捞不着什么，最多能碰到一些吃饭时掉的渣子，但是它们却一直活着。隔几个月，还能带着新生的健康活泼的吱吱乱叫的小耗子们出来，这儿闻闻，那儿看看，那又足以证明它们并没有饿着。

人，耗子，都有各自的办法呢。六〇年的时候，那么饥饿，有的人饿得路都走不动，话都不想说，还有的活活饿死，不也还有无数的人在照常孕育和出生么。啊，做老舅的忽然想起来了，他的这个捣蛋的外甥——小山，就是在那一年出生的呀，不用到远处去找，身边现成就有这么一个活蹦乱跳的例子呢。在一个叫上深涧的地方，小山哭喊着来到这个饥饿的世界上。那时候，他也还是一个十几岁的少年人，背着一升小米、半升白面和十二个鸡蛋，步行一天半，去看望产后的姐姐。刚到村口，就听见有小孩子在哭。

  他说姐姐，我一进村就听见你们的孩子在哭。姐姐说，真是瞎说，他一直都在睡着，已经睡了十几个小时了，你听见的一定是别人家的孩子。

  他说，姐夫呢，又闹革命去了？

姐姐让他赶快上炕，他把拿来的东西小心地放下，十二个鸡蛋竟然一个也没打碎，真是奇迹！接下来，他向姐姐描述昨晚在胡汉营车马店留宿时的情景。车马店的掌柜的看见他口袋里鼓鼓囊囊的，就小声问他说，是吃的吧？他点点头。掌柜的就又说，那你睡觉的时候可得小心点，东西要是丢了，我们也没办法，一下吃进肚里，你到哪儿找去？总不能把每个人的肚子都豁开去找吧？听见掌柜的这么一说，他意识到形势的险恶，就打定主意夜里不睡觉了，坐一会儿，躺一会儿。青砖的大炕上躺满了人，打鼾的，说胡话的，还有在梦里吧嗒嘴的。睡在他旁边的一个人突然在睡梦中狠狠地踹了他一脚，要不是他及时用手撑住，那几个鸡蛋都得被压碎了，一个也别想跑。后来他换了一个地方，背靠一根柱子坐着。到后半夜的时候，实在坚持不住了，两个眼睛怎么也睁不开。就在那时，有一个人咳嗽了一声，等于救了他一下，让他一下清醒过来，这以后就再不敢迷糊了。后来又换到门口坐着，有风吹着，人就精神一些。好几次想起身上路，但看看外面的天还是黑的。鸡叫二遍以后，掌柜的系着围裙，进来捅火，烧水，吃惊地看见他孤零零地坐在门口，抱着口袋，两眼通红。

八

敲门之前，怀玉先把手电筒灭了，放回包里。

刚敲了两下，门就从里面开了，一个四十多岁的高个子男人站在门口,头顶几乎快要挨到房顶了。他似乎早就知道谁要来,所以门一开,他正准备说话,却又忽然愣住了,站在门外的这两个完全面生的女人显然超出了他先前的估计和判断,并不是他正在等着的人。

"你们找谁?"高个子的男人问。

"我们谁也不找,"怀玉说,"看见您这里亮着灯,我们就过来了。"

这是什么话!看见有灯亮着,就过来了?难道她们是两只飞蛾?高个子男人表情严肃地看着这两个女人。他对她们说:

"这是兽医站,你们知道不知道?"

"知道,"怀玉说,"我们看见您门上的牌子了。"

"那你们是……"

"天太晚了,我们实在没地方去了,想在您这里过一晚上。您放心,我们不睡,在凳子上坐着就行,天一亮我们就走。"

怀玉一口气说完了想要说的话,这样一来,高个子的男人也终于明白了她们的意思。但是,他却说:

"你们真敢想,没地方住了,就跑到兽医站来了。"

"您看看外面,到处都黑灯瞎火的,我们谁也不认识,只有您这里亮着灯,还有人。"

"恐怕不行,我们这里是工作的地方,还从来没有留人住过呢。"

"我们不睡,我们就在凳子上坐着就行,您就把我们当成是来兽医站办事的。"

"哪有你们这么办事的,一黑夜坐在凳子上?"

这位高个子的兽医,舌头有点儿大,怀玉从一开始就听出来了,通常,这样的人应该还是比较憨厚的,好说话的。所以,怀玉觉得有信心说服他,打动他。

"你们到底是干啥的?"大舌头在嘴里不利索地滚了几个来回。

"出来办点儿事,一耽搁就耽搁得天黑了。"

"办啥事?"

能说么?当然不能说。

"前两天,刚抓住两个像你们这样的女人,是出来倒贩粮票和布票的,已经送到县里去了,你们不会也是干那的吧?要是,那咱们可得好好说道说道,那是不允许的。武装部的张部长就住在上面的那个院子里,这会儿说不定正在用红绸子擦枪哩,要不要我上去把他叫下来?"

"您看我们像么?我们两个人身上的粮票加起来也没有十斤,布票更没有。"怀玉说着就要在身上翻找。

"有啥像不像的,那两个女人的脸上也并没写着要犯法的字。"

这时,萧桂英忽然指着怀玉,对高个子的兽医说道:

"我们跟您说实话吧,她们两口子打架,她的男人跑了,我们就是出来找他的。"

听到萧桂英这样说,高个子的兽医忽然笑了。他说:

"两口子打架,从来都是女的跑,还没听说过有男人也跑的,这倒是个稀奇事。"

"就是,"萧桂英赶忙又说,"还是带着一包耗子药跑出来的,我们不是怕他想不开么。"

像是出现了一种透明的溶液,一种春分时大地解冻的苏醒的声音,正把她们和他融化在一起。在某些问题上,他觉得被一缕春天的鹅黄扫了一下脸,又像在碧绿的青苔上突然滑倒了一样,而倒地后,又几乎是迅速地无条件地爬了起来。爬起来后,就完全忘记了先前的立场,不知不觉地站到了她们这一边。

"别听他作怪,"高个子的兽医对怀玉和萧桂英说,"要喝早就喝了,在家里就喝了,还用得着跑出来喝?那是吓唬你们的。"

"您先让我们进去吧。"怀玉看准时机，抓紧说道。又指着萧桂英说：

"您看她冻的。"

无论说话的时候还是不说话的时候，萧桂英看上去的确都有点瑟瑟发抖的样子，有时会轻轻地跺跺脚，高个子兽医在她刚才说话的时候也已经感觉到了，到这时，他不由自主地往里退了几步，让她们进来了。

一关上门，冷风不再往身上吹，她们顿时觉得进入了一个温暖的世界。

"您贵姓？"怀玉问兽医。

"不贵，姓李。"兽医说。

"老李，李大夫。"

"别叫我大夫，我就是个兽医，给牲口看病的，我也不想冒充什么大夫，沾他们的光。猪羊牛马，它们要是开口叫我大夫，那我就会答应的。"

怀玉高兴地注意到，经过了这一个转折以后，兽医的态度明显地发生了一个很大的改变，再也不盘问她们了，也不再提去上面的院子里把武装部长叫下来的事了，他的那张脸上已不再有敌意甚至警惕。这会儿，他在地上来来回回地转了一会儿，嘴里含混不清地嘟囔了几句。后来他竟然这样说：

"这也没法住呀！这屋里已经有四五天没生过火了，我也是刚刚才从下面一个村里回来，还没来得及生火呢。"

"就算没有火，也已经比外面暖和多了，我们不怕冷。"怀玉说。

那倒是，最起码没有风了。两个女人解下围巾，露出两张冻得通红的脸。到这时，他总算是看到了她们的真面目，是两个还算清秀的女人。

"唉，真拿你们没办法。"

他看着她们，接着又叹了一口气，说：

"就这一晚上啊，咱们可说好了，明天可不能再住了。"

"就一晚，天一亮我们就走。"

又指着墙边的一个小炉子说：

"劈材我已经弄好了，一会儿你们自己生火吧。"

"您还睡您的炕上，"怀玉说，"我们俩不睡，就在凳子上坐着就行。"

"开什么玩笑，那像话么？"兽医的脸上忽然红了，"我哪能和你们一起住？别管我，我一会儿去我二大爷那里去住。"

"您不在这儿睡？"

"有你们在，我咋住？"

"那真是太麻烦您了。"

"明天早上，上班以前，你们必须离开这里，让人看见了会不好。"

"我们六点就起来，不，五点半。"

"那倒不用起那么早，七点起来就行。"

兽医穿上一件蓝色的棉大衣，把一个皮帽子拿在手里，对怀玉说：

"要是有人来找我，就让他们去我二大爷那里去找。"

"您是说，一会儿还会有人来找您？"

"那可说不准。经常有人半夜来敲门，顶风冒雪，要不就淋着雨，马病了，牛不动了。要是情况不太急，我就第二天一早去；要是实在危险，不能等，就连夜跟他们去，打针，喂药，灌鸡蛋清。"

"鸡蛋清也能治病？"

"那当然，好多时候比药还管用呢。"

兽医已经戴上帽子，拿着手电出了门，又返回来说：

"收拾好了，你们就赶紧熄灯。张部长要是看见还有灯亮着，说不定会巡查过来，要是让他发现了，我也帮不了你们了。"

说完，就在黑暗中咚咚地走了。

此前，为了让他放心，使他信任，萧桂英曾经还从自己的手上摘下她那块"东凤"牌手表，要押到他的手里作为一种信物，那也是她们俩身上最值钱的一件东西了。但是兽医没要。他说，我又不是当铺，押你们的东西干啥。

事实上，为了以防不测，被人发现，尤其是被那个什么张部长发现，兽医刚一离开，她们就赶紧熄了灯，又把门上的插销从里面插好。接下来，给炉子生火，往茶壶里灌水，等等一些事情，都是在黑暗中进行并完成的。有时实在看不见，就用手电照一下，照完后，马上又灭掉。手电筒是个好东西，一条线，一束光，想看什么，直接照什么就行，而不必让满屋子都是令人不安的亮光。你照炉子的背后，照桌子下面，窗户上就绝不会有哪怕是一点亮光显现，这是最让她们感到安心和踏实的。谁说黑暗不好，是人生的麦城？那要看是什么情况，有时候它比光明要让人安心得多，也清静得多。怀玉和萧桂英觉得，从此以后，她们应该是再也不讨厌黑暗了，更不会惧怕。

果然没看错，大舌头的高个子，厚道人。

她们把窗户开了一条缝，让屋里的烟慢慢地散出去。火着旺以后，她们在炉子上坐了一壶水。屋里有了火，稍后又有了雾一样的水蒸气以后，她们都把外面的衣服脱了。后来，铁茶壶发出吱吱的叫声，水烧开了。怀玉从包里拿出一个刚买不久的搪瓷缸子，是在胡汉营供销社买的，上面印着一段红色的语录字。当初从家里出来的时候，一来是心情过于焦急，二来也是她们没有经验，完全不曾想到人在路上是多么离不了一个喝水用的东西。好几次她们渴得像要冒烟，要干枯而死，即使有水在眼前，也无法喝到。所以，在胡汉营供销社的时候，她一眼就看中了这个雪白的搪瓷缸子。现在，她把开水倒满，剩下的水她们将用来洗脸洗脚。

她们用洗完脸的水洗脚。怀玉让萧桂英先洗,她自己则从包里拿出一张纸,那是一张她自己画的地图,是临出来之前参考了两三张县份地图后画出来的,上面标注的正是她们这些天来走过的一些地方和区域。她坐在炉子前,借着炉子里映出来的火光,仔细地研究着那份可能是世界上最简单的地图。

在她的身后,热水的浸泡,使萧桂英发出一声又一声的呻吟。萧桂英两只脚放在水盆里,上半身则软软地歪倒在身后的那盘小炕上。

李兽医桌子上的一本厚厚的兽医杂志被怀玉垫在腿上,那张简单的地图就铺在那本书上。怀玉的手里拿着半截红蓝铅笔,在每一个她们已经去过的地名上打一个红钩,红钩之外,又分别各有一个问号。怀玉觉得,那些问号,像一些有灵性的耳朵,同时却又像是一些失明了的眼睛,它们很能说明她目前的心情,也很能代表她们这一趟的收获。

她用六尺布票和一个叫黑梅的女人换了五斤粮票,好几个人都说她吃了大亏了。五斤粮票中,有二斤是全国粮票,这是那个叫黑梅的女人最引以为自豪和骄傲的,也是她死活不肯等额交换的最主要的一个原因,一开始甚至还把粮票压至四斤。叫黑梅的女人对她说,要不是我急等着用布,你就是拿七尺我也不换。对一个人来说,对一个家庭来说,吃远比穿重要,不是么?听黑梅话里的意思,她自己还觉得吃了亏呢,这一来,把她也彻底弄糊涂了,她,黑梅,不知这中间到底谁吃了亏。粮票和布票到底应该怎样兑换,还真不知道,问萧桂英,萧桂英也不知道,更不会换算。

她想起在南市街最靠里的那间低矮昏暗的散发着小茴香气味

的房子里，仙人掌放在窗台上，铁锹立在门后，名叫黑梅的女人像一名老练的对敌斗争经验丰富的地下交通员一样，五斤粮票在她的手里如同变魔术一般，一会儿出现了，一会儿又不见了。尤其是那二斤全国粮票，更是被黑梅上升、抬高到万能和无所不能的地步，在全中国的范围内，不管你是在新疆还是海南岛，只要是卖食品卖饭的地方，有了它，你就可以想买什么就买什么。关于这一点，她也清楚，黑梅也并没有胡说。

她从炉子边站起来，把那张上面地名相连的纸重新折好。这时，萧桂英洗完了。怀玉说：

"水别倒，我再加点热水就行了。"

"不行，太脏了！"哪知萧桂英竟有些激烈地说道，说着就又红了脸，她弯腰护住水盆，不让怀玉靠近，"真的太脏，你能忍，我也不能忍。"

萧桂英端着水盆，几乎是逃跑般地走到门口，拔出插销，打开门，出去把水倒了。回来后重新插好门，又给盆里加水。怀玉说，有一点儿就够了，还得留出咱们喝的。看到那个搪瓷缸子时，又说：

"这要是能保温就好了，明天咱们就可以带着一缸子热水上路了。"

"早知道这样，当初还不如从家里拎两个暖壶出来呢。"萧桂英说，"走到哪儿渴了，咱们就坐下来，打开暖壶，狠狠地喝它一通。那些没壶的人会羡慕死呢。"

怀玉说："再带两套被褥。"

"要是能带着一个简易的家出来，那就更好了。"萧桂英说，"不用求谁。公社，供销社，兽医站，想让我们住，我们还不住呢，还嫌它们不干净呢。"

两个人低声大笑。

"好多年前，"怀玉说，"我听说，美国人，有人就把他们全部的家当装在一辆汽车里，车开到哪里，家也就等于到了哪里。"

"有这样的事？"萧桂英说，"那多方便。可是我也曾经看过一本书，书上说外国没有白天，没有太阳，一年四季永远都是黑夜。家里，街上，到处都是血，到处都是垃圾和污水，老鼠满街跑，人人都是土匪，坏人。一个人走在街上，如果不被刀砍，就一定会被枪弹击中。我跟胡少海也说过这事，那是一些多么可怕的国家呀。胡少海说我：'瞎看些什么！别听他们胡说，根本不是那么回事。'"

"从广播和报纸上来看，"怀玉说，"外国人都活得水深火热，非常不幸，每天一睁眼都盼望着我们去解放他们呢。"

"可是我们自己还有那么多数不清的麻烦事呢。"萧桂英说，"你家，我家，周围很多人家，我们这样儿能去解放别人？"

"睡吧。"怀玉说。

屋里有一盘小炕，却是正方形的，这样的炕她们还从来没有见过，感觉无论从哪个方向睡，都不是很对。展开被子以后，她们决定不脱衣服了，因为被子实在太黑了。两个人衡量了半天，最后决定把被子盖到胸以下的地方。

怀玉和萧桂英，她们是中学时的同学，曾经在一个宿舍里住过两年。二十多年过去了，如今她们又睡在了一起，两个人枕着一个枕头。

她们躺在黑暗中，炉子里的火光隔一会儿闪一下。

怀玉平躺着，萧桂英侧身躺着，一只手放在怀玉的肩膀上，眼睛盯着怀玉的脸。就在怀玉快要睡着的时候，萧桂英忽然小声地说：

"唉，我真是倒霉呀，又麻烦又倒霉。"

"怎么了？"怀玉问。

"有一件事，我一直在心里憋着，满世界也找不到一个能说的人。

我想，除了你，我还能跟谁说呢。"

"啥事？"

萧桂英没说，却又叹了一口气。

"咱们都这样了，还有啥不能说的。"

"说句难听的话，就算是胡少海再被判上五年，我也没这么麻烦，反正已经习惯了。可这种事和那种事，不一样呢。"

黑暗中，萧桂英把脸贴在怀玉的胳膊上，似乎这样就不再需要去面对整个世界，不再需要面对长久以来缠绕她的那些事情，而能够转身逃走。黑漆漆的夜，她提到了一个人和一只手。几个月前的秋天，那只手像一只突然飞临的鸟，带着相当的重量，在她毫无防备的情况下，落到她的胸前，抖毛，闭眼，扇动翅膀。

"是谁？"怀玉说。

"你也认识的，周文。"

当然认识，萧桂英她们学校现在的校长，岂止是认识，怀玉也曾有过与其在一起工作的经历。怀玉的眼前立即浮现出一个革命干部的形象，常年戴着一顶端端正正的蓝帽子，穿着外套，里面的衬衫，每一颗扣子都永远扣得紧紧的，即使是再炎热的夏天，衬衫最上面的一颗扣子也是紧紧地扣着的。开会时坐得笔直，两只手规规矩矩地放在两条腿上。烦躁的时候，任凭胡子乱长，一旦心情好转，立马又把一张脸刮得铁青。拆信从来不用手撕，而是用剪刀剪开一个整整齐齐的口，慢慢地把信从里面拖出来……那样的一个人，怎么会把手伸到萧桂英的胸前？真是人不可貌相呀。

黑暗中，怀玉侧过身，与萧桂英脸对脸地躺着，互相看着。萧桂英身材高挑，因为瘦，而更加苗条。周校长突然飞来，像乌鸦落在她的胸前。

"你呢，你做了什么？"

"我当时心里很乱，又担心他恼羞成怒。"

"他恼羞成怒了？"

"没有。正好学校里的钟敲响了，他一哆嗦，手掉下去了。那真是一阵救命的钟声呢。"

"后来呢？"

"有一次周围没人的时候，他对我说，他本人的意思已经表达得很清楚了，再清楚不过了，后面就要看我的态度。他在等我给他一个答复。"

"你答复他了？"

"没有。"

"不要答复他，上面还有文教部和革委会呢。"

"可是你是在他手底下，每天都要见面。每次见面，他都用那种等待的眼神看着你，希望给他一个答复。我也最不想看见他呢，一看见他，我就觉得自己无处躲藏。"

"这事你告诉过胡少海么？"

"这哪能告诉！告诉了他，他又能怎么样呢，还不够他毛躁的，我也恐怕永远也说不清了。"

"对，不要告诉他。"

"唉，胡少海也是个不争气的东西呢。那次我去看他，才知道他又错上加错，罪加一等，把原来的那点儿劳苦又全抵消了。"

"又犯了新的错误？"

"不是重用他，让他看库房么，谁知道他和另外一个看库房的人，一个叫姚守业的人，两个人半夜不睡觉，点着一盏马灯，在库房里偷偷地用小刀刮羊油，让巡逻队抓住了。"

"从哪儿刮羊油？"

"他们看守的库房里，不是有很多收购上来的羊皮么，他们就用小学生削铅笔用的那种小刀把每一张羊皮上残留的羊油都再刮一遍。人家说，除了这个事，他们使用的那盏马灯上的一块玻璃破了，里面的油在滴答，弄不好还有让库房着火的危险。"

"刮羊油干啥？"

"能干啥，吃呗，嘴馋呗。"

"那上面的羊油也能吃？生吃？"

"吃过一些，好像也用火炼过一些，不过都已经被收缴了。"

"亏他们能想得出来。"

"要不然我怎么能不生气呢。我那次去看他的时候，还用饭盒给他带了半饭盒炼好的猪油，我和孩子都没舍得吃呢，就担心他缺少油水，没想到他给你干出这种事。我刚一听人家说他半夜在库房里刮羊油，我就觉得恶心。我对他说，胡少海，你至于么？他不说话，低着头。后来竟不要脸地对我说：'哎，你别说，那上面真有油，要是认真地刮，还真能刮下不少油呢。'简直气死我了。"

"他缺油水，不然也不会那样。"

"这年月，谁又是有油水的？九月份开运动会，最后一天聚餐的时候，我看见文教部的贺部长也在大口地吃肉呢，连碗里剩下的一点儿汤，最后也都喝光了。你说，他要是个有油水的人，能那么吃么，好赖也是个部长呢。"

"现在又不让他看库房了吧？"

"当然不让了，出了这种事，还能让他再看？我看着他那个样子，我就在想，这个人，当年真的是从哲学系毕业的么？"

"难道不是么？"

"我们家妞妞，对胡少海基本没有印象了，每次一说起爸爸，她就去抽屉里翻照片，可那是猴年马月的照片，那是二十多岁的胡少海，和现在那个从羊皮上刮羊油的没出息的货，完全就是两个人。"

怀玉吃惊地注意到萧桂英的胸脯在黑暗中起伏着。

"别想那些了，咱们睡吧。"怀玉说。

"嗯。"

萧桂英说着，翻了一个身，很快就睡着了。

怀玉从那个正方形的小炕上下来，看了看炉子里的火，又听听外面，然后又重新回到萧桂英的身边躺下。世界幽深，漆黑，像是在深水航段里吃力地行驶，似乎很难再有明天，太阳也从此不再升起。

是深秋时节，是英英那银铃般的声音把她带到这里来的。她们沿着河边走，走着走着，转了两个弯，就到了一个镇上。镇子里异乎寻常地宁静，清一色的平房，夹着一些柳树，只有两三处是两层的，也被树遮挡着，不到跟前看不出来。

一个水蛇腰的女子，梳着一条辫子，穿着蓝底白花的旧夹袄，拿着竹板和红绸子绿绸子，出来后，鞠了一个躬，然后说：

下一个节目：二人台《走西口》。表演者：张英英、卫大春。

英英的脸一下就红了，说，不是说好了我是来看戏的么？

嘹亮而悲伤的曲调在这偏远的山区里回荡着。有一阵子，她觉得镇子像是浸在水里，那些柳树在慢慢地走动，互相交换着位置。她想，夜已经很深了吧，胳膊上寒浸浸的。

她想看一下时间，一抬手，却看见表不知什么时候早已经不走了。又看了一下，发现上面的时间停留在下午四点。

下午四点……那时候发生了什么？她开始慢慢地往回想。

九

又是阴天，天从上面压下来，又低又暗，甚至好像连形状也发生了改变，变得像一口倒扣下来的大锅，晴天的时候，艳阳天的时候，人是不会有这种被罩在锅下面的感觉的。局促，狭窄，尽管你一再地贬低自己，缩小自己，缩小到蚂蚁甚至微生物的程度，却仍然感到天下的狭窄，狭窄到难以正常地做一次畅快淋漓的深呼吸。你在那黑压压的穹顶般的锅下面行走，奔逃，走啊走，却总也走不到那口巨型锅的外面去。这种时候，你还有什么奔头和希望，只能一遍又一遍地在那灰暗和幽冥中反反复复地兜圈子，打转转，千方百计，只要不被人发现，不被抓住，就是好的，甚至也可以说是一种胜利。

仅仅只是一种暂时的逃脱，难道也可以称为胜利？这样的胜利意义何在？也许有人会说，逃脱，本身就是一种胜利。

好吧，暂且同意。

阴天，最大的问题就是常常会失去对于时间的正确判断，很多时候你根本分不清是上午还是下午，时辰错乱了，只有白天与黑夜之间尚有明显的界限，其余全部搅成一团，不再能看到本来的面目。没有人和你说话，交流，甚至一个极为平常的手势、眼神，都看不到。问题是，所有这些又都是你极力争取的，满心希望的。村庄倒是常在视线里出现，有的卧在平地，有的岌岌可危地挂在高处，但对你来说，统统都无一例外地形同海市蜃楼，都是你无法走近的，也都是你不敢走近的。光是那些巡逻的民兵，就足以让你不敢去接近途中所经过的任何一个村庄，鲜艳的红袖章会让你惊恐万状。都是一些二十出头甚至不到二十的愣头青，原来无事还要三分忙，突然被委以重任，一下就觉得自己身价陡涨，成了管天管地的牧羊犬。做事从来不考虑任何后果，因为压根就不需要考虑什么后果，摧残一个人比摧残一只麻雀还要容易。大前天，他在路边的一处废弃的土窑里，亲眼目睹三个年轻人背着枪，手里提着簇新的白麻绳，押解着一个剃了光头的人，不知要往哪里去。一路上边走边打，骂声不绝。听见那个光头说，孩子们，能不能行行好，我冻得实在不行了，能不能返回去找一找我的那个帽子，等我戴上帽子，你们再打也不迟。你那狗头帽子，早就掉到白家洼的沟里去了。他的恳求招来的是一阵笑声，明晃晃的笑声惊起了一群落在沟沿上的麻雀和白头翁，听见有松动的土掉下沟里，却许久听不到落地的声音。

　　两年前，在南沙河学习班学习的时候，住在同一个宿舍里的蒋翊文曾经与他探讨过一个问题，有时在银色的月光下，有时则是在黑暗中，篮球架下面，或者兔子窝的旁边。蒋翊文困惑于事情本身的顺序，不知道眼前的这场事情到底是自上而下开始的，还是自下而上开始的。说实话，他也从来没有好好地想过这个问题，蒋翊文的困惑也正是他的一个盲点，所以当时蒋翊文一问他，就把他给问住了。后来，又过了几个月，他觉得自己已经大致弄明白了，事情的顺序应该是自上而下地开始的。就像一座塔，先是在最高处的塔尖上有了一些细小的动静，最高处有人在掰手腕，但没有人注意，事实上也不会有人注意到。从一座塔的塔尖上掉下来几粒沙子，谁能看见，谁又能注意得到？令人吃惊的是它的所有的步骤或者说方法，就算是自上而下地开始的，那也应该是一层一层地下来，最后到达塔的底部，然后再从底部向周边蔓延，燎原，这才应该是正常的步骤和次序。但是这一回，奇就奇在它直接从塔尖直达底座，底下轰泱泱烧着了，然后火势和浓烟才又一层一层地往上走。

这就是他当时所能想到的，可惜的是，当他想把这样的一种分析或者说发现告诉蒋翊文，并与之再度商讨时，蒋翊文却早已离开了南沙河，他至今也不知他去了哪里。

他想告诉蒋翊文的是，他们所经历的这一切堪称浩荡的事件，并不像报纸和广播以及人们所以为的那样光明正大，轰轰烈烈，中间其实还是有许多源自人心的黑暗的龌龊的见不得人的东西掺杂了进来，并且时至今日仍在暗中作祟，持续发酵。

有几年，他无时不在希望或者幻想，如果能有那么一个人，下能直达广阔的民间，上可通天，把所有那些龌龊与不堪，上传下达，那该有多好。

在他认识的人中间，别的人他不敢妄下结论，但舒亦舒这个人，他敢说绝不可能是一个有什么野心的人。舒亦舒其实是一个无城府无心计的人，平生只是喜欢花花绿绿的东西，爱慕风雅，要说他胸无大志，那是真的胸无大志。就连平时走路，在阳光下，月光下，他都会情不自禁地停下来欣赏自己的身影。爹娘给了他一副女人般的身材，他也常常反以为荣。即使是穿有补丁的衣服，也要想办法压出线型，一天洗好几遍脸。在舒亦舒的内心深处，一定有想涂抹口红的冲动和隐秘愿望，只是迫于形势和种种压力不敢那样做罢了。对于他这样的一个人来说，那不也是一种深深的隐痛和终身的遗憾么。试问，这样的一个没出息的东西，会有政治上的野心么？他能够组织起一个数万人的反动集团么？全县一共才有多少人，岂不是连老人和孩子都成了他的手下？他想说的是，谁能听他的，有谁愿意让舒亦舒指挥？他想说的是，假如真的有一大群人站在舒亦舒的面前，等着他来领导或者指挥,他也没那个胆,更没有那种志向,他会吓得尿湿裤子。

而事情本身的确也是另一回事,完全是一桩再普通不过的两个人之间的私人的恩怨。舒亦舒最大的问题是作风问题,这在任何时代都是要被谴责甚至批判的。就连他的弟弟也曾经不止一次地提醒过他,说这么下去是要倒霉的,但他完全听不进去。而对方在得知情况后,按兵不动,除了把自己屋里那个贱人狠揍了一顿,连他的面都没见,不打架,不骂人,而是借革命的东风,以革命的名义,把他一把推进运动中去,使他万劫不复。

这就是当初他想对蒋翊文说的种种黑暗与龌龊之一,舒亦舒案件并非个例,它们像腐尸一样广泛分布,使整个事情变味,甚至在一定程度上影响并左右着最终的脉络和走向,改变着事情的性质。蚍蜉撼大树可笑么,他认为不可笑,只要数量足够多,只要时间足够久,是完全能够撼动并推翻的。

月亮又升起来了。

冬天夜晚的月亮,灰白,凄清,像是落在苍茫荒原上的一面冰冷的镜子,越看越觉得身上发冷。看到它,唯一的作用就是能够证明自己尚在人间。

死去的人们还能不能看到月亮?没有人知道。

年轻的时候,他是多么地喜欢月亮,在皎洁的月光下吃饭,说话,走路,有时候就坐在门前,坐在满地的清辉里,觉得人世间怎么会这么美丽,这么有意思,这么令人不舍。

可是现在,他却是那么害怕它出来,怕它照亮大地,怕它照见他的身影和行踪。比起满地明晃晃的月色,他更喜欢那些没有月亮也没有星星的黑夜,那是真正的黑夜,无论是慌不择路的行走还是躺着不动,都不大需要担心会有眼睛看见你,进而引起一系列的连锁反应。

黑暗不好么？那要看对谁而言，对于现在的他来说，那是最好不过的屏障和最理想的保护色。

没有人知道他是多么地害怕天亮，惊心于太阳的再一次升起，惊心于霞光万丈，赤红遍地。每一个日出，对于别人来说是新的一天的开始，对他来说却只能是忧烦和惊骇的延续。黎明时分从草堆中醒来，最怕看到的景象就是晨光熹微，天边正在渐渐发红。

曾经在一个拂晓，听到两名盗窃生产队耕牛的人在尚处于黑暗中的小路上边走边说：

"成焕，你看那是啥——像一片才生出来的豆芽？"

"哪儿？哪儿像豆芽？"

"天边。"

"坏了！天就要亮了，把缰绳给我。"

还惊心于与普通的刑事盗窃犯的相似，害怕的都是同一种现象，甚至怀疑自己早已沦为他们的同类。他们干的是见不得人的事情，怕见光明，怕走大路，专拣没人的偏僻地界行动，难道他也是？不，绝不是。

可是，难道又真的不是么？难道你不害怕太阳升起？单在这一点上，又与他们何异？

还是在南沙河的那时，蒋翊文曾经在闲聊的时候对他们几个人说过一件事：在他舅舅的家里，有一只蚊子，非常狡猾，每天出来叮人。它有个最大的特点，不贪婪，不多叮，就两三口，然后就不见了，无影无踪了。你根本不可能找见它，它从来不往墙上落，也不在柜子上趴，明知道它就在你家里，可你就是找不到它。到第二天，它就又出来了，仍然还是一贯的作风，不贪婪，不多叮，两三口，然后就又走了。他们认为它就以这种办法，已经活了相当长的时间了。家里人有多少人在恨它，有多少双眼睛在盯着它，它只要表现出哪怕一点点的贪得无厌，咬完人以后还不走，还继续围着人嗡嗡，它也不知被打死过多少回了，但是它从来没有贪得无厌过，所以他们也从来没有消灭它的机会。他们倒是打死过别的蚊子，他们多么希望被打死的是它，可一看体形，再一看行事的作风，就明显不对，绝对不是他们要找的那一只。有时候他们想，随便找一只差不多的顶替一下算了，打死这一只，就算在它的名下，在心理上安慰自己，那个一直困扰他们的家伙已经被消灭了。

那已经是蒋翊文离开南沙河两三个月以后的事了，有一天半夜，薛运举忽然披着衣服坐起来，在黑暗中说，老蒋舅舅家的那只蚊子，身上有那么多了不起的品质，难道不值得我们大家学习么？

第二天下午，薛运举便被调去挑大粪。同屋里十一个人，也不知是谁告的密。他在心里先把自己排除了，因为很清楚自己没做过那事。接着又把老薛本人排除了，因为人不可能自己去告自己吧。剩下九个人，告密者就应该在那九个人里面。可是老孙和老邹也在那九个人里，凭直觉，凭良心，他觉得他们两个都不可能，就把老孙和老邹也排除了。剩下的七个人，他不敢再随便排除了。这以后，他却吓了一跳，难道百分之七十的人都有做坏事的可能？如果再把被他擅自排除掉的老孙和老邹也算上，那就是说，百分之九十的人都不干净？

厕所里都是一寸长的蛆，虫子，到处乱窜。薛运举是个干净人，平常鞋上有一点土，都要想办法掸掉，那种恶心，对他来说，可想而知，可是也没办法。他常常闭着眼，咬着牙，硬着头皮走进去，听见它们在他的脚下被踩碎，迸裂，他的心也像是被踩碎了一样。

有一次，在一条田埂上碰到正在挑粪的薛运举，老薛放下粪桶，让他看他的被压得红肿流脓的肩膀。他说，怎么不垫个东西？老薛说，垫过，不穿的裤子，上衣，叠一叠，垫到肩上，可是也不太顶事，还经常掉下来，非常麻烦。从那时起，他就想着要为老薛物色一副垫肩，可总没有机会。有一天，同屋里的李来柱忽然说他得到一副垫肩，可以送给老薛。他顿时警觉起来：告老薛的那个人，会不会是李来柱呢？良心发现，想做一些弥补？可是很快又觉得不能这么随便怀疑人，就凭人家拿来一副垫肩，就怀疑人家？

然而，老薛却再也用不着垫肩了，他挑着一担粪，连人带桶栽到一条沟里。勘验的结果表明，老薛是失足坠落。他们都相信这样的结果，因为没有人会害老薛，从背后把他推下去，因为那样做没有任何意义，谁会去害一个挑粪的人？

烟盒里还剩下最后的三支烟，抽完这三支烟，他想应该对一些事情做个了结了。

从明天起，他决定要戒烟了，这一回是真的痛下决心了。

除了经济方面的原因，买烟本身其实也早已成为一件极其危险的事情，就算不缺钱，这事也无论如何都不能再做了。近来，他有了一种并非是隐隐约约，而是十分清晰的被生擒活拿甚至房倒屋塌的感觉，若不早下决心，迟早会栽在这件事情上面。就像算命抽到了凶卦，那种被遽然捕获的崩塌的感觉只有当事人自己才能体会得到，所以他决定从明天起开始戒除掉那些令人厌恶又令人万劫不复的恶习。

人，多一条尾巴，就会凭空多出一分被揪住的可能。

人通常是被什么打倒被什么摧毁的？正是被他自身的诸多弱点和缺陷所毁灭的，客观的外部的原因不能说没有，但相当不重要，最最致命的还是那些你本身具有的却又终身都无法克服无法丢掉的东西，正是它们习以为常地害了你。可悲的是，直到你奄奄一息，快闭眼的那一刻，你仍然不相信是你的至爱对你下了毒手。

一种异于他人的难以释怀的不可思议的丧失理智的接近于极端的嗜好，不就是一个人的弱点和缺陷么？当然是，再没有比那更致命的了。人有了某种嗜好，或者说极端的偏爱，这个人就等于比别人多长了一条尾巴，除此还会不可避免地变得——用大多数老百姓的话来说——很贱。这个"贱"，就完完全全一点不剩地体现在你的那个嗜好上。在那件事情上，天底下没有人比你更贱，贱到登峰造极，无以复加。比如你喜欢下棋，一天不下就浑身难受。喜欢咿咿呀呀地唱戏，走路自然不自然地两腿夹紧，自以为每一步都是优美的台步，都有无数的人在观看和欣赏，动不动就伸出兰花指，指天指地。比如你喜欢并热衷于收藏肮脏的旧东西，一看见老成色的东西就两眼冒绿光，黄绿色的眼睛一整夜一整夜地睁着，血红色的眼睛看指甲都像宝石……比如你喜欢抽烟，嗜酒如命，这些都将无一不成为你人生的豁口或暗沟，仅仅只是为了能吸一口、喝一杯，甘愿被作践，不需要多大的成本和付出，一包烟、一瓶酒就能将你打倒，使你涣散如泥，形同走肉。

今后，他也将不再特别喜欢或者偏爱什么，不仅仅是因为没有权利和资格那样做。

可是，像被猎人追赶的猎物一样，难道真的能够活下来么？仅仅昨天一天，就亲眼看见两只野兔倒毙在清水河的荒原上，而打它们的，本身正是两个戴着兔皮帽子的人。明明已经被打中了，但临死之前的错觉和求生的本能让它们以为自己仍然还是健康的、没有灾难的，仍然能够快如流星。它们继续奔跑着，不认为也不相信自己已经被打中，直到最后一刻，两只前脚突然抬起来，摆出一种跳跃的姿态，却不料随后就一头栽倒了，倒下之前一定感到奇怪，至死也不明白发生了什么。

有一瞬间，他觉得那突然倒下的就是他自己。

县城唯一的那个影剧院里，从第一排到最后一排，一共有三十五排，每一排又有三十多个座位，单号是1号到35号，双号那边则是2号到34号。讨厌鬼裴新华有一次对他说，你知道我最喜欢这里面的哪个座位么？他说，哪个？讨厌鬼裴新华说，三十五排35号。他说，去，你恐怕记错了，你说的那个位子是我的，是我常坐的地方。你要坐，就请去坐双号那边的34号去吧。裴新华说，那怎么就成了你的？他说，当然是我的，只要我在一天，那就是我的。这当然都是后来的事了，年轻的时候他不是这样的，那时，每次走进影剧院，视线总是首先瞟向最前面的一排1号，从来不往后面看。现在再想起来，那时的他，其实比裴新华更讨厌。是后来一次又一次的挫伤，才使他慢慢地明白三十五排35号那才是本应该属于他的，而前提还是必须要有一个座位是给他的，以使他不能够逃脱和缺席。

逃跑，挣脱锁链溜出来，原本是为了更好地存在，为了能够更长久地活下去，但是现在看来，更像是跑到了另一条绝路上。

上深涧的悬崖，清水河的荒原，胡汉营的羊肠小道，会是他命运中的又一道绝壁么？

不能想那些事了，只能走一步说一步了。很多时候，人的命数并不如下棋那么简单，那么清晰明了。面对棋局，一个有远见的人可以比愚笨的对方多看到五步甚至十步以外的局势，但在实际生活中，真实的结果是你看到得再多再远也没有用，因为一个极其偶然的因素就会令你在瞬间改变一切，而此前的种种远见、幻想、运筹、步骤，会统统没用，全部作废，失去意义。一块石头把你绊倒了，你首先要想着如何爬起来——如果还能爬起来的话，就近找点水，清洗一下伤口，不要因破伤风而意外死去。那个时候，难道能想五年以后的事么，能运用逻辑推理去设计年底的时候该怎么走么？实际上，就连把你绊倒或者打伤的那块石头，你也丝毫不能对它做什么。坐在路边，用后背挡住风，低着头，查看伤口，或许才是你唯一能做的事。

    她说，不要死，也不要跑，回去找他们，让他们把你抓住，至少家人还能去探望，去看你。

  月亮的附近又没有星星，星星们都分布在更边远的地方。他见到的星星，从来都只是一些灯盏似的小亮点，人们用"璀璨"来形容，实在有些过于夸张了。要说璀璨、灿烂，一个人在死寂的荒原上是最能感受得到的，可事实却并非如此，他就从未目睹过所谓的群星璀璨的时刻。一颗一颗的小珠珠，一个一个的小亮点，真的很难用璀璨来形容，即使怀有拳拳之心，也很难做到，除非是匍匐在地的信徒，那就什么都好理解了。

  一个东西，一件事情，一个人，要是被夸大得过了，油彩抹得过多过浓，外部的推力与渲染固然是主要的，但其本身是否也应负有相应的责任？他觉得是要负的。如果外部的呐喊与推搡在这中间占到七成，那剩下的三成就理应由其本身来承担。

  在新月村的一处高坡上，听见一户人家正在打架，女人的声音，男人的声音，轮番登场。木格窗户，白麻纸糊就，暗黄色的灯光，白麻纸上映出花鸟鱼虫、丰收在望的窗花图案。仅有的一小孔玻璃就是在那个时候被突然打碎的，从那孔破碎了的小窗户里蹿出一只猫……哦，不，不是猫，好像是一只鞋。木格窗户里的女人说，你再打我，我就把你偷麦子的事给你说出去。男人说，你这个几千年才出一个的傻货！我拿回来的东西都谁吃了？我一个人吃了么，喂狗了么？

夜已经很深了，木格窗户里那暗黄色的灯光还亮着。

供销社岁月之一　三年来我们的形势和困难

各位领导，同志们，我们尖蚂蚁人民公社属于山区丘陵地区，因为盛产那种专门咬人，一咬就是一个红疙瘩的尖蚂蚁而得名。那种东西，不少人都见过，差不多也都被它咬过，说它是蚂蚁，它长得又不像是蚂蚁，说它是蚊子吧，它又不会飞，也不会嗡嗡地叫，不出声。说是跳蚤吧，又不会跳，也不会蹦，只会悄悄地窜，窜得嗖嗖的，一般手慢的人要想捉住它，可不是一件容易的事。

全公社人口约有六千，但是，也有人说是六万，各位领导，同志们，说这种话的人纯粹是在胡说，其险恶用心就是为了把我们的思想和头脑彻底搞乱，把全公社搞乱。能有那么多么，我看没那么多，哪有那么多呢，肯定没那么多。虽然每天看上去都哄哄的，熙熙攘攘的，以为有很多，实际就是那么几个人。我们的人口顶多也就六千五，咬咬牙，算上七千，再咬咬牙，八千，再算上那些没有户口的，从来没有登记过的，到处乱窜的"黑人"，九千，一万……有一万人么？我认为不可能有一万。人这个东西是活的，他总是在不停地走动，东奔西窜，所以根本没法数，也完全数不清。要是真能数得清，我真想认真地去数一数，看看我们到底有多少人，闹他个水落石出，闹他个小葱拌豆腐一清二白，清清白白。但问题就在于难就难在人是活的，老在不停地动，这个人你今天刚把他数过了，明天他就又出现了，或者跑到了别的地方，你要是忘了，再把他数一遍，那就重了，而且重了也往往不一定能够知道，还以为没重，错误的种子也就由此种下了。再往后，开出的花，结出的果，哪能没有问题呢，全是错的，全是问题。所以我认为这种事情永远闹不清楚，很可能从来就是一笔糊涂账，我敢肯定，数不到三千，就全乱了。以后，越往后数就会越来越乱，张三已经被数过五遍甚至十二遍了，而李四从来没有被数过，一次也没有被想起来。这种事情，我们不是没有做过，做过多次了，但没有一次能做成。这种事情，谁没有亲自干过，谁就永远都不可能知道其中的弯弯和麻烦。

我这样说，难道是希望我们人丁不兴旺么？回答是否定的。从兴旺发达的方面来说，我愿意我们的人民越多越好，韩信点兵，多多益善。一对夫妻生十个孩子，这个家庭就能成立一个支部，要是再大一些的家庭，就能够有条件建立总支，甚至委员会，即使一个家里只有两三口、三四口人，那也起码是一个小组……每一个家庭都是一个坚强有力的战斗的堡垒，还有什么事情能够难倒我们呢？还有什么困难不能被我们战胜呢？

公社最靠北的一个村子南园与邻省最南边的一个村子十二潭紧紧地连在一起。我对南园的支书马九蛋说，明明最北，咋就叫个南园呢，实在应该叫北园，或者叫北门。听见我这样问，马九蛋睡意蒙眬地看着我，好像完全没有明白我在说什么。这两个村子离得实在是太近了，几乎就是一个村子，十二潭那边的南瓜和葫芦动不动就长到南园这边的金针地里来了，南园的猪和羊也经常跑到十二潭去喝水，喝得滚瓜溜圆地回来，它们也知道十二潭的水好喝，别看平时不说话，少言寡语，心里什么都清楚。南园的人喝醉酒半夜摇摇晃晃地回来，一不小心就碰开了十二潭的门，看见睡在炕上的女人脸也白了，腿也长了，手上还戴着镯子，就吃惊，就纳闷，一天不见，这个女人咋变得这么厉害呢？变得都快让他这个做丈夫的认不出来了，这是咋回事呢？他隐约记得，早上他从家里出来的时候，她还不是这样的，一天的工夫，像是换了个人一样。要不是中间有一道院墙一样的土长城横着，两个村早就成为一个村了。其实，就人情来说，早就是一个村了，甚至比一个村还要一个村。大家不妨想想，这些年来，这么多年来，我们这边的人从十二潭以及他们周围别的村里前前后后一共娶回多少女人？一代又一代，有的婆媳两人都是从那边来的。有没有一个营，够不够一个营，至少也有一两个连，娶亲送亲的一年一年地把那一带的路都磨得又白又亮，就快要磨出经络和脉搏来了。孩子生了一茬又一茬，好多孩子一到夏天，一到杏子成熟变黄的时节就要去姥姥家，姥姥家在哪里？就在那一带，天上大雁领路，地上人来驴往，人们幸福地奔走在洒满阳光的道路上，不是一家胜似一家，结婚的油糕分外香。

　　各位领导，同志们，和我们祖国别的许多地方一样，在那黑暗的过去，在那万恶的旧社会，我们这里的人民也是吃不饱，穿不暖，要多可怜就有多可怜，一家人共用一条裤子的情况是很常见的。只有一条裤子，那就只能是谁出门谁穿，要是赶上夫妻两人同时都要出门，那就麻烦了，矛盾和斗争就来了，那就必须得通过划拳来决出胜负输赢，不会划拳的，就比大小，总之是要最终有一个结果，还不能是平局，平局是没有用的，不能从根本上解决问题。划拳当然只是喊口诀，没有酒，一个家庭，要是有酒喝，还能没有裤子穿么。要是时间足够，有富余，就五局三胜，要是时间紧，就三局两胜，胜者穿，绝不含糊不清。还有的时候，为了速战速决，避免夜长梦多，言多必失，就划一下，一锤定音，赢了就赢了，输了也就输了。那一下，全凭运气，运气不好，死输。也有一方蛮不讲理的时候，划输了也还要穿，死活不让，那种情况下，那就得打，那就得动手，想不动也不行了，除非你主动放弃那条裤子。每一次出门都极不容易，从来都不能痛痛快快地一下走出去，每一次都必须为裤子的事，为它的所有权和暂时的归属权进行决赛，进行必要的斗争。斗争虽说不上有多么的血腥和残酷，但也是相当的尖锐和无情，每划一次拳，每比一次大小，每斗争一次，都会在身心两方面伤筋动骨，有时直接伤到心里，明显地感到心在滴滴答答地流血，不是因为无奈，不是万不得已，谁愿意去做那种事啊。每出一次拳，神经都会高度地集中和紧张，感觉立刻就要崩断了，就这，输赢胜负还不知道呢。吉凶难料，前途未卜，稍一不小心，就会输掉，要是输了，那你今天这一天就别想出来了，肯定出不来了。胜了的人得意扬扬，穿上刚刚赢到手的裤子扬长而去，看着对方越来越遥远的背影，你还能有什么指望？除了无穷尽的麻烦和灰心，你只能耐心地等，寄希望于下一次决赛，而下一次决赛也照样靠不住，并没有规定说你一定就能赢，你照样还有输的可能，继续延续着屡战屡败的厄运。

今天早上，临出门前，我还对我的女人说，孩子他妈，你不认为我们现在是生活在天堂里么？我们现在的生活好了，我们现在有裤子了，再也不需要去想方设法地挪用和争取别人的裤子了，差不多每个人都有了自己的裤子，有的甚至还不止一条。这样一来，我们就再也用不着害怕划拳了，因为即使一不小心划输了，那也没关系，那也不用怕了，因为你有一条属于你自己的裤子，别人有别人的，别人就是再怎么诡计多端地会划，也划不走你那一条了。根据我个人的估计和展望，随着我们人民生活水平的不断提高，随着我们伟大祖国的不断强大和繁荣昌盛，划拳这种听起来就让人禁不住头疼和心跳的事情，会逐渐地完全演变为一种纯粹的娱乐，再也不会人为地给它背上各种各样的负担和压力了，再也不是一种类似于走钢丝上刀山下火海油锅里捞钱那样的几家欢乐几家愁的差事了，而是要高兴我们就一起高兴，要欢乐我们就一起欢乐。

同志们看看，这是一种多么大的变化啊！我想说的是，我想欢呼的是，这就是新社会与旧社会的区别。旧社会让我们像鬼一样光着两条腿站在那里心怀鬼胎而又声嘶力竭地划拳，相互之间比大小，为了什么？就为了一条裤子，就为了穿上它能够出门去。而现在我们划拳，我们比大小，纯粹是为了高兴，而不再暗怀杀机，不再有任何别的目的。

各位领导，同志们，一个人有一条裤子也许并不难，难的是一个人有好几条裤子，难的是所有的人都有一条自己的裤子，难的是一辈子永远都有裤子，而不再因为这事和别人打架。我们想啊盼啊，觉得这事比登天还难，已经完全没有希望了，可是，忽然之间，东方红，太阳升，雄鸡一唱天下白，穷苦的人民翻了身，新社会让我们登上了天，教我们怎能不歌唱？所以我们每天都在放声歌唱。

秧歌队每天都在歌唱，载歌载舞。

我的女人，我的小姨子，我的弟媳，还有一些七大姑八大姨，她们都在秧歌队里，在这方面，我也没少费功夫。我不止一次地对她们说，要好好地扭，一定要好好地扭，不把心里的感激和喜悦之情尽情地扭出来，就不能算数，就永远不能算最好的！是的，用老乡们的话来说，就是要每个女人都扭出水来，我赞成这样的说法，我也是这么认为的，一定要让每个女人都痛快淋漓地扭出水来，不达目的誓不罢休，就这么一直扭下去，一直扭到美好的未来。

除了贫穷，生活的环境也非常的险恶，一开门就能看见山上的露水，看见戴着笼头的马，一声不吭地站在外面，像是来了有几百年了，蹄子周围的草黄了又绿，绿了又黄，脸瘦了，眼睛大了，鬃毛白了，像忧愁的白发……打开朝南的窗户，一不小心就会有手套那么大的鸟愣头愣脑地冒冒失失地撞进来，有时也有极小的鸟，核桃那么大，才学会飞，还分不清东南西北，就是那种被人们叫作小黑的鸟，一进来就慌了，吓得晕头转向，这儿撞一下，那儿碰一下，一脸惊慌的神色，一身无依无靠的可怜相儿，这是不伤人的。另外还有豹子和野猪，直至解放后很多年，人们还时常能在锄地的时候或回家的路上碰上它们，有时候是狼和狐狸。过节的时候它们最能出来，来了就悄悄地坐在窗户外面，听见屋里一家人的嘴在始终不停地动，在说话，在吃饭，在呼呼地喝汤，在吱吱地吸溜，月亮银盘一样挂在天上，有时是半个，像一个切开的白子白瓤的瓜。

它们坐在窗户根下，心里是怎么想的？它们肯定是觉得香死了，恨不能马上推门进去和那一家人挤在一起，狠狠地吃一顿，年节的滋味和气息不断地从那些门缝儿里飘出来，和灯光一起溢出来，流得到处都是。灯光离开家刚出来几步就没有了，而那些滋味和气息除了直接灌进它们的心里，还能继续飘得更远。它们伸出舌头，不时地舔舔自己的嘴唇，明显地感到身下的石板越来越凉了，整个后半夜就像是一湾水。

尤其是当一个人单独走路的时候，你以为路上只有你一个人在走，但其实根本不是，走着走着，就会忽然觉得眼前一跳，一凸，觉得有什么鼓起来了，不用问，肯定是有一个东西拦住了你的去路。它蹲在那里，或者站在那里，简单地直截了当地看着你，注意着你的一举一动，你怎么办，它马上也就跟着怎么办，像是你的一个影子，尽管学得很不像，与你的举动有着很大的出入。像是一个要找你问路的人，但又不完全是，肯定不是，你明知道它拦住你不是为了问路，也不是为了打听一件什么事情。

经常有一些运气不好的孩子，动不动就被抱走了，只要离开大人一会儿，转眼就没了，而且以后再也找不见了。

哪儿去了？狼抱走了。

有人说，狼把孩子抱走以后，不是要吃，不是为了要随随便便地吃一顿，饱一饱口福，而是要养着，还有着十分长远的考虑和打算，细心地培养，让他慢慢地长大成人。同志们啊，这不可能啊，打死我也不相信会有这种事，它们辛辛苦苦地把他养大准备干什么呢？是为了等他找它们报仇么？它们把他从一点点小，一尺多长拉扯成人，难道就是为了将来给自己挖一个坑，掘一个墓？各位领导，同志们，这事不管别人怎么看，不管有多少人认为这是真的，反正我是不相信的。我坚信它们把孩子抱走以后，肯定是吃了，只要下决心抱走了，那就没有不吃的，不吃白不吃。有的甚至来不及回窝，又担心回去后狼多肉少，必有一场流血的争斗，在回去的路上提前就吃了，这样可以省去很多麻烦，还有利于它们之间的团结。

现在，这样的事情少多了，从前的那些活蹦乱跳的东西也不知都到了哪里，要想再看见一个，已变得越来越稀罕，越来越不容易。前些天，我的一个孩子告诉我说，他去割草的时候，碰见一个东西，看上去像羊，又不像羊，像狗，也不像是狗，他看了半天也没有认出来。那个东西站在距离他两三尺远的地方，既不叫唤，也不龇牙，也不咬人，一直用一双毛茸茸的眼睛看着他。我的孩子对我说，一看那个东西就不厉害，不是那种能扑上来吃人的东西，所以他一点儿也不害怕，倒像是一个可以一起上树、下河，一起上房揭瓦，一起藏猫猫的小伙伴。听完他说的以后，我就在想，像羊不像羊，像狗又不像狗，还有一双毛茸茸的眼睛，那到底是个什么东西呢？要真是一个十分厉害的东西，我的孩子他肯定也就回不来了，哪还能站在我面前说话呢。我问他是在哪里看见的，他说是在西山上的一片洼地里，地头边长着的白芨芨有一人多高，风一吹过来，白茫茫的一片。

尽管西山上的洼地很多，但我一下就知道他说的是哪里了。我想起了那片地方，向阳，背风，坐在地头边，就像是坐在炕上一样，有一种没有名字的花，开得红艳艳的，比山丹丹花还要红，让人看了觉得心里不踏实，越看越不踏实。一人多高的白芨芨毛茸茸的，像水边的芦苇一样，有风的时候呜呜地摇晃，没风的时候就齐刷刷地密密匝匝地站着，蝴蝶乱飞，蚂蚱乱蹦。红蚂蚱穿着考究，光翅膀就有三层，最外面的一层是褐色的，结实，耐磨，像一件硬硬的外套；第二层是粉红色的，细嫩，洁净；最里面的贴着肉的第三层完全是透明的，薄如蝉翼，真的是里三层外三层，穿得比较复杂。我的女人有一次对我说，它们穿得比我们人还好，比我们讲究多了。是的，从这个方面来说，我们中间的不少人确实穿得不如蚂蚱，有的人冬天里只穿一身黑棉袄黑棉裤，里面什么也没有，风从袖筒里和裤筒里呼呼地往进灌，直接吹在肉上。我们的风吹日晒的肉啊，一年比一年耐磨，一年比一年皮实。

绿蚂蚱的名字叫扁担，四肢修长，通体碧绿，最长的有一拃长，比螳螂大多了，趴在草上一动不动，一点儿也看不出是个活的，有时甚至会以为是一根草——它们动起来的时候像是草在走，像是一截一截的草在跑。几十年前的一个蚂蚱乱蹦的午后，就在那片如同家里的炕一样的凹地里，我们的一支只有十几个人的小部队被围在那里，最终一个也没有跑出来。战斗在天黑前结束，西山上一片寂静，蚂蚱们好像也都睡着了。

现在，你一个人到那片被晚霞或月亮照得红彤彤或清朗朗的洼地里去干活儿，锄草，点豆子，间苗，收割，有时候猛然会听见身边有人在感慨，在叹息。

有人会说，明明那片地里只有你一个人在干活儿，你忙得顾得了东顾不了西，是谁在叹气？同志们啊，这个问题问得好，问出了我们革命人的勇气和胸怀，我们都是跑步进入新时代的人，我们都有探究世界奥妙的责任和义务，有些问题必须要搞清楚。我们都是唯物主义者，认为世界上没有鬼，有些人自己心里有鬼，所以才会以为这个世界上真的有鬼，这是一种多么糊涂多么可悲的认识啊！那么，究竟是谁在叹气呢？是的，当然不是鬼，当然不是鬼在作怪。唉声叹气的感慨，要有，也只能是我们的先烈在提醒我们，让我们不忘阶级苦，牢记血泪仇，不要忘记过去，要珍惜今天的生活，明白来之不易。同志们，我本人是这么认为的，我相信绝大多数的同志都和我想的一样。

各位领导，同志们，我知道我还不够坚强，有时表现得甚至不像是一个男人，无论何时何地，只要一想起那些死去的先烈，我眼里的泪都会憋不住，怎么憋也憋不住。为什么我的眼里常有泪水？是我这个人天生爱哭么？当然不是，是因为我实在知道我们今天的生活来得太不容易，那是费了多大的劲流了多少的血才得来啊！偷来的鼓敲不得，我们现在所以能这样扬眉吐气地叮当作响地活着，就是因为我们的一切都是通过光明正大的艰苦卓绝的斗争取得的，一切都不需要藏着掖着，一切的秘密都必须上缴，一切的思想都必须公开，一切的思想都必须归公，个人不应该保留，也不需要保留，我们把那些悄悄地掖起来要干什么呢？同志们啊，不能掖，说什么也不能掖，得拿出来，千万不敢不拿出来。拿出来是个东西，是一种贡献，不拿出来就成了问题，会成为一个让你永远都说不清的问题，你愿意一辈子都背着它么？过去资产阶级热衷的，正是今天我们所要唾弃的。

  有一天，王主任对我说，我大致还是了解你的，我知道你的阶级感情还是很朴素的，也是十分忠诚的，但不能一想起死去的先烈们就光是哭，像女人一样动不动就抽泣，抹眼泪，哭能顶什么用呢？放开嗓子号也没用，要是通过哭就能叭的一下哭出一个红彤彤的新世界来，我早就去哭去了，还在这里辛辛苦苦的干什么？全国人民也就都什么也不要干了，大家都放下各自手里的工作，坐到一起哭吧，看谁哭得最响最亮，看谁哭得最好。这样有用么？可以说一点儿用都没有，半点儿用都没有。许多的困难还原封不动地放在那里，不仅没有减少，反倒在泪眼蒙胧中变得越来越大，变得比原来更加艰巨、更加复杂。同志们啊，这些多余出来的赘肉是从哪里来的？就是哭出来的，完完全全是哭出来的，你要是忍住不哭，它就不会多出来，这样的结果难道是我们想要的么？所以，哭是没有用的，最简单地来说，比如一个人死了，你再会哭，哭得再好，你能把他哭活么？能哭得让他叭的一下再重新坐起来么？是的，当然不行，当然不可能，就算把你搭上，把你自己再哭死，他也永远不可能再活过来了。这一点毫无疑问，必须应该使同志们明白，务必要有一个清醒的认识，不然是会栽跟头的。

  王主任的一席话让我的眼前豁然开朗，我这才明白哭原来是一种最无能的表现。刘备哭荆州，为什么要哭？因为没办法，还因为事情过于复杂，不得不哭。女人们动不动就流泪，也是因为没办法，觉得无计可施，无可奈何。我对王主任说，我不哭了，看我的实际行动吧，我保证以后再也不哭了，再不流一滴眼泪。王主任说，也不能那么绝对，该哭的时候也由不得你，泪要自己出来，你也管不住，要是不到那个火候，你就是怎么使劲也不行。我的一个亲戚去世的时候，我酝酿、谋划了好半天，结果还是一滴眼泪也没有酝酿出来，把我气得！从那以后，我就知道有些事情是不能勉强的，也是勉强不来的，就算最后真的勉强来了，那也已经没有多大意思了。王主任这话算是说到我的心里去了，我不由得上去紧紧地握住他的手，可是，就在那个时候，我突然感到我的眼泪又快要流出来了，我在心里叫了一声，急忙急刹车一样把自己紧急地刹住，还好，没有当场流出来，要不然王主任又该说我了。

这是过年前的事。那几天，王主任的一个儿子放了寒假，从县城的家里来到我们公社，王主任公事公办地问他来干什么，儿子说，我妈让我来看看你。王主任说，你这不是已经看见我了么，我很好。又说，看看就回去吧。王主任这个人啊，实在是一个严于律己的人，他是怕他的儿子住在这里影响我们的工作。我们就都对他说，孩子好不容易来一趟，怎么也得让他住两天吧，再说，他一个小孩子，能影响我们什么？他住他的，我们干我们的。但王主任说，小孩子再小，他也是个人吧，是人就会分散我们的精力和注意力，让我们把本来能用在别的事情上的精力和注意力不得不分出一些来，割让出一部分来用到他的身上，这是什么？这就是影响，这就是他给我们造成的影响。比如，本来我们完全能够同时对付两个敌人，但现在，只能对付一个了，为什么呢？到底发生了什么事？是敌人突然变得强大了么？我说，不是，什么事也没有发生，就是因为他来了，突然冒出一个孩子来，我们不得不腾出一只手来管他，照顾他，看看他吃了没有，是不是爬到树上去了，是不是又上了房了，是不是在地窖里玩火，是不是正躲在草垛后面学习抽烟……所以，不管是儿子还是老子，谁影响我们的工作都不行。

王主任是这样说的，也是这样做的。他说革命不是住店，更不是探亲，他坚决要让他的儿子在公社住一晚上就赶快回去。他的儿子对我们说，他想看看我们这里的尖蚂蚁。我们告诉他说，冬天的时候没有尖蚂蚁。别说尖蚂蚁，连圆蚂蚁也没有，要想看，那得要等到夏天的时候才能行。到了那个时候，所有的尖蚂蚁就都出来了，漫山遍野，甚至办公桌上都有。有时候，你正在写检查，或者写日记，写悔过书或决心书，几只尖蚂蚁会相继跟着大摇大摆地来到你的笔下，出现在你的纸上，你还以为是刚刚写出的一行字呢，等它们东奔西走地窜起来的时候，才发现那不是字……我们说这些的时候，王主任的儿子在一旁安安静静地像听故事一样地饶有兴趣地听着。但是，这一回他来得不是时候，因为季节的原因，没有见上尖蚂蚁，再加上王主任不住地要撵他回去，他显得非常失望，在王主任的宿舍里胡乱地睡了一晚上，第二天一早就走了，是一个人走的。我们看了，觉得有些于心不忍，都觉得应该送一送，毕竟还是一个孩子嘛。但是，王主任斩钉截铁地说，不用送。又说，我像他这么大的时候，已经是一个很有对敌经验的老交通员了，经常深入敌占区，一个人穿越敌人的封锁线，扒火车，搞情报，炸桥梁，除汉奸，打得敌人满天飞。

这一年的旧历年，我们过了一个新式新样的年，大家谁也没有穿新衣服，也没有一个人吃肉、喝酒。想起以往过年的时候，免不了要庸俗地吃肉，庸俗地喝酒，庸俗地穿上新衣裳，庸俗地互相拜年、问候，大家都深深地感到今年这个年真是一个崭新的年，一个特别的年，一个真正的年，过得真是有意义啊！既艰苦奋斗，勤俭节约，又移风易俗，破除迷信，洗心革面。我们吃的是土豆、萝卜，还有夏天贮存下来的野菜和干菜。相互之间见了面，不说过年好，而是问："雀山的水库修好了没有？""南员外村的那几个地主还老实么？""西兴旺村的民兵连要尽快恢复起来，全公社最薄弱的环节就在那里，要出问题也可能就在那里。"或者说："武装部的柜子破了，人从柜子前面经过时，经常能看见躺在里面的枪和一排一排的子弹，得赶快让人修一修；修柜子的人手艺好赖在其次，政治上一定要可靠。""黑山头的康有才，经常在半夜里起来念经，得让人注意一下，必要时可以先斩后奏。""从去年春天开始，南坪一带常有一个爆米花的老头在频繁地活动，有人反映说他的假腿里藏有电台和报话机，什么？已经派人跟踪了？很好，这就好了。"

事后，同志们都高兴地说，这样的年过得有意义，以后还应该多过。

我记得，除夕那天上午，王主任的爱人曾打来电话，想和他一起过年，或者王主任回去，或者她来，但是，我记得清清楚楚，当时就被王主任否定了。

王主任握着电话，大义灭亲地说，乱弹琴！

当时我们都惊讶得说不出话来，我相信在场的每个人都受到了感染，我们既激动又心跳，王主任的那种抛头颅洒热血，舍小家顾大家的革命英雄主义气概深深地感染了我们在场的每一个人，又让我们都受到了极大的鼓舞。我们都在想，有王主任这样的好的火车头领着我们轰隆隆地一往无前地往前跑，我们还有什么事情是干不成的呢？如果再什么也干不成，那就是我们的不是了，只能说明我们本身有问题，灵魂深处有私字在作怪，有小字在挑大梁，或者鼠目寸光，机会主义思想严重，甚至被资产阶级思想严重地侵蚀了我们的头脑和肌体……我们越寻思越觉得危险，后怕，后果不堪设想。人再多又有什么用？

要是个个都不成器，那还不是溃不成军，一群乌合之众，一群狲狲？但是，当我们意识到王主任自始至终一直与我们在一起的时候，我们立刻就觉得我们不是狲狲，我们的浑身上下立刻就有了一种使不完的劲，我们像是看到了一座靠山，看到了一种无穷无尽的力量，号角嘹亮，旗帜飘飘……那时候我们都在心里说，为有牺牲多壮志，敢教日月换新天，我们尖蚂蚁有希望了，我们尖蚂蚁的革命和建设有希望了。相信在不久的将来，我们定会用我们的双手和智慧，描绘出一幅宏伟的蓝图，我们尖蚂蚁也一定会变成尖老虎，尖骆驼，尖犀牛。

同志们，人活着什么最重要？精神！人是要有一点儿精神的，一个人不能没有精神。有的人，肉体虽然已经死了，早就不在了，但他的精神还一直活着，精神永存。有的人，虽然肉体还活着，但他的精神早就死了，早就没有了，这样的人我们就把他叫作行尸走肉。

于是，初二一早，我就去找李书记汇报思想，我想要告诉他的是，我是一个有一点儿精神的人，不是一个一点儿精神也没有的人。但是，不巧的是，李书记还没有穿裤子，我去的不是时候。

我站在院子里等着，落在铁丝上的两只麻雀用它们的那两双豆子一样的眼睛在看着我，我不认为它们认识我，尽管它们把我看得很专注。我听见李书记在屋里打哈欠，眼睛看着天花板，不久又落到窗户上。过了一会儿，李书记的女人从屋里出来了，她披散着头发，手里端着一个尿盆，一边向院子的南墙那边走，一边对我说，大过年的，你倒起得早。

我说，我是个贱人，一有事就睡不着，天不亮的时候就醒了。

这时，李书记忽然在屋里隔着窗户对我说，你这个万年青啊，你到底有什么重要的思想要向我汇报呢？

我正要开口，忽然又听见李书记高声地问他的女人说，彩云，我的裤子怎么不见了？袜子也只有一只。

这次汇报思想没有汇报成。十几天以后，当我从落雕营下乡回来，再次想找李书记汇报前一段时间始终没有汇报成的思想时，才知道李书记已经调走了。来接替他的是一位女书记，叫叶柏翠。这几年来，我们很多人都以为将来接替李书记的只能是王主任，非王主任莫属，但结果却不是。

新来的叶柏翠书记长得浓眉大眼，头发乌黑，应该说很好看，身体也很健壮，腿长，骨盆也宽，有人说，一看就知道是一个生孩子的好手。但是，我们后来才知道，叶柏翠书记实际上只有一个孩子，还是个女儿，她并没有像一般人所想象的那样，因为身体有优势，就不管不顾地噼里扑噜地乱生一气，可见她是一个十分讲原则、非常有分寸的人。这样的女人在我们的生活里并不是很多，不大能够遇到。相反的是，绝大多数的女人都不行，都有问题，有些纯粹就是一个会说话的动物，不单是在生孩子方面，在别的方面也是如此……说良心话，看了叶柏翠书记，再回头看看我们各自的女人，老婆们，我们真是觉得糟透了，一下子从头顶凉到脚底，真不知道这些年都是怎么过来的。以前，一直以为她们都还过得去，有的甚至相当不错，可爱，迷人，不乏聪明，现在看起来，可以说那完全是一笔坐井观天般的糊涂账。有比较才能有鉴别，不比不知道，一比吓一跳，看见世上还有这么好的女人，而你又完全一点边儿也沾不上，咋能不灰心，咋能不丧气呢？同志们哪，要说不灰心丧气，那是假话。

不过，一想到以后就要在她的亲自领导下干工作、干革命了，我们又觉得无比的幸福，无比的满足和高兴。不妨设想一下，假如上级不是把叶柏翠书记派到我们尖蚂蚁来，而是派到其他别的公社去，那我们不是还是什么也没有，那我们不是更加什么也没有么？想明白这个道理以后，一种荣幸和自豪的感觉也就不请自来了。相比较其他公社的干部们来说，我们难道不幸福么？当然，不能因此就推断说别的公社的广大的干部们就不幸福，不幸运，不自豪，别的公社的干部们也幸福，也自豪。一个人能生活在新社会里，这本身就是一种幸福，本身就是一种幸运和自豪，咋能不幸福，不幸运，不自豪呢？我想说的是，有了叶柏翠书记以后，我们只能会比以前更幸福，更幸运，更自豪！是的，这件事已成为一个铁定的事实，至少一时半会儿，甚至相当长一个时间内，它是再也跑不了啦。它是属于我们尖蚂蚁公社的，而不是别的公社的。

叶柏翠书记一来了就召集我们开了会，有些工作需要重新分配，她就和我们谈话，甚至和公社食堂的都谈了话，问我们想干什么，干什么最能发挥我们每个人的干劲和积极性。于是，我们就告诉她说，我们都听上级的话，上级叫干啥就干啥。

听了我们的回答，叶柏翠书记十分高兴地说，想不到尖蚂蚁的干部们这么好，真是太好了。

又说，在我还没来以前，有人曾经对我说，尖蚂蚁那边的干部们很难闹，山高皇帝远，差不多每个人都是一颗难剃的头，让我格外注意，多加小心，现在看来，完全不是那么回事，全是谣传和不实之词。

叶柏翠书记后来十分激动地对我们说，她要放下架子，在我们这里干一场，在我们这里狠狠地干一场！她本人完全有信心把尖蚂蚁搞好，把尖蚂蚁的革命和生产都搞上去，鼓足干劲，力争上游，多快好省地建设社会主义。又问我们大家有没有信心，我们都异口同声地回答说，有！声音大得把梁上的灰都震了下来。

肯定有，咋能没有呢。

这以后，我们都纷纷地写了决心书。武装部的小牛竟然是蘸着自己的血写出来的，这让初来乍到的叶柏翠书记大为感动。她紧紧地握着小牛的另一只没有用白纱布包扎的手，除了关心、表扬，更多的是鼓励和鞭策。第二天一早，秘书老邢就按照叶柏翠书记的吩咐将小牛的那份已经变黑了的决心书贴到了宣传栏里，用意是很明显的，不说人们也都能够明白，就是为了让大家好好地学习。小牛，平时不显山不露水从不引人注意的小牛同志，这一次突然浮出水面，着实让大家在吃惊与羡慕的同时从此都记住他了。我们的身边有这样的英雄人物，我们平时竟从来没有注意过，竟都不知道，这是我们的不对，我们真的有问题，我们有眼但无珠，我们的眼里有沙子，这说明我们许多人的目光不仅谈不上雪亮，甚至还不干不净，污泥浊水。兽医站的老范说，这孩子，说割手，马上就把自己的手割破了，真是个愣货。小牛听了老范的话，当时没有说什么，只是默默地记在了自己的心里。包括我们，包括平时自以为能掐会算的老范本人在内，也都以为事情就这样过去了，谁也没有想到小牛本人并没有过去。谁也没有想到这个外表看上去胖墩敦圆乎乎真的像一头结实健壮的小牛一样的孩子并没有在睡大觉，他其实是在找时间，在等机会，一直都在耐心地找时间等机会，一刻也没有放松过，一刻也没有停止过。就这样一等二等，等啊等，没用多久就真的等来了。有一天开全体大会，伤势已基本痊愈的小牛突然呼的一下站了起来，对大家说，有人说我是个愣货，我愣货？那些地主，那些资产阶级，他们倒是不愣，一个比一个精明，处处都在千方百计地小心地保护着自己，生怕受到哪怕是比针尖还小的一点伤害，可是，这样的一些人，你能指望他去革命吗？你能指望他去抛头颅，洒热血，推翻剥削阶级，去实现革命理想吗？不错，我承认我是一个愣货，为什么我是一个愣货呢？因为我们的事业需要像我这样的愣货，我们的伟大壮丽的革命事业离不开像我这样的愣货。

现在，当着叶书记和所有领导的面，当着在场的和不在场的全体同志的面，我要自豪地说，我就是要做一名革命的愣货。小牛刚说完，叶柏翠书记立即带头鼓起掌来，大家也都跟着拍响了各自的手，一时间，办公室变得像一锅开水，不用拿手去试，坐在那里就能感受到那种火热和滚烫的温度。但是，热归热，却不会感到不自在，不会觉得难受。那时候，全公社最不自在的人恐怕莫过于兽医站的老范了，小牛的发言让他惊出一身冷汗。虽然没有明确地指名道姓，但小牛肯定是在说他，人们的目光也随着小牛的话音不住地往他那里落。我敢肯定，他比那些地主还要不自在，比那些人的心里还要难受。

这个老范啊，后来他就坐不住了，主动地站起来了。他说，我是一个兽医，和牲口打了一辈子交道，变得越来越不懂人事了；我是从旧社会过来的，身上难免会沾染一些旧社会的习气……我要清洗自己，同志们啊，我想在咱们公社温暖的大家庭里狠狠地痛痛快快地洗刷自己，洗掉旧社会涂在我身上的那些残渣余孽，我希望能够得到同志们的帮助，让我成为一个新人，一个有用的新人。

小牛说，老范同志，我愿意帮助你洗，把你洗成一个有用的新人。不过，水要是太热了，你可不能叫唤，你得坚持住，忍住。人，不洗就不知道自己有多肮脏，一洗才会吓一跳。想一想吧，进去的时候，你还脏得不成个样子，让人看了觉得恶心，等洗完出来，你就焕然一新，完全是一个崭新时代的新人了，一个崭新得像新钱一样哗哗作响的老范，那该是一件多么让人高兴的事啊！

谁也没有想到，这次会议竟然又是开得十分的成功，又是一次团结的大会，胜利的大会，鼓舞人心的大会，完全出乎我们的预料，超出了我们的估计和想象，以至于散会很久以后，大家还在不住地感叹，真是想不到啊，真是没想到啊！……由此，大家忽然深深地明白了一个道理，那就是在我们这样一个充满希望的时代，在我们的这样一个大家庭里，无论什么样的奇迹都是能够创造出来的，只有想不到的，断没有做不到。有时候，看着一件事情，一个人，觉得是完了，不行了，好不了啦，但是，忽然之间哗的一下就又行了，而且光行了还不算，还会一溜烟地朝着越来越好的方向继续发展，发展得收都收不住，好得让人目瞪口呆。这是怎么回事？这就是我们的优越性。资本主义帝国主义断不可能有这样的事，无数的历史也都在证明着这样一个事实：我们正在一天天好起来，敌人正在一天天烂下去。

散了会以后，老范一边往出走，一边用手摸着自己的脑门，自言自语地说，好家伙。从那以后，很多年里，无论再听到什么样的事情，不管是好事还是坏事，老范的反应只有三个字，他说，好家伙！也只有那三个字，别的再没有，这样既不得罪人，也不会给自己招来什么事，同时又还能够让说话的人感到老范对他是极其的尊重，对他所说的话所散布的消息也是极其的有兴趣，找到老范，算是找对人了，至少不是有眼无珠，对牛弹琴。慢慢地，有细心的人看出了一些门道，觉得老范别看外表长得傻大黑粗，内里其实玲珑精细，聪明至极，在某些方面早已不知不觉地远远地走在了很多人的前面。他快到目的地了，后面的人还没有出发，还没有开始行动，有的人甚至还在睡大觉，还在胡吃，傻干，甚至完全不清楚还有这样的事。

有人说，这个鬼老范，他用那三个字结结实实地给他自己缝制了一件防弹衣，成天披挂在身上，刀枪不入，以不变应万变。

王主任说，不变不行，哪能由着他来？我们就都是变的，就他是天生不变的？事不关己，高高挂起，这是典型的自由主义的一种，我们应该对其进行批判，能教育挽救过来的就教育挽救过来，实在教育不过来，也挽救不了，那就不如把他打倒！凡是反动的东西，你不打，他就不倒。

除了小牛的那份血写的决心书一鸣惊人一枝独秀外,另外还有五个人的决心书写得不谋而合,表现出惊人的一致性,五个人的决心书题目都是一样的:心里的话儿献给叶书记。叶柏翠书记把每一份决心书都看过以后,对他们说,有话还是要献给革命,要忠诚我们的事业,知无不言,言无不尽,不要说给某一个人,个人永远是渺小的,卑贱的,微不足道的。他们说,您不是上级派来领导我们的么,在尖蚂蚁这个地方,我们有话就要对您说……叶柏翠书记沉吟了一会儿,然后说,好,同志们的好意和对革命的一片拳拳之心我领了,感谢你们!尖蚂蚁有你们这么好的同志,何愁改变不了它的模样?我们的目的一定能够达到。

各位领导,同志们,东方红,太阳升,神州山河处处红,形势逼人,形势催人奋发向上,在这种情况下,我也写了一份决心书。我写的是——到最艰苦的地方去,到最没人愿意去的地方去,到人人都认为不能在那里待的地方去,到那种被很多人认为是不是人待的地方去,放下包袱,开动机器,解放思想,丢掉幻想,独立自主,自力更生,不打出一个红彤彤的世界来,决不回来。

我没有想到,叶柏翠书记那么忙,竟然会亲自来到我的家里。当时,我正在家里认真学习,尽管屋里的光线不太好,十分的昏暗,但我还是学得聚精会神,津津有味,孜孜不倦,因为我的心里是明亮的,我的心里有一盏指路的明灯。后来我从屋里来到门口,坐在门槛上,借着外面的天色继续学。我的一个孩子在屋里哭得像见了鬼一样,但我没理他,我坐在门槛上岿然不动。我认为一个人学习要比去哄孩子重要得多,重要不知多少倍,两件事情完全不可同日而语。我一边学习,一边在心里说,狗日的,你想哭你就使劲地哭吧,看你能哭到猴年马月，你的爱学习的爹是不怕你的，他一切的敌人都不畏惧，还能怕你这么一个小毛孩子？还能让你的哭声吓住？还能让你哭得他中止了自己的学习？他是头可断，血可流，想要让他不学习，那是万万不能的。他是海枯石烂不变心，老婆跑了也不怕——一个丑女人，想跑让她跑去。

各位领导，同志们，叶柏翠书记就是在那个时候突然出现在我的面前的。我抬起头，在那种十分微弱的光线里，我看到她美丽又和蔼，我顿时情不自禁地流出了激动的泪水……要知道，她是代表公社和她自己来的啊，我就像一个孩子见到了他的娘。

叶柏翠书记问我，万年青同志，你在学习？

我使劲地点了点头，灼热的泪水模糊了我的视线……很快，又听见她说，这样容易把眼睛看坏，应该把灯点上。

我说，我的心里是亮的。

我没有告诉她我的家里其实早就没有油了，自己的困难应该自己想办法去克服，去解决，不能麻烦别人，让别人也跟着你一起麻烦。早在上个月的时候，坛子里的煤油就已经见了底了，我们家里每天只能点一小会儿灯，也就是在吃饭的时候点一小会儿，有时候，饭要是过于简单，那就连吃饭的时候也不点，黑到万不得已也不点。比如，一人一个窝头、一个土豆，这样的饭还用得着点灯么？是个人就能把这点儿东西一点一点地放进自己的嘴里，完全不需要有光来照着。更何况，是往自己的嘴里放，又不是往别人的嘴里放，这事谁都能做到。经过一段时间的适应和训练，我们一家人现在已经很习惯在黑暗中吃东西了，吃得既准确又快速，还别有一种情调和滋味。不怕大家笑话，我们一家人现在已经很不习惯在很亮的灯光下吃东西了，总觉得别扭，不是那么回事。毛主席教导我们说，事物都是一分为二的，我现在算是越来越体会到了,他老人家这话说得太对了。就拿摸黑吃东西来说,有时候尽管看不清手里拿着的东西,颜色,形状,都不清楚,可在这同时,却又能吃出一种在灯光下所没有的味道。我的女人有一次一边摸着黑往嘴里放东西,一边对我说,他爹呀,咱们不像是在吃自己的东西,倒像是在偷吃别人的东西。我对她说,胡说!胡说八道!偷吃别人的东西,你能有这么安稳么?能吃得这么心安理得,不慌不忙么?要不信你去试试,能把你着急得噎死,能把你紧张死。她在黑暗中想了一会儿,然后说,倒也是,我们这么摸着黑吃,一点儿也不用担心,无论我们吃得声音有多大,也不会有人来管。

哎,这个傻女人啊,她总算是明白了。

听到屋里传来的哭声,叶柏翠书记问我说,孩子为什么哭成这样,是不是饿了?

我对叶柏翠书记说,不要朝理他,越朝理他,他就哭得越厉害越来劲,越没完;不朝理他,他慢慢就会发现他哭得没有意义,毫无道理,一点儿意思也没有,哭一会儿他就不哭了。

听见我这样说,叶柏翠书记笑了。随后,她告诉我说,她看了我写的决心书,写得很好,但是,公社不准备派我到那种最艰苦的地方去,而是对我另有任用。晚间的暮色笼罩在叶柏翠书记的脸上、身上,使她看上去显得既庄严又美丽,非常的好看。公社要让我干什么呢?叶柏翠书记对我说,解放这么多年了,这里的人民买东西还是十分的困难,即使买一斤煤油,也得三番五次地托人捎,或者亲自到八九十里路以外的县城去买,要是不去,那就只能黑着。尖蚂蚁的人民苦啊,他们做梦都盼望着能有一个属于他们自己的供销合作社。

听到叶柏翠书记这么说,我的眼前顿时一亮,心里也像开了两扇窗户。我说,叶书记啊,这也正是我日日夜夜盼望的一件事,真要是能在我们的家门口开一个供销社，准能把人们高兴死，我首先就高兴死了。

所以，我们要成立我们自己的供销社——尖蚂蚁供销合作社。叶柏翠书记对我说，供销社先没有主任，公社决定由你来当副主任。

各位领导，同志们，在这里，我要狠狠地批斗一下多年来一直隐藏在我灵魂深处的小字和私字——当叶柏翠书记把要成立供销社和让我当副主任的决定告诉我时，我是既高兴又心怀不满。高兴的是，我们终于有了自己的供销社，以后买东西再不用像原来那么费劲了；心怀不满的是，既然供销社没有主任，为什么不让我直接当主任，而非要让我当副主任呢？各位领导，同志们，这就是我当时的最真实的丑恶嘴脸！同志们可以看看，这是一个多么卑鄙下流的灵魂，简直猪狗不如！不是想着如何艰苦奋斗、勤俭持家地把供销社搞好，而是千方百计地计较个人的得失，被升官发财的腐朽没落的封建主义思想和资产阶级名利思想搞得神迷五道，人不人鬼不鬼。除此以外，在别的许多问题上，我也有不少糊涂的甚至错误的认识。

那么，我后来是怎样转变的呢？同志们啊，在这个问题上，没有别的办法和渠道，更没有什么能够投机取巧的捷径，真正的正确的方法和渠道只有一种，那就是学习，改造，学习学习再学习，改造改造再改造。认真学习，努力改造世界观，从灵魂深处进行革命，洗心革面，脱胎换骨。既要能够消灭一个旧世界，又要善于建设一个新世界，既要能够摧毁一个旧我，又要能够重新塑造一个新我，旧的不去，新的不来。

各位领导，同志们，我就是这么做的。通过不断的学习和改造，我的眼睛比过去亮了，胸怀比过去更宽广了，心中的信念也更坚定了。按理说，这时候停下来也能说得过去了，但是，我觉得还远远的不够，大大的不行,越是这种时候,越是更不能放松。松懈就意味着倒退,自满会埋伏下更大的危险和麻烦,必须坚持继续学习和改造。

  我是怎样学习的呢?在各位领导和同志们的面前,我不想隐瞒,我更想说,凡是古人在学习上用过的办法,我也都用过了,古人没有用过的,我也用过了。头悬梁,锥刺股,凿壁偷光,黎明即起……我的女人有一把很尖的锥子,是她妈传给她的,常用来做针线活儿,可是后来,那把锥子忽然就不见了,再也找不见了,她翻遍了里里外外的地方,哪里也没有,又问孩子们,几个孩子也都说没见,他们谁也没拿。

  各位领导,同志们,你们猜猜,她的那把锥子到底哪儿去了?是的,当然是我拿走了,当然是被她的勤奋好学的丈夫悄悄地藏起来了,但我不能告诉她,我要是告诉了她,她就会跟我要。她不知道是我拿走的,以她那种头发长见识短的女人,以她那样一个糊涂老婆的头脑,她做梦也梦不到她的丈夫悄悄地拿走她的锥子,是为了更好地更有效地学习,更彻底地改造自己。没办法,天上地下都找不到,她只好托人又买了一把。这样一来,原来的那一把,她也就不再继续惦记着了。不惦记就好,我就怕她老念念不忘地惦记着。她一不惦记了,我也马上就放心了,从那以后,那把锥子就真正地正式地属于我了。我时刻都把它带在身上,每当学习学得有些困倦时,我就把它掏出来,恨铁不成钢地在自己的腿上扎一下,刺一下,一扎,一刺,马上就又精神了,浑身又有了使不完的劲儿,又如饥似渴地继续投入到学习当中,我就是用这样的办法来督促自己不断地学习,改造。

  有一天,我的女人和我坐在一起,坐着坐着,她突然尖叫了一声,一种突如其来的疼痛让她飞快地站了起来,她顺着疼痛的方向摸呀摸,摸着摸着就摸到了我的身上,一下就摸到了我藏在裤兜里的那把锥子。

她把那把锥子拿在手里看了一下，恍然大悟地对我说，万年青，王八蛋！这是什么？这不是我的那把锥子么？这以后，她一边用手摸着刚才被刺痛的地方，一边追问我为什么要偷她的锥子？藏在身上干什么，是不是要谋害她？唉，这个蠢女人啊，她完全不知道她的男人在干什么，一时半会儿我也和她说不清。

我不止一次地对自己说，万年青啊万年青，你这个狗日的，你要是不好好学习，不好好地认真改造自己，你能对得起谁？恐怕你谁也对不起，对不起尖蚂蚁公社对你的一片信任，对不起叶柏翠书记对你的期望，更对不起今天的新社会。

通过学习和改造，我逐步地认识到了自己的错误，几乎每天都有新发现，几乎每天都有新变化。我知道自己在进步，有时候是一点点的进步，有时候则是十分了不起的一大步，我心里高兴极了，但又对谁也没有说起过。我怕一说了以后，我会变得骄傲自满起来，会在原地停下来，不能再继续往前走。因此，我对于自己在暗中的进步一直守口如瓶，含而不露，我像一个负有重大使命和秘密的人一样，每天生活得谦虚谨慎，戒骄戒躁，小心翼翼。我还高兴地不止一次地看到，过去的那种升官发财的斤斤计较的封建思想和资产阶级思想一片一片地从我的脑子里飞走了，我知道这一走，以后它们是再也不会回来了。我对它们说，走吧，快走吧，走得越远越好，到台湾去吧，到美国去吧，别再回来找我。

送走它们以后，我一下觉得轻松了，我成了一个没有问题的人，我的心里晴朗如洗，万里无云。

我去找叶柏翠书记，我甚至主动要求在即将就要成立的尖蚂蚁供销合作社里当一名普通的售货员，站在柜台里，笑迎四方客，全心全意为人民服务。但是，叶柏翠书记对我说，革命工作没有高低贵贱之分，都是为了为人民服务，售货员需要有人来干，副主任也不能没有人来当，所以，革命的担子你还得继续挑。

我明白叶柏翠书记的意思，不仅要勇敢地把副主任的担子挑起来，而且还得挑好，一直挑到未来。

第二天我们就干起来了，从一个碗一口锅起家，公社还拨给我们一辆马车，用来进货。

供销社的房子是原来郭地主的宅院，自从被没收以后，一直空着，锁着。我拿了钥匙，领着人进去以后，发现真是一个好地方。前面的一排房子可以作为我门的门市，后面有一个院子，院子尽头还有一排房子，可以做我们的办公室和宿舍，院子的两边还有两排厢房，能做仓库。西面的墙上有一个大门，马车和汽车都能进来；东边的墙上有一个小门，通向外面，一次只能进出一个人。进来以后我就想好了，除了拉货回来，或者有重大的事情，西边的那个大门平时一般不开，我们只走东边的那个小门。小门有半人多高，进出的时候都必须得低头。

一连好几天，有一个人一直躲在附近偷看我们，我知道是谁，是郭地主，这座院子，这些房子，原来都是他的。这两天，我们几个人每天在这里干活儿，就像是在他的心里干活儿，就像是在他的五脏六腑之间折腾一样，他肯定觉得不好受，又十分的不踏实，每天都想知道我们在干什么，每天从家里一出来就悄悄地不由自主地拐到这边来了，有时候躲在树后，有时候蹲在墙头的豁口下面。我们从他的身边经过时，他就低下头看蚂蚁，看得十分出神，或者把帽子扣在脸上，假装打瞌睡。猪肉贴不到羊身上，这个老地主啊，他和我们终究还是隔着一层皮呢。

有一天，我们正在清除院子里的荒草，一回头，我看见东边的那个小门后面突然变得黑乌乌的,我知道是郭地主又来了,正趴在外面向里面眈。我想了一会儿,后来走过去开了那个小门,把他叫了进来。一开始他没有防备,我一开门,他吓得转身就跑,我把他叫住,才把他让了进来。郭地主对我说,我是路过,正好从这儿路过。我说,路过也可以进来看看啊,以后,这里就是供销社了,谁都可以来。郭地主马上说,你们真是了不起呀,我们这个地方从来没有过供销社,现在说有马上就有了,谁能这样?神仙也不过如此吧?说着,忽然闭上了嘴,看看我,又看看院里别的人,马上又说,看我这张嘴,又在胡说了,哪有什么神仙!没有神仙,从来就没有神仙和皇帝。

你看郭地主现在这副样子,你无论怎么想,无论怎么看,都完全看不出他曾经是这座院子这些房子的主人,再加上他瘦得像个鬼一样,根本看不出是个地主。他每走一步都显得极其的沉重,困难,看着他那似乎行动不便的样子,由不得让你怀疑这个院子里极有可能埋藏着地雷一类的东西,不然他为什么走得那么慢呢。

后来,郭地主抚摸着院子里的柱子和门框,对我说,都是好木头啊。

又摸着墙上的砖说,砖也都是好砖。

我说,人也都是好人。

我的话把他吓了一跳,他看了我一会儿,然后摇着头说,那可不敢说,可不敢那么说。

这以后他一直退着走,退啊退,一直退到快要出那个小门的时候,他忽然悄悄地告诉我说,有一件事情,在他的心里憋了好几天了,他想说,可是又怕在说的过程中捎带出别的什么麻烦来,不说吧,又觉得心里实在憋得难受,堵得厉害,一直放不下去。我说,那就把它说出来,大多数的事情你早在前些年的那些大会小会上都已经说过了,估计剩下的也没什么了,也不大可能有更严重更要命的东西了。听见我这样说,他看了我一眼,然后说,管球他的,我不管了,我要说,这件事关系到一个人的德行,我要是不说,我死了也不放心。于是,就开始说。他说,西厢房窗户根下的下水道里埋着几块石头,应该赶快起出来,不然的话,一下雨就会满院子的水走不出去。我听了,吃了一惊,不由得向院子里看去,感觉中院子里像是已经积满了水,人和东西都浮在水里。下水道里怎么会埋着石头呢?我正要问时,却发现郭地主不知什么时候已经从那个小门里走了。

我们来到西厢房的窗户下面,撬起两块石板后,看到下面果然堆着一些石头,都已经绿了。众人看了,又是一惊,纷纷说,这是谁干的?是谁干的呢?我想,肯定是郭地主本人干的,这事再没有别人。

供销社开业那天,我听说郭地主死了。

又听说他们家里的人也没怎么哭,不过,就是哭,我们也听不见。我们这边红旗招展,锣鼓喧天,每个人的脸都是红的。一堆一堆的货,把人们都看傻了,我注意到不少人的眼睛里恨不得长出一只一只的手来。崭新的布匹,散发着从远处来的无比陌生的气息,上面的每一朵花都美丽得要命,让人看一眼就别想再忘了。像云彩一样雪白的糖,像冰凌一样的盐,像血液一样的煤油,只要它一顺畅地流过来,整个尖蚂蚁公社就都亮了。你在河边走,你在山上走,到处都有灯,一盏一盏的灯都亮着,人们在灯影里走动,说话,劳动。

一个女人挑选了一块花布,拿在眼前看了一会儿后,突然呜呜咽咽地失声哭了起来,头发垂在脸前,看不见她眼里的泪,只能看到两个削瘦的肩膀抖动得很厉害……从来没有见过这么好的布,更没有想到能在自己的家门口见到,含在嘴里怕化了,拿在手里怕飞了,重新放回去又不甘心,不舍得……此情此景,咋能叫人不高兴,咋能叫人不痛哭？哭是正常的，不哭才倒是有问题。

各位领导，同志们，一次又一次的经历和活生生的现实告诉我们，也深深地教育了我们，人民群众是多么需要一个他们自己的供销社啊，哪怕是一个又矮又小的里面只能站一个人的杂货铺！

供销社像一艘船，已经下到水里，开始航行了。

这期间，我们翻过一次车，拉车的两匹马受了惊，把车上拉的一车碗全打了，这件事情的损失是巨大的，教训也是惨痛的。在一次总结会上，有的同志说，碗啊盘子一类的东西是最容易打的，一不小心就碎了，要是我们的车上拉着的是手套帽子一类的东西，那就不怕它打了，别说翻一次车，就是翻上十次，我们也不怕它。

不能这样看问题啊同志们！针对这种错误的言论和认识，我及时地进行了批驳。我说，人民群众不仅仅需要手套和帽子，更需要一个碗！没有碗，他们怎么吃饭？不吃饭，怎么干革命，怎么去建设自己的家乡和祖国？就算我们的车上拉的不是碗，全部都是手套和帽子，难道那就能成为翻车的理由么？就应该理直气壮光明正大地翻车么？归根结底，还是我们的工作有毛病，有漏洞，不能怨马，也不能怨车，更不能怨碗，你总不能因为怕打碎了，就要求所有的碗都变成皮碗或木碗吧？要怨只能怨我们自己，没有责任心，没有胸怀祖国，放眼世界，为人民服务的精神像老鼠尾巴一样又短又小。

通过对这次事故的总结，大家都认识到翻车是不对的，而把满满一车碗打得只剩下一两个好碗，就更是错误的。我们的年幼的供销社刚刚创业不久，走路都还不稳，怎能经得起如此折腾？

我们狠狠地学习了好几天，开展了极其猛烈的批评与自我批评，有的同志被触到了痛处，甚至当场昏厥过去，众人一起泼凉水，掐人中，才又慢慢苏醒过来，睁开眼睛后首先说，不要管我，救碗要紧！还有没有好碗，所有的碗都打了么？又说，从王家坟到磨西的那一段路应该修一修了，我们的思想也应该修一修了，不过，只要把思想修好了，再难走的路我们也能过去，我们可以把东西背在身上，步行通过。

有人来买东西时，小伍或胡木刀就赶快跑出去，打发走买东西的人以后，回来继续学习。

同志们都说，这样的学习真顶事，比糖还要甜，比盐还要有滋味，比鞭炮还要响亮，比辣椒还要来劲，比煤油和酱还要浓，比切菜刀和小学生削铅笔的小刀还要锋利，比棉花还要白，比秤砣还要硬，比六十五度的烈性酒还要管用，还要有后劲。

通过这次学习，我明显地感到我们的供销社噌地又前进了一大截。

我高兴得好几天都睡不着，有时候睡着了也能高兴得笑醒。我的女人以为我受了什么刺激，以为我疯了，到处张罗着给我搜寻各种偏方。哎，这个傻货啊，和我在一起生活了这么多年了，从来就不知道我为什么高兴，为什么不高兴。

从这年夏天起，我们开始收购头发、猪鬃、羊毛、杏仁、野兔和黄麻草。不夸张地说，在整个尖蚂蚁公社，我们的供销社是最热闹的最繁华的地方，每天都像赶集一样，我们的后院和前院的那几间库房很快就堆满了东西。有的人，有的个别的人，为了多卖钱，竟然一个月里要剃两三次头。头发就那么一个生长速度，不会因为你剃得勤，就格外给你多长出来一些，可叹的是，剃头的人好像一点也不明白这个道理。

我们把收购上来的东西全部运走，运到县里，然后再把尖蚂蚁公社没有的东西运回来。我们在做这些的时候，始终坚持以阶级斗争为纲，坚持原则，地主和反革命分子的东西我们一般不要。地主和反革命分子带着他们的头发、猪鬃、羊毛、杏仁、野兔和黄麻草来卖，我们就对他们说,我们不要你们的东西,你们自己留着用吧。他们听了,就灰溜溜地回去了,东西是怎么拿来的,再怎么拿回去。

　　如何识别地主和反革命分子?这就需要我们的同志擦亮眼睛,不断地提高政治觉悟。一般情况下,谁是地主,谁是反革命分子,我们都是一清二楚的,就那么几个人,都是有名有姓的,不仅我们一清二楚,连七八岁的孩子也都知道谁是地主,谁是反革命分子,所以,这个问题不算是一个问题。

　　那么,什么才是收购中的一个问题呢?我以为是蒙混过关、浑水摸鱼的问题。有的地主和反革命分子,他们自己拿着东西来卖不了,他们就想办法让他们各自的亲戚,七大姑八大姨帮忙,让这个亲戚帮他们卖一点儿头发、猪鬃和羊毛,又让另一个亲戚帮他们卖一点杏仁、野兔和黄麻草。东西都是一样的东西,光看东西根本看不出是谁的东西。地主的头发也是头发,它和贫下中农的头发一模一样,地主的猪鬃和羊毛也与贫下中农的猪鬃羊毛一模一样。地主剥出来的杏仁难道和贫下中农剥出来的杏仁有什么不一样吗?也完全一样,丝毫没有什么不一样的。以此类推,反革命分子打回来的野兔,割回来的黄麻草,也和贫下中农打回来的野兔、割回来的黄麻草完全一样,你根本看不出这些东西是出自地主和反革命分子之手,他们要是不说,谁也别想知道。

　　这样一来,就给我们的蓬勃发展的收购工作带来相当大的难度。说心里话,我恨不得我们的同志都有一双火眼金睛,每个人都有一面照妖镜,谁心里有什么弯弯道道都能够看得清清楚楚,明明白白。因为,麻烦就麻烦在地主和反革命分子的亲戚们并不也都是地主和反革命分子,甚至可以说都不是,有相当一些人还都是正儿八经的贫下中农,问题的复杂性和艰巨性也正在这里。要是他们彼此的身份都一样,那也就用不着互相托来托去了，你来托我帮忙，我自己家里的头发和猪鬃还卖不了呢。

贫下中农拎着一包一包的头发、猪鬃、羊毛和杏仁来卖，你供销社不能不收吧？他们又没说这是地主的头发和反革命分子的猪鬃。

在这个问题上，我们吃过亏，也上过当，可以说被阶级敌人钻了空子，我们的心情也是十分沉痛的，十分悲愤的。我们摩拳擦掌，一旦哪一件事情被我们查清楚了，我们立即就将他们卖给我们的头发、猪鬃、羊毛、杏仁、野兔和黄麻草，全部重新退回去，再把我们付出去的钱重新要回来。除此以外，还要对那些助纣为虐的帮助阶级敌人蒙混过关、浑水摸鱼的地主和反革命分子的亲戚进行严厉的批评教育，不管他是贫下中农，还是贫上中农，我们都要提出严正的声明和警告。我们对他们说，你们要再这样，以后连你们自己的东西我们也不要了。

这样做很管用，这样针锋相对地斗争过几次以后，很多地主和反革命分子的亲戚再也不愿意帮他们的忙了，他们会千方百计地找各种借口和理由，拒绝帮忙，拒绝帮助他们蒙混过关、浑水摸鱼，有的甚至直接把我们供销社搬出来，说供销社如何如何。

有一个地主的亲戚对我说，我说过我帮不了他（地主），可他（地主）说甚也不行，死缠烂打，赖在家里不走，拿着不知是头发还是猪鬃的一包东西不住地往我怀里塞，非要让我留下。没办法，我就把你们供销社搬出来了，用供销社把他镇住，压住，还真给镇住了。

我对这个地主的亲戚说，搬得好！以后该搬的时候就大胆地搬，不要有顾虑。供销社是干什么的？除了全心全意为人民服务，还要为人民作主，当人民需要它的时候，它就应该旗帜鲜明地站出来，就像一场及时雨，下在干旱的土地上。

亲戚们变得越来越疏远，在这种情况下，地主和反革命分子也不好意思再继续为难、连累他们了。有一个地主说，去一回碰一回钉子，算了，以后再啥也不卖了。潘家园有一个姓彭的现行反革命分子，因为头发卖不了，所以半年多没有剃过头，头发一直在头上疯长，变得像个野人一样。后来，在潘家园下乡的干部们实在看不下去了，才命令他马上把那些乱七八糟的头发剃掉。他们对他说，你看你像个什么样子，变得连隔壁的狗都不认得你了，不能因为头发卖不了就永远不剃头吧？

他隔壁的那条狗，一看见他就使劲地咬，不停地嚎叫，叫得让一村子的人都觉得心里发毛，有人做梦都能梦见狗咬，梦见雪在飘，狗在叫。

这场斗争，孤立了地主，打击了敌人，教育了人民，并以我们的胜利而告结束。

我常听人们说，自从有了我们尖蚂蚁供销社，这里的人们的生活就比过去好多了。我说这话，丝毫没有半点儿吹嘘的意思，怎么能把人民群众的表扬当成是自鸣得意的资本呢？万万不能够，那是很危险的。

有一位姓李的大爷说，做梦也没有梦到，盖上十八层被子也没有梦到供销社会成为他本人后半辈子最想去的最愿意去的一个地方，路走熟了，腿也走顺了，每天从家里一出来，自觉不自觉地就拐到供销社来了，既没有人在后面推着，也没有人在前面拉着，指引着，完全是不知不觉地就来了。有时候因为有别的事，或者因为生病，没有来，病情也会因此加重，所以，即使手里拄着棍子，他也会想办法来一趟，来了就踏实了，放心了，心里的一块石头落地了。看到供销社还像往常一样稳稳地坐落在那里,人来人往,买布的和卖头发的站在一起说话,煤油味和白酒的气味相跟着从大敞着的门里飘出来,卖野兔的面朝墙,背朝人,正在数钱,从后面看上去,一点儿也不像是在数钱,倒像是在冲着墙撒尿。数完钱以后,卷成一卷,掖到帽子的夹层里,然后小心地戴在头上,然后转过身来,表情凝重地向四周环顾一遍。那时候,他感到自己的头和头上的帽子开始宝贵起来,变得极其重要。

李大爷说,就是不买东西,光是站柜台前看一看,看到那么多东西整整齐齐地摆在那里,挂在那里,那也是一件让人无比高兴、心满意足的事。别以为供销社就这么点儿好,更好的还在后头呢。除这以外,你完全可以把整个儿供销社的东西都看成是你自己的东西,之所以这些东西现在都摆放在供销社里,那是因为你家里的东西实在已经太多了,根本再放不下别的,所以才不得不暂时在供销社里寄放一下,委托他们替你保管一下,这些东西真正的主人还是你自己。

这话说得是多么的好啊。一个人活着,世界观非常重要,而改造我们的世界观更加重要。什么是世界观?世界观就是你对这个世界的看法,对这个世界的一种感觉,感觉不同,黄连在你的眼里也会甜蜜无比。更何况我们的供销社还不是黄连,它像是一个美丽富饶繁荣昌盛的集市,每天都吸引着无数的人。

在尖蚂蚁这个地方,持有李大爷这种观点的人不在少数,而是具有相当的普遍性。作为供销社的主要负责人,我希望所有的人都能够具有李大爷这样的世界观,把供销社的东西当作他们自己的财产,把供销社当成他们自己的家,当成他们的仓库、集市,每天过来看看,看看他们各人的东西是否还在。平纹布还有整整六匹,带耳朵的铁锅还有一百多个,饼干还和当初进回来的时候一样多,古巴红糖也还有好几麻袋……我发现了一个规律,在所有的东西里面,走得最快的有三种东西，它们分别是煤油、火柴和盐。

各位领导，同志们，人民群众的这种称赞和表扬，这种极大的信任和拥护，对我们既是激励又是鞭策。我不止一次地对我们的同志说，要感谢人民，一定要把供销社的事情办好，一定不能忘本，一定要全心全意地为人民服务，一定要提高警惕，保卫祖国，一定要解放台湾，一定要解放全人类。

可是，天有不测风云，就在我们斗志昂扬意气奋发地鼓足干劲、力争上游、多快好省地建设社会主义的时候，我们供销社的内部却发生了一件无论任何时候想起来都令我们感到无比痛心的事情。

这就是几乎人人都知道的胡木刀事件。

我是从什么时候开始发现我们的售货员胡木刀利用他的特殊身份偷吃供销社的水果糖的呢？同志们，在这里我不敢抢功，公正一点来说，最早发现这件事的并不是我——这也同时暴露出我身上存在着的一些问题，比如松懈，比如麻痹大意、不敏感、警惕性不高、斗争觉悟较低，等等——而是我们的另一位同志，是他向我及时汇报的，因为他感到很危险。以前还没觉得，但现在，与胡木刀在一起工作，这件本来看似平常的事，本身已变得十分凶险而不再平常，越来越危险。

最终查明，又据他本人交代，胡木刀自参加工作以来，每天至少要人不知鬼不觉地吃掉供销社里一颗以上的水果糖。每天上班以后，他就趁人不注意，趁拿着鸡毛掸子在柜台上装模作样地掸灰的时候，偷偷地眼疾手快地从盛放水果糖的玻璃罐子里捞一颗出来，藏在上衣口袋里，然后又若无其事地开始干活儿，工作。他心不在焉魂不守舍身在曹营心在汉地等啊等，等待一个绝好的时机的到来。在某一个够得上是安静的空隙里，当供销社里突然暂时——绝对是暂时，因为很快就会又有人进来——没有顾客的时候，恰巧同事又到后院去了，胡木刀就以迅雷不及掩耳之势，飞快地将那颗隐藏在上衣口袋里的水果糖掏出来，相当利索地——他的业务技能还是很好的——剥去糖纸，闪电般地放进嘴里……这以后，一整天他都处于一种甜蜜蜜美滋滋的状态中。

这样的手法，不知骗过了多少人，别说我，即使是与他近在咫尺的同事，也常常看不出来。嘴里含着糖，却让人一点儿也看不出来，察觉不到，这也是胡木刀的本领之一。我们在审问他的时候，问他是怎么做的，胡木刀当场给我们演示了一番。他把一颗水果糖放进嘴里，当发现有人注意他的时候，他就把糖放在舌头下面，当别人都不注意时，当他认为周围的环境很安全时，那颗糖又被他不知不觉地平滑无比地转移到舌头上面，安安稳稳地躺在他的舌头上面，像是在呼呼地睡大觉，完全是一副高枕无忧的样子。我们几个人照着胡木刀的样子都试了一次，但是都做得非常不好，笨拙，拖泥带水，完全没有他的那种灵活和自然，有人甚至一不小心就把糖从嘴里掉了出来。

哎，各位领导，同志们，他的那个舌头呀，也真是特别，真叫个少见，需要像钩子的时候，那就是一个再好没有的钩子，需要像铲子的时候，那就是一把想铲什么就能铲起什么的铲子。那种灵敏，那种随意，那种可折可弯，那种任意的伸缩、自由的运动，不是我们一般人所能有的，也不是能学得来的。

好，言归正传，继续说他偷糖。我们给他算了一笔账，不算不知道，这一算把我们都吓了一跳。每天一颗，有时甚至两颗，一年三百六十五天，两年七八百天，三年一千多天，同志们算一算，日积月累，积少成多，这是一个多么巨大的数字啊！照这样下去，一座金山也能让他吃空，吃塌。

这件事还有一点让我感到气愤的是，广大的贫下中农的孩子，每次来到我们供销社以后，都眼巴巴地目不转睛地看着放在玻璃罐子里的糖，却因为没有钱而不能买。胡木刀，人民的售货员，他倒好，一伸手就是一颗，一张嘴就是一股一股的甜蜜，得来全不费功夫，他在干什么？

真相大白后，我狠狠地批评了胡木刀。我对他说，你这个不要脸的馋×嘴！一个大男人，为什么要像女人和孩子一样喜欢吃糖呢？糖就那么好吃？你难道是一个女人么？你难道是一个孩子么？虽然你还没有结婚，但你正准备结婚，这就说明你已经不是一个孩子了。一个孩子能结婚能张罗这种事么？

他无言以对。

这件事最终的结果大家都知道了，胡木刀上吊自杀了，他的这种自绝于社会自绝于人民的行为让我们感到非常痛心。

各位领导，同志们，沧海桑田，历史的经验值得注意。认真地思前想后，我认为这件事情我也有责任，甚至是很大的责任，我不能也不想逃避责任，把自己洗刷得一干二净，若无其事，像个没事的人似的。作为供销社的主要负责人，我没有很好地教育好我们的职工，没有带着他在革命的路上一直走下去，更没有在最关键最紧要的时候及时地把他拉住，致使他真的在糖弹面前倒下了，这以后，又迅速地滑向了漆黑的深渊。

这件事情我应该做出深刻的检讨和反省，请同志们批评。

同志们可以上来打我，骂我，狠狠地唾我，我没有怨言。胡木刀死了，而我还活着，我没有管教好下面的人，我感到羞愧。

第四章　在淡黄的街景里排队等候

十

　　从东边的坡上一路下来，过了小南关，往机械厂的铁栏杆上吐了一口唾沫，快到棉麻社那个临街的幽黑的门洞前的时候，小山看见有七八个人，有男有女，歪歪斜斜地排成一支有点儿罗锅又有点蛇形的队伍，没有人说话，都伸着脖子，甚至踮起了脚，朝前面张望着。小山吓了一跳，不会是粮店门前的队伍排到这里来了吧？要是那样的话，今天肯定就又没希望了。这样想着，他从那七八个人的身边经过，往前面又走了一会儿，这一走，他先前的担心终于得到了证实，队伍确实是从前面的粮店门前开始排起的，而他最先看到的那七八个人，属于这支队伍的末端，根本没希望，排也是白排。

　　小山又往前蹦跶了一会儿，他觉得，今天排队的人，可能一百个人也不止，说不定有二百个人。这支七高八低的队伍，有老人，也有年轻人、大妈、小媳妇，穿的衣服也是黑五乱六，穿什么的都有。小山觉得，眼前这支队伍，完全就是一支被打败了以后的杂牌军，集体当了俘虏，眼下正在排队等待领取回老家的路费，然后各奔东西。同时，又很像是正月里的一支舞龙的队伍，不，不太像是舞龙的队伍，分明更像是那条在空中，在人群的头顶上方被舞累了的龙，纸糊的，也有可能是布缝的，正被放下来，在地上喘气歇息。整个形状弯弯曲曲，这儿鼓出来三个人，那儿又凹进去五个人，但是总体的连接还是很紧密的，基本没有什么空隙和断开的地方，也就等于没有什么可乘之机。也就是说，一个人，一个刚来的人，要想把自己插进这中间去，是没有机会的，也是不大可能的。你能从一条龙的中间把自己插进去么？

小山蹦跶到粮店门前，看见一个瘦得像鬼一样的男人正在领取挂面。一户一斤，不是按人头，而是按户，这样，那些单身的人就占了大便宜。世间的事，有占到便宜的，就必定有人注定要吃亏，在按户供应一斤挂面这件事情上，吃亏的当然是那些家里人口众多的，十个人也是一斤，八个人也是一斤，一个孤老头子同样也是一斤。小山看见一个年老的牙有些外凸的女人问一个老头，你吃得了么？老头挤挤眼，奸笑着说，尽管放心。

在粮店另一侧的那片青石板的空地上，有十来个女的正在表演节目，她们打着竹板，拿着扇子，舞动着红绸子绿绸子，又唱又跳，中心内容就是歌唱每家每户供应挂面的事。阳光雨露普照大地，幸福的生活万万年。

小山看了一会儿节目，又开始往回走，往队伍的末尾走。他吐了一口唾沫，心里想，一斤挂面，至于这样又蹦又唱，笑逐颜开么？要是给每家发一扇肉，那还倒值得一唱也值得一跳。小山记得那几个女的，去年供应甜菜，也就是人们所说的糖疙瘩的时候，也是她们在表演，在蔬菜门市的台阶下面，当时还敲鼓来着，鼓声咚咚一响，很快就吸引来好多人。

不知从什么时候开始，小山有了一个吐唾沫的毛病，动不动就呸的一下，最先发现他这个毛病的是老舅，然后是母亲，他们都说过他不知多少回，但他就是改不了，而且自己也不知道自己是从什么时候开始这样的。

就这么一会儿工夫，队伍的最末尾就又增加了两个人，位置正好对着棉麻社的那个永远都黑洞洞的门洞。小山赶紧排到最后，到时候能不能买到挂面，那也许不由他定，但是排不排队，那就纯粹是他的问题了。照今天的情形来看，他出来得还是有些太迟了，再加上路上又磨蹭了一阵，而排在最前面的那些人，说不定天不亮的时候就来了呢。是的，一定是，不然无论如何也排不了那么靠前。小山想起排在最前面的那个瘦得像鬼一样的男人，那家伙说不定半夜时分就来了呢。

那当然，因为人家是鬼嘛，鬼要是不在夜深人静时出来活动，还能在什么时间里出来。

这样想着的时候，小山情不自禁地笑了。他经常这么在心里提出好多问题，然后再一个一个地解答，自问自答。

一斤挂面，用白纸筒封得好好的，本来直接拿在手里就可以，但母亲不放心他，怕他把到手的挂面弄散了，弄断了，所以非要让他带着一个小篮子出来。小山觉得，男人们出门，手里提着一个篮子，再没有比那更丢脸的事了，无论怎么看都像那种要多窝囊就有多窝囊的缩头乌龟。另外，他觉得女人们真是可笑，非要带着一个篮子出来，好像这样一来，冲着你的器具，粮店会因此给你更多的东西。怎么不带麻袋出来？

也许，女人们就是这么想问题的？

忽然，小山觉得有人从后面掐了一下他的脖子，紧接着，好像还是那只手，揪住他的衣领把他提了起来，他的两只脚都离开了地面。他用力蹬了两下，听见一个声音在说：

"别在这儿瞎挤。"

说完就把他放开了，却并不是放回原地，而是咚的一声放到了队列的外面，这就相当于他这么半天根本没有排队。小山落地后才看见刚才用手掐他脖子的是一个身体又宽又厚的黑大汉，刚才抓他的那只手很大，看上去像是一个小的簸箕，只是颜色十分的灰黑，像是刚刚撮过炉灰。把小山从队列里拎出去以后，黑大汉就顺理成章地站到了小山原来的那个位置上。小山这时才发现，后面已经又排了好几个人了。

小山仰起脸对黑大汉说："我没挤，我也在排队。"

"你也在排队？"黑大汉完全不相信，"你有粮本么你？"

小山看着他，他想对他说当然有，没有还来这里干什么，但他没有说出来，更没有把粮本拿出来做证明。他担心眼前的这个不讲理的人会把他的粮本一把给撕碎了，那一家人就全完了。看眼前的这个黑大汉，什么事做不出来，完全能做得出来。这样想的时候，他把一只手伸进口袋里，摸到了那本比小人书要薄很多的粮食供应本，之后又用手按住，不再松开了。他走到黑大汉的前面，想重新站回到自己原来的那个位置上去，却不料黑大汉的一条腿往前一伸，一下就把他挡在了队列的外面。

连着试了两次，都没有成功，都没有重新站回到自己原来的那个位置上去。再试的时候，黑大汉火了：

"有完没完？还往进挤？信不信我像捏虱子一样把你捏出去？"

以他们两人之间的悬殊，那应该是一件没有任何问题更没有什么难度的事，所以小山不再试图往进挤了，而是站到了那黑大身躯的后面，他的脸正好对着他的腰，眼前是一件很不干净的黑棉衣，上面有一片一片的黑红色的东西，如果不是血，那就应该是油漆。小山回头看看，看见自己的身后还有四个人，就索性走出来，重新排到了队列的最后。

弯弯曲曲的队列，病人一般的队伍，好半天才能往前挪动一两步。

像是绕着一个东西跑了一大圈，跑了很久，最终又重新回到了原地，小山现在的位置正好又对着棉麻社那个一年四季都黑洞洞的门洞，不时地有戴着蓝布帽子的女工从那个黑洞里出来，也有人进去，后背一闪，整个人就被那个黑洞悄无声息地吞进去了。

棉麻社里面到底是做什么的，小山不大清楚，想来应该是和棉花和麻有关的事情。这会儿，不断地看见有人拿着领到的挂面往回走，有的往小南关的方向，有的往钱家店的方向，还有的从小山他们这些排在队伍末尾的人身边走过。一个老太太，篮子里放着一斤挂面，边走边对一个也拿着挂面的三十多岁的男人说：

"坐月子的人，不能吃得太饱，水开了，一次给她下十根挂面，滴两滴香油。"

"十根？您是说十根挂面？"三十多岁的男人吃惊而又疑惑地问道，"那不行哇，那哪够呢？她老说饿得不行，还说正因为吃不饱，所以才一直没有奶。"

"有没有奶，不在于吃多少。"老太太很有经验地说道。

"可十根挂面我总觉得还是不行。"

"那你要煮多少，半锅，还是一锅？那得看你用啥样的碗，你得会选碗。十根挂面，加上汤，放在一个小一点儿的碗里，也能有满满的一碗。可你要是拿一个大海碗，甚至盆，那就不行了，看上去全是汤，吃的人一看就来气。"

"您说得对。"

"奶水和女人的心情有关,你要不信,回去和她吵一架试试看,她一生气,奶马上就没有了。"

"哪儿去了?"

"哪儿去了?气走了呗。另外,吓着了,惊着了,也会把奶惊走。"

他们说着话,渐渐地走远了。天灰蒙蒙的,没有太阳。小山忽然想起一件事,整个寒假里,好像一次太阳也没有见过,一直都是这样的天气。四年级的寒假作业里包括五篇作文,其中有一篇作文的题目就叫"洒满阳光的小路"。小山想,要是到新学期开学前,太阳还一直不出来,一直都是阴天,那他们的那篇作文就集体都瞎了。

他把手里的那个篮子举起来,倒扣在头上,透过篮子的那些密密麻麻的缝隙向外看,世界顿时就都改变了模样,街道,行人,房屋,甚至天,远处的山,都成了扁的,都成了一条一条的柳叶的形状。

看着看着,忽然发现前面的队伍乱了,原先的队形已不再存在。一开始小山还以为是篮子的作用,因为透过篮子看东西,所有的一切都是乱的,像是切碎了的,但是后来越看越不对。他赶忙把篮子从脸上拿下来,看到队形真的是乱了,人们不再排队,很多人像散了戏一样,开始各自往回走,有的在叹气,有的在咒骂。原来,已经到了中午下班的时间了,粮店的人要回家吃饭,粮店要关门了。小山抬头看看天上,灰蒙蒙的天空什么也不能告诉他,完全看不出时间已经到了中午。他听见身边有两个男人,一边抽着烟,一边说,这队咋办,不排了,还是继续排?另一个人说,你要是不回去吃饭,就继续排,还能排到前面去;要是回去吃饭,那只能吃完饭来了以后再重新排。先前的那个人说,他妈的,一上午就白排了?

小山一手提着那个空篮子,另一只手插在口袋里,保护着那本薄薄的粮油供应本，在乱哄哄的人群里穿行着，耳朵里不断地接收到各种消息，脑子里盘算着下一步的行动。像大多数人一样，回去吃饭，还是不回去，真的成了一个问题。后来，小山决定不回去了。因为按照实际的距离来说，他们家应该是距离这里最远的，平白无故就比别的人家多出一道又高又长的大坡，基本是出城去的方向和路程，一来一去，又得花上好多时间。而且，回去后，要是饭还没好，那就又会花去很长时间，等吃完饭再来，很有可能又要排到队尾了。

当他来到粮店门前的时候，先前密密麻麻地涌来涌去的人几乎已经走完了，粮店里的一个人正在锁门，背对着街道。小山站在那张用来登记和发放挂面的桌子前，如果下午再重新开始，如果从现在起他就一直在这里站着不动，下午他应该是理所当然的第一个吧。那个人锁好门，转过身看见他站在桌子前，说，回去吃饭哇，吃完饭再来。

"我们家住得远，不回去了。"小山说。

那个脸上和身上都沾满了白色面粉的人笑了笑，又摇摇头，然后就摇晃着手里的一串钥匙走了。

十一

那十几辆上面蒙着绿麻和黄绿色帆布的军用卡车是突然从一片深褐色的树林子里开出来的，事先没有一点儿声音和迹象，等她们看见的时候，公路上已荡起了一条长长的黄色走廊一样的尘雾，听见有人在黄色的雾里呜里哇啦地说话，像是在大声地打电话，却又看不见说话的人，只看见汽车在黄雾里一辆接一辆地虚无缥缈地过着。

怀玉和萧桂英钻进山崖下的一个土窑里，土窑外面长着半人高的蒿草和白芨芨。就在她们进去后不久，就在那些汽车从尘雾里开过去不大的工夫，她们忽然又听到了一阵越来越近的铁链子发出的声音，连续不断的铁链子铺在地上，每前行一下，都发出一阵吱嘎吱嘎的相互倾轧的响声，听上去走得无比艰难，十分沉重，却又有一种无须夸耀的兴师动众的威严。与此同时，伴随着那吱嘎声的是另外的一种遮天蔽日的轰隆轰隆的声响，像是有大型的推土机开过来了。

萧桂英首先看见了，她的视线像是进入到了那道尘雾筑起的长廊里，一眼就发现那些后来开过来的轰隆轰隆的东西并不是推土机。

"是坦克呢。"萧桂英对怀玉说。

怀玉也吃了一惊，确是坦克。她们悄悄地用手分开眼前的铜丝般的蒿草，默默地数了一下，应该有八辆，也有可能是九辆。这会儿她们看见那亮闪闪的履带一下一下地在上面笼罩着黄色尘雾的路上铺开，坦克沉重的铁身体就在那平铺的履带上毫无障碍地碾过。按说它们走得也不算慢呢，可要是和前面那些早已过去了的蒙着绿麻和黄绿色帆布的汽车比起来，那就又真的慢多了，尤其从远处看，就像是在路上爬行。

她们看见每一辆坦克上的炮口都朝着一个方向，也就是它们前行的方向，只有最后一辆坦克上的炮口在不停地转来转去，有时朝东，有时朝西，有时甚至还会突然掉转方向，朝向后面，对准它们来时的方向。有一瞬间，怀玉和萧桂英惊骇无比地看见那又粗又长的黑洞洞的炮口，转来转去，竟突然瞄准了她们正在藏身的这个土窑的方向，她们以为自己被发现了，顿时吓得趴到了地上，弄得身上手上全是土。

随着最后一阵吱吱嘎嘎的倾轧声和轰隆声渐渐地远去，路上的黄尘也开始消散，先前那道由尘雾筑起的长廊也不存在了，一切又都恢复了平静和原样。

汽车和坦克，都朝北面的方向去了。

她们两人从那个土窑里出来，来到刚才被黄尘弥漫的路上，看见有碗大的石头被嵌压进土里，在没有石头的地方，留下了履带深深的痕迹。这两个女人，一个曾经教过书，另一个至今仍在教，她们都熟悉地图，她们知道，顺着眼前这个方向，一直往北走，就能到达中苏边境。至于几天能到，那只是个时间问题和速度问题。

"形势好像很不好呢。"萧桂英说。

怀玉没有说话，只是愣愣地看着往北去的方向。形势曾经好过么？在她的心里，也许一天也没有好过。让她自己也感到奇怪的是，每次一想到所谓的形势，首先在她的脑子里出现的竟然是一些忽风忽雨的自然现象：大雨滂沱、风雪交加、天上的黑云、蛇形的闪电，以及天塌地陷般的雷声。她命里的黑云究竟是从什么时候出现并常驻不去的呢？从认识林烈的那一天起？记忆中的黑云最初却并不是以黑云的样子出现的，而是以明亮的朝霞和舒卷的白云的模样出现的，并被结识的，甚至还镶着美丽的金边，更多的时候艳若桃花。那种没有边际的澄明和太平，那种令人不断晕厥的鲜艳和柔软，想不信都难，一切全因为你已被整体融化，致使你没有任何理由去怀疑什么，在内心里停顿或者犹豫，就像你无法想象一个未满周岁的孩子会突然变出狰狞，会伸出一双罪恶的黑手……那样的事，连想都不能去想呢，连一闪念的疑惑和萌芽都不应该有呢。

可是，事情后来确是出现了变故，甚至说颠倒也未尝不可，大雨滂沱之后，紧接着就是风雪交加、电闪雷鸣，闪电也曾经确实把窗户照亮过。此前的澄明和鲜艳，说不见就不见了，整个大地上也不再有它们的身影和踪迹。等到幕布重新拉开，天已完全黑了，黑到你不再能够找到自己的座位,黑到连周围人的眉眼都无法辨认。

只剩下一个萧桂英还站在她的身边。

  黑漆漆的夜,闪电弯弯曲曲,像是黑衣服上镶着的一截白边。

  "咔嚓"一个炸雷把她惊醒,是天空被活生生地炸裂,炸开无数个青蓝色缺口,翻出里面的白肉的那种声音。

  她披上衣服,坐着,看见窗户忽然亮了,又忽然黑了。

  "徐老师。快开门!"

  听声音像是住在西厢房的章百灵,可又有点儿像是云小青。她想,要真是云小青,那就真的有问题了,因为云小青她们家住在长途汽车站一带,已经属于城外了,从她们那边过来一趟非常的远,没有要紧的事是不会来的。

  她迟疑着拔开门上的插销,首先映入她眼帘的竟然是一堆凌乱的头发。

不能再这么继续徒劳无功地浪费萧桂英的假期了,谁家里能没个事呢。明天,最迟不过后天,她决定回去,从此不再找他。他要是有命,他就活着,要是没命,纵然一时找到了,最终也还得失去,那又有什么意义。每年一进入腊月,每家都有好多的事情要做,数不清的琐琐碎碎的事情,即使每天做也做不完呢。寒假一共才三十多天,她们这一趟出来,已经浪费了萧桂英将近三分之一的假期,萧桂英也有很多事情要做呢。除了家里的事情,另外她们还要被集中起来,参加一个星期左右的由文教部组织的学习,吃住都在学习班上,到时候连家也不能回。这样的事情,怀玉本人也曾没少经历过。文教部,文教局,惹不起社会上别的人,一年一年地,只能欺负这些穷教书的,寒假里有学习班，暑假的时候更有，时间比这还长。不让回家并不可怕，要是一不小心在学习班上成为"典型"，那才是可怕的事。

沿着坦克碾过的辙痕，她们走着。

迎面的风刮得实在迈不动腿的时候，她们就停住，背转身站着，等风略小一点儿的时候再转过身继续走。碰上这样的天气，你只能认输，屈服，而不能计较，不能生气，更不能充英雄，硬着来，因为你根本没有硬的资本，到头来吃苦头的还是你自己。不能说她们不曾羡慕过坦克，因为坦克就可以硬着来，不管是什么样的天气，它们没有血没有肉，更不需要喘气，铁头一伸，风雨无阻，只管往前走，谁阻拦，就把他撞塌，碾碎。有一阵子，两个女人的心里也曾涌起过一些钢铁的形状和念头，不过，后来又一想，就算是坦克，也不是万能的呢。遇到深水，遇到大火，遇到陡峭的悬崖和幽深的沟谷，它们也会没办法，也只得无可奈何地停下来。能和悬崖深谷硬着来么？你要说可以，那也行，那你就去硬。

路过上深涧，看见村中那些黑瘦低矮的又歪歪斜斜的房屋时，她很是认真地看了一会儿。她对身边的萧桂英说：

"小山就出生在这里。"

萧桂英吃惊地"哦"了一声，看看她，又看看那房屋错落、有零星炊烟升起的村庄，村子里有很多黑颜色的树，酱褐色的树，高高低低的土墙，有黄狗在风中跑过。

听见怀玉又说：

"长到两岁多，才回的城。"

那是六二年，很多住在城里的人家被压缩回村里，而他们一家人，却逆历史潮流而动，从这个叫上深涧的地方回到了城里。很多人家都搬走了，很多的房子都空闲了，所以，他们一回去，先在锣鼓巷借住了一个多月，很快就在南市街有了房子。

  两岁多一点的孩子，穿着有背带的开裆裤，站在门前的马路边，看着这个青灰色小城的一部分，一看见有人过来，马上小猫一样退回屋里，等到人走过去了，才又慢慢出来。皮球经常乱跑，动不动就蹦到了马路的对面，也不敢过去捡，只能眼巴巴地看着。
  街对面那几间房子的门窗都油着绿油漆，门的下半截已经发白，还有一道一道的雨水扫过的痕迹，上面的都还很绿。有一天，这个两岁多一点的孩子忽然看见对面那扇绿油漆的门开了，有两个人背着行李，灰溜溜地从里面出来。他们都是他爸爸的朋友，来家里吃过饭，但是他不知道他们的名字，只知道他们的外号，鼻子大的那个叫美国人，另一个留一撮小胡子的叫日本人，两个人的袖子上和肩膀上都补着补丁。
  母亲说，"美国人"和"日本人"，他们都被发配到尖蚂蚁去了。孩子问尖蚂蚁在哪里？母亲说很远。

  怀玉想起上深涧的人们每天都要从深涧里挑水，挑一担水，得花上半天时间，来回的路比在梯子上行走强不了多少。
  那林烈会不会来这里呢？怀玉觉得不会，就因为这里认识他的人太多了，因而根本就不是一个可以藏身的好的去处。萧桂英提议不妨进去看看，说不定还能打听到点儿什么，但怀玉决定不进村里去了。以现在这样的身份和遭遇，她觉得没有脸面再去见过去那些认识他们的人。十几年前被下放到这里，几年后多了一个孩子，一家人离去了，回了城里，人家以为他们一定过好了，能回到城里不就是最好的证明么，谁能想到他们却连当年都不如。人要是越活越出溜，今不如昔，连自己都会难为情呢。

　　看见有一个老人，裹着一件旧皮袄，出现在一户人家的柴门外，怀玉看了半天，也没有认出是谁，而村里这个年龄的人，应该是都认识的。在已逝的无数个夜晚，年轻的下放教师徐怀玉，除了教他们认字，写字，还要挥舞双手，打着节拍，教他们唱歌。白天教他们的孩子，晚上教他们本人。一首《国际歌》，三四个月以后才能被学会，半年以后，能比较齐整地唱出个调子，听上去至少不滑稽，不闹哄，也不算太荒腔走板。《国际歌》大家学会了么？怀玉觉得自己忽然听到一声低低的轻声的问询，那声音，一缕轻烟一样绕着上深涧的方圆飘走着，游荡着，有时深入进人烟稠密的村子的中心，倒挂在枯草林立的房檐上，俯身探望着燕窝下的人家的窗户……那声音像是她自己的，可在她本人听来，却又是那样的陌生和遥远。不，那当然不是她在问询，因为她已经有好些年不再唱了，也不再有资格教别人什么。"起来，饥寒交迫的奴隶……"是从前的那群人在唱，在乱哄哄地嗡嗡，浑浊粗粝的嗡嗡声本身就如同泥草沙石树皮一般在泥草筑起的四壁内低声回旋，溅到墙上，又反弹回他们的脸上，每一次都找不到相应的出口和最妥善的安放之地。执勤的民兵把炉火捅旺，然后打开门，把一直憋在他们中间的蓝烟和白烟领出去，领到外面冬夜的风中或者蓝幽幽的雪地上。一到了雪地上，它们立即就都被滑到了，有的当时就昏死过去，大部分的爬起来，在风里跑散了。而里面的泥草的歌声还在继续，浑浊干涩的歌声融化在比歌声更加污秽的由众多长年不洗澡、极少更换衣服的人体蒸腾出来的属于这块土地的气味中间，致使那些长期盘踞在衣缝里和更隐秘处的小动物也纷纷苏醒，睡醒一觉后揉揉眼睛，然后一声吆喝，奔走相告，开始四处活动，出没，有性急的和好大喜功者，从肩胛骨或锁骨上方急速蹿出，光明正大，清白磊落地停留在某一张黝黑或者暗黄的树皮般的脸上，高高在上地睥睨着这群深夜还在接近于发疯还在嗡嗡地众声唱着歌的人。

这种事如果是发生在他们的孩子们身上，她会停止教唱，给他们指出来，并告之以今后如何防止。但是，面对他们本人，她却哑口无言，只能眼不见为净，让目光越过他们的头顶，停留在对面的浮现着星星般的麦壳的泥墙上，甚至缠绕在某一根梁柱上。

年轻的下放教师徐怀玉，忍着饥饿和无边的倦意，忍受着棉衣下乳房的疼痛和越来越近的头痛，挥舞着苍白枯瘦的双手，打着音乐的节拍，她能在上下句之间的空隙处驱赶走缭绕在脸前的重重烟雾，却不能够将某一张脸上的虱子撵走。在一轮又一轮的试验和练习中，她的脑子里有时会淡淡地轻轻地飘过一些蝌蚪似的问号：这些脏旧的黑棉袄和腥膻的白皮袄，难道就是这片土地上最基础的底座或者最后的田园？那些问号，闪闪烁烁地飘过，遮遮掩掩地飞着，有的像蚊子，有的像底色暗红的瓢虫，都需要认真凝视才能看到，最大的也不过如同河边草地上的蜻蜓。对，就像蜻蜓，就是蜻蜓的式样，只是比蜻蜓更透明，翅膀透明，肢体透明，只是在身体的最中心部位有一点点黑。

难道，一直以来，所凭借和依赖的，就是中间的那一点点黑？如若没有那一点点黑，所有的透明和飞翔都无从谈起，更难以成形，也不再能成为一个东西。

站在村外看，村里没有人。

但是，更远处的灰蒙蒙的山梁上，好像有一片一片的红颜色正在风里飘动，招展。

那深涧里的水还在流么？

萧桂英是第一次来这一带，看到那深涧，只觉得这里的人们活得凶险，是一种地理上的凶险，这就比别的地方的人们凭空多出了一份吃力，出门，走路，都需要格外的小心，慎重，得打起十二分的精神，因为稍一大意，便会坠入深涧。她问怀玉，有没有小孩掉进深涧里的事？怀玉想了一会儿后说，从没听说过。萧桂英感慨地说，真不知道他们是怎么训练出来的。无数个没有星星也没有月亮的黑夜，一个人要是没有灯，也没有手电或火把，其实是很容易掉进深涧里去的。怀玉说，没那么吓人，外人看着凶险，其实当地的人们从来也没觉得有什么。怀玉当年每天夜里教完人们唱歌，有时十点，有时十一点，从政治夜校出来，也是摸着黑往回走，从来也没觉得有什么危险的。

离开上深涧，在一个岔路口，怀玉对萧桂英说：
"咱们该回去了，出来这么多天了。"
萧桂英说："不找了？"
"不找了。"

事实上从胡汉营到上深涧，方向是从东往西的，她们其实已经走在回去的路上了，只是她们谁也没有意识到，连日来的奔波使她们有些晕头转向。好在从上深涧到柳八湾只需要半天的路程，她们决定先去柳八湾接上小美，然后就回家。

要是碰巧能遇上一辆顺路的车，那就更好了。

十二

早在几年前，就曾有人劝他写日记，把这些年来的风雨和经历都尽可能详尽地记录下来，他也曾心绪起伏，动过此念。但是后来，思前想后，权衡再三后，终于决定一个字不写。试想，似他这等丧家之犬，风餐露宿，朝不保夕，有今日没明日，不知道一个小时后等待他的又是什么，还写什么日记？除了事情本身令人耻笑，剩下唯一的作用就是又等于主动地给自己安上一条可以供人揪拽的尾巴，难道身上已有的尾巴和触角还不够多么？

记下每一天的点滴和重要之事，有趣之事，供别人翻阅，欣赏，那是有闲人才能干的事，是无性命之忧的人才能想的事，他有什么资格和条件去做那样的事？他能么，他配么？他当然不能，更不配去做那样的事。

日记、文字，以及所谓的心声，是谁想写就能写的么？他不相信。世上的事，除了吃饭、睡觉、穿衣，剩下的任何一件事，都注定只是部分人的事。这样想问题，也并不是要刻意地鄙薄自己，实在是情非得已。不是么？很难想象，身上如果携带着几个甚至十几个嘀里咣啷的日记本，那你还如何奔逃，如何藏身，又如何躲避一切随时都有可能降临的危险？

日记，多么珍贵的岁月的印迹！既有人间的风雨，天下的明灭，又有某人的体温和五官，所见所闻，所思所想，但事实证明，他无缘也无法拥有它们，更无力保护它们。

一个人，还是什么也没有最干净，最省事。

不是么？听见有脚步声或说话声渐渐地传来，逼近，你可以从地上爬起来就跑，完全不必担心因仓促和惊慌而丢下什么，肯定不会丢下什么，因为你什么也没有。整个人，你全部的家当，只剩下一条命。

至于那些在逃跑的过程中遗落的破鞋破帽子，那本来就不是什么。

冬夜的月亮下，蜷缩在某一片被积雪覆盖的原野上，有时会触景生情，浮想联翩。想什么呢？想象自己是俄国的十二月党人，正在荒凉寒冷的极地吃树叶，喝雪水。这样的想象常令他血脉偾张，心中陡生自豪甚至荣耀，觉得自己很有可能就像老百姓口中常说的那样，是头顶着星星来的，来到人世，是为了某些大事来的，因而，奋斗是那么的壮烈，而牺牲更是那么的美好，熠熠生辉。

很多时候，就是在这样的一种虚妄的光芒中渐渐地不知不觉地睡着的，面含微笑进入梦乡的。

梦见白雪皑皑。

梦见青面獠牙。

还梦见背着黄挎包，拖着打狗棒的夹生的英雄。

每次被重新冻醒，看见周遭的黑暗和荒冷，头脑就又冷静下来了，明白自己还是自己，什么也不是，更不是什么俄国人，甚至不如一只臭虫或者蟑螂。

这同样也不是在刻意地贬低自己，事实胜于雄辩，不是么？蟑螂和臭虫都敢于在大街上行走，敢于从人们的面前经过，敢于从一支步枪或大炮的膛口里爬出来，在准星处停留半晌，甚至安然宁静地睡上一觉，而他却不敢。它们敢于蔑视权贵，挑战一切的人，敢于在箱子里破坏他们的衣物，咬坏他们的毛衣和裤子，他敢么？

甚至两名在村口偶然遇见的妇女，乃至两名学龄儿童的极为普通的一问一答，也会让他血管变粗，心跳不已：

"春梅，这么黑了，还没吃饭？"

"他们有任务，再等他一会儿。"

"又有任务？"

"都背着枪呢，一人六发子弹。"

或者：

"那个人跑了，他们没有逮住他。"

"我爹说跑了初一，跑不了十五，咱们整个国家就像一张大网，谁也别想漏出去。他以为他跑得挺远了，四周围一个人也没有，实际上还在网里。"

这说的是谁？难道不是他？

在平川的时候，因为无处藏身，他曾利用黑夜做掩护，花了十几个夜间的时间，为自己建造了一个较为隐蔽的地窝子。没有工具，所能够想到和利用的东西只有木棒、长形的有尖头的石块和偶然捡到的一截废铁，再有就是自己的那一双手。猴子教会人们利用自己的两个前爪，远古的祖先发明了石器，劳动创造一切，发现所有。没有前爪，没有手，或者拥有却不懂得使用，何谈劳动乃至进步和文明。

那个新的临时的居所，自然是位于地平线以下，一头扎进去，并没有找到归乡回家的感觉，倒有一种入土为安的遥远和宁静。

当初，曾寄希望于野外的其他邻里，觉得说不定能与附近一带的黄鼠狼或者獾狐们的窝发生沟通，甚至连成一片。但是相对于地面上的生命来说，长期生活在地平线以下的它们更为警觉和灵动，环境的凶险，使它们只能自立门户，自成一体，隔岸观火，自扫门前雪，听见谁家的孩子哭，只能静静地听，也不便过去打听或者过问，因为很难说那不是一个以悲伤的名义和面目构筑的陷阱，一个局。一旦在周边嗅到异样，立即搬迁，无论多好多舒适多来之不易的居所也只得狠心放弃，独自或者举家星夜撤离，潜入更深更陌生的黑暗。

地窝子建成后，如田鼠一般缩在里面，当时曾自感颇有建树，并不乏谋略，且有未雨绸缪之功。但一段时间以后，随着形势和环境的恶化，又不得不离开平川，开始进入更远的山区。曾亲眼目睹，不止一个人，双手举过头顶，作投降状，或者弯腰，或者双膝跪地，爬滚着出来，从类似的地窝子里，从废弃的更简易的瓜棚里，从阴暗秽浊的有死猫死狗和草帘包裹的死婴做伴的涵洞里，被捕获归案。也有的五花大绑，头上套着麻袋，脚下拴着绳子。到此时，方才意识到，此前的自以为高明智慧的诸种行为，是多么的可笑！一路上留下无数有力又清晰的证明，完全属于自我标榜自掘坟墓的愚蠢之举。当初踌躇满志，心中暗喜，事后再想起来，就连最不起眼的土拨鼠都不会那么去做呢。

想造一个窝，暂时让自己安定下来，远离危险，灵魂深处，最主要的还是深深的挥之不去的小农意识在作怪。若没有那个东西在作怪，左右，又何曾会有那一系列的机巧之举。

从此，再不去想建造窝的事。有时跟着头顶上的云彩走，心里就期望也能够像云彩一样来去自由，在所经过的每一处地方，不留下任何痕迹，无论稍作停留，还是日久盘桓，一朝离去，干干净净，无影无踪，就像从来都没有来过一样。人过留名，雁过留声，那不是他想要的，也不是他能要得起的，惊骇之余，更唯恐避之不及。他想要的恰恰是相反的。

自此，开始羡慕云彩，效仿云彩，并有意识地模仿其行为举止以及天生的无心，拿得起，放得下，说聚则聚，说散即散，千里长卷，瞬间乌有。

在从平川向更偏远的山区缓慢运动的过程中，在对云彩的反复模仿和学习中，一心期望能收获到如下成果：

"看见一片带花边的云彩从这一带过去没有？"

"什么？"

"一片好像带着花边的云彩。"

"没注意。"

"那么，船形的呢？有一大片云彩，很像是好几艘大船同时开来？"

"也没有。"

"山形的呢？就像一座有黑又有白的山，晌午前刚从南边过来？"

"没看见。"

"前后过去了那么多，什么也没见？"

"那边那一长溜粉红色的，是你们要找的么？"

"你是说西边的那一长溜？应该不是，我们要找的不是像鱼鳞一样的，也不像一片才犁过的地，而且颜色也不对。"

"那就不知道了，真的没看见。"

而事实上，就在他们相互说话问询的这个过程中，西天上的那一长溜，转眼间也早已不再像鱼鳞，也不再像一片不久前才犁过的地，最早时候的粉红色以及后来的像是被整齐有序地翻动过的白色，也已完全不见了。现在那一带一丝云彩也没有，重新呈现在他们眼前的是一大片碧蓝的纯粹的天的本色。

这即是云彩的踪迹和行走的方式。在有风声伴唱的飘着雪或者阳光灿烂的遥远的山区，他苦苦追寻并竭力仿照着这样的方式，一路上尽可能地让自己更少更稀有地留下痕迹。别人能不能发现你，那是别人的事，你走得是否干净，那就完全是你的问题。

一个晴天，光线罕见地浓黄，浓浓的，稠稠的，把手伸出去，伸到浓黄色的光线里，感觉能满满地捞一把回来，手指及手掌都会被染得又黄又黏。如果不看周围的没有叶子的树木，也不考虑身体本身的寒冷程度，只看地上的土，只看地表以上天空以下的那一团一团的鹅黄和一片一片的铜黄，会以为正置身于赤日炎炎的夏天。

从一条黄白的小路上下来，他边走边判断着时间，从天空中太阳的位置上来看，应该是中午，正是人们吃饭的时候。走进一片树林子的边缘，他选择了一个既向阳又背风的地方坐了下来。一开始伸出一只手去捞阳光，捞了一会儿，渐渐地又想起这些年来所发生所经历的事情。如同打开一扇尘封了多年的门,许多尘埃迫不及待地飞了出来,在光线形成的一根圆柱里欢快无比地翻飞飘舞,甚至从幼时能够记事以来直到今日的点点滴滴,众多不同时期的片段常常会摞成一摞,从远处飞来,有的还来不及细看,很快就又飞走了。又看见它们像一副正面鲜艳而背后漆黑的纸牌,正在一个很远的地方被一双手熟练地洗着,摊开,收拢,再摊开,又收拢,忽然扇形,忽然圆形,又忽然仿佛正在拉动的手风琴。

又忽然已被指认,已被剔除。"你这不行呀,根本奏不响,下次再说吧。"

旁边的树上,乌鸦在飞,喜鹊在叫,这两种鸟,就像多年的表兄弟。

金黄的光芒照在脸上,涂在身上。就那样远远地看着,想着,琢磨着,不知什么时候就睡着了。

> 奶奶说,人愁才会犯困。心里高兴的人是睡不着觉的,根本没法安静下来。你看田志安,已经两三天没合过眼了,转得像个冰猴儿似的。
>
> 冰猴儿即陀螺,鞭子一抽,在结了冰的河面上转得最欢。

后来,睡梦中看见追赶的人陆续到达,手电筒,白麻绳,乌黑的枪口……红脸,黄色的眼睛,桃花般的粉刺,灰色的大氅,在跑动中翻起紫花的里子……这些都不奇怪。真正奇怪的、叫人看不懂的、令人感到不解和迷惑的是后面那几个人,竟然全都是夏天时的装束,三伏天的打扮。白麻绳有粗有细,细的用来捆手,捆胳膊;粗的,编得像女人的辫子那样的粗麻绳,是专门用来拴腿的。

感觉脸前站满了人。

一睁眼,倒没有梦见的那么多人,但是却真的确有一个人就在他的脸前,猫着腰,背着手,狗皮帽子的两个帽耳耷拉着,正在对他进行仔细的端详和认真的打量,脸上,眼神里,不只是吃惊,更兼有灵魂出窍的骇异。

"老远就看着像你,果然是你。"

三五颗黑牙,一支自制的十有八九又是从小学生作业本上撕下来的一条纸卷成的烟卷,这样的事时有发生。他下放教书的那几年,常见某学生的作业本烂得叫人惊心,这里短半张,那里又缺了四分之一。问那四分之一页哪儿去了,回答说是被人撕走卷了烟。他们也想保护来着,可是总也保护不住,你总有不拿书包出门去的时候吧,总有睡着以后的时候吧,那种时候你还怎么保护它们?当年,一个叫马三员的学生,就常有这样的事情发生,作业本是所有学生中最烂的,最标准的乱纷纷,很具有飞翔的基础和模样,放在桌子上,会担心它们几乎能自己飞走,一出教室的门,便展翅高飞,腾空而去。极善于用马尾和酸小米套鸟的马三员,甚至建议把自己的书包就寄放在老师的办公室里,上下学的时候不再背书包,这很能从根本上堵塞漏洞,不再给那些逮住一个作业本就乱撕一条纸的人以可乘之机。当时年轻血旺的他,第一反应就是那怎么行?但仅仅几天以后就又忽然觉得,那怎么不行,完全行呀,完全可以,只要在办公室的墙上或者门后多钉一个钉子,就可以安置马三员的那个要饭口袋一样的书包了,从而保证他的作业本永远不会再被人撕破。

从狗皮帽子的前檐那里又摸出两支自制的喇叭筒烟卷,一人一支点着,烟雾飘起来,眼前的地上好像已不像先前那么浓黄了。

对方老远就认出是他,能从纷乱的树木之间辨认出他,而他却直到这时抽了人家两支烟才认出面前站着的人，他在心里检讨，还受过所谓的教育呢。蓝色的烟圈弯弯曲曲地飘在他们的中间，好似一条回家的路。在有月亮照着的晚上，那些平常发白细瘦的小路就完全是那么样的一幅蓝幽幽的情景。

"黄奇月？老黄！"他说。

没错，面前的人就是黄奇月，真的是黄奇月，当年他在上深涧下放时的第一生产队的队长……他感到喜忧参半：喜的是碰到了一个当年的熟人，而忧的也正是终于碰到了一个认识他的人，这个人很知道他是谁。

"林老师。"黄奇月说。

"黄队长，老黄。"他说。

黄奇月说："林老师，你爱人徐老师她好么？"

"好，都好。"他有些近乎虚脱地说道。

"常记得她教我们唱《国际歌》，唱《军民大生产》《山丹丹花开红艳艳》，我们却笨得不行，总也学不会。"黄奇月说，"公社的民政助理员，那个小个子的安小明，把帽子揸在头顶上，也喜欢打着拍子教我们唱，可他的声音不好听，人们还是喜欢徐老师的声音。"

他捂住脸，没有说话。上深涧，胡汉营，清水河……红彤彤的艳阳天，镶满星星的黑夜……昔日的一切，俱往矣。

"一看就不咋好，要好还能成了这样？"黄奇月看着他，咝咝地吸了几口烟说，"还不如当年下放来的那时候精神呢。"

他继续捂着脸，低着头，辛辣的烟在他的手指间燃烧着，听到黄奇月这样说，差一点哭出来。老黄，开什么玩笑，你这是在说什么，别说是如今的我，即使是那些所谓的人上人，奴隶主们，帝王们，风华绝代的美人们，谁又能够阻挡得了他们的变老和衰颓。至于我，这一辈子恐怕是再也好不了啦,刚一成人,就有东西迎面打来,兜头浇下,什么脏的臭的,坚的硬的,以后就再没有断过。身上全是土,头上还顶着枯草和枯叶,胳膊肘和裤腿上有好几处被荆棘剐破被石头磨薄的地方。你说你一切都好,那又能瞒得了谁呢。

"受了大罪了。"黄奇月像是在对他说,又像是在自言自语。

"老黄,能再给我卷一支烟么?"他抬起头看着黄奇月。

"不用卷,有现成的。"黄奇月说着,又伸手从狗皮帽子的前檐那里摸出一支喇叭筒,和火柴一起递给他。

他点着后,长长地吸了一口。

"这哪能行,兔子,蚂蚁,还都得有个窝呢。"

黄奇月说着,把他从地上拉起来,他摇晃了一下。

"跟我走,我领你去个地方。"黄奇月说。

他弯腰捡起地上的挎包,顺从地跟在黄奇月的身后。

母亲,你不是总说我夹生,不成熟,不善于在人前表现么?我哪有,我一直都在努力上进。可是,你们都不知道,第一次表现,就被鼠夹子夹住了手脚,血流如注,如箭穿心。

没有人知道,这些年来,我流过多少血,从前父母给予的那点儿血,可能早就用完了。近年来,年年觉得不够,常有寅吃卯粮的不安和惊慌。

营盘梁我是去不了啦,盖因目前正在樊篱集中,连武生云那样的大家公认的老好人都走不了,何况是我。越检查,越发觉自己劣迹斑斑,甚至一无是处。就这样,老贾还嫌太粗,说还应该再往细里抠。我们几个都想,再抠下去,就都死有余辜了。有的没的都抠出来,不用人家判决,自己先就没脸活了,找堵墙直接碰死算了。

母亲，说句关起门来的无法对外人言的话，活了这么多年，我确不懂该如何表现自己，如何与人相处。这人包括世上的男人女人，每个人也都是一个世界，你该怎样做才能让那些小世界满意，又能与那个真正的大世界相安无事？我真的不知道。一定有秘诀，一定存在着某些相应的方式和方法，各人掌握的程度和水平也不尽相同，可怜我却一毫一厘也不知道。

赵琳生前曾经对我说过，世界有钥匙，就看你能不能找见，就看你能不能找对，是不是你的那一把。如果你找不见，就注定你几年甚至几十年只能在外面乱扑腾，也不要怨这个世界不容你。

母亲，如果人生真像有些人说的是一部大书，我很可能是一个文盲，太多的生字和难字，没有一句话能够通顺正确地念下来。

第五章　去柳八湾，兼送老舅回家

十三

离过年还有十几天，母亲决定带着小山他们兄妹几个去一趟柳八湾，一方面是去看看姥姥，顺便再把老舅送回去。老舅虽然已经能架着双拐走路了，但要想从城里走回遥远的柳八湾去，那几乎是一件不可能的事，难度也不亚于让他上天。

来接他们的是启明舅舅，启明舅舅赶着一辆毛驴车，天亮后从柳八湾动身，走了差不多整整一天，快天黑的时候才来。小毛驴走得热气腾腾，不住地喷着鼻子，打着响亮的喷嚏。启明舅舅卸了车，把小毛驴拴好，进屋里和母亲和老舅说话的时候，小山就和小玲、小美来外面看小毛驴。他们拿干草和野蒿喂它，小毛驴张开粉白的嘴，把草接住，就嚓嚓地嚼着，眼睛看着地上，却不看他们几个。小山一会儿摸摸小毛驴脖子上竖着的一溜毛，一会儿又摸摸它的脸，小毛驴的脸像两块绵绵的绒布。四岁的小美在一旁跳着，嚷着，说她也要摸，但是她根本够不着小毛驴的脸。小山没办法，只好把她抱起来，小美用她的小手轻轻地摸着小毛驴的脸，又摸摸它的耳朵和鼻子。小毛驴一打喷嚏，就把她吓一跳。

"它没有眉毛呢。"小美说。

"它又不是人，长了眉毛像啥。"小山说。

黑蓝色的天空上有星星出来的时候，他们在讨论小毛驴从柳八湾那么偏僻那么远的地方来了他们这里以后，会不会觉得人生地不熟，会不会觉得紧张、害怕，会不会想家、想它自己的妈妈。最后得出的结论是，小毛驴肯定想家，想它的妈妈，但不一定会害怕人生地不熟。这从它的那种样子上就能看出来。站在这片它从来都没有来过的陌生的高坡上，该吃草的时候就嚓嚓地吃草，该尿的时候就哗哗地尿，想打喷嚏的时候就接连不断地打，一点儿也没有吓得浑身发抖，或者把喷嚏憋着不打。那能叫紧张和害怕么？那能叫人生地不熟么？要是把一直都拴着它的那根绳子解开，它很可能就不一定再老老实实地站在这里了，一定会到处去走，去逛，去找草吃，说不定还会奔跑，大声地嗷啊嗷啊地叫唤。

分歧主要在小山和小玲之间，小美还什么也不懂，像一根墙头上的小草。

"它尿过三回了，"小玲说，"那不是害怕，吓得？"

"走了那么远的路，谁能不尿？"小山说，"更何况它还拉着车。让你从柳八湾走回来，不让你拉车，啥也不拿，就让你空着手走，从早上走到天黑，走上一整天，你能不尿？你比它还尿得多呢，你也是吓得？"

"那是你，"小玲说，"去年在公安局门口等爸爸，你一会儿工夫就尿了两回。看大门的老头出来骂你，你才不敢尿了。"

去年？公安局门口？小山抬起头，看着天上越来越多的星星。后来他决定不再和小玲说什么了,自古以来,和女人们能说清楚什么道理,什么道理也说不清,有那工夫,还不如帮小毛驴打扫一下卫生呢。这以后,他找来一把扫帚,把小毛驴站过的地方认真地清扫了一遍。有一点,小玲确实也没胡说,小毛驴的确尿过三回,把那一片地方尿得像是下了雨。小山又从不远处的土崖下铲了一些土,垫到那片有些泥泞的地上。

晚上吃饭的时候,母亲说让启明舅舅住一天,歇息一下,顺便在城里逛逛,后天再动身。但是启明舅舅说,不逛了,也没啥逛的,他这一路上赶着车进来,实际上等于已经逛过了。无非是比柳八湾那边的人更多一些,街上的门店也多一些,街道也更整齐一些。柳八湾的街上是乌黑发亮的青石板,而这里的街上是颜色灰白的水泥路。

母亲又问起这次雇驴车花了多少钱,启明舅舅说没花现钱,等到年底算账的时候,在他的总工分里扣两个工就行了。

启明舅舅是老舅的堂兄,当然也是母亲的堂兄,四十好几了,至今还是孤身一人,好多年一直在柳八湾喂马。他有两个手指就是在某一年喂马的时候,被马咬掉的,至今缺了两个手指的那个地方还是秃秃的,红红的,看着有点儿吓人。刚被咬掉手指头的那几年,启明舅舅常说,我总以为马是吃素的,吃草的,没想到连肉也吃。有时候,最后还要多加一句,说,而且还是人肉。

而事实上,那匹马当年并没有吃掉他的那两个手指,只是把它咬下来了。

第二天,天还不亮的时候,他们就起来了。

启明舅舅套好车,给小毛驴饮了水,又喂了两把黑豆和一块手掌那么大的豆饼。小山问为啥要喂黑豆和豆饼?启明舅舅说,吃了有劲,走路有劲,拉车也有劲。又说,小毛驴正是长身体的时候,还没有完全长大，得给它吃好。就像你一样，你也正是长身体的时候，顿顿都得吃饱，哪一顿吃不饱也会嗷嗷地叫呢，会到处翻腾着找吃的。启明舅舅给小毛驴掰豆饼的时候，小山就又看见了他那个缺了两个手指的地方，秃秃的，红红的，跟他手上的别的地方的颜色明显的不一样，好像随时都有发炎和流血流脓的感觉。而且，缺了的恰好是两个很重要的手指，食指和中指。启明舅舅说，偏偏是这两个有用的，要是那两个小拇指，我也就不心疼它了，反正也没甚作用，一边短一个也不要紧。

又说，四道沟的宋老三，有两个儿子，一个精明强干，一个又呆又傻，你说气人不气人，死了的偏偏是那个精明强干的。剩下的那个愣子，连火都不会生，却活得好好的，又能吃又能睡，铁疙瘩一样的豆面馒头，一顿能吃七八个，把宋老三气的。不得病，不闹灾，就像我这两个小拇指，啥毛病也没有，啥用也没有。

"命这个东西，一人一个样哩，"启明舅舅说，"你敬它也不对，不敬它还不对，我的感觉是都没用，早就定好了。经常捣蛋得你哭不能哭，笑不能笑。它非要捉弄你，你也没办法，那就让它捉弄去吧。"

小山一边帮着启明舅舅喂驴，拿东西，一边听他说话，直到母亲喊他回去穿棉袄，才发现从起来以后一直只穿着一件小夹袄。

启明舅舅问："都准备好了哇？"

启明舅舅又把一盏马灯点亮，挂在车辕前，灯罩擦得亮亮的，有了这盏马灯照亮，走夜路就不用愁了。

从他们住的这片高坡上往下面的城里走的时候，启明舅舅的身体一直都朝后仰着，两只手紧紧地拽着缰绳。他担心小毛驴年龄太小，腿软，又没有多少拉车的经验，怕有闪失，所以他一直在旁边帮着，使着劲，控制着下坡的速度和方向。为了保险，他让大家全都走着下坡，等到了下面的平地上再坐在车上。就连四岁的小美一开始也迷迷糊糊地跟在车后走着，后来突然摔倒了，母亲才又把她抱起来。只有老舅一个人拿着拐杖坐在车上，因为要是让他也走着下坡，恐怕一两个小时也到不了坡下。小山觉得，要是没有启明舅舅在一旁使劲，控制，光靠小毛驴自己拉着车，很可能下不了这道大坡，说不定它腿一软，心里一害怕，自己就先倒下了，然后再把身后的那辆车，甚至连同车上的老舅一起，全都翻到它的身上。

深蓝色的天上还残存着一些稀稀拉拉的星星，黑乌乌的冷风呼呼地吹着。在微微的黑暗中，不时地能听见启明舅舅的嘴里发出"吁——吁——"的声音，还有他的鞋底与地面使劲摩擦时的哧哧的声音。马灯在车辕前来回摇晃着，照出一圈亮光，有时候随着车身的颠簸，那圈昏黄黄的亮光会被抛出去很远，像是跑着去追赶远处的一个什么东西。不过，只要等车稍一再平稳下来，那圈昏黄黄的亮光就又回来了，无论跑出去多远，一下就回来了，就像这以前什么也没有发生过一样，继续在车前尽着自己的本分。

终于下了大坡，来到了十字路口，街道还在睡梦中，除了他们一家人，街上再没有一个多余的人。街上有一种黑沉沉的潮糊糊的睡着以后的气息。偶尔能看见临街的某一间房子里亮起了灯，说明也有人已经起来了。

一家人都坐到了车上，只有启明舅舅依旧走着，一只手上举着一根小鞭子。街上平展，又没有来往的行人和车辆，所以他也就不需要再像刚才下坡时那样时刻紧抓着缰绳在一旁使劲了，鞋底也再不用和地面哧哧地摩擦了。

小玲想让启明舅舅也坐到车上，一边坐着，一边赶车，有好多人都是那么做的。但启明舅舅说，我就不坐了，它还小，我这么大个人再压上去，怕它会吃不住。

又说:"走着好,走着暖和,不冷。"

小山说:"启明舅舅,你经常拿这根小鞭子打它么?"

"打?那咋打?"启明舅舅说,"它还这么小,有时候举起来,就是为了吓唬它一下,就像你妈有时候吓唬你一样。再有,一个赶车的,手里要是不拿个东西,没抓没握的,自己觉得不得劲,别人看上去好像也不太像话呢。"

小毛驴的蹄声嘚嘚嗒嗒地敲击着黎明时分的冰冷的水泥路面,车轱辘不时地在他们的身下发出吱吱扭扭的响声。

已经能模模糊糊地看清临街的一些单位门口挂着的木牌子了。启明舅舅赶着车,瞟一眼那些木牌子,嘴里不时地发出惊呼:

"噢哟,商业局原来在这里!"

"噢哟,粮食局离商业局原来这么近!"

"噢哟,这不是武装部么!专门管征兵的地方,我一直以为里面常年站满了人,黑压压的全是军队,闹了半天,里面一个人也没有,只有两个哨兵。"

启明舅舅高兴地说着,一点儿没注意到他们都在车上笑他。

过了北大街,一出北门口,到了外面开阔荒凉的地势上,一下就更冷起来了,风明显地比在城里的时候大了好几倍,真正的天寒地冻,滴水成冰。母亲头上的头巾不断地被吹起来,无论怎么调整和系紧都不行。启明舅舅对她说:

"你那头巾根本不行,你也得把皮帽子戴上。"

启明舅舅也把他自己的那顶很大的狗皮帽子的两个帽耳都放下来,又在下巴处系好扣子。然后挥了一下手里的那根小鞭子,大声地说:

"咱们这就正式上路了,要回柳八湾去喽!"

赤磨河、高台、朱砂洼、黄家梁,他们经过了一个又一个的地方,等到了十二潭的时候，天已过了正午，四岁的小美终于被冻哭了。按道理她是最不应该觉得冷的，因为母亲一直抱着她，好几个人还围着她，可她还是第一个被冻哭了。母亲把她的鞋脱下来，把她的两只脚放进她的怀里焐着，又让小美把两只手伸进她的袖筒里。过了一会儿，母亲问小美，暖和不暖和了，还冷么？小美点点头，眼睛看着车后的那长长的两边全是荒草的路。

启明舅舅说，要是实在冻得不行，你们就都下来走一会儿，走一会儿身上就暖和了，就不冷了，那是最好的办法。你们看这小毛驴，身上还出汗呢。

又说，我就一点儿也不冷，我早就习惯了这样的天气。

看上去，启明舅舅确实不冷，走得热气腾腾的，脸上也红扑扑的。不过，热气腾腾归热气腾腾，红扑扑归红扑扑，那只是一方面。另一方面，他的眉毛上，胡须上，却一直都挂着一层白白的霜冻，感觉已经结了冰，像一个白胡子老人。小山觉得非常奇怪，既然脸上热气腾腾，还红扑扑的，而且嘴里也不断地哈出一股又一股的热气，可为什么还会有那么一层白色的霜冻呢，而且还都一直不化。他看着启明舅舅，又走出去六七里地以后，觉得终于想明白了，霜冻是落在启明舅舅的眉毛和胡子上的，而人的眉毛和胡子很可能没有温度，所以那些白白的霜冻才一直化不了。对了，一定是这样。热气腾腾有什么用，热气腾腾只是某一两个地方热气腾腾，并不代表全身所有的地方都热气腾腾。

启明舅舅又对车上的老舅说，你那腿也要注意，千万别像我这样。

"是福不是祸，是祸躲不过，那就要看是啥命了。"老舅说，"等一会儿到了平地上，我也得下去走一会儿，活动活动。"

"一会儿过紫凉山的时候，你就得下来走。"启明舅舅说。

"命里要是不让你残废，咋也残不了。"老舅说，"要是注定你残，咋注意也不行，七拐八拐，总要把你弄残了。"

"就像我，"启明舅舅说，"我一直以为马是吃草的，吃素的，却没想到它连肉也吃。"

"而且还是人肉。"老舅说。

听到堂兄弟这样打趣自己，启明舅舅也笑了。他说：

"那时只顾得疼了，一忙乱，就再也找不见那两个手指了，肯定是掉到地上让猫吃了，狗吃了。当初要是有个好大夫，捡起来说不定还能用，还能接住呢。"

小山说："也说不定让耗子拖回它们的洞里去了。"

"那也说不定，"启明舅舅说，"那也有可能哩，那里面耗子不少。"

"它们拖回它们洞里去了，你到哪儿去找？怪不得你找不见呢。"

"胡说什么！"母亲对小山说。

在小山看来，作为一个男人，启明舅舅应该不算是很差的，身材高大，能吃苦，而且性格很好，很少暴躁，很少发火。难道就因为缺少了两个手指，就没有一个女人愿意嫁给他么？真是不知道那些女人是怎么想的。难怪有好多人对女人们有看法，有意见。小山的同学彭家辉，住在城南的白米巷，他的爷爷是一个老秀才，戴着一副水晶石眼镜，留着一把山羊胡子，有时候生气的时候，就站在院子里，用手里的手杖上指指天，下指指地，然后自言自语地说：

"女人，三分之一人也。"

小山问彭家辉，他爷爷在说什么。彭家辉说他也不知道，只知道是在骂人。

眼看就要过紫凉山了，他们全都下了车，就连老舅也下来了，架着拐杖慢慢地往上走。因为地势实在太高了，仅靠身单力薄的小毛驴，无论如何也拉不上去。

十四

没想到,刚回到城里的第二天,萧桂英就接到通知,到设在人字街的学习班报到去了。

刚听到这个消息时,怀玉真是吓了一跳,不由得后背一阵发凉,脸都白了。老天哪,幸好她们提前回来了,这要是再迟回来几天呢,还不知会给萧桂英带来多大的麻烦呢。以萧桂英她们家目前的情况和处境,就以她无故缺席学习班的学习,把她闹成整个学习班的典型,好像也不为过呢,完全能让她心服口服,无话可说。

以后几天里,无论何时,只要再一想起这事,怀玉仍然还会觉得后怕。

她想,以后,无论发生什么事,无论多艰难,多么的过不去,无论多么需要帮助,再也不敢轻易麻烦任何人了,哪怕是萧桂英,哪怕是自己此生最好最可信赖的朋友。

不是么,你有事,你拉扯别人,实际上等于是在把你的困难让别人帮你分担,大凡这类需要别人帮助的事情,都不是什么好事,而大凡能帮助你的,本身也都是愿意帮助你的人。这样想来,你让最好的朋友帮助你,岂不等于是在害他们?你拿出你的无法下咽的苦酒,倒一杯给自己的朋友,让她与你分着喝下去。你端出你的有毒的给谁谁不要的苦果,让朋友帮着你消灭几个。他们当然愿意帮你喝,也愿意帮你吃,因为他们是你的最好的朋友,你提出来了,他们当然不能无动于衷，更不能袖手旁观。

与此同时，在他们帮助你品尝苦酒，分担苦果的时候，他们的时间也完全是属于你的，而不再属于他们自己。而他们本身又是谁？难道他们不是这个社会的人，不是这个国家的一分子？难道他们是在这个世界之外单独活着？当然不是！他们恰恰是这台巨大机器上的某一个螺丝，本应牢牢地固定在自己的那个位置上，直至永远锈死，完成他们的职责和义务。但是某一天，他们中的某一个，突然松了，甚至已经不见了，不在他们应该在的那个位置上了，这预示着什么？这就预示着他们要倒霉了。如果到时候还不能按时回来，等待他们的结果就只能是永不被录用，或者永远的消失。

那么，他们在自己的那个螺丝孔里待得好好的，为什么突然松了，甚至突然不见了？因为他们帮助他们的朋友去了，最好的朋友有了困难，有了过不去的坎，家有无数苦酿，又有苦果若干，朋友自己无论如何都喝不完，更吃不了。而大千世界，茫茫人海，到真正需要有人帮助的时候，却想不出几个，只能求助于他们了。这样，他们就先松了，紧接着又不见了。

怀玉不敢再往下想了。

连续几天，她很少说话，自己也不知道自己在想什么。在家里做饭，有过两次极端行为，第一次忘了放盐，第二次则正好相反，饭咸得难以下咽。

有一天，她终于按捺不住，去了一趟人字街，在那个学习班的外面转悠着，好长时间没看见有人出来。就在她有些灰心，准备要回去的时候，忽然看见那两扇刷着绿油漆的门开了一扇，有人从里面出来了，去上厕所。让她感到惊喜的是，从里面出来的那个人正是萧桂英。她朝萧桂英招手，把她喊住，两个人在一个角落里说了一会儿话。知道萧桂英很平安，什么事也没有，她终于放心了。

从萧桂英的口里得知，幸好她们提前回来了，要是这时还没回来，真的会有大麻烦。

学习班果然严格而又严厉，规定不准请假，不准外出，甚至不准生病。当然，不准生病是指那些头痛脑热、伤风咳嗽一类的小毛病，这种小毛病不会影响学习。而一个人，真要是得了大病、重病，已经卧床不起了，已经不能吃饭不能说话了，那还是能请下假来的。即使你不请，组织方也会主动地让出一条路给你的。在这次萧桂英所在的这个学习班上，西街完小的一名教员申燎原就属于这种情况。临近学习班开班的时候，申燎原突然病倒，两天两夜水米未进，甚至后来连话也不能说了，只能张嘴，却发不出任何声音，比哑巴还不如。两只手像鸡爪子一样伸着，却握不回去，再也攥不成拳头。后来，他的脸经过了一阵剧烈的运动和艰难的抽搐之后，嘴里终于挤出几句话，快，扶我起来！用门板抬我去学习班，我要去学习！家人说，说甚的疯话！你都这样了，还咋去学习班。申燎原说，与学习相比，个人的这点儿灾病算得了什么！快准备门板，让我去学习。家人说，你已经不能学习了，人家别人都坐在座位上听讲，记笔记，站起来发言，你能么？你能站起来么，你站一个给我们看看？你去了，只能躺在门板上，写不能写，说不能说，像什么样儿？你不怕人笑话，我们还怕笑话呢。听了家人的话，申燎原干枯的眼睛里慢慢地挤出几滴泪，说，唉，不是我非要去，我也没有那么爱学习，实在是我不能让自己落下呀，因为落后就要挨打。恰好文教局这时也有话传过来了，告诉他说，好好看病哇，这次就不用参加了，也没有人要打你。等病好了，学习的机会有的是。有了上面这句话，这才终于让他安下心来了。

这样的学习班，怀玉也曾经参加过多次。当然，随着后来的变故，这一类的事情也就不再与她有任何关系了。

　　一开门,一个人口袋一样从外面跌进来,扑通一声栽倒在她的脚下,随后的风也呼啸而至,像是一路撑着他来的。她扶起来一看,竟然是老左。

　　她叫了几声老左,老左没有任何反应,依旧闭着眼睛,头耷拉着,满脸是血。后来又把他往地上一放,他却忽然醒了。一醒来就对她说,领导要接见他们这些有功之人,为了谦虚谨慎,为了不引人注目,当然也为了不给领导同志添麻烦,减轻他们的负担,他没有上前去,而是钻入了人群中,去察看现场有无坏人,有无汉奸卖国贼一类的人。搜寻来搜寻去,果然就有一个人引起了他的注意,那个人的目光一直都在盯着领导,他上去一把就抓住了他。事情很快就惊动了保安部门和公安部门,经过调查后,有人对他说,尽添乱,以后少管闲事。

　　他说,误会了,大水冲了龙王庙,原来那个人也是保护领导的,难怪看他就和别人不一样呢。

　　她吃惊地听着,她觉得自己完全听不懂她的这位昔日的同学在说什么。

　　一天以后,他的妻子和女儿找到了他。他的妻子对她说,最近正吃着药呢,药煎好了,一转眼,人又不见了。

　　又说,进步得有些过头了,连领导也开始讨厌他,因为他的积极常常会影响和妨碍到别人,给人造成意想不到的麻烦,有时甚至会打乱人家一个重要的计划或行动。

昨天傍晚临天黑前,她去坡下的离家最近的那个供水点去挑水,小山跟着她去的。仅仅在去年,两桶水还是五厘钱,但从今年下半年起,忽然翻了一倍,变成了一分钱。其实今年的两桶水的价格并不是一分,明文规定是八厘,但是因为每次都没办法找零,所以四舍五入,就只能成了一分,不可能再回到原来的五厘,或者比五厘更少。你只有一次买十桶水,才能真正享受到那个八厘,五八四分,而不是五分。可是谁家里一次能用得了十桶水。有一个也常来这里挑水的女人说,四舍五入,主要是往上入呢,并不是往下舍,价格定成八厘,那就是明着要跟你要一分钱,那怎么不定成四厘?供水点收水票的那个粉白脸、白头发白眉毛的姓丁的人说,说得真好听,比唱的还好听呢!四厘钱?那一舍不就啥也没有了么,那不就等于不要钱了么。耐心地等着吧,等到实现了共产主义,那就差不多了。

怀玉和小山去的时候,天已经麻麻黑了,一个四十多岁的脸上长着好几个肉瘤子的男人刚刚在小窗口前付完水票,挑起一担水正要走。怀玉刚看了一眼,就赶快把脸扭到一边去了,那个人脸上的那几个滴溜溜颤动的肉瘤子,让她的身上忽然变得麻森森的。一直等到那人的扁担上的铁钩子钩到水桶,耳边传来哗啦哗啦的声响时,怀玉以为他要走了,才转过脸来。却不料那个人并没有走,而是手里抓着扁担,眼睛却直直地看着怀玉。这个时候再转过身去显然不好,怀玉不得不低下头去,伸出手把小山戴歪了的帽子重新扶正,又在两个帽耳上各拍打了几下。做这些可做可不做的事情,无非是为了让眼前的时间快快地流走,过去。终于,有了成效和结果,那个人不再看她了,挑着水走了。

傍晚时分的风倒是没有下午的风大,但是好像要更冷一些,又黑又冷,手上虽然戴着一副绒线手套,却似乎比没戴也强不了多少。别人挑水回家,走地都是平路,只有他们非得要爬上那道高高的大坡。

又长又陡的坡，迎着风，平地上能挑动的一担水，到他们这里就等于变成了两担，所以根本挑不上去。小山也还挑不动一担水，所以他们只能抬着走。他们把扁担从两个桶的桶梁中间穿过去，抬起来一试才发现异常沉重，似乎比挑着走还要费劲。后来他们就一个桶一个桶地抬，先抬一桶，往坡上走一二十米，放下来，然后再返回去抬另一个桶。这样一来，确实是轻松了不少。

除过冬天，其他三个季节挑水都要好得多，因为没有那么大的风阻挡着你上坡，没有外力和你搏斗，你就更能省下力气挑水。但是，到了那时候，最让人觉得不好的倒是另一个问题，那就是挑着水上坡的途中，一旦你放下来歇息一下，桶里的水就会因为地势的不平而要洒出去一些，就那道大坡，水桶无论怎么放，无论放到哪里都不行，一放下来，桶总是歪的。

黑暗的坡上，一盏灯也没有，只是在供水点的马路对面有一盏青灰色的灯。整个坡上坡下，也没有别的行人，只有他们母子俩在黑乎乎的路上一趟一趟地来回搬运着水桶。小山在前面抬，怀玉在后面抬，好几天没见，她觉得小山又长大了不少，似乎也懂事了不少。每次抬起水桶前，他都要把桶往他那边再挪一挪，怀玉很快再把水桶拖向自己这边。她对小山说，你的肩膀还嫩，小心压得长不高了。小山在黑暗中说，长不高就长不高。怀玉说，那可不行，真要是长不高了，到时候怕连媳妇也娶不上呢。小山说，我才不要呢。夜色中怀玉笑了。这个年龄的孩子，包括再往上几岁的孩子，没有一个人想让这种事情与自己有关，唯恐避之不及。

"烈士陵园里好像要通水管了，"怀玉对小山说，"真要是通了就好了，我们吃水就不用再愁了。"

"到时候就能天天去张僖那里接水了。"小山说。

刚说完，小山忽然又担心地说：

"能让咱们接么？"

"这坡上一共就两户人家，"怀玉说，"应该能行吧。"

早就听说烈士陵园里要通水管了，可至今也没看见有任何动静。这个高坡上一共只有两个部门，烈士陵园和气象站。人家呢，也只有两户，怀玉一家，还有住在他们隔壁的外号叫"瞎子"的石觉和他的三岁的孩子小石头。平常怀玉还总觉得自己这个家各方面都因陋就简，很不像是个家，可要是论起正规和完整性的话，隔壁石觉的那个家就更不像个家了。与石觉家相比，怀玉他们这个家就不可谓不殷实不丰富不庞杂。不说别的，就挑水来说，他们家还有两个水桶，石觉家竟然连一个水桶也没有，怀玉都不知道他平时是怎么弄水的，偶尔石觉过来敲门，会向怀玉开口，借一下他们的水桶，用完后很快就又拿过来了。

平常，每隔一个星期左右，就会有一个只有一只耳朵的人，赶着一辆毛驴车，上来给烈士陵园送水，装水的东西是那种大的圆柱体的汽油桶。由于烈士陵园里只有张僖一个人住，有时候一个星期都用不了那一大桶水。气象站也有人专门送水上来，却不是那个只有一只耳朵的人，而是一个三十多岁的女人，长年围着一块说不上是什么颜色的头巾，只有在天气最热的那一两个月里，才能看见她的头发，并没有什么毛病或者不能见人的地方，只是有些偏黄色。他们有时候想，不就是黄一点么，那又有什么好怕的，有什么好遮掩的。如果光看她一年四季头巾不离头，不了解情况的人还以为她也只有一个耳朵，甚至完全没有耳朵呢。

终于上到了岗上，能把桶放平了。他们站着喘了一会儿气，然后抬着水，穿过比浓雾还要更为广大深远的黑暗，朝家里走去。

门黑洞洞地开着,这在远处,在刚刚上到坡顶上的那时候是看不出来的,就因为太黑的缘故。小山看见老舅拄着拐杖,站在门口的幽暗里,叫了一声:

"姐姐。"

怀玉说:"这么冷的天,门就大开着?"

"听见你们抬水回来才开了的。"

没有门槛,所以他们很容易就把水抬进了屋里。煤油灯,灯头黄黄的,小小的,形状酷似一粒里面装着药面的黄色胶囊。然而,这胶囊比那胶囊更有用,因为它能驱散黑暗,还能释放出一个家庭不可缺少的暖意和亮光,让一家人都能看见。

水桶放到地上后,老舅把手里的拐杖立到墙边,伸手抓住桶梁就要往水缸里倒水。怀玉喘着气对他说:"你别动,我歇口气再倒。""我的手和胳膊又没毛病。"说话工夫,就把两桶水都倒进了水缸里。但是,他忽然忍不住哎哟了一声。

"说不让你动非要动,"怀玉说,"赶快看看,是不是伤口出血了?"

"没事,好像扭了一下。"

小山把两个空桶倒扣起来,放到墙角,又把扁担也立到一起,其实这些东西放在门外也是安全的,就因为有烈士陵园,下午五点以后,就不会再有人到这清冷荒凉的高坡上来了。尤其是冬天的时候,再加上又正是数九天,几乎就没有一个人会无缘无故地上来。但是怀玉还是不放心,就怕万一,万一真的丢了呢?能去找谁去?再买两个桶?要是心疼钱不买,吃水就更没办法了,就会像隔壁的石觉一样了,那能叫人过的日子么。

小美趴在母亲的背后,脸贴着母亲身上的被严寒浸透了的衣服,说:

"妈,你身上有冷味呢。"

"少胡说!"小玲对小美说,"冷就是冷,哪还有味呢。"

"就有呢,"小美说,"闻一下,鼻子里凉凉的,像是在刮风,和哪一种味都不一样呢。"

怀玉觉得,小美说的是对的。冷是有味道的,确与这世上哪一种味道都不一样,只有严寒才会有那样的味道。热呢,热也有热的味道,就是那种说火又不太像火,说燃烧却又没有燃烧,热烘烘地埋伏着,有一种被捂得紧紧的严严实实的却又发不出声音来的到处都存在的嗡嗡声,有一种无边无际的焦煳,粘连。土是熟的,没有加水,却有滚烫的噗噗冒泡的糊状的感觉,那是一种随时都有可能蹿起火苗的味道。

在这样的一个腊月的晚上,猛然想起夏日的炎热,怀玉有一种长途跋涉的感觉。

两个女人在一条小街上说笑,喧哗,整条街上就会飘满她们的声音。要是同时有好几个女人都这样,那就会像一排装满水的水缸被同时打破了,甚至如同水库放水,水浪声滚滚滔滔,又溅又涌,惊涛拍岸,即使推土机来了,坦克来了,它们的声音也只能屈从地匍匐在她们的声音之下,也许只有大型的拖拉机发动起来以后才可以与她们的滚滚的笑声一决雌雄。

去刑场上打听消息的途中,路过西街的时候,她看见有两个三四十岁的女人正在医院前面的松树下说话。四五个小时以后,当她从刑场上回来,又路过医院的前面时,她无比吃惊地发现那两个女人竟然还站在原地眉飞色舞、兴致盎然地说着!她惊讶了,不由得放慢脚步,很想听听她们在说什么。

回去的路上,她边走边想,我怎么就不能像她们那样呢。

"妈,"小玲对怀玉说,"小石头他爸爸来找过你呢。"

"说没说是啥事?"怀玉问。

"没说。我说你挑水去了,他就走了。"

"说不定也是没水了,"小山说,"又是来借桶的。"

怀玉觉得小山说的也有可能,于是就让小山去隔壁看看,如果要用桶,就过来拿。

小山出去后不久,很快就又回来了,说隔壁没人,锁着门呢。

怀玉问小山:"小石头也不在?"

"我趴在窗户上看了,屋里黑洞洞的,一看就没人。"

"他不在了,小石头当然也不能一个人在家。"老舅说。

"这么黑了,还带着一个两三岁的孩子,他们能去哪儿呢?"

怀玉说着,脱了棉袄,她来到屋外,看到他们居住的这片高坡上一片漆黑,只有隔壁石觉家屋顶上那个黄泥的烟囱有一抹淡淡的黄色,那是屋后烈士陵园里的那一盏灯照过来的光。要是那盏灯被风刮得摇晃起来,石觉家烟囱上的亮光就也跟着一起摇晃。

黄泥的烟囱里没有烟,冷冷地在屋顶上立着。

夜风把气象站的一块布刮得嘭嘭直响,很像是一个人正在用力抖掉被单或者衣服上的灰尘、水珠,刚听到那声音的时候,怀玉还真以为是气象站有一个人在洗衣服。气象站怎么会有一块布搭在外面让风吹呢?想了一会儿,她终于想起是有那么一块布,说灰不灰,说蓝不蓝,原本是为了夏天遮阳,支在某一扇窗户外面的。后来由于支架断了,那块布就一直耷拉在那扇窗户的外面,一到天黑以后就嘭嘭地响,尤其是冬天风大的时候。

怀玉想起一年前,石觉的妻子宇文秀临终前的情景,那时候石觉还没有被放出来。做母亲的不想让小石头看到自己咽气时的样子,就让石觉的大姐把小石头领开。两岁的小石头当然不知道即将要发生什么,还以为姑姑是要带着他出去玩。他拉着姑姑的手,一边往门外走,一边回头摇晃着小手,对妈妈说:

"妈妈再见。"

那一刻,在场的曹大娘、刘拉娣以及怀玉,全都捂住了脸。

草草地料理完宇文秀的丧事后,石觉的大姐就把两岁的小石头领走了。她本来家里孩子也不少,可满世界再也挑不出一个比她和小石头关系更近的人了。以后,差不多有一年时间,隔壁的门上都一直挂着锁子。后来,锁子上开始有了灰尘,有了白色的鸟粪。那时候,怀玉担心时间一长,锁子极有可能会锈死,到时候有人回来根本打不开,就找来一块手绢那么大的油布,蒙到了锁子的外面。

有一天,下着瓢泼大雨,怀玉忽然听见隔壁的那把锁子传来一阵哗啦哗啦的响声。出门一看,见一个瘦弱的戴眼镜的胡子拉碴的人,正在吃力地试图打开那把锁子,却怎么也打不开。看见有人过来,"眼镜"有些惊慌地抬起了头,等到看清是怀玉时,不禁惊喜地说道:

"徐老师,是我,我是石觉……我回来了。"

十五

圆乎乎的丘陵,一个挨着一个,一个套着一个,当地的人们把它们叫作圆圪蛋。除了这些外表几乎一模一样的圆圪蛋,还有一些看上去很是敦敦实实的山岗。丘陵和山岗,都被最里面的一层络腮胡子一样的灌木给严严实实地围着，就像围着一张张圆圆的脸和下巴。现实生活中他见过这样的人，如果是身材高大的，那一定非常魁梧、彪悍；如果身材不高，凡那种样子的，那也都相当的敦实有力，甚至比身材高大的更具实力。

灌木只是里面的一层，外面还有十分凌乱的树木。

这一带的地形地貌他还有印象，他还记得那些灌木，每当夏秋天两季，颜色缤纷，红绿黄紫，还有一种能编筐子的荆条则像雪一样白。

黄奇月领他来的那个地方就在那些圆乎乎的绕来绕去的丘陵之间，据黄奇月说，距离上深涧仅有五六里，距离胡汉营也不过十里，可他却有些不敢相信，因为在他看来，这更像是一个孤悬在世界以外和时间以外的地方。一过来就看见有六七户人家，如同一块揉皱了的绸缎上滚落的几颗米粒，非常可怜地趴在那里。一开始他还以为是一个小小的村子，其实根本不是，就连那种最小的经济上不能独立核算，干部由主村派遣或者指定的自然村都算不上。

六七户人家，住得却都十分分散，低矮的小土房，东一间，西一间，给人最强烈的感觉和印象就是非常地害怕互相看见互相传染，非常地害怕挨着甚至相邻，能远离别人就尽量远离。他跟在黄奇月的后面，边走边打量着，进来也已经有一会儿了，却到现在还没有看见一个人。黄奇月倒像是这里的老住户，也不说话，只是熟门熟路地在前面走着。

走着走着，他发现了一个奇怪的现象，这里的地上全是黄白的土，上面竟然一行脚印，不，甚至连一个脚印也没有。

也许是因为土质硬朗，所以人走过后才不会留下脚印？

确是如此。这以后，他特别留意了一下走在前面的黄奇月，一看，不禁吓了一跳，果然什么也没有，干净决绝得吓人！这一路走进来，颜色黄白的地上确实没有留下黄奇月的脚印。啊，别说脚印，别的任何痕迹都没有。

这以后，他又回头看了一下自己的身后，吃惊地看到自己竟然也没有留下任何一个脚印。他忽然觉得眼眶四周跳动得厉害，这样的发现，按道理应该是会让人在欣喜之余逐渐趋于平静的，可他却觉得自己完全平静不下来，反倒是心跳得越来越厉害，发出阵阵咚咚的声音。感觉血在一片一片地往上涌，感觉眼眶上面和眉毛下面的那片狭窄地带间有清脆的马蹄声正在奔腾，正在快速地掠过。

有一阵，他边走边悄悄地把身上的挎包和一条胳膊放在胸前，连自己似乎也很难解释为什么要这么做，是害怕黄奇月听到他的咚咚的心跳声，用挎包和胳膊来遮掩？

可是，那又有什么怕的，谁的心能不跳呢？

看前面的黄奇月，依旧走得平静，自然，不慌不忙。

黄奇月的脚步有些拖沓，根本算不上干净、利落，甚至鞋底与地面之间也不乏摩擦，可纵然那样，他经过的地上也依然没有任何痕迹，更不存在什么脚印。

现在，黄奇月把他领到最东边的一间小房子前，停住了，然后从身上掏出一串钥匙，低头在众多的钥匙里扒拉了一阵，找到一把，开门走了进去。

一进去，他吃了一惊，里面竟然还有一盘不大的小炕，炕上有席子——一张颜色黑黄的不完整的苇席，席子上还有一块黑乎乎的毡子。

竟然还有一口锅。

竟然还有两个碗。

竟然还有三根筷子。

竟然还有一把能扫地的扫帚。

黄奇月说他的一个亲戚曾经在这里住过，后来走了。至于是因为有了什么事才躲到这里来，后来又因为什么走了，却一个字也没有说。

黄奇月让他就先住在这儿，各方面的条件虽然差一点，可总比到处转悠强。

"今天来不及了，明天给你闹点儿粮食和被褥来。"黄奇月说。

又说，不要担心周围那几户人家，也不要怕他们，他们还怕你呢。他们狗头长角，脚底流脓，千奇百怪，各有各的麻烦和问题，如果不是没奈何，谁也不会住到这里来。

又说，这个地方隐蔽得很，连公社的干部们都不知道在他们管辖的范围内有这么一个地方呢。他们下乡，转悠，从村里回公社，从公社到各村，往往只看见一个又一个的几百年几千年一动不动的圆圪蛋、丘陵和山岗，却从来也不知道在那绕来绕去的里面，竟然还窝藏着一些人，说不上有多少年了。旧的死了，走了，又会有新的来。

一阵急促嘹亮的哨声响过之后，周围顿时就安静了下来。各小队长、组长和临时负责人去开会，其余人一律回房。

桐叶在树上一动不动，仿佛也受到了警告。那天他们来的时候，看见它们正在风里摇晃，像是一片翠绿的波浪。

火柴划着，正要点烟的时候，忽然看见墙角上刻着一行细细的字：或生或死，就在明天，到明天，一切就都定了。

火柴灭了。黑暗中，他想，是谁刻的呢？应该是以前住在这里的某一个人。

第二天，黄奇月早早地就来了，比他预想的还要早。身上背着半口袋杂面，胳膊下夹着一卷被褥。他先接过那卷黑旧的被褥，刚想放下时，黄奇月招呼道：

"小心些，里面还有东西呢，打碎了可就吃不成了。"

他把那卷被褥放到地上，慢慢地打开，里面竟有一小罐黑酱和一瓶醋，怪不得黄奇月怕他打碎了呢。

"吃面或者喝糊糊的时候挖一点儿，就不那么寡了。"黄奇月指着那一小罐黑酱说。

又说，他的那个亲戚，当年在这里住的时候，一天三顿糊糊，喝得眼睛都快蓝了。一截二尺长的树枝，就能把一顿饭做熟了。

他说："老黄，我……"

"我啥我！啥也别说了，我都知道个八九不离十。"黄奇月说，"好好地在这儿住着吧，烧火的柴不成问题，到处都有。想走动的话，就在这里面走动走动。得走动，咱们是来住着了，又不是来坐禁闭来了，对不对？就算是坐禁闭，那也还得让活动，让放风呢。不过，尽量不要到那些圆圪蛋的外面去走动，常有公社的人路过呢，万一那中间有认得你的人呢？那种事可真是说不准。好事历来不巧，坏事巧得让你……"

他不住地点头。

"那我就先走了，过两天再来。"黄奇月说。

已经要走了，却又忽然站住，说：

"听说毛主席还有两个孩子，至今没有找见，不知他们是不是还活着？要是活着，他们会是谁？又会在哪里呢？"

"老黄，你关心国家大事，你是对的。"他说，"不过我真的不知道。我连县里的革委会主任现在是谁都不知道。"

黄奇月点点头："是哩，就像一节车厢，你已经脱轨很久了，早就不在那个轨道上了。"

黄奇月临走的时候嘱咐他，天气好的时候，把那套被褥拿出去晾晒晾晒，但是不要晾晒得太久，看到天快黑的时候就赶快拿回去，不然就冻硬了，会像铁一样硬邦邦的。他不解，问，又没在上面洒水，怎么会冻硬？黄奇月说，没有洒水，可是人在里面睡过呀！说起来也真是日怪，要是一套崭新的从来都没有人用过的被褥，无论多冷的天气，也不会冻硬呢，最多也不过是里面裹满了一层凉气。

这样看来，其实还是和人本身有关。黄奇月说日怪，其实也不日怪，很可能被冻硬了的其实正是人留下的痕迹和气息，还是属于人本身的那一部分东西，与被褥本身并无关系，与棉花棉布也无关。如果非要说有关系，那也只能说是人的身体拖累了它们，弄脏了它们。试想，若没有人曾经在里面睡过，单凭它们本身绵软暄腾的本质和禀赋，它们又怎么会被冻硬？

黄奇月走后，他就把那套有点儿死沉的旧被褥从里面搬出来，搭在一片灰褐色的灌木上。一展开，立即闻到一阵浓浓的霉味从里面弥散出来，他皱了一下眉，但随即就又释然了。因为对他来说，闻到霉味，似乎要比闻到人体本身的气味更好受一些，更能接受，更乐于接受一些。因为他认为霉味是属于自然范畴的东西，而并非是具体的某一个人张三李四的味道。霉味使他的心里涌起一阵欣喜，因为那足以证明已有很久没有人使用过这套东西了。至于更早以前是谁拥有它们，盖着它们，他就不再去想了，因为那难以追究，更无法计较，更何况他也没有什么资格去计较。有它们，总比什么都没有，总比直接躺在席子上甚至荒野上要强不知多少倍。不是么，仅仅还在一天之前，在没有遇到黄奇月之前，他还并没有敢想过自己能够这么快就拥有一套被褥，乃至一间里面只有他一个人的房子。没有，不能说从来，但是已经有相当长一个时期了,他没有过那样的奢望,即使睡着了,也从未做过类似的梦。

一件日常的物品,经常使用,每日都会有所耗损,按道理来说,其重量难道不应该是越来越轻,越来越小么?可是,旧被褥为什么会比新被褥要重得多呢?这样一看,事情似乎又回到了人本身的问题上,只能是日积月累,是人把它们一天天变得死沉死沉,再也回不到最初的那种轻柔绵软的时候。人究竟把什么留在了它们的中间?

他走进那间进门时需要低下头的小房子里,决定简单地清扫一下。门后躺着一把秃扫帚,应该也是黄奇月的那个亲戚留下的,他就用它来清扫屋里的灰尘。墙上,炕上,地上,灰尘倒是不算很厚,但是很有一股呛人的堵塞鼻子的气息。最里面的两个屋角上各有一个蜘蛛网,里面的两个蜘蛛都还活着,他扫地掸墙的时候,它们似乎也注意到了他。一开始他还想用那把秃扫帚把它们扫下来,但就在要举起扫帚的那一刻,又把手放下了。

他望着蜘蛛的那编织得十分精美的圆盘一样的家,听见有两个声音正在一问一答。

蜘蛛为什么喜欢灰尘?一个声音问。

因为灰尘能帮助它们安家。另一个声音说。

为什么只有灰尘才能帮助它们安家?别的就不行?

因为凡是有灰尘的地方,就证明没有人插手,没有人在活动,也就不会有人驱赶它们,祸害它们。安家最重要的是什么?贫富倒在其次,首先不就是图个安宁么。别的地方当然不行,它们能在一个金碧辉煌的大厅里安家么?一刻也不能够吧?一个地方,一间房子,一个角落,如果能挂满灰尘,那就证明已经有很久没有人来过了。既然人不需要它了,那就说明它也没什么大用了,那么,我们不妨先把家安在这里试试看？看情形，应该一时半会儿还不至于被挑破，被扫除。

  第一个晚上没有窗帘，月亮早就在天上，坐在炕上，看见远处和近处的树木像是生长在银白色的雾里，有人扛着镢头从月色里走过。

  过了一会儿，又有两个年轻的女子端着盆子，小声地唱着，从月亮地里走过，看不清她们衣服的颜色，只能看见她们都梳着齐到肩膀的辫子。

  整个晚上，他在窗户前好像一共就看见这三个人，还有一只狗。

  他说，这个地方，离外面的那个世界真是太遥远了。

  她说并不远，也是那个世界的一部分呢。我明天就要去教他们唱《国际歌》，唱《学习雷锋好榜样》，你还觉得远么？

  听到她这样说，他不再出声，继续看着外面的月色。

  他想起小时候，像是做过的一个梦，也有可能不是梦。也是这样的月亮，他牵着舅舅的手，舅舅的身上背着一个比他还小的孩子，他们像是要走到月亮里面去，旁边有一个巨大的木头的车轮，上面钉着许多圆圆的铁钉。他问舅舅，月亮有这个车轮这么大么？舅舅说，最少也要和这一样大，说不定比这还要大呢。

  他们走着，在淘米水一样的月色里悄悄地走着。

  已经很晚了，那两只蜘蛛好像还没睡，还坐在精美的网里看着他。

  他也没睡，年轮般的蜘蛛网，让他想起了圆周率、祖冲之，想起了十几年前在上深涧的小河里捞小鱼时用的铁笊篱。

第六章　亮在丘陵与山岗之间的煤油灯

十六

紫凉山其实并不能算是一座真正的山，只是一大片地势比较高的丘陵山地，路上到处都是被雨水冲刷过的坑洼和一些长长的沟渠，人即使不下来，坐在车上，如果不使尽全身的力气，不打起十二分的精神，也一定会被颠下来。小山记得，前年夏天，他们从柳八湾的姥姥家回城里的时候，就在这条路上翻过一次车，小平车倒过来压在他们的身上，幸亏不是一辆大车，车上的包袱和零散的东西就在这紫凉山上滚得到处都是。

来到梁上，顺着缓缓低下去的地势，他们首先就看到了不远处的那棵再熟悉不过的树。除了它，周围一带再没有什么别的树，就那么独立孤单的一棵。夏天时，它的枝叶又宽又密，阴凉投罩在地上，也许能为一百个人遮阳。没有人知道它在这里长了多少年了，母亲说她小的时候它就是这样的，就已经在这里了，好像一点儿也没变。小山还知道，无论什么时候，只要一看见它一动不动地站在那里，柳八湾也就不再遥远了。

偏东北方向，白烟屯村子里的白烟和黄烟正在村子的上空飘荡，从那些黄土墙遮掩、错落的地方，能听到村里传来的鸡叫声。

柳八湾就在正北方向，在那些蓝莹莹的山下，只是这时还看不见。

这些年，不知有多少趟，来来回回，走在这条路上，那树如果有灵，也早就应该认识他们了，如果会说话，一定会说又是你们。当然也不只是他们，还应该包括别的那些常在这条路上走动的人，春夏秋冬，风里雨里，年年月月，走着走着，互相就看见了。有的一看见它，就知道自己快要到家了，还有的则是代表着离家越来越远了。

寂静的紫凉山上没有鸟，也看不见有其他奔窜的东西，这会儿只有他们这几个人。荒草看着干干净净的，可是只要有人碰一下，立即就会变出一片烟一样的尘雾。

从山梁上一路下来，到了稍微平缓一点的地方后，他们又上了车。

小美又哭了。既没有人招她惹她，也没有磕着碰着，无缘无故地，她就十分伤心委屈地哭了起来。小山从盖着她腿的被子下面伸进一只手去，狠狠地掐了她一下。这样一来，就像火堆里倒了一股油，小美的哭声瞬间变得更大更猛了，也更有理由了。四岁的小美，说她懂事吧，却是非常的不懂事，动不动就张开嘴哭。说她不懂事吧，她却又心明眼亮，能去伪存真地分得清好歹。车上好几个人，她却一下就能准确地知道是谁的手在掐她。她仇恨地看着小山，边哭边对母亲说："他掐我。"

母亲用戴着手套的手打了小山一下。

透过眼前的泪花，小美不满足地看着母亲，眼里全是等待和希望，等待母亲再次伸出手，她应该是觉得只打一下太少了。

小山觉得，小美真是个丧门星，长得白白的，像个瓷娃娃，本来挺好看的,可就是动不动就哭。这一哭,就把她的那点儿好看全给抵消光了,也不知道她到底哪儿不舒服,为什么要哭。小山听人说,这样的孩子天生都带着晦气,对家人不利,尤其是父母。父母都活着的时候,他们天天哭,月月哭,等到哭死其中的一个,甚至两个都不在了,他们就忽然不哭了,再也不哭了,他们这一生的所有的哭的任务好像也就从此永远地完成了。因为一个人一辈子哭多少也是有定数的,早就定好放在那里的,并不是说你想哭多少就能哭多少,想什么时候哭就能什么时候哭,你哭够了你的那个数目,完成了你的定额,你就不再哭了,因为这世上就再也没什么能让你哭的了,剩下无论再谁哭,都与你无关。小山对这样的说法深信不疑,有时候仔细地想,越想越觉得有道理,而且,还有相当多的例子可以证明。小山的同学陈胜利的妹妹,她妈在的时候,成天泪涟涟地哭个没完。等她妈一死,她忽然就不哭了,再也没有哭过一声。不仅不再哭,而且还变得非常懂事,乖巧,吃苦耐劳,念书,干活儿,都不用人吩咐,自己把一切就都完成了。夜里下了雪,一早就听见有人在院子里唰唰地扫雪,开路,撩起窗帘去看吧,一定是她。街坊邻里的人们都吃惊地说,老天呀,这就是明摆着不让她妈活呢,她妈活一天,她哭一天,她妈一死,她立马就成了整个一条街上最懂事的孩子。也有人说,这就叫冤孽,上辈子的仇人,狭路相逢,转世成母女,注定了必须要有一个走开,不然就会没完没了。至于谁走谁留,那就要看谁的命硬了,那又是另一个问题了。

所以,小山讨厌小美,只要有机会就忘不了对她进行敲打。小山是担心小美的那种很有点儿不祥的哭声,会让父母中间的某一个人在某一天永远地离去,因为谁也不能保证那种事情就不会发生,或者只发生在别人家。既然能发生在陈胜利他们家,那发生在另一个人的家里又有什么稀奇的,不可能的?

冬天,紫凉山上全是荒草,没有什么野花可摘,启明舅舅还跑到路边,用手里的鞭杆挖了一枝干枯的野菊花给小美。那枝野菊花,黄色的花蕊还都满满地在里面包着,是那种还没有来得及开放就先干枯了的。

总算把小美哄得不哭了。母亲对老舅说:

"这次在平川供销社,还见到了你说的顶替你的那个人,他说你们还是同学。"

"外号叫'圆头','大和尚'。"老舅说,"姐姐你知道么,他至今还在尿炕,每天早上醒来,大半个褥子都是湿的。"

"供销社进人,好像不考察那些。他穿戴整齐,站在柜台后面,也没人能看出来。"

"当然不考察。尿炕,夜游,说梦话,在梦里喊着要杀人,这些都不管。"

"那他靠的是——"

"六〇年的时候,他妈给县联社的许主任奶过一个孩子,那时候许主任还不是主任,还只是一个股长。"

"哦,那这样说来,人家也是有恩于过许主任家的,这你就不用再气了。他妈当年要是给更大的一个干部奶过孩子,人家还看不上现在这份工作呢。"

"我没气,我和他是两码事,无论我进不进供销社,他都不影响我。反过来,我也不会影响到他。"

"老舅,"小山忽然插进来说,"人在夜游的时候,是不是像鬼一样直挺挺地走路,周围的人和东西都看不见?"

"你从哪儿知道的?"母亲对小山说,"不学习,成天就操这种心。"

"听人们说的。"小山说。

"在学校念书的时候,我们见过一两回。"老舅说,"半夜起来,穿戴整齐，确实就像小山说的那样，直挺挺地就出去了。过上好半天，又直挺挺地回来了。叫人称奇的是，每一次竟然还都能准确地找回来，好像从来也没有错摸到别的宿舍里去。回来就接着再睡，睡着以后就开始哗哗地尿炕了。那时候我们都想不明白，出去那么半天也不尿，就专门等着回来躺到炕上再尿。有时候不光把他自己的褥子尿湿了，还能把挨着他的别人的褥子也尿湿了。"

"老舅，他尿湿过你的褥子么？"小山问。

"不记得了。"老舅说，"应该尿湿过，因为我也挨着他睡过。老师们也都知道他尿炕的事，因为谁也不愿意挨着他睡，老师就让我们排班，像值日一样，每个人轮流挨着他睡。"

"不挨不行么？"小山说。

"当然不行。你们老师让你做一件事，挨一个尿炕的同学睡，你敢不听么？"老舅说。

"这种人不多，可也不稀奇。"走在前面的启明舅舅说，"他半夜出去的那一阵工夫，其实还是睡着了的，并没有醒来，只不过是从躺着睡变成了走着睡，从出去到回来，一直就没醒，要不然哪能那么直挺挺的，谁也看不见。"

"你也知道？"母亲问启明舅舅，"谁还是那样的？"

"原来和我一起喂马的七骡子。"启明舅舅把鞭子绕到一起，说，"有一回我半夜起来，提着马灯刚出门，就看见他全身直僵僵地从外面回来。我问他，给牛添草么？没理我。看那样儿，不仅没听见我说话，根本就没看见我。身子直僵僵的，两个眼睛也直僵僵的。我也是头一回见那阵势，把我也吓了一跳。哎，就像一个才从棺材里站起来的人。"

"你咋也半夜起来了？"老舅问启明舅舅，"你也夜游？提着马灯夜游？"

"我游啥，我是饿醒的。"启明舅舅说。

他们说着话，车轱辘走到了沙土路上，小毛驴脖子下的铃铛丁零丁零地响着，也许是离家越来越近的缘故，小毛驴拉着车，走得飞快。驴和车走在这种沙土路上的声音最好听了，沙沙的像是下着小雨，既没有刺耳的很大的响声，也不颠簸。转过一个弯，又转过一个弯，路上的黄沙子变成了白沙子和粉红色的沙子，柳八湾的轮廓终于远远地出现了。在它的后面，就是那些很早的时候就能看见的外表虚虚的其实却真实无比的蓝色布景一样的山。

有"二饼子"牛车从柳八湾的方向过来，木制的车轮大过磨盘，上面钉满了铜钱大小的铁钉，一路吱吱扭扭地响着。两车快要相遇时，对面赶着"二饼子"牛车的人大声地和这边车上的母亲打着招呼。

叫的是母亲的小名。

母亲也直起身，大声地回应，并把头上的大皮帽子拿下来。让她感到吃惊的是，尽管头上戴着的那顶大皮帽子使她看上去完全变了一个人，但是对面的人还是一眼就认出她了。可她这边呢，招呼是打过了，却半天还是想不起对方是谁。

"刚刚过去的是谁？"她重新把帽子戴上，问启明舅舅。

"老八怪。"启明舅舅说，"我还以为你认出来了。"

老八怪当然不是一个人的名字，但是却实实在在地代表着一个活生生的人。中国人，差不多人人都有一个外号，有的本人知道，有的却完全不知道，一直到死也不知道，专供别人在背后使用。刚刚过去的这个老八怪，正经应该姓屠，没有儿子，清一色六个姑娘。和她同年的是那家里排行老四的四明。黄土的墙，黄泥的院子，无数个夏天的夜晚，繁星满天，蝙蝠在房顶上噗噗地飞着，有时从屋檐下掠过。蚊子细声细气地唱着咬人的小调。老八怪坐在院子里的青石板上，一边点燃手里的艾草，一边对她们说，月亮上面又开饭了，正在搬板凳摆桌子呢。她们就一齐抬起头朝天上看，主意是看月亮里面的情景和动静，却并没有看见什么桌子凳子，更没有看见饭，只看见里面雾腾腾的，黄澄澄的。四明与怀玉共同上学至七年级，以后就不再上了，二十岁的时候出嫁到土默川。

"四明嫁到土默川后，常回来不？"母亲问启明舅舅。

"大概不常回来，反正我没见过。"启明舅舅说，"也有三四个孩子了，去年好像听说死了。"

"什么，四明死了？怎么死的？"

"不知道。"

四明！屠雪峰……母亲觉得自己小声地叫了一句，却又好像完全没有发出声音，压根没有叫过。那个皮肤白皙、梳着两条短辫子的姑娘，鬓角上有一道细细的疤，经常趴在桌子上笑，把头埋在一条胳膊上。曾经背着家人，自作主张地给自己改名叫屠海燕、屠雪峰，最终确定为屠雪峰，以寄托某种朦胧的梦想。新来的老师问，屠雪峰的屠是哪个屠？她站起来小声地回答：屠宰的屠。老师的眼镜忽然滑到鼻梁上。有一年过年的时候得到一件新衣裳，高兴得几个晚上睡不着，睡觉前小心地挂起来，再拿一件旧衣裳罩住。正月里穿着去看戏，戏还没演到一半，新衣裳的后面就让人烧了一个窟窿。认真地哭了两三天，后来下决心自己缝补，每天补几针，补到最后，竟然看不出曾经被烧过的痕迹，和没烧以前几乎一模一样呢。但屠雪峰那个名字，也仅仅只是用了一年多的时间，以后随着离开学校，就又恢复成了先前的那个四明，她们之间也很少再能碰到。人，一旦做着不一样的事情，即使曾经每天在你身边的人,也会逐渐地离得越来越远。

老八怪刚才赶着"二饼子"牛车,大声地问她,说不定就在那同时,也想起了他的那个四姑娘。如果启明说的那事情是真的,今年还不到三十六岁的四明,此刻就长眠在茫茫土默川的某一堆土里,真的成了一盆从家里泼出去的水,被他们做爹娘的随手一扬,泼到了茫荒干旱的土默川上,很快就干了,蒸发得无影无踪,就像从来都没有来过。

母亲面朝着柳八湾的方向,好一会儿没有说话。在一些稀稀拉拉的小树林子里,有羊在低着头到处找寻。牛的土黄色和褐黄色的背脊山梁一样横在眼里。每次回来,都能听到这样的一些消息,不是这个不在了,就是那个死了。启明舅舅说,人世间不就是这样的么,旧的走了,新的又来了,再过些年你回来,说不定我也不在了呢。母亲说,你一个人,没有人管你,照顾你,更得好好地活着。启明舅舅说,听阎王的吧,他说啥时候走就啥时候走,我根本不怕他。启明舅舅抬手抹了一下胡须上的霜白,又回到了他最熟悉的地方,就像狐狸回到了森林,树叶回到了树下。他把鞭子收起来,两手抄进皮袄的袖筒里,轻松地走在车旁,白雪般的冰霜仍挂在他的黄胡子上。小毛驴年幼稚气的脸上也是一副想尽快回到家的样子,也许是已经看到了它熟悉的一些东西,连着打了好几个喷嚏,长长的睫毛不住地忽闪着。

满地的黄草摇晃着。要是在夏天或者三四月份的末尾,它们就由黄转绿,各种野花都开了,小黄花,小蓝花,还有红的和粉的。雨有时候沙沙地下着,但下着下着,天忽然就又亮了,太阳浮现出来。就像一个人,本来一直在哭着,但是哭着哭着,忽然看见一个人,或者想起一件事,顿时就不再哭了,虽然泪珠还挂在脸上,但天确已经是晴了。路上,地里,远处的山,都像是用清水洗了一遍,亮得让人晃眼。越接近柳八湾,树也就开始越多了起来,有成片的大树,也有比墙头略高一点的小树。杨树，柳树，都像女人，杨树像身材高挑的女人，柳树像在家门前梳理着一头长发的女人。傍晚，在外吃了一天青草的牛羊开始往村子里回。有半大不小的身影拧下杨树或柳树的嫩条，把中间的白木棍拧活，再抽出去，就得到一截嫩绿的空管，接着便有吱吱呜呜的声音在黄昏里响彻村里村外。虫子在路边窜着，有的直挺挺地躺在树叶上，还有的用叶子把自己包起来，就像那种在睡梦中把别人的被子拉扯到自己身上的人。

在这样的冷天里想起春末夏初，远得不能再远。

一路上都没有提过一句，等到了家门口时，启明舅舅才小声地问了一句：

"小山他爸……"

母亲摇摇头，从车上下来。

启明舅舅没再问，他赶着空车去饲养场，去卸车，去给小毛驴饮水。

十七

没有院墙，当然也就不存在街门，他们的这个所谓的院子，其实就是这片高坡上的一小块比较平坦的地方，两家的房子紧挨着，中间只拉着一根平时晾衣服用的细铁丝。怀玉一家人住一明一暗，而石觉的房子只有一间，不过在外人看来，会误以为是一家人的三间平房。这么独立的孤零零地连在一起的三间房，难道住在里面的还不是一家人？

也许正是因为这样，小山才会对电影里和小人书上画着的那些带着街门和重重屋脊的院子格外的留意和向往，每当翻看到那些有街门的院子时，都会长时间地盯着看。在那些电影和书里，他记住了华北平原上的好像有呛人的土味的院子，也熟悉了南方的屋顶上铺着黑瓦的精巧宁静的院落，那一层挨着一层的黑瓦，有时候画得像梳头的梳子一样。不过，小山常常能在那样的院子里闻到浓浓的湿气和霉味，门口的青苔滑溜，连电线上都挂着一串一串的水珠。后来他终于又发现，原来深山老林里的房子也全都没有街门和院墙呢，有的只是一扇薄薄的门，从门缝里就能看见外面的树林和雪，推开门就是山。

在这片全城最高的坡上，真正有围墙的只有烈士陵园，就连气象站，也才只有两道围墙。其实烈士陵园那些围墙有点儿浪费，因为就算是一堵墙也没有，平常也没人敢随便进去。

"徐老师，对不起！"

早晨，在屋门前，在清冽的空气里，住在隔壁的石觉对刚刚开门出来的怀玉说。石觉刚洗完脸，正把摘下来的眼镜在水盆里涮了一下，又重新戴上。这么冷的天，他竟然在外面洗脸，用的好像还是冷水。

"有一件事，我必须向你道个歉。"石觉说。

"道歉？"怀玉说。

"你是不是给好几个学校刻蜡版？"石觉说。

"你怎么知道的？"

听到石觉这样问，怀玉就明白他可能什么都知道了，她的脸上不禁掠过一丝尴尬，她不知道石觉是怎么打听到这种事情的。但是很快又一想，世上没有不透风的墙，有什么是真正的秘密呢。更何况刻蜡版这件事也根本算不上是多么机密的事，不少人其实都知道呢。所以，这样一想之后，她对石觉说：

"工作没了，可还得吃饭，拉扯几个孩子。一个熟人帮我介绍的。"

"是文教部的钱国良吧？"石觉说。

怀玉大吃一惊。

"你连这也知道？"又说，"他是我师范时的同学。"

石觉笑了一下。

"徐老师，你有没有发现，最近一个时期以来，找你刻蜡版的学校比原来少了？"

怀玉愣了一下。石觉现在这么一说，她似乎也想起来了，事情确如石觉说的那样，近一段时间以来，联系她刻蜡版的学校确实比原来少了很多，她当然也不知道具体是什么原因，一度还只当是各学校没有原来那么多需要刻印的东西了，从来也没往别处去想过。现在听石觉这么遮遮掩掩、拐弯抹角地说，那一定就是另有原因。她有一手漂亮的字，这是她能够胜任刻蜡版这项工作的一个最重要的基础和前提，你有这个基础和前提，帮助你的人也才会好说话，才不至于使人难堪，甚至颜面尽失。否则，你一手狗爬字，又能对得起谁？她当然也曾经听到一些传言，有的学校的老师说，我们自己的字也不难看呀，为什么要让别人来刻呢？并直接举出几个字写得漂亮的具体的人，某某学校的某某老师，比书法家也不差呢。也有的老师抱怨所在的学校，把这么好的挣钱的活儿让给别人，自己的人还穷困得叮当响呢。刻一张蜡版两角钱，在任务最紧张的时候，甚至能涨到三角六分。要是遇上期中期末考试，刻一张试卷，要比平时那些材料性的东西轻松得多，既省力又挣钱，这样的活儿，愿意干的人多的是。

"知道是什么原因么？"石觉说。

怀玉摇摇头。

"因为有人正在做着和你一样的事。"

"也在刻蜡版？"

"对，所以找你的人才少了。"

"那也没办法。"

"知道是谁么?"石觉用一只手指着自己的脸说,"就是我——在下。"

"你?你也在刻?"

"六月初,我放回来,罗山鹰见我生活没着落,就帮我介绍了这么个事。罗山鹰你也应该知道吧,和你那个同学钱国良一样,都是文教部的科长,他也是我的同学。刻了几次以后,我才知道与你撞到了一起,这也是他后来告诉我的,要不然我根本不知道,说不定还会一直糊里糊涂地刻下去呢。"

"怎么叫糊里糊涂?"

"这还不叫糊涂么。"

"你是说,你不打算再刻了?"

"对,我已经告诉他们了。"

"为什么不刻了呢?那么多学校,我一个人也刻不过来呢。"

"要是不知道,可能还会一直糊里糊涂地刻下去。"

"可是你也没有工作呢。"

"放心吧,我已经找到工作了,已经干了十几天了。"

"在哪儿?"

"西关煤场。"

"具体干什么?"

"攉煤。"

攉煤?听石觉这样说,怀玉的眼前立即浮现出那种常见的特大号的方头铁锹。"你能攉动?"她看了一眼他那比芦苇强不了多少的身体。

"任何事都在于适应,习惯了就好了。"石觉这时候变得轻松多了,

"其实夏天刚回来的那一阵,我就去那里干过两天,当时因为不习惯,觉得又苦又累,没能坚持下去。从根源上说,还是意识深处那种怕吃苦的思想在作怪。这一次我再去时,他们还记得我,一见我就说,嗬,又来了,这次准备干几天?我对他们说,这次要长驻,来了就不走了。"

"那你干活儿的时候,小石头在哪儿?"

"天气不冷的时候,给他买一根冰棍儿,我干活儿,他就坐在树下舔冰棍儿。"

"现在这天气,不能再给孩子吃冰棍儿了吧?"

"当然了,天气不允许了。我给他带了别的。"

"听小山和小玲说,小石头常吃的是一些咬不动的东西。"

"徐老师,不是我心狠,不心疼孩子,实在是这种事必须得硬邦邦,给他一个东西,让他整天都啃不出什么结果来,就是为了能让那个东西长久一些,这样才能把他的心和腿都拴住。如果给他一个软和一点的东西,他很快就吃完了。吃完了就开始到处乱跑,有时跑到街上,有时甚至跑到铲车下面……他一乱跑,我就不能干活儿了。"

"太危险了!怎么不送他去幼儿园?"

"我的户口还没有报上,幼儿园不接收。"

"那什么时候才能报上?"

"不知道。我隔三五天就去一次,他们说正在研究。"

"那得等到什么时候?"

"有时候我也想,等他们研究完了,也许小石头也长大了,不需要去了。"

"实在不行,能不能把小石头的户口先上到我们的户口上,这样他就能去幼儿园了。"

"唉，徐老师，你以为你是谁，公安局长？就算行，这事也不妥呢，你们家人口已经不少了。再等等吧，也说不定很快就能批下来呢。"

"难怪听小山说，见你常背一个篓子，把小石头往篓子里一放，锁上门就走了。"

"没办法呀，他妈要是还在就好了，他们在家里等着，我就能放心地出去了。"

"去文秀的坟上看过了么？"

"去过了，小石头围着坟头乱跑，根本不知道那里面埋的是谁。"

"小石头很乖呢，我们两家只隔着一堵墙，好像从来没听见他哭过。"

"不乖不行呀，也没有人惯他宠他，不乖只能让自己多吃些苦头。"

"晚上干活儿回来，来我们家吃饭吧，正好我兄弟也在。"

"那怎么行，你们也是一大家子呢，不行。"

"你回来不还得生火么，天都黑了，小石头应该早就饿得哇哇叫了，你什么时候才能给他吃上饭？就这么定了。"

石觉犹豫了一下，后来说："行，那就麻烦你了。"

石觉之所以答应，是因为他忽然觉得，这顿饭他也许应该去吃，只有他和小石头去吃过了，以后再刻蜡版的时候，徐怀玉才会感到安心一些，否则，以她的为人和性格，很可能一直都会是现在这样一副欠债的样子。

吃过早饭，把小石头放进篓子里，背着准备出门的时候，石觉感到了后悔，也许压根就不应该说这件事，自己轻松地把一个包袱放下了，却让另一个无辜的人又背了起来。

午后，怀玉提着一个篮子，到位于十字街口的食品公司的门市部排了近两个小时的队，但是，等轮到她的时候，已经没有肉了，就连排在她前面的三个人都没有买到。她看了看，能买的只剩下猪皮和腿骨，而且最叫人高兴的是猪皮和腿骨这两样东西都不需要动用肉票。于是，她买了二斤猪皮和两根骨头。那骨头剔除得真是干净，雪白的，上面连一丝肉也不带。猪皮刮得也很干净。

排在怀玉后面的一个脸色苍白的戴眼镜的男人，忽然伸出一只枯瘦的白手，用一种细细的嗓音尖声说道：

"我要半公斤猪皮。"

卖肉的红脸女人白了他一眼，讥讽地说道：

"又来这一套！你直接说一斤不就行了么，还非要说半公斤，你每回都这样，跟你说过多少遍了，这又不是在上海。"

卖肉的女人说话声音很大，周围的人们也都对他侧目。说半公斤的男人好像知道自己又说错了话，便低下头，看着空空的肉案，不再出声。

怀玉回头看了一下，觉得好像在什么地方见过这个人，后来她终于想起来了，是有一次在供销联社的门市部里，这个人尖声叫着，说要打一公斤煤油，记得当时也是被售货员和旁边的几个人说了一通。大约是他常来的缘故，售货员已经认识他了，早在他拎着一个瓶子从外面往进走的时候，售货员就对一旁的两个熟人说，那个"一公斤"又来了。他们已经起了外号送给他，但想必他本人完全不知道。后来他拎着煤油离去后，那个售货员又说，这已经不错了，没给你说零点五公斤或者一磅，已经够入乡随俗的了。

眼前这个人，就是那个背后被人叫作"一公斤"的人。

路过副食门市的时候，怀玉提着篮子，在门口的青石台阶上很是犹豫了一阵。不时地有拎着提包、挎着篮子、夹着包袱的人从她的旁边或前面经过，还有人扛着麻袋，胸前背后搭着重物。马车和驴拉的小车在街上走着，常常被行人挡住去路，赶车的人"吁——吁——"地叫着。一进入腊月，尤其是后半个阶段，街上的人明显地比一两个月前多出了许多，大多是出来置办年货，为过年而奔波的。

天气寒冷，但是街上却又因为人多而变得热气腾腾。

每个人的手里都提着或多或少的东西，这情景很快就影响甚至左右了她。后来，她不再犹豫，毅然地走进去，买了一瓶高粱白酒。本来有一种零打的散装的白酒曾经在她的脑子里出现过，那是最便宜的，一块钱一斤，可她又觉得实在拿不出手，不说别的，光是自己的脸面上就下不来，更别说如何对得起石觉那么一个人。这会儿，提着这瓶酒出来，走到街上，她觉得心里已经没有那么虚乏恐慌了。

每一天都在为如何生活而斤斤计较。

把猪皮切成小丁，用来包饺子或者包子，那也许能说得过去？她回忆起学生时代曾经在学校食堂里吃过的猪皮馅的包子，至今还记忆犹新，就连校长和老师们都赞不绝口，觉得是人间美味。可是，以家里现在仅有的那一点点面粉，既包不成饺子，也做不成包子，她没有办法让它们最大限度地膨胀或者增加，如果她能做到那一点，这世上也就不存在所谓的穷困了。弟弟的腿伤至今没有痊愈，她这个做姐姐的总想留出一点给他吃，让他加强一下营养，伤也就会好得更快一些。她给他做过几次仅够他一个人吃的面条，但每次做好以后，看见四岁的小美抽动着小鼻子，在一旁看着，老舅就觉得自己又无论如何都吃不下了，全给了小美。小美这样，难道小山和小玲就会有坚定的信念而能无动于衷么，当然不会。所以她趁小山和小玲不在的时候，偷偷地做过两次。都是她的孩子，她很不想那样做，可是没有办法，东西太少了，一碗面条，难道能够供四个人来平分么？每个人得到一两口，那又有什么意义？也有的时候做好饭以后，她带着小美去外面玩，在那高高的岗上走着，俯瞰着下面的那些星星点点的人家。也有的时候，她要带着小美出去，但是小美像一只灵敏的小动物一样，事先已经接收到了某种信号，说什么也不肯出去。

回去的路上，她就这样一边走一边盘算着，计划着。

邀请石觉和小石头来家里吃饭，这顿饭让她颇费踌躇，接近于头疼。她最大最直接也是最清晰的感受就是，有一个人，本来只能搬动五十斤重的货物，却自告奋勇，承诺要将二百甚至五百斤的东西扛起，并一次运走。那个人是谁？谁也不是，正是她自己。

回到家里后，她把那根骨头洗干净，从中间砸断，放到锅里熬汤。从断开后的骨头里，看到里面竟然包裹着一条手指粗细的骨髓，这让她顿时非常高兴。再不用担心没有油水了，这就是啊，人体必需的那种东西。这样的一根骨头，煮完第一遍后捞出来，冻到外面的篮子里，以后还可以再煮。有人曾经告诉过她，这种带着骨髓的骨头可以反复地煮，可以煮五到六遍。

猪皮洗干净以后，她用刀试着在上面刮了一会儿，等到刮完第一块猪皮后，她开始有了兴趣和信心：表面看着洁净的猪皮上面并非一无所有，一干二净，还是有油脂附在上面的，就看你是否用心，有没有足够的耐心去发现和发掘，一点一点地去刮，去开掘它。这以后，她开始仔细地一块一块地刮，并发现刀不能太快了，太快了就会有漏掉的地方，特别是猪皮的边缘部分，那往往是油脂聚集最多的地方。

那时候她想起了萧桂英曾经说过的关于胡少海在监督劳动的仓库里，半夜在羊皮上偷偷地刮羊油的事，萧桂英痛斥自己的爱人，感到无法理解并容忍。现在，怀玉突然意识到，自己此时此刻所做的事情，与胡少海半夜在仓库里所做的完全一模一样，唯一的区别只是怀玉是在自己的家里，且不需要偷偷摸摸、提心吊胆。怀玉觉得自己现在已经能够理解胡少海了，能体味到他的某些行为。哲学上刮不下油来，真理有可能也是干巴巴的，不附着油脂，而人，是需要被一些最物质最具体的东西来滋养的。没有那些油腻腻的泛着浓厚的世俗气息的东西的输送和供给，人命，精神，抽象的世界，怕是也无法立足，难以存活。没有实物，何来影子，何来千里之外的回响或群山之巅的光芒？

她慢慢地刮着，在她的心里，一会儿是萧桂英高挑的身材，一会儿又是胡少海的模糊的身影，甚至还有仓库里的那些她没见过的羊皮。

给我一碗粥，我把你们一家人都画出来。
给我两碗粥，再把你们的亲戚朋友也都画出来。
给我三碗粥，把你们这个小城也画出来。
给我吃一顿饱饭，你们还会看到小城周边的风景。

一中午了，这个山东侉子一直在外面嘟嘟。他说，山东话真难听。

她本来想说山东遭了灾，你还说这种话，可说出来的却是：河北话也不好听。

他说，都不如河南话。

昨天中午，他们刚打发走一家河南人，一个母亲，领着三个孩子。河南也遭了灾。

她端着一碗饭刚出去，正好杨永泰也端着一碗炒疙瘩出来了，两碗饭都给了山东人。杨永泰对他说，你也别画了，吃完赶紧走吧。山东人端着碗，边吃边点头说好吃。吃完以后，把碗放在台阶上，果然就悄悄地走了。

大约一个多小时以后，她的手边出现了一小堆雪白的油脂，这让她感到无比的惊喜，说是一种意外的收获，也丝毫不为过呢。

小玲和小美蹲在旁边看她刮油，这两个孩子，她们笼统地把猪皮和骨头都一律地称为"肉"。四岁的小美甚至边看边流出了清亮的口水，有的滴到了猪皮上。

"你看你，把肉都弄脏了。"小玲打了小美一下。

小美又哭了。

往常，小美的哭声会让做母亲的烦躁，但现在，就算她的哭声再尖锐，再刺耳，也不会影响怀玉喜悦的心情。她哭她的，怀玉本人却一刻也没有闲着。她先把那一小堆雪白的油脂在炉子上炼出来，倒进一个碗里，一会儿做菜的时候就不需要放更多的油了，锅本身已经够油的了。然后她又把那些刮过油的猪皮切成约一寸长的细条，放进刚才的锅里翻炒，加入调料，再加水，用慢火炖着。旁边是早已切好的圆白菜。

至于饭，她在回来的路上就已经想好了，用煮过骨头的煮面，当然不是白面，而是颜色棕黄的豌豆面。把面擀得像牛皮纸一样薄，然后再切成菱形的小片。

早在屋里飘起香味的时候，小美就已经不哭了，自己擦了眼泪，很听话地坐在一个小板凳上，有时候看着炉子，有时候目光像一只蝴蝶一样跟在母亲的身边。

天黑以后，石觉领着小石头来了。从家里出来的时候，小石头一头撞到了门框上，本来是边走边哭着的，但是一进门以后，小石头就像一只小狗一样，抽动着冻得红红的鼻子和脸蛋儿，不再哭了。虽然两行泪珠还挂在他的脸上，但显然他早已经忘记了刚才的疼痛，已经被这屋里的另外的一些东西牢牢地吸引住了。一开始他还拉着石觉的衣襟，后来就不知不觉地放开了，慢慢地朝有火光跳动的炉子前走去。

迎儿，迎儿，过年他们给你吃啥来？

饺子。

饺子里有肉没？

有。

还有呢？

还有炒粉。

没别的了？

没有了。你是谁？你咋知道我的名字？

我是你妈。

妈？你不是早就死了么？

是死了，死了就不能回来看看么，就想看看你，就不放心你。冷不冷？

不冷。

妈啥也没有。迎儿要乖，妈回去了。

十八

晾晒在外面灌木上的被褥拿回来得还是有些晚了，果然冻得有些硬挺挺的，黄奇月说得没错呢，看来并不是随便说说的。他把它们堆到那盘小炕上，又到外面捡回一些好像同样冻硬了的干树枝，准备把屋里这盘不知冰冷了多长时间的炕好好地烧一烧，一会儿睡觉的时候就暖和了。等到火点着以后，屋里很快就挤满了烟，他被从里面呛了出来。

站在门前，等着浓烟从里面慢慢地往出涌。那时他看到，烟也像人一样，一群人挤在门口，都想往出挤，结果一时却谁也出不来。

他往后退了几步，担心是自己挡住了它们的去路。

就在那时，他眼角的余光却无意中忽然瞥到一个脸色煞白的女人，好像就站在他左手不远的地方，略靠后一些。

他急忙回头去看，却发现身后和周围都并没有人。那几户人家都早已经睡了，每一家都门窗紧闭，只剩下一间又一间黑暗的房子。

他又把前后左右都看了一遍，确信除了他自己，再没有一个人。

屋里的烟来到外面后，不停留，不聚集，很快就都走散了。事实上，并不是它们不想停留，不愿意聚集，而是根本就做不到，刚一露头就被风吹跑了。

他回到屋里，烟已经差不多散尽，就在他要关上门的时候，忽然又看见了那个脸色煞白的女人，正站在她不久前曾经站过的那个地方。她的眼光，像是关注着某一间房子，却又像是深夜回来，进不了家门，看着，浏览着，辨认着每一间房子。

他打开门，站在门口，却发现并没有人。

就算是一阵风，也还是会有痕迹的，会让人感觉到一点什么，然而眼前却平静得有些地老天荒，既没有什么东西到来，也没有什么人离去。他重新打开门以后，看到的和感觉到的就是那样的一种情景。

他揉了揉眼睛，现在，他有一半的感觉相信自己十分疲劳，头晕眼花，仅仅几十分钟前，就曾经把屋里门后的一片花里胡哨的污渍，以为是一幅陈旧暗淡的年画。这件事情上出了错，那么，看别的东西会不会也出错呢？他相信会的。可是，剩下的那一半的感觉却又用一种确定无疑的语气告诉他，等到他一会儿睡着以后，那个脸色煞白的女人一定还会再次出现，孤零零地站在外面。

就像相信自己会看错一样，同样，他也觉得完全有这种可能，那个女人还会再来。

他回到屋里，关好门，打开那套有霉味的被褥，躺在上面，并闭上了眼睛，连日来的奔波和惊恐使他很快就睡着了。

他梦见一群衣着得体的穿黑衣服的资产阶级的代表，有男有女，坐在花前月下，他们邀请早已陷入绝境的他加入他们的阵营，但是却被衣衫褴褛蓬头垢面的他严词拒绝了。他想当面痛斥他们，他一直都想这么做，但是一低头，却发现自己的裤子已破得不能再遮羞。他转身离去，听见他们还在叫他，挽留他，有汉语，还有英语，还有清脆的女人的笑声。

他梦见自己在国家的版图上惊慌逃窜，和醒着时的经历完全一样。

第二天，醒来时天已大亮，屋里的两个蜘蛛早已黎明即起，先他而醒，正在它们的精美的那一亩三分地上辛勤忙碌。他看了一眼，不知道它们在干什么。

一整天他都在用心留意各家进出的人，主要是年龄大约在三十岁到四十岁之间的女人，昨晚他用眼角的余光无意中瞥到的那个女人，好像应该就是那个年龄。但是，一整天过去了，直到天又黑了，什么也没有看到。不用说具体的一个脸色煞白的女人，就是笼统的三十岁到四十岁之间的女人，也没有看见过一个。

看到的都和他要留心的无关。西边某一间房子里有一个小个子男人，无论身形还是行动，都像松鼠一样机灵、敏捷；无论是从屋里出来，还是要从外面回家，一律都是刺溜一下就不见了。刺溜一下出来了，刺溜一下又回去了，迅速得连他是什么长相都看不清楚，印象中只觉得头很小，小头小脑，但是后脑勺却又有些凸出。在他的不太确切的记忆中，仅他所看见的，一天中，那个人好像一共刺溜过四五次。

还有一个患小儿麻痹症的年轻人，倒是能看清长相，因为每当他极其艰难地从家里出来，总要一手扶着墙，另一只手同时按着腿，慢慢地挪动，能清楚地听见鞋底和地面摩擦时发出的咔啦咔啦的仿佛夹带着泥沙的声音。挪动一会儿后就好像因为体力不支而停住了，看看面前的黄泥的墙，再抬头看看天，然后就扶着墙朝东边张望。碰巧他也正在朝西边打量，这样，他和那行动艰难的年轻人倒像是在互相凝视、对望。那时候他就感到，老天好像也确有其公平的一面，就说眼前这个年轻人，下半身细了，枯萎了，上半身便补偿性地或者也可以说是报复性地变得十分的粗壮，给人一种魁梧有力的感觉，前胸和后背看上去也都相当的厚实、宽阔，脖子上的那个脑袋也颇大。总之，无论身量还是行动，都与他旁边的那个松鼠一样的小个子邻居形成一种明显的反差和对比。

留心了一整天，倒不是这六七户人家连一个女人也没有，只是没有看见他想要寻找的那个年龄段的，别的女的还是有的。有一个五十多岁的女人，身材高大，面如银盘，皮肤也很白，长长的睫毛眨动的时候，给人一种善良的感觉。但是，她那高大的身躯上明显地又有一种十分凌厉的不那么好惹的气势，绝对算不上是那种绵善温和的女人，这一点从她走路的姿势和看人时的那种刀子般的眼神上就能有所感觉。此外，他还注意到她那两条又粗又长的腿上竟然穿着一条十分干净的黑呢子裤子，脚上是锃亮的皮鞋。在这样的一个地方，在这样一群来路不明、各怀心事、互不往来、看见只当没看见，甚至连招呼也不打一个的人里面，她的那些行为和表现，都不能不令人感到惊骇，也无法不让人深想。

黑夜又来了的时候,他用杂面搅了一点糊糊,就着黄奇月第一次拿来的那一小罐黑酱,坐在灶火前慢慢地吃着。他觉得,有些事情,等老黄下次再来的时候,也许一问就都清楚了。

吃完饭,他躺在炕上,经过几天来的烧火,炕已经完全暖过来了。屋里屋外都是黑的、静的,只有残余的灶火里隔一阵闪出一小片薄薄的火光。

另外的那几户人家,他们此刻都在干什么呢?吃饭?干活儿?想心事?想出路?

一个砂锅,一个小炉子,一把扇子,火不旺的时候就用扇子扇一扇,药就在锅里咕嘟咕嘟地煮着,白的翻上来,黑的沉下去,隔几分钟再搅一搅,让白的下去,黑的再上来。原来火不旺的时候用嘴吹,但吹一会儿就会头晕,有时晕到坐都坐不稳。

一看见这些,他就明白了,为什么一到春天,隔着墙就能闻到煎煮草药的味道,深长的药味有时候能盖过杏花的香气。惠历萍说她一到春天就很难过去,不吃几十服甚至上百服药,简直就过不了这个春天。让他感到奇怪的是,每天喝那些黑汤子,可惠历萍依然是一个皮肤雪白的人,只是有时候会显得有气无力。一说到惠历萍的丈夫倪军,他就表现得十分义愤,说要是换了他会如何如何。惠历萍背靠着门框,坐在一个小凳子上,无力地笑着说,他可不行,他可没有你这么刚烈。

多少年过去了,当他站在南沙河的烈日下,想起当年惠历萍煎煮草药的情景,想起墙外的杏花,想起自己的那些大话和狂言时,他感到羞愧,觉得再无颜面对惠历萍。幸好,从那以后,他也再没有见过惠历萍,更不知道她如今又在哪里。

黄奇月又来的时候，给他带来了一点切碎的烟叶，还有一个小学生作业本，让他没事的时候一个人卷烟抽。

　　"老黄，"他对黄奇月说，"我真没出息，本来我已经戒烟了，也发过誓了，发誓这一辈子永远不再抽烟了，可是一碰到你，就又抽起来了。"

　　"抽哇，像你这种情况，不抽又能干啥？不抽也解决不了你的那些问题，更不会给你发个奖状。"黄奇月笑着说，"人处在麻烦中，不会抽也得学会了，那些不抽的，反倒有可能憋疯了。胡汉营的鄂春生，不抽烟不喝酒，也不大和人说话，老实圪蛋一个，判了八年，进去的时候还好好的，等到出来，已经是一个完全标准的疯子了。一个事情，哪怕只有针尖那么小，可你要是想不通，理不清，每天仅靠一个人琢磨，也能把人憋疯了，琢磨疯了呢。"

　　说着话，一人又撕下一条纸，各自卷了起来。现在，他也学会卷喇叭筒了，不需要黄奇月再帮他卷了。关键是最后一下，要用舌尖把收尾的那个地方给舔湿了，湿一下，然后就粘住了，一支喇叭筒也就卷好了。最后把烟丝塞进去，再把口封好，就可以抽了。也有的人直接把烟丝放在那一小条纸上，直接卷成，两种办法都行，后一种更适合边走边卷。

　　连着抽了两支以后，他终于提到了那天晚上在屋门外他用眼角的余光无意中瞥到的那个脸色煞白的女人，没想到黄奇月听后也愣了一下，说：

　　"好像没有那么一个女人。"

　　"老黄，这六七户人家里，真的没有那么一个女人？"

　　"应该没有，我从来没见过。"黄奇月说着，还特意扭过脸，朝西

197

边的那几户人家看了看,像是在重新发现情况,补充材料,以求得最终的证实。

"要是连你也从来没见过,那就有点儿奇怪了。"

"你没看花眼?"

"我也不敢百分之百地肯定,不过我确实看到身后站着那么一个人。"

"年龄大概在三四十岁?"

"对,因为她站在我的后面,靠左手那边,我只能凭当时的感觉,感觉就是么个年龄,不会比那更大或者更小。"

"有多高?胖瘦?"

"中等,也就是一般女人的身高,因为并不是面对面地看,所以我也不能准确地说出她有多高。身材有一点瘦,但是也不是很瘦,不是骨瘦如柴的那一种。"

"从这往西数,第四户人家,董小文家,他的女人就是你说的那个年龄,可是他的女人正怀着大肚呢,而且脸也不是你说的那种煞白的脸。那天领你来,走的时候我还正好碰到了董小文,我还说他剃头挠痒两不误,躲祸期间还忘不了要捎带着生个孩子,大人都还没下文呢,再生出个么小的,咋养活?你看见的,不是一个怀着大肚的女人?"

"不仅不是,感觉还很灵巧。"

"啊呀,那能是谁呢?"

"老黄,有没有可能是新来的,比如像我这样的?"

"那倒也难说。去年就来过一个疯女人,一个人胡乱转悠,不知怎么就转悠到这里来了,脸黑得像锅底,辫子像麻花,胸前戴着好几溜像章,嘴里唱的全是革命歌曲,一两天后又不见了。啊,我忽然想起一件事——"

"什么事？"

"我说了，你不要害怕。"

"你说。"

"三年前，也说不定是四年前，有过那么一个女的，脸特别白，就像你说的那种，两口子住在这里，后来不知为啥走了。后来又听说，两个人在路上就都死了。"

"老黄，你是说是她的魂回来了，在找他们当年住过的房子？"

"不敢那么说，我就是忽然想起那么一个女人。"

"是也没关系，我不怕，我只是好奇，只要弄明白了就行了。"

听着风在外面呜呜咽咽唱着，演奏着，反反复复都是他们熟悉的曲调，不时地有沙子扬到窗户上，发出沙啦沙啦的响声。小屋里，哧的一声，撕下一条纸，又哧的一声，又撕下一条纸，他们又开始卷烟。黄奇月老和尚一样盘腿坐着，而他则只能让一条腿弯曲。不说别的，就盘腿这个最简单的动作和事情来说，对有些人进行改造，似乎也是很有必要的，不是么？为什么人家能盘，你就不行？你们下半身那两根东西难道不是腿？烟就要卷好的时候，黄奇月的耳边传来女人的絮叨声："就没个够？"今年的烟叶有些硬，点着以后，往往很需要猛吸几口才能保证不灭，所以黄奇月才咝咝地猛吸了两口。烟头变红了，有了一种熊熊燃烧的燎原般的景象，他放心了，这就能保证后面不会再灭了，即使话里再插出别的话来也不要紧了。"有够，等到了死的那一天，就肯定不再卷了，再也用不着卷了，剩下的烟叶、小纸条，谁用得着就送给他们。"女人，这种奇怪的动物，活了大半辈子也始终没能弄清她们到底是一种什么样的动物，每次她絮叨时，要么出去走走，要么就只能用这样的话来回答她。

"老黄，你觉得我会不会也疯了？"抽着烟，他问道。

"大概不能哇？"黄奇月说，"你要是也疯了，那我做这些还有啥意义？"

除了风的合唱，再听不到别的声音，世界好像成了一座四门大开的空城，所有的人也好像都走光了，连猪羊牛马，小猫小狗，也都跟着一起走了，至于去了哪里，没有人知道。城头上旗杆倒下，荒草竖起。

"老黄，上深涧，胡汉营，十二潭，这一带的这些村子还是没有电么？家家户户还都点着煤油灯？"

"不点煤油灯能点啥，全都和原来一样，只有公社的院子里有一点点电。"

"一点点？"

他看着黄奇月。电还能如米面般如此计量？

"为啥说是一点点呢？因为电线确实已经通到了公社的院子里，可是电却并没有跟着一起过来，公社靠发电机发电。发电机发的那点儿电，就像一个病人在说话，说不了几句，就没有力气了，那还不是一点点么。书记讲话，讲着讲着，腔调就变了，声音越来越软，越来越小，还不停地颤抖，到后来干脆就全跑了。关键是发电机的那个声音，头一次听，没听过的还觉得挺好听，可要是听上一会儿，就突突得人心里麻烦得不得了，比拖拉机的声音还难听呢，突突突，突突突，没完没了。可你要是想有亮，想让高音喇叭发出声音，你就得一直听它突突。公社的李主任就曾经说过，它突突的时候，我才能突突，它要是不突突了，我也就突突不成了，无论多想突突也突突不成哩。"

黄奇月的话终于把他逗笑了，笑容荡漾在他的脸上，夹带着愁容的笑容也是一种笑容呢。笑容耽误了他吸烟，手里的烟头已由灰变黑，接近于垂死，不再有生机。黄奇月提醒道：

"要灭了，赶紧吸两口。"

他狠狠地吸了两口，烟头重又变红，就像一个人，全身已经凉了，又活过来了。

黄奇月说，这世上还是有人在认真琢磨事情的，如果满世界全是些只知道吃了睡，睡了吃的人，那这个世界一步也前进不了。他听着，不知道老黄要说什么。这以后，黄奇月告诉他说，近一两年，有人已不再对煤油灯满足，想要更亮一些，发明出一种叫电壶的东西。注意，这个电可不是电厂或者发电机发出来的那种看不见又摸不着的电，这种电能看见也摸得着，就像一种颜色灰白的石头，把它砸成核桃大小的小块，放进一个壶里。壶是铁皮做的，模样像茶壶，可是比茶壶要小，却又比煤油灯大，所以叫电壶。要点的时候，就把那种颜色灰白的石头砸成小块放进去，然后往里面加水。水一进去，里面就像开了锅，又冒泡又叫唤，咝咝地响，咕咚咕咚地响。这时候划着火柴，往壶嘴那儿一晃，砰的一声就亮了，没有捻子，就那么就着了，火苗有一寸长，整个房子里一片雪亮，比公社那种号称六十瓦的灯泡要亮得多。那种灯，首先是用在那些没有电的煤窑里，原先采煤的人下到漆黑一片的坑道里，主要靠马灯或者油灯照亮，但是马灯容易碰碎，油灯很容易被风吹灭，最关键的问题是两种灯都不够亮。有了那种灯，无论再干什么都不用愁了。挖煤的人把它戴到头上，一寸长的火苗一出来，风吹不灭，十几个工人同时下去，整个坑道里就会一片明亮。别说挖煤、铲煤，脱下衣裳捉虱子都没有问题。有了那种灯，吃饭、下棋、开会、念报纸，女人们做针线活儿，都不再是一个问题。平时在煤油灯下半天纫不上针的人，一下就让线头从针眼儿里穿过去了。

有的女人很愿意一整夜一整夜地缝衣服，只是没有那么多的电可供她们熬。灯点到最后，里面的那些白石头变成一堆细细的白面面，那就没用了，不能再点了。

"那种石头从哪儿来？"他问黄奇月。

"需要买。"黄奇月说，"如果不想花钱，那就得托人，搭人情。"

"也是一种不是谁都能用得起的东西。"

"所以也没有人天天点，谁能点得起？只有到了大年三十的晚上才正式点一回，那一刻，家家户户好像都豁出去了。"

"一年亮一回。"

"我想办法给你也弄一盏。"

"老黄，我不要，我要那么亮干什么？"

"这事你就别操心了，我想办法。"

"老黄，千万不要给我弄，我真的不需要。先不说用起用不起，我其实早已适应了黑暗，你忽然给我拿来一盏雪亮的灯，我还不习惯呢。我会害怕，惊心，不踏实，会觉得有无数双眼睛在看着我，我会连觉都睡不成。"

"睡觉的时候把它灭了不就行了么。"

"老黄，我再说一遍，我真的不要，你拿来我也不会要的。"

"让屋里亮堂堂的不好么？"

"不好！有人喜欢并需要，但我不喜欢。"

"唉，这么个人。"

"老黄，我这样的人，还要什么亮堂。"

雪渐渐地大起来，越下越大，山川之间很快就变白了。七八个瞎子在雪里急急地走着，各自身上都挂着一些丁零当啷的乱七八糟的东西，有唢呐，有笛子，有脏污的布袋子，还有小鼓小锣。一根木棒在前面牵引着他们。

领头的那个只有一条胳膊的明眼的人忽然停住了，但是后面的不知情，还在继续急急地往前走，于是就一个接一个地撞到了一起。最前面那个手握着木棒一头的厉声说，不要再走了，已经停下来了。众人这才不再互相乱撞。

那时候他们也正在从这一小队人的身边经过，他看见一个身材矮小的盲人快速地翻动着两只白眼睛，对身后的一个人说，好像有人过来了，是些什么人？被问的那个说，不知道。说着，把脸往前探出一点，似乎想用鼻子去闻。

他走在孙志远的后面，许放走在他的后面。他看见孙志远趿拉着鞋，脚踝和后跟都已经磨破，不时地有血滴在已经变白了的山路上。

有块状或者条状的黑影从外面飘过，临到最后还打了一下窗户，他们出去察看，却发现什么也没有，不会是乌鸦，更不会是鹰。风把门前的地上刮得十分干净，像是有人专门扫过一样。老黄，你能相信么，黑暗令我安心，呼吸均匀，脉搏正常，也只有在那无边的黑暗中，四周都没有人的时候，才感觉自己还像个人。可是，这样说来你也许不信，一旦当周遭出现亮光，就连先前仅有的那一点点安心的感觉也会迅速地荡然无存，消失得无影无踪。老黄，我害怕霞光万丈的早晨，害怕明媚灿烂的艳阳天，害怕人声鼎沸、万头攒动的场景，害怕二百瓦甚至一百瓦以上的电灯泡，害怕有锁头的皮带，害怕各种登记表以及各种公章（尤以红色的圆形的为甚，长方形的、椭圆形的和三角形的次之），害怕正在当着你的面打开的括号里写着清晰序号的牛皮纸的档案和卷宗(因为你完全不知道也根本无法预料接下来他们将会念出什么),害怕包括军服在内的严肃整洁的黑制服和灰制服,也害怕长袍马褂,害怕代表另一种极端的带盘扣的貌似山野情趣的中式衣衫,害怕听见背后忽然有人说"站住!"甚至"等一下!",害怕三个人以上的聚集甚至一对一的相遇,害怕被注视,害怕普天下所有的表情深沉的有心人,害怕高音喇叭,害怕摞起来的板凳,害怕一把虚席以待的空椅子,害怕拧开笔帽的黑钢笔和两头都削尖的红蓝铅笔,害怕窗户外面的咳嗽和走动,害怕敲门声响起,害怕枯井般的墨镜和晃来晃去的看不清眸子的近视眼镜,害怕越来越近的脚步声和骤然亮起的白炽灯……老黄,下次再来时,请最好能带些乌云给我,以便我能把自己全身盖住,不露痕迹。关河正月十五唱大戏,我当然不能去。看戏,看电影,那是别人的生活和权利,那等事体早已与我绝缘,无关。

黄奇月把他的土黄色的狗皮帽子又戴到头上,空口袋搭在肩上,风一吹,帽子上的那些黄毛好像都活了,开始摇晃,开始兴致勃勃地跑动。

黄奇月说他过几天再来,就走了。走的是一片僻静的荒野,人在那样的荒野上行走是不大会留下痕迹的,只有帽子上的黄毛在风中跳跃。黄奇月说他每次来的时候,走的时候,都要尽可能地避免遇见人,无论是什么人,能不遇到就绝不遇到。不要小瞧任何一个人,他们能做什么,他们真正地具有什么作用,你根本不知道,想破头也想不出来。

他说老黄,对不起,倒好像你也成了一个怕见人的人。

供销社岁月之二　道路是曲折的，前途是光明的

　　清点完仓库里的东西以后，已经是半夜了，我们睡了一会儿。但尖蚂蚁咬得我们睡不着，很快就又都坐起来了，开始四处捉拿那种尖嘴油滑的害人精。有人说，此时此刻，我们每个人的身上至少都有一只以上的尖蚂蚁在行走，在流窜，咬了上面咬下面，咬了前面咬后面，忙得东奔西走，不亦乐乎，高兴得一塌糊涂，嘴都合不拢。我看见几个人都在点头。但是，作为供销社的主要负责人，我不赞同这种说法。在全面地分析了眼前的情况后，我认为极有可能只有一只尖蚂蚁在捣乱，在作怪，在一个人的身上咬完以后，马上撤离，溜走，再去咬另一个人，声东击西，打一枪换一个地方，能咬上就尽量地咬，咬不上就走。形势总的来说对它有利，它在暗处，我们在明处，再加上它又是那么的小，窜得又是那么的快，即使是悠闲地大摇大摆地走过来，眼神不好的人也根本看不见它。我这么一说，大家也都觉得很有道理。我们站起来，把各自的衣服抖了又抖，希望能把它抖出去。后来，我让大家判断，估计了一下，此时此刻，那只神出鬼没的尖蚂蚁在谁的身上。我这么一说，大家顿时有些紧张，在场的每个人都觉得身上很痒，又痛又痒，都觉得那只尖蚂蚁在自己的身上。

　　直到天亮以后，也没有看见它。

　　胡木刀也看不见了，有时候只能看见他的那副蓝布的套袖，上面落满了灰，从前他总是把它洗得很干净，洗得蓝莹莹的，骄傲地套在胳膊上。

胡木刀，这狗日的，这个给供销社脸上抹黑的人，左一把，右一把，把个刚刚兴旺发达起来的供销社涂抹得不成个样子，让我说他什么好呢？平日里我侍他不薄啊！去年县里召开青年积极分子代表大会，我还大力推荐了他，整个尖蚂蚁公社只有两个人，他就是其中之一，占去了半壁江山，分量多重啊！一件多么体面多么光荣的事情啊！多少人一辈子也碰不上一回……现在，他这么不争气，我真是没有想到。

　　现在，有人一说起我们供销社，马上就说，那都是些贪污犯，都是些挖社会主义墙脚的耗子……虽然说这种话的人只是极少数极个别的人，可那也很厉害，说来说去，本来没有的事也慢慢地好像成了真的，让你浑身是嘴也说不清楚。

　　我们的一名职工，有一次睡觉说梦话，说，木刀啊，你可把我们都害苦了，县里奖给我们的流动红旗也让我们旁边的关河供销社拿走了。

　　开会的时候，不开会的时候，有事没事的时候，我们都在想这样一个问题：胡木刀为什么会犯错误？我们想啊想，最后一致得出一个共同的结论，那就是，他嘴馋，喜欢吃糖，而每次吃了糖以后，又从来不往里面放钱，这就等于给自己一锹一锹地掘好了墓。

　　问题清楚了，根源找到了，我们甚是高兴。但只是高兴了一会儿，新的麻烦就又来了，以后谁来专门负责糖果？卖煤油的不必担心他每天偷喝煤油，糖果就不一样了，谁能保证不会出现第二个胡木刀？走了胡木刀，又来了李木刀、张木刀……没有人敢打这种保证。

　　我们又开始想，没明没夜地想，想啊想，终于想到一个问题，让什么人卖糖果最让人踏实最让人放心呢？很显然，应该是一个不喜欢吃糖的人，甚至是一个极不喜欢糖，非常讨厌糖的人。

这个问题刚一想出来，温起义眼睛一亮，马上就说，我想起来了，有一个人不爱吃糖，从来不吃。

我们问是谁？温起义说，我大爷。

又说，家里有时候吃糖的时候，他大爷从来就不吃，有时在旁边坐着看别人吃，有时就起身出去干活儿。

小伍对温起义说，像你大爷那种人我见得多了，他们根本不是不爱吃糖，而是因为那东西太少不舍得吃，不忍心吃。这种人更厉害，一旦要是逮住机会，那会吃得更凶更猛，比胡木刀不知要厉害多少倍。

又对我说，这种人千万不敢用，万万不能用。

小伍是多虑了，我压根就没往那上面想。我在心里说温起义，你大爷多大了，还能到供销社来工作，站在柜台后面卖糖果？这不是笑话么。

温起义对小伍说，你大爷才是那种人呢。

眼看温起义和小伍就要叫唤起来了，两个人的脸都红了，我马上把他们喝住。我说，都不要叫唤了，大家开动脑筋，再好好想想，什么样的人才是真正不喜欢吃糖的人，真正对糖有看法有意见的人？我们要找的就是这样的一种人。

于是，大家又开始动脑筋想。想啊想，想得每个人都面黄肌瘦，两眼深陷，憔悴不堪，还有人上了火，牙痛，头疼。功夫不负苦心人，后来，有一种人终于被我们想到了，终于让我们想出来了，清清楚楚地浮出了水面。什么人呢？就是那种患糖尿病的人。

大家在兴奋之余，都有一种强烈的预感，这一回怕是真的找对了。

这种人，别说让他偷吃糖，就是倒贴钱让他吃他也不会吃。命重要还是糖重要？他们比别人更明白。

忽如一夜春风来，千树万树梨花开。山重水复疑无路，柳暗花明又一村。天无绝人之路，多日来一直缠绕在我们心里的那个死疙瘩终于解开了，云开日出，天高云淡。这个发现，让我们几个人高兴死了，还有什么比这种人更让人放心的呢？糖尿病人，这是老天爷给我们让开的一条路啊，这是毛主席给我们派来的一名最合适不过的专门卖糖果的售货员啊！有了他，我们的糖果再不会无缘无故地短失了，甚至只会多，不会少。

我，还有我手下的几个人，比我们每个人结婚还要高兴，有时候高兴得有些手足无措，不知该干什么好，在供销社的后院里激动不安地转来转去，在郭地主从前坐过的椅子里坐一会儿，只能坐一小会儿，然后沿着院子里青砖的小路走过来走过去。井边有人打水，我们认得打水的人，甚至很熟，但一时竟想不起他的名字，怎么想也想不出来，怎么打捞也捞不起来。有人说，这是怎么啦？明明挺熟的一个人，怎么就想不起他叫什么呢？我说，都是高兴的过，一个人喜极，悲极，都会这样。

为了有效地防止和杜绝类似胡木刀事件的再度发生，我们决定亡羊补牢，在全公社的糖尿病患者中选拔一名售货员，让他顶替胡木刀，负责卖糖果，当然，不只是专门卖糖果，别的东西也得卖一些，胡木刀原来就是这样的。这个主意不是我一个人想出来的，是我们几个人共同想出来的，是我们供销社集体智慧的结晶。也有人担心，他自己不吃糖，能保证他不偷着给别人么？我说，真要是那样的话，那不成了贼了么？偷糖干什么？不如直接从抽屉里偷钱算了，有了钱，不仅能买到糖，还能买到别的各种各样的东西。这种事情是不大可能发生的，一个人，不会为了别人，而拿自己的前途和性命去折腾，去胡闹。我这样说，大家一致认为很对。

我对大家说，这件事情要保密，对供销社以外的任何人保密。

于是，我一面请示县联社的贾主任和公社的叶书记，一面悄悄地派人托人去搜寻那些有糖尿病的人。只有我一个人心里清楚，我们要找一个有糖尿病的人，但是，这个人的病情绝对不能很重，至少得能像正常的人一样每天都能工作，干活儿，断不了还要扛麻袋、搬箱子，在柜台后面一站就是一天，这个尺度我得把握。

几天以后的一个晚上，在小伍他三舅家里，我见到了第一个有糖尿病的人。这件事是小伍一手操办的，连他三舅一家人也不知道，他们先是在那里坐着，大约半个多小时以后，我走了进去。我对小伍的三舅说我是来串门的，正好路过这里，顺便进来看看。小伍的三舅听我这么说，激动得很厉害，几次给我倒水都哆哆嗦嗦地倒到了缸子外面，立即又慌慌张张地擦，像是要抹去一桩罪行。

凳子上坐着一个年轻人，就是小伍找来的那个有糖尿病的人，叫王建国。王建国瘦得像一只鸡，我第一眼看见他的时候，就知道他的身体非常的不好，坐在那里一动不动的时候，还直冒虚汗。

我问他吃糖么？

王建国看着我，竟然点了点头。

这是怎么回事啊？我看着小伍，不知道他办的这叫什么事？怎么找了半天找来一个喜欢吃糖的人？

小伍对我说，他没听清楚你的话。

于是，小伍像翻译一样，转身又对王建国说，万主任是问你平时吃不吃糖，喜欢不喜欢吃糖？

王建国说，吃糖？那哪敢呢。喜欢倒是喜欢，可是不敢吃，每次一看见别人吃糖，我的病情都会突然加重。我的病越来越灰了，我甚至不能听别人说那个字。

哪个字？

那个字。

糖？甜蜜？

对。

踏着皎洁的月光，我对小伍说，这个人不行呀，你看他那种有今天没明天的样子。小伍说，我也看出来了，这个事我没做好，把他闹来以后我就后悔了。你没看见，进我三舅家门的时候，他还平白无故地跌了一跤，糖尿病让他的耳朵变得很聋，眼神儿也十分的不好了。让他搬一个箱子，他能搬动么？肯定搬不动，闹不好得吐了血。

就在我和小伍说话的时候，王建国梦游一般地朝我们走了过来，直接地撞到了我和小伍的身上。勉强地看见我们后，他后退了一步，用一只手摸着自己的额头，有些高兴地说，啊呀！原来是你们两个，真是太好了，太有运气了！我还以为是一片树呢，我心想，这回可完了，我的头又要碰破了。

小伍说，明知道是一片树，还要往过走？瞎蒙咕咚的，不是寻着要把头碰破么？

王建国说，我也不想往过走，可是不行了，已经刹不住了，咋刹也刹不住了。

小伍说，你是谁？一辆汽车？一辆没闸的自行车？

我叹了一口气。

月光像淘过米以后剩下的淘米水，浓淡的程度也和那差不多。我忽然觉得我的心里好像也有一湾那样的水，白白的，水汪汪的，雾蒙蒙的。

小伍的三舅非要送我们，我们快要转弯的时候，看见他还在院子前面的小榆树旁边站着，黑黑的，一个影子，脸朝前，披着的衣服像是他的一副耷拉下来的翅膀。

小伍对我说，不要灰心，咱们再继续找，王建国不行，还有张建国李建国，这么大个公社，这么多人，肯定能找到，挖地三尺也得把他挖出来。

小伍的兄弟对我说，我要是得了糖尿病就好了，我也能去供销社工作了。

我说，你得吧，你要是得了，我马上把你要过来。

他笑了。我对他说，小小年纪，干什么不好，非要得糖尿病？

第二个被挖出来的人不叫张建国，也不叫李建国，而是一个叫黄闷香的人。这个人也是小伍挖出来的，小伍在这件事情上贡献最大，也最辛苦。但是，这一次，小伍又白辛苦了，白挖了半天，骑着自行车骑了几十里山路，把黄闷香从家里带到供销社来，事情没办成，完了又把黄闷香送了回去。黄闷香这个人是个糖尿病患者，这一点儿也不假，千真万确，但是，这却是一个一看见糖就会头晕的人，晕得整个人都站不稳，开始向后倒。他说，要是让他卖布、卖火柴，甚至哪怕是收猪鬃、收羊毛，他都很愿意干，也肯定能干好。我想，这怎么可能呢？这不是和我们在开玩笑么？我们要的不是那样的人，而是一个能卖糖却又不嘴馋不喜欢吃糖的人。

临走时，黄闷香对我说，什么时候供销社要是忙不过来，比如收猪鬃、收羊毛、收兔子、收黄麻草的时候人手不够，只要让人给他捎个话，他马上就会来帮忙，不要工钱，白干也愿意。我说行，等实在忙不过来的时候，我让小伍再去把你接来。黄闷香说，不要麻烦小伍，好几十里路呢！我自己就能来。

他们摇摇晃晃地走了。我的眼前也开始摇晃起来，很多东西都在动，有些不该动的也在动，慢慢地浮起来，升上去，又落下来，有的向一边斜，头朝下。

没有人知道我的心里是多么的泥泞。有时候看见某些人轻松得像一棵草一样，像一个滑溜溜的玻璃球一样，我羡慕死了。就想，人家是怎么弄的，怎么就一点麻烦事也没有呢？是一种天生的能耐么？还是一年一年地慢慢练出来的？经常在想，但总是想不明白。想不明白就得另想主意，琢磨别的办法。我开始自己劝自己，自己给自己开方子，尤其是每逢心情昏暗、灰心丧气的时候，我对自己说，不要去想那些不好的人和事……这样做有时候不顶事，有时候碰对了却很顶事，虽然就只是那么一句话，虽然就只是那么一说，要顶事的时候也真的很管用。这样说过以后，心里就开始有些晴了。

在没有找到合适的糖尿病人以前，我开始经常地出现在供销社的柜台后面，专门负责卖糖果，这让几乎所有走进供销社的那些认识我的人都大吃一惊，看见我从容不迫地把手伸进玻璃罐子里去拿糖，看见我在认真地数钱，他们觉得惊讶而又新鲜。有人对我说，你是主任，怎么能跑出来卖糖呢？我说，革命工作没有高低贵贱之分，我怎么就不能卖糖呢？我卖得很好。革命需要你当主任的时候，你就当主任，革命需要你卖糖的时候，你就应该出来卖糖，把手伸进明亮的玻璃罐子里去，把人民想要的东西想要的那份甜蜜拿出来，递给他们。以前没干过，不知道，以为没意思，干了以后才知道这工作真是有意思，真是有意义啊！不入虎穴，焉得虎子，不干不知道，一干吓一跳，没有干过的人无论如何也体会不到那种意义。

听见我这么说，有些习惯把任何一件事情都想得很复杂很阴暗的人，就以为我犯了错误，从主任降成了售货员。我也不解释，随他们想去吧，怎么想都行，他们非要那么想，几十年如一日地习惯于那么想任何一件事情，你又有什么办法呢？对于那些不认识我的人来说，他们从外面进来，看见我站在糖果罐子后面，以为我就是一个新来的售货员。我喜欢这样，这样倒非常简单，会省去许多不必要的麻烦，用不着向别人说明我为什么要来卖糖果。

如果非要我解释，我只有三个字：没办法。我是因为没办法，所以才不得不让自己站到糖罐子后面，顶替一阵。要是我们找到了合适的人选，又怎么会轮到我来卖糖呢？全是因为没办法啊！和世界上许多别的大事小事一样，很多事情之所以发生了，究其最深的原因，就是因为没办法，所以才不得不发生。要是稍微有一点儿办法，很多的事情肯定都会是另外一种样子。很多事情都是这样，几乎所有的事情都是这样的。

有一天，我站在几个糖罐子后面，不知是鬼使神差，还是别的什么东西在作怪，我不知不觉地剥开一颗糖，竟然一不小心就放进了自己的嘴里。当一种甜蜜的滋味在我的身体里像药性一样开始慢慢发作，开始自上而下地流窜时，我突然被吓出一身冷汗。

那一瞬间，我像是被人从梦中突然叫醒一样，我突然明白了，我明白胡木刀为什么犯错误了，许多原来怎么也弄不清楚的事情也都清楚了。我似乎看见了事情的全过程，胡木刀是不知不觉地陷进去的，像是站在一个深坑的旁边，一不小心，脚下一滑，就出溜了进去，以后，又像上了瘾一样，越陷越深，越出溜越靠下。

本来是一个挺好的孩子，要是他不好，我们当初组建供销社的时候也不会要他，根本不可能把他招进来，而且，我相信他也不是怀着一种非要犯罪的念头和理想到供销社的，肯定不是的。那时候的胡木刀是一个多么积极多么能干多么能吃苦的同志啊！有一段时间，我们库房里的耗子成群结队地出来，把好好的东西咬得乱七八糟。我发动大家用各种办法捕鼠，捉耗子，几个月下来，数胡木刀捉到的耗子最多，光是他本人发明制造的鼠夹子就有六七种。此外，他还能用一把扫地的扫帚,把正在闲逛甚至正在奔跑中的耗子一下摁住,扫帚下面传来吱吱的叫声。这件事,乱了敌人,锻炼了人民,老鼠着急,我们高兴。

想到这些,我的心里有些隐隐作痛。

想到这些,我不禁又冒出一阵冷汗,那颗糖在我的嘴里已经化得差不多了,我急忙从身上摸出一个等价的硬币,放进了收钱的抽屉里。

这样一来,我感到踏实多了。由此我又想到了胡木刀,他要是每含化一颗以后,都能及时地掏一个等价的硬币出来,他也就不会有什么问题了。我实在想不明白,他为什么不在自己的身上好好地找一找呢?别愁找不到。我觉得,硬币这种东西,像是老天爷派给我们每个人的一盏灯,尽管灯头很小,也非常的不亮,总是幽幽暗暗昏昏冥冥的,可毕竟也算是一盏灯,毕竟也有一种光亮,必要的时候,它能帮你在黑暗中照亮,让你少跌跤或不跌跤。你只要认真地去找,说不定在什么地方就能摸出一个来,一不小心,就能抠出一枚来。一个铜板、一枚分币,对人没有多大的作用,可是,要是连一个铜板、一枚分币也没有,那人就会两眼一抹黑,会更难。

每天,供销社一开门,人们就像风一样地进来,在里面旋转一阵后,又像风一样地出去。

我熟悉他们,我甚至知道谁的胳膊上长着暗点,谁的左手上多出一个手指。他们当中有些人每天不来一趟会不甘心、不踏实,总觉得这一天还有一件该做的事情而没有去做,一定要千方百计地想办法补上,补上了就没事了,觉得终于完成了一件事情,心也就放下来了。我对这种东西感到很难理解,我对一些东西还没有上瘾到这种程度,有一个地方,每天必去,不去一趟就睡不着,有一件事情,每天必做,不做,心就一直悬着。有时候夜里失眠,我就在盘算,我就在想,这哪是一个供销社啊，这分明就是一张疏而不漏的网啊，这分明就是一条锁链啊！

一个人失眠的时候，睡不着的时候，别人看不见的时候，能够这么想，但是，在会上发言的时候，向上级领导汇报的时候，你不能这么说，无论如何都不能这么说。你说供销社是一张网，一条锁链，那你是要干什么？难道要把人民拴住，网住，一举拿下么？这样说肯定是要犯错误的。我知道有一个词不仅能够代替这些，还可以不犯错误，还能够让听的人心情愉快、高兴，是的，没错，那就是凝聚力。我能举出无数的事实来证明这种凝聚力的存在，证明它比一般我们常见的胶厉害多了。我把供销社看成是一块吸铁石，每天早上一开门，就等于把这块吸铁石摆出来了，这以后，一些老年人、女人、六七岁以下的孩子，就从他们各自的家里纷纷被吸出来了，不管他住得多靠边，不管他离得多远，都能把他们吸出来，很少有吸不动的时候。这以后，这些人就像铁屑一样从四面八方被吸附到供销社的门外，窗户外面，没有人挣扎，也没有人抵抗，全都老老实实地被吸着，除了中午回去吃口饭，几乎一白天都在这里。我们都来自五湖四海，为了一个共同的目标，走到一起来了。一位没牙的老头经常这样说。众人被吸在一起，嬉笑怒骂，谈笑风生。这是白天的时候。到了晚上，成年的男性、年轻的姑娘，开始噼里啪啦地被吸过来。一同被吸过来的还有那些连狗都觉得他们烦的半大孩子，他们在供销社的水泥地上翻跟头，摔跤，互相狗扯羊皮，黑虎掏心，把供销社折腾得乌烟瘴气，云翻雾卷。那情景，让人看了真是觉得开心，觉得有趣，我喜欢那样的情景，那种时候，我常常总是高兴得连家都忘了回，甚至忘了自己还有个家。我给他们加油，呐喊，成年的男的掰手腕，输了的要出钱买酒，我还得给他们兼任裁判，没有什么特别的原因，就是因为他们信任我。最忘我的时候，我会情不自禁地从货架上拿下一个新脸盆，又敲又打地为他们擂鼓，鸣金。脸盆敲坏了，掉了瓷，算我的，我出钱把它买回去。我家里现在已经有两三个掉了瓷的新脸盆了，每次我拿着掉了瓷的新脸盆回去，我的女人都要和我闹一场，别人家的脸盆都是用了好几年以后才开始漏的，而我们家的，拿回来就是烂的，从一开始就是烂的，新崭崭的一个烂盆。没办法，和女人们讲道理，永远也讲不清楚，我怕她闹，以后我就再也不往回拿了，留在供销社里让大家共同洗手。

有一天，她从东边的那扇小门上进来，看见后院里的台阶上放着一个凳子，凳子上面放着一个脸盆，看到那个完全还很新的只掉了几片瓷的红彤彤的脸盆后，她竟忘了找我，忘了她来干什么，一个人站在那里看了半天。仅仅只是在看么？那倒是次要的。小伍从门市那边的穿堂里悄悄地观察她，发现她是在认真地研究那个脸盆，在非常严肃地判断、思索……后来，她站在正面的台阶上朝小伍招手，原来她早就看见小伍了，小伍不得不硬着头皮从光线昏暗的穿堂里走出来。她指着那个脸盆，说，这又是他敲坏的吧？不敢往家里拿，放在这里？小伍说，不是。她说，小伍，不跟我说真话？小伍说，真的不是，这本来就是一个残次品，从县里进回来的时候就是这样，我们觉得它根本卖不了，就拿出来了。

小伍，以后不要管我叫嫂子。

为什么呢？那不行，我叫定了，我要一直叫到我们都离开人世的那一天，到了地底下，还这么叫。

以后，我再说她蠢的时候，小伍就在旁边说，不要说她蠢，她一点儿也不蠢，蠢的倒是我们这些人。她要是去破案，一定是个高手。

我回去把小伍的话说给她听，她听了显得很得意，不是浮在表面上的那种得意，而是内心深处的得意、高兴和满足，头发也飘起来了，有的在轻轻拂动，扭着一个大屁股走来走去。

看着她那样，我想，这就是女人啊！

别以为一个姓王的女人和一个姓李的女人就真的不一样，真的有什么不同之处，那只是相互间长得有些出入罢了。不管是好看的还是不好看的，不管是有钱的还是没钱的，不管是受过教育的还是没受过教育的，就她们的本性来说，所有的女人都是同一个型号的，骨子里都是一样的。别看她们长得琳琅满目，各是各的样儿，实质上她们都是同一个人。

这年夏天的时候，我们卖掉了原来的那辆马车，换了一台小马力的拖拉机。赶车的刘大闹了好几回，希望能够提拔他，让他本人从车倌变成司机。大家都对他说，车倌和司机不是一个概念，完全是两回事。但刘大不这样看，他认为是一样的，都是摆弄车的，都是想办法让车往前走的，怎么能不一样呢？不一样的是人心。大家见说不清楚，就不再说了。

但刘大认为大家是在欺负他，一夜之间跟所有的人好像都成了仇人，看见有几个人聚在一起说话，他就理所当然地认为是在说他，是在算计他，看见有人吐了一口唾沫，就认为是在唾他，甚至看见谁无意中笑了一下，都觉得是在嘲笑他。他对我说，我不能活了，活不下去了。我耐心地劝他，做他的思想工作。没有人对他有意见，但他死活不相信，这让我觉得，一个人的心里要是起了雾，眼光，感觉，一切就都不对了，无论看什么都是灰的，暗的，坏的。从最小的方面来说，即使你的五官再端正，再没问题，他也能把你看得尖嘴猴腮，漏洞百出，不像个人样。刘大眼下就是这么一个灰蒙蒙、雾腾腾的心境，因而我也没有什么更好的办法。做一个人的思想工作，要是真正能把对方做得心服口服，那种难度不亚于上天，那种能力更不是谁都能有的，我首先相信我没有那样的能耐，靠两片嘴就能把一切弄妥。

刘大啊刘大，那些天我最怕碰见的人就是他，远远地一看见他，我就会头疼，眉毛下面，眼眶上面，像是有马在嘚嘚嗒嗒地奔跑。

刘大泪水涟涟地对我说，我没有功劳也有点儿苦劳吧？咱们供销社卖的货，不都是我拉回来的么？哪一件不是我拉回来的？有时候上坡的时候，我还得下来推车。

我正要说功劳和苦劳都有，但有人已经抢在了我的前面。温起义对刘大说，严格地说，货是马和马车拉回来的，一路上不都是马在使劲么，连你都是它们拉回来的。

刘大说，要是没有我赶车，它们能回来么？

温起义说，只要是个赶车的，任何一个车倌都能赶回来，让我赶，我也能把它们赶回来。再说，货都是县里供应的，县里要是不供应，你上哪儿拉去？你就是赶上十辆车出去也没用，只能拉回一车一车的风来。

听着温起义的话，刘大费力地眨动着眼睛，他的样子像是在做梦，像是在回想梦里的一件事，事情模糊得让他没有一点儿把握，又像是他头顶上面的云彩，能看见，但又无论如何都抓不住，一伸手就没有了。

就在他觉得又吃力又有些迷糊的时候，他听见小伍对他说，别忘了那年你翻车的事，把满满的一车碗和盘子打得一个不剩，害得我们大家还得倒贴钱。

听到小伍这样说，他的脸突然红了，有些挺不住了。小伍的话像是六十八度的酒，像醋，像针，让他上脸，上头，晕头转向，又酸又疼，心里也烧得厉害，辣得厉害……过了好一阵才迸出一句话来。

我赔你。

那么一车碗和盘子,你能赔得起么?

人,有时候很怕翻旧账。旧账这个东西虽然属于已经过去的事,但并不是一只死老虎,事实上旧账猛于虎,有时候要是翻对了,翻开得恰到好处,它仍然会很厉害,甚至会像是一坛埋藏了多年的酒,比当初发生的时候会更加醇厚,更为厉害……现在,小伍刚一翻开,刘大就闻到那种无比强劲的气息,像妖怪一样蹿起来,跳出来,没有来得及落地就朝他扑面而来。

刘大走了,一个人回去寻思了几天,从此再没有来过,也没有再见过他。

我对自己说,刘大是被他自己的那笔旧账打败了,是被他本人酿造的那坛酒醉过去了。

有一天,小伍从县里进货回来,对我说,他看见刘大了,在河湾那里看守一个死人。前两天河里来了洪水,从河的上游不知什么地方漂下来一具尸体,是一个三十多岁的男的。民兵们捞上来以后,还没有人来认领,就找人看着,守着,没想到竟是刘大在那里看守。小伍说,刘大用两张席子,在河边搭起一个三角形的棚子,一个人坐在那里喝酒,那个死人就离他不远。

我问小伍,刘大有没有和他说话?小伍说,没有,正好端着酒碗,把脸挡住了。

地里的庄稼都长高了,有风的时候,到处都像是荡漾的湖水,尤其是莜麦地里,还有涌来涌去的波浪,比真正的水还要像水,画眉鸟和百灵鸟在上面一遍一遍地飞着,大声地叫着。从小我就觉得它们这样叫,一定是在互相叫着对方的名字,一定是在把自己看到的告诉对方,这儿有一片莜麦地,那边有一湾水,谷子看样子快熟了,因为它们已经纷纷低下了沉甸甸的头。

看着它们，看着远处的山梁，听着它们的叫声，我像是又重新回到了几十年前。

我想起马车还没有卖出去之前，我们几个人最后坐了一回我们自己的马车，刘大赶着车，车上拉了一些东西，还有我们两三个人。我们去了两个最偏远的村子——七星庄和青瓦窑。平时在供销社里，很难见到从这两个村里来的人，他们像是活在另一个世上。

刘大给每一匹马的脖子下面都拴了铜铃铛，系了红绸子、绿绸子，马车一跑起来，像娶媳妇一样热闹，一路上我们就是在这种丁零当啷的声音中度过的。

七星庄的人们看见我们，看见音乐一样的马车，觉得稀罕死了。来了好多人，一些小狗在人群里钻来钻去，公鸡领着母鸡、小鸡，也在拼命地往前挤。

一位老人问我，是毛主席派你们来的么？

我说是的。

又说，他让我们来看看，看看你们缺什么。

老人说，啥也不缺，就想趁活着的时候能见他一面。

我说，那就买一张他的像吧，回去挂起来，这样，每天就都能看见他了。

很贵吧？……我怕我没有那么多钱。

不贵，两角六一张。

那就买一张吧。

于是，我们就卖了一张画像给他。老人小心地卷起来，很珍贵地抱在怀里，看得出他心里很激动，手一直在抖，出气也不匀了，胡子也在摇晃。几个孩子不停地往他的身边挤，想看看他怀里抱着的像，他先是尽量地躲，一躲再躲，实在躲不开，他就生气地说，不要挨我。

老人告诉我说，回去后，他马上就把家里墙上的那张灶王爷揭下来，把这一张贴上去。那张灶王爷早已烟熏火燎得不成样子了，已经再看不出一点儿眉目，知道底细的说那是灶王爷，不知道的，根本不知道那是谁，猜死也猜不出来。有时候甚至连他自己也会糊涂，也会忘了，在外面回来后，站在那里，一个人愣愣地琢磨半天，这是谁呢？

要走的时候，已经是晌午了，村里全是烟。一股一股的黄烟，一片一片的白烟，像是两支准备要血战的部队，在村里窜来窜去，到处飘荡，互相包围，从房顶上追到院子里，从大街上撵到小巷里。当一方跑不动或者没有退路的时候，它们就缠到了一起……有那么一会儿，我的眼前展开一幅血肉模糊的图景，鲜热的血在正午的阳光下看上去十分晃眼，这样的情景古怪地持续了几秒钟。

有几户人家留我们吃饭，我说我们还要到青瓦窑去。马车在路上走开以后，不久前的那些血好像还在我的心里汪着，随着马车的颠簸咕咚咕咚地晃动，颠得最厉害的时候，我觉得它们都溅出来了。

我说，我们不能随便占人民的便宜。

我的话像是肉包子打狗，扔出去以后就再没影了，没有一丝回音。刘大在前面赶着车，嘴里哼着一支乱七八糟的小调，温起义在打盹，小伍看着路边的高粱和麦子。天上没有云彩，飞着的鸟因而看上去比平时黑了许多。

在青瓦窑，一个六七岁的孩子，从来没有见过肥皂，以为是能吃的东西，上来就狠狠地咬了一口。

那一口把我咬得难过了好几天。

看他们的年龄，将来都应该是革命的接班人，可是，连肥皂都不认得，怎么接呢？我不是猫哭耗子假难过，我是真难过，心里酸一阵，咸一阵。事情过去好多天了，我还在想，这事究竟怨谁呢？我这么随随便便地一想，就像一个钩子，就像一张网，好多方面的好多人都因此被钩住，被牵扯出来，被捞了出来。我顿时发现，在这件事情上，好多的人都会因此变得无法干净，难脱干系，这其中供销社肯定是跑不了的，也是干净不了的，就算别人都能想办法把自身洗涮干净，供销社也仍然不能把自己洗清。要是早几年就把肥皂送去，他们还能不认得肥皂么？早就认得了。东西在我们的手里，又不在别人的手里，这不是我们的责任是谁的责任？要说有人不认得字，不会写信，不会造句，那可能和我们关系不大，我们良心上也能过得去，也能把事情推得干干净净，若无其事。但是，在这件事情上，我们是真的有问题。批评与自我批评任何时候都需要，任何人都需要，一个人如果不能够这样，一定会变成一个十足的蛮不讲理的混蛋。我希望同志们能够不断地展开批评与自我批评，及时地发现问题，改正错误。有人说，一个人不认得肥皂，不等于他将来就不能成为革命的接班人。我说，他要是能认得，那不是更好么。他们说，以前不认识，以后认得就行了，也不算迟。要是再往早里说，那时候连我们供销社都还没有呢，又哪会有肥皂往村里送，那又该怎么说？我说，这是另一个问题。这可是在诡辩，是在耍滑头，把一个问题千方百计地往另一个看似相关、实则无关的问题上引，拼命地往过转移，没说的，这可是在实实在在地想洗涮自己。人啊，永远都是觉得自己对，别人不对……想明白这个道理以后，我就觉得我再没有什么办法了，我不再努力地想在类似的问题上闹出个什么名堂，根本闹不出来，什么名堂也闹不出来。

每个人都活那么几年，几十年。

我对自己说，以后不要再狗拿耗子，一切都由他去吧。

我的女人对我说，你就是个拿着鸡毛当令箭的人，以为每一件事情都和你有关系，你能把供销社闹得别让贼偷了，别失了火，别再出个胡木刀，这就够你了不起的了，你还想咋样？想包打天下？

啊！这个女人，他妈的！把我噎得说不出话来。我想狠狠地批判她，把她批得体无完肤，血淋淋，昏沉沉，不知今朝是何年，可一时又想不出恰当的准确的能够让她心服口服深信不疑的道理来。无产阶级要想解放全人类，首先得要解放自己，我像一个被父母锁在家里的苦闷万分的孩子，什么办法也没有，没有一个门，没有一个缝隙能让我出去。

这以后，每天我都会尽量地去想一些令人高兴的事情，以供我自己在暗地里自娱自乐。活人总不能让尿憋死，没有人让我们乐，我们就自己乐，自己想办法高兴。可是，不想不知道，一想吓一跳，一想才发现这样的事情是那么的少，屈指可数，比我们身上的钱还要少，根本经不起一遍又一遍的回想和品味。

就在这个时候，我们新买的那辆拖拉机终于回来了，开拖拉机的司机陈铁牛也向我报了到。这个红彤彤的新家伙一下子让我们把好多事情都忘记了。

它真是好看啊！虽然马力小了一点，可小有小的好处。公社农机站倒是有好几台傻气十足的大马力的拖拉机，可大有大的难处，大有大的麻烦。我们羡慕农机站的大拖拉机么？我们不羡慕，一点儿也不羡慕，他们想大让他们大去，我们不大。就拿我本人来说，虽然我现在只是一个供销社副主任，可是，如果要让我去农机站当站长，我还不愿意到那个油乎乎的地方去呢。

都说好事不成双，我想，那是因为人们苦惯了，实在没有见过多少成双结队的好事，不再敢做那样的梦。以前我也是，从来没有同时经历过两件好事，总觉得那是白日做梦，不可能的事，连想也没想过。现在，这样的事情却让我们给碰上了，这让我在想象中惊得连翻了几个跟头，爬起来后有些辨不清方向，只发现世界在呼呼地转动，嗷嗷地叫唤，却找不到能够控制、调节它的开关。

我想说的是，我们的拖拉机已经够好看够让我们高兴的了，但是，还有比拖拉机更好看更让我们高兴的，那是谁呢？是的，那就是陈美琳。她是通过县联社调到我们这里来的。第一眼看见她的时候，我就被她惊得像受了风寒一样喷嚏连天，我在心里说，天哪！……来了这么一个人，她长得漂亮，鲜艳。什么叫鲜艳？如果你对这个概念认识比较模糊，甚至在心里完全没谱，那么，看见陈美琳，大体上就能明白了。实际上我对这个问题也是没谱，看见陈美琳才豁然开朗，觉得明白了不少。我听见我身体里的血流得很快，很急，一想到她从今以后就是我们的人了，我就不免会有一种白日做梦的感觉，又怀疑县里是在和我们开玩笑，派个人来，逗我们一下，然后马上又撤回去了。直到看到她套上一副和胡木刀的那副一模一样的蓝布套袖，站在几个糖罐子后面，我才相信我看到的是真的。

有了陈美琳，从此我不再惦记那些形形色色的糖尿病人，不再惦记他们当中的任何一个。我对小伍说，把你脑子里那根有关糖尿病人的线拽断吧，我们不再需要了。

陈美琳他们家住在县城里，她的父亲在北门附近有一个店，专门留宿那些没有资格住进招待所的人。派出所经常到那里去找人，几乎每天半夜都要去查夜，把睡梦中的人们叫起来，不是一个一个地叫，而是一叫就起来一片，唿的一下，像是铺在地上的干草，用绳子串着，草帘子一样，一起来就是一片。姓名，籍贯，年龄，政治面貌，从哪里来，要到哪里去？

有一次，在县里进完货以后，陈美琳请我们去他们家里看看。店当然早已是集体性质的了，陈美琳的父亲更像是一个具体的经办人。院子是一个圆形的院子，非常辽阔，四周全是房子，还有马厩、水井，我们进去的时候，有人正在切草、饮马。没有看见陈美琳的母亲，只见到了她的父亲。她的父亲点头哈腰，又十分的精明，一看就知道是从旧社会过来的。看着如花似玉的陈美琳，再看看眼前这个又瘦又小的干瘪老头，我怎么也不能说服自己，无法相信陈美琳的鲜艳芬芳的身体里流的会是眼前这么一个人的血，那中间的距离太让人不敢相信了，主要是不能把他们放在一起去想，谁能相信从一节又锈又瘪又滴水又流脓的旧烟筒里会长出一朵美丽的花来？

回去的路上，风很大，拖拉机喷出来的黑烟和风搅和在一起，不断地从我们的头顶上飘过，有时把光线遮住，把我们罩在里面。那时候我有一种处在战争中的感觉，觉得四周一直在打仗，这边还没有打完，那边又开始了。后来，我明白是黑烟在其中作怪，还有风。走着走着，我忽然觉得身上有些沉，回头一看，陈美琳睡着了，头靠在我的身上。我低头看了一下，她的脸像雪一样白，有一种很强的让人忍不住想抚摸想亲近的东西写在上面。我愣愣地想了一会儿，然后把一件衣服盖到了她的身上。

不盖不醒，她还一直睡得好好的，一盖却把她盖醒了。

听见我和陈美琳在后面说话，陈铁牛竖起耳朵，想听得更明白一些，我能感觉到他整个身体都在用力，上半身绷得紧紧的。拖拉机突突地跑着，后来他可能觉得完全听不清楚，就不时地回过头来看，手里握着方向盘，那张长满疙瘩的脸却不时地朝我们这边转过来。我心里怕极了，怕他那张脸转过来，我怕出事，担心翻车。

我对陈铁牛说，铁牛啊，不要看我，看路吧。

听见我这样说，陈铁牛的脸立即扭了回去，我看见他的脖子变得很硬，背影给人一种仇恨满腔、蛮不讲理的感觉。是的，他可能恨我呢，嫌我说他，可是不说能行么？照他那种做法，翻车只是个时间问题，不是翻不翻的问题，而纯粹是什么时候翻的问题。我们几个人的命，还有这一车货，现在都掌握在他一个人的手里，我是真怕啊！一路上我都没敢闭一下眼。别人可以闭，甚至可以完全呼呼地睡过去，但我不行，我不能闭，我要是睡过去了，很可能我们几个人就真的永远都睡过去了，别想再醒过来。我知道陈铁牛主要是想看陈美琳，而看我的时候，纯粹是想探听我和陈美琳在说些什么。我在心里说，看人可以看，可是不能这么看啊！太危险了。

也许就是从那一次开始，仇恨的种子在陈铁牛的心里种了下来，以后，开始慢慢地发芽，一点一点地拱出地面，见风就长一点。

我不知道那东西后来长成了啥模样，想必应该是越变越大。它非要长，你也没办法，根本拦不住，由它长去吧，总有它长不动的那一天。我注意到另外一种现象，来我们这里的人越来越多了，不少人不是为了东西而来的，而是冲着人来的，当然，有时候为了遮掩，为了从别人眼里抹去他们来这里的真正目的，也会象征性地买一点儿东西，一些可买可不买的东西。那样的人，我每天都能看见几个。

那种时候，我的心情是复杂的。我站在后院里，透过南面的穿堂，看到陈美琳把手伸进玻璃罐子里，给站在她面前的人拿糖。我站的位置和穿堂的门是垂直的，往后退一步，只能看见那几个玻璃罐子和她的手，以及手上面的一截蓝布套袖，此外再看不见别的，连买东西的人的手也看不见。如果往前迈一大步，那几个玻璃罐子和她的手就都不见了，那时候只能看见她的脸和那脸上的微笑，微笑时有时无，并不是常驻不去的，常常是忽然就没有了，像是忽的一下沉了底，又像是贴在她脸上的一片树叶，一阵风就吹走了。

大约一个多月后的一天，我派陈美琳和陈铁牛去县里进货。我在后院里一边用茶壶烧水，一边等着叶柏翠书记，叶书记说她一会儿可能要来。我拿着一把扇子，蹲在炉膛前，想把火扇得旺一点儿。就在那时，陈美琳忽然来找我，看见她时，我吃了一惊，我以为她坐着陈铁牛的拖拉机早走了。我看见她穿得很素，像一个年轻的小寡妇似的，脸上的神色还有些悲戚。我在心里说，这是怎么回事啊，还没有结婚，怎么就会有了这副模样？来到炉子前，她对我说，能不能再多派一个人去？我说，为什么？我还以为你们这会儿已经过了赤眉山，闹了半天还没出门。她看着我，有话说不出，脸上的颜色变来变去。看见她那样，我的那颗心像是油坊里的油棰一样，本来在下面搁得好好的，稳稳的，这时却忽然被提了起来，一下子悠到了半空中。我对她说，有什么问题么？有就说出来，不要窝在心里，会有人给你作主的，有我，有咱们供销社，有公社，有政府，实在不行，还有更上面的呢。听到我这样说，她短促地叹了一口气，说，我就是不想和陈铁牛单独去，哪怕再有一个人也好。听见她这样说，我觉得我的那个油棰在半空中停住了，不再东一下西一下地悠荡了。我说，陈铁牛怎么了？……啊，他是不是不老实，对你动手动脚？陈美琳看着我，点了点头。他做过什么？强迫过你？陈美琳又点点头。我说，他还干过什么？我狠狠地用扇子扇了一下，炉膛里的灰欢欣鼓舞地飞了出来。我说，啊呀，真是个王八蛋呀！他怎么能这样？这时，我心里有一个细得针尖似的声音在说，他这是一锹一锹地在给他自己掘墓啊！我听了，接过话茬说，对，就是这么回事，他是在辛辛苦苦认认真真地给他本人打墓。我的话把陈美琳吓了一跳。

听见陈铁牛在前面嘟嘟嘟嘟地发动拖拉机，我在心里说，不行，我得找他去。在一个更深更暗一些的地方，我听见一个湿漉漉的声音在说，要轮也不可能先轮到他，我还没有怎么样呢，他倒先提前动手了。这声音把我吓得一激灵，我看看四周，草在墙上站着，有的躺着，我在想，这是谁在说话呢？

我把陈铁牛叫过来，东一句西一句地问他，他用一种狼狗一样的眼神看着我。这个人，一点儿也不傻，我说的每一句话他都明白，反倒是把我衬托得吞吞吐吐，非常的不爽快，像是有什么难言之隐，像是一个心怀叵测的小人。陈铁牛对我说，我知道你的意思，不是自己的东西不要随便瞎摸，不能随便乱动，我没有摸过她，也没有动过她。那时候，我感到我的眉头不由得皱了起来，说心里话，我不太信陈铁牛的这种话，我更愿意相信陈美琳说的，我也不知道我为什么会这样想。我问陈铁牛，你知道我说的是谁？陈铁牛又用刚才那种狼狗一样的眼神看了我一下，然后脖子一硬，对我说，我当然知道，那还能有谁。见他说得这样利索、干脆，又准确得惊人，不能不让我往深处想，往远处想，他当然知道？他因为什么能够知道？这从另一个方面证明他也并不干净，那种事至少从他的心里过过，我叫他，问他，他是有准备的，可能早就想好了该怎么对付我了。

后来，我对陈美琳说，你们都姓陈……陈美琳打断我的话，说，我和他不是一个陈，我这个陈不是他那个陈。听见陈美琳这样说，陈铁牛立即也说，我也是，我和她也不是一个陈，我这个陈也不是她那个陈。

这两个姓陈的人啊，这样一来，我也不放心让他们两个人去了，我觉得应该在他们中间安一个楔子，于是我就安了一个楔子，这个楔子就是小伍。我对他们说，走的时候叫上小伍，让小伍和你们一起去吧。

第二天他们回来后，陈铁牛来找我，非要送给我一个用有机玻璃做的烟嘴，他说他在县里看见联社的贾主任和庞副主任他们都用这种烟嘴。我说，我又不是贾主任。陈铁牛说，你是万主任么。我不想要他的，但陈铁牛说我要是不要，他就要给我跪下，并且不起来，什么时候我答应要了，什么时候他才起来。我想起有一出戏叫《逼宫》，我心里有点儿烦。后来我看那个东西也不太值钱，我就答应收下了。要是一个很值钱很贵重的东西，比如说用金子做的，我绝对不敢要他的，他就是在我面前跪上一年，我也不敢要。不过，在答应的同时，我就已经想好了，我决不使用这个东西，尤其是到联社开会的时候。贾主任和庞副主任他们各人嘴上叼一个这样的烟嘴，我再照猫画虎、画蛇添足地来一个？一个人，不论处在什么位置上，任何时候都不能把你自己弄得和你的上级一样，无论是穿的衣服，还是用的东西，好像你就是他，好像你和他完全一样，平起平坐，没有大小，别人也会认为你是多么地想变成他。是的，如果要是从这个意义上去理解，陈铁牛这么着急地想把那个东西送给我，更像是在害我，像是送给我一把刀，让我一点一点地割自己的肉，有朝一日，当我遍体鳞伤的时候，还要责备我，你怎么不小心呢，你怎么这么不爱惜自己的身体和生命呢。

　　不过，我看陈铁牛这个人还没那么复杂，有些时候，更像是那种简单的一根筋的人，比如看人的时候，任何时候都是他的那种狼狗一样的眼神，就没见过他有过别的眼神。他没有别的眼神么？不知是从哪里说起的，说着说着，忽然就说到了陈美琳的身上，陈铁牛用他那狼狗一样的眼神看着我，对我说，她是个烂货，卖×的！咱们供销社有了她，倒霉的日子在后头呢。陈铁牛的话让我惊讶得像被噎住了一样，我甚至差一点儿用手去捂他的嘴，后来一想觉得很笨，很愚蠢，才没有伸手。我们就那么互相看着。看了一会儿，我说，怎么这么说话呢，人家在背后可从来没说过你。陈铁牛说，那是她的事，我是知无不言，言无不尽。我说，你盼咱们供销社倒霉么？供销社要是塌了，对我们大家都没有好处，我们就像打了败仗的兵。陈铁牛说，我怎么能盼倒霉呢？我是怕塌了，所以才会这么担心。

她真是个烂货，你还总把她当个宝贝。

她怎么烂呢？

你想想，平白无故的，她为什么会被发配到我们这个又穷又远的地方来？那是因为她在原来的地方实在混不下去了，要是还能勉强混下去，你就是八抬大轿也别想把她抬到我们尖蚂蚁这个地方来。

不要把工作调动理解成发配，我们都在这个地方工作，难道我们大家都是被发配过来的么？

我们和她不一样，我们本来就是这个地方的人，尖蚂蚁再穷再不好，那也是我们的家。

陈铁牛告诉我说，陈美琳早就订过婚了，她那个男的被判了刑，目前正在监狱里坐着。陈铁牛这么一说，有些事情和疑问在我心里忽然变得顺畅起来。我想起有很多人为陈美琳介绍过对象，但陈美琳没有应承过任何一个，我还一直觉得奇怪，不明白她在想什么。陈铁牛说，不是她贤惠、忠贞、不想嫁，她实在是怕那个男的出来后把她杀了。她和多少人睡过觉，恐怕她自己也记不清了。

这些事情，你是怎么知道的？

我早就认识她了。天下谁人不识君？好多人都知道她，就你不知道。她和我表哥还有关系呢。

你表哥？蔡文凯？

对。

蔡文凯是县联社的办公室主任。由蔡文凯，我忽然又想起了贾主任、庞副主任、王副主任、张副主任……许多的面孔密密麻麻地挤在一起，由近及远地排列着。

铁牛啊，事情怎么会这样？这怎么办呢？

万主任，老万，不是我咒她，照她的德行，她将来一定会被发配到连我们尖蚂蚁也不如的地方去，她天生就是那种让任何人都不省心的人。什么是好女人？能够让人省心的女人就是好女人，好的男人也是一样的。

我的心里变得很乱，回家的路上，有人和我打招呼，我嘴里应承着，但完全没有看清楚是谁。从那以后，我觉得有一块石头来到了我的心里，每天都在，有时是圆的，有时又成了尖的，有时候感觉非常明显，死沉死沉的，无论走到哪儿，都能感觉到它一直都在跟着我。我没有对任何人提起过它，我之所以这样做，目的只有一个，就是想忽略它，冷落它，慢慢地忘了它，让它自己没了，从我的心里走掉……可是，好像忽略不了，没有我想的那么简单。

深秋里的一天，我在后院里陪着下来检查工作的贾主任闲聊，贾主任这次来还有一个目的，想让我们供销社扩大规模，这是我们一直盼望着的事，现在终于要变成现实了。闲聊中，贾主任还透露了一个消息，他说，你们公社的叶柏翠书记很可能要升迁，我听了，心里一阵高兴。我决定请贾主任狠狠地吃一顿，也许贾主任不在乎吃什么，但我们在乎，我们认为这是两件很隆重很重要的事情。

正说着话，忽然听见前面的门市里传来一片嘈杂的人声，我听到了，贾主任也听到了。我听了一会儿，我想对贾主任说，尖蚂蚁的群众可能知道您来了，纷纷都要来看您。可是，我的话还没有说出口，忽然看见小伍的媳妇莉莉沿着门市后面的穿堂，怒火万丈地向后院走来，一直走到我的办公室门口。我看见莉莉的手里拎着一条又薄又细的裤衩，一看就知道是女人的东西……我的心里和眼前突然同时轰地响了一声，仿佛有什么东西爆炸了。我在心里说，坏了！

很快，我又看见了披头散发的陈美琳，她的脸上有几道血印，贾主任也看见了。

我在心里说，陈美琳啊陈美琳，这个任何时候都让人觉得不省心的陈美琳啊……本来我还想让她陪贾主任吃饭，因为贾主任还特别问起了她，我告诉贾主任说，各方面都挺好的。

我偷偷地看了贾主任一眼，发现愤怒已笼罩了他的脸。

这件事的影响像一场驱散不去的鸡瘟一样在乡间流传了很长时间，陈美琳又一次成为一个家喻户晓的人物。连许多不懂事的孩子也认识了陈美琳，他们在学校里上学，可以不认识字，不会念千万不要忘记阶级斗争，不知道一加一等于几，但一定认识陈美琳，知道陈美琳。她的那两条修长笔直的腿让乡间的妇女们既羡慕又仇视，她们恨不得给她打断了，让她永远再站不起来。男人们的注意力更多地集中在她的胸前和两腿之间。直到陈美琳又被调走，我以为事情已经过去了，没想到余热还在。兽医站的胡站长有一次半开玩笑地对我说，老万，你好幸福呀！手底下领导着那么一个人，我真想和你换换，你到兽医站来，我到供销社去。我说，她已经调走了，你还来么？

陈美琳被调到皮条窑供销社。皮条是什么？就是蛇，书上叫它蛇，我们叫皮条。皮条窑是个什么地方？就是陈铁牛曾经说过的比我们尖蚂蚁还要不好的地方，还真让陈铁牛说中了。要说发配，皮条窑可以算得上是一个发配人的地方。皮条窑是全县最穷的地方，这还不是最严重的，最严重的是那里的路。皮条窑公社的干部如果要到县里开会，得提前两三天从家里动身，路上紧赶慢赶，就这还要经常迟到、误事。

他们得从山上下来，戴着皮帽子，穿着皮袄，揣着干粮，走进会场，俨然是土匪从山上下来了。

陈美琳走的时候已经是冬天了，我去送她，我让陈铁牛开着拖拉机。陈铁牛说拖拉机根本上不了皮条窑，只能开到山下。我也知道，这时节皮条窑的山上可能已经下了雪，就算我们上去了，路一封死，两三个月内别想再下来。

陈美琳穿着一件棉袄，围了一条红围巾，我注意到她脸上的抓痕基本好了，这时节她的脸看上去是雪白的。我看着她，心里在想，陈美琳啊，无论什么样的衣服到了她的身上，都能让她穿出一种与众不同的风貌来，即使把村里某一位老太太的大襟袄给她穿上，她也照样好看。我看出来了，这是天生的，没办法，正像另外一些女人一样，无论多么好的衣服，到了她们的身上也穿不出个好来，这都是没办法的事，再怎么努力修正也不行。

我对陈美琳说，有时间再回咱们尖蚂蚁来看看。

她笑了一下，说，还能回来么。

我说，路上小心一点儿。

回到供销社以后，我一个人坐在屋子里，炉子里的火早就灭了，我也忘了去生。后来，天渐渐地黑了，屋里什么也看不见了，我站起来去点灯的时候，发现我的脸上是湿的。

第二天我从家里来到供销社的时候，小伍已经早早地来了，一个人在仓库门口坐着。小伍被开除留用，从前面的门市里调到后院看仓库，这期间如再发生别的问题，立即卷铺盖走人。我突然发现他老了不少，我想对他说，可是又觉得不能说。

有一天，外面刮着风，叶柏翠书记突然打电话给我，让我晚上到她那里去一趟。吃过晚饭以后，我早早地就去了，推开她的门，看见她一个人在那里坐着。

她让我在她的旁边坐下，然后对我说，愿意和我说话么？我说愿意，哪能不愿意呢，其实我早就想来看看你，可总是没有理由。

她说，想来就来，来我这里还需要什么理由。

我抬起头看着叶柏翠书记，她也看着我，看着看着，她忽然把她的一只手放到了我的手上。

我没想到我会锈在这里。

什么？锈在这里？不是已经定了么？

听说过风云变幻这个词么？

听说过，意思是说像风一样，像云一样，刚才还好好的，突然就变了。

万年青同志，你说说看，我是不是已经开始生锈了，锈住了？

当然不是，你这么鲜亮，怎么会锈住？你又不是王主任，王主任那才是真的锈住了，不光锈住了，现在已经开始到了往下掉渣渣的时候了。

我真的还不老？

谁说你老了？当然不老。

还不老呢，我都已经开始有白头发了。

我说不老就不老，白头发算什么！白头发什么也不能说明，阎福生家的小儿子才七岁，就已经有白头发了，难道能说他也老了么？

第七章　童年的武器

十九

一来到小南街上，小山和存存就看见有几个和他们年龄差不多大的孩子正在一户临街的人家窗户外面放鞭炮，听见那低矮的窗户里面传来大声的喝斥声，又很快就有一个腰里扎着围裙的男的，拿着一把长柄的铁勺子从里面冲了出来，勺子上还有东西正在往下滴答，不是油就是水。那几个放鞭炮的孩子看见有人冲出来，立即就都分头跑开了，等跑到百货公司的麻石台阶下面时，又重新聚到了一起。

小山认得他们，是西街红卫学校的几个孩子，其中有一个是一百米短跑的第一名，还有一个手榴弹的第一名。有一次运动会，那枚手榴弹竟然越过学校的围墙，直接飞了出去，吓坏了老师们和校长，如果当时碰巧有人正好从墙外经过，脑袋必定开花无疑。离过年还有几天，他们这会儿就开始放鞭炮了，证明有的人家已经买好过年的鞭炮了。

"你们家买了么？"小山问存存。

"还没买。"存存说。

"我们也还没买。"小山说。

"听我妈的意思,今年好像只打算买一挂一百响的,"存存说,"就那么放一下,应付一下。最多也不会超过二百响。"

"为啥?"

"去年放了五百响,还不是全白放了。"

"白放了?"

"原以为真的能除旧迎新,有好运,不再倒霉,谁知道根本不顶事。"

"你妈要是这么想,我妈肯定也会这么想的。"

"嗯,她们还是好姐妹呢,经常商量事情。"

"女人们,都喜欢立竿见影,以为放一挂鞭炮,你爸爸我爸爸就都回来了。人要是没回来呢,她们就觉得是白放了,就不信了。"

"五百响就想万事如意,哪有那么便宜的事?一千响,两千响,人也不一定能回来呢。"

"一千响,两千响,那肯定不行。要是一万响,那还说不定呢。"

"世界上有没有放过一万响炮子的人家?"

"肯定没有。一万响,说不定一天也放不完呢,说不定连墙都得崩塌了,房顶也炸飞了。"

说这话的时候,他们就好像真的看见有一片房顶飞到了半空中,两个人笑了起来。存存是萧桂英阿姨家的孩子,与小山同岁,在学校里,他的名字叫胡子陵。去年准备改名叫胡卫东,但因为班里已经有七八个叫卫东的了,只能再想别的,事情就搁下来了。

街上雾蒙蒙的,有从临街的人家里冒出来的烟,还有不知从什么地方飘来的烟雾。一到冬天,尤其是快过年的时候,总是这样的天气。

小山和存存坐在一道里面有变压器的铁栏杆上，俩人的手里各拿着一把用八号铅丝窝成的枪，枪身又都用红色的塑料缠过，变得绵绵的、光滑滑的。这样的枪握在手里，既不硌手，又不会动不动就把手上磨出血泡。原来他们俩的枪是一样的，但是，自从老舅来了以后，小山的那把枪就发生了质的变化和飞跃：老舅给他的那把枪安上了一截完整的枪膛，是一段手指那么长的细铁管，同时还有了作为一把枪的最关键的部件——撞针。这本来已经足够完美足够鸟枪换炮的了，但是老舅还不满意，又在枪膛的后面安装了短短的一小截自行车的链条，只要把那一小截链子扳下来，就能装火药了。当然不敢装真正的火药，只能用火柴的头代替。老舅教小山用小刀刮火柴头，刮到一张纸上，粉红色的面面，等到够一小撮时，就可以装枪了。小山永远也忘不了第一次试枪时的情景，在他们居住的那片高高的东坡上，当老舅披着大衣，拄着拐杖，用一只眼瞄准，"啪！"的一声，亲手打响了第一枪的时候，小山简直惊呆了！他看着冒着蓝烟的枪口，浓浓的火药味太好闻了。一般七八根火柴头上的磷刮下来，就能好好地打一枪，冒出的烟也足够蓝，足够大。

有一天，母亲阴沉着脸对小山说，一盒火柴拿出来，用了没几天就空了，是不是有人打了枪了？

"等我老舅再来的时候，让他给你也安上枪膛和撞针，"小山对存存说，"到时候咱俩的枪就一样了，都能打响了。"

"你老舅啥时候来？"存存问。

"前两天我们才刚把他送回柳八湾我姥姥家去。"小山说，"最早也得等过完年，天暖和了，他的腿要是也好了，那时候他就又来了。"

存存看着小山，小山说的那个时间，在他看来也许十年也不止。

"他看上了供销社一个叫丽英的女的，结果他去不成城里的供销社了,那个女的也不和他好了。听我妈说,最好最好的结果,他只能去最偏远的尖蚂蚁供销社。他很苦恼,有时候半夜做梦,都能哭醒来,哭着对我妈说:'姐姐,丽英和范小军结婚了,还抱着一个孩子。'我妈就告诉他说,是他在做梦呢,并不是真的。"

"范小军是谁?"

"我也不知道。"

"他气成那样,还能给我做枪?"

"能,只要我说是给你做的,就准能。"

存存看看自己手里的那把枪,又把小山的那把拿过来看看,无论怎么看,确实还是不一样呢,不说别的,光是分量就很不一样呢。小山的那把拿在手里沉甸甸的,一看就是一个有用的东西,而他自己的那把,不过就是一个外表像枪的铁架子。

"最可惜的是这会儿不打仗了,"小山说,"要是还每天打仗,说不定咱们有机会能用咱们的这两支假枪缴获到两支真枪呢。我拿我这个从背后顶住他的腰,告诉他不许动!你就去解他的皮带,下他的枪。有了第一支真枪那就好办了,下一次就用真枪顶住另一个人的腰,再缴获一支。你,我,咱们就一人有一支了。"

与小山想的不一样,存存发愁的是,万一真的有了一支真枪,到时候往哪儿藏呢?

他们并排坐着,看着街上的来来往往的人。有人抱着冻得硬邦邦的白菜,有人领着挂着青鼻涕的孩子,拉车的马忽然站住,一阵哗哗的响声过后,尾巴下面很快升起缕缕白气。存存的一只手在兜里掏啊掏,掏了半天,后来忽然摸出一个五分的钢镚,对小山说:

"咱们到'白老鸦'那儿看小人书去吧。"

小山说:"好。"

两个人从铁栏杆上跳下来，身后的变压器还在嗡嗡地响。

"白老鸦"就住在小南街，路西，房子比周围临街的那些低矮的房子还要低矮，站在街上看他的那个家，需要往下看，需要俯视。他那房子，很像是被一锤子砸进地里半截，缩在一排台阶的下面，一年到头都是黑乎乎的，又黑又暗。"白老鸦"头发、眉毛、胡子，都白了，小山他们从来都觉得他至少有六七十岁了，可有一次他们在他那里看小人书的时候，听见"白老鸦"和一个人聊天，竟然说自己才四十多岁，当时小山他们就觉得"白老鸦"是在胡说，隐瞒年龄。明明已经六七十了，却非说自己才四十多，什么意思？什么样的人才会这么做呢？只能是有问题的人，坏人，甚至暗藏的特务。对啦，要说到特务，"白老鸦"无论从哪个方面来说都酷似，都最像，无论是住的地方，无论是相貌，没有人比他更像。除了头上和脸上的白毛，他的脸和手也都很白，感觉甚至不像是正常的皮肉，滑滑的，黏黏的，凉凉的。小山他们觉得是他那终年不见阳光的黑屋子把他捂白的，常年泡在黑暗里，泡得一身雪白，太阳一出来，站在门口，只能眯着眼睛，或者手搭凉棚，看着街上。与此同时，小山他们还发现了一个有趣的现象，黑屋子不仅不会把人变黑，反倒是能把人变白，凡是从那种阴暗潮湿的黑屋子里出来的人，无论男女老幼，大都比外面街上的人要白得多。这种事，他们想不大明白，想来想去也不知道是怎么回事。

"白老鸦"的小人书，大都放在他后面的一间更小的需要低头弯腰甚至半蹲着才能进去的黑屋子里，最常见的是两个长方形的木箱子，打开后，里面全是各种各样的小人书，一分钱看两本。不过，对于不认识的人来说，即使一分钱看一本也不让看。

小山和存存从路边的台阶上下去，推开那扇黑乎乎的门。

"是你们两个。"昏暗暗的光线里,"白老鸦"认出了他们,"想看啥?有最新的,《沸腾的群山》《鸡毛信》《连心锁》《东海小哨兵》。"

"我们今天就看二分钱的。"存存举着那枚五分的钢镚说。

"一会儿我们还要到别处去。"小山说。

"去参加一个重要的会议?去作指示?""白老鸦"奸笑着说道,话里又带着明显的嘲讽,"一会儿有车来接您二位?"

"你还得找我们三分呢。"小山对他说。

"白连鸦"看着他们,哼哼了两声。

"蛋大的两个东西,竟然也学会做买卖了?好,那咱们就好好地做。"他接过存存的那五分钱,又找回三分,说,"既然是做买卖,那我也把丑话说在前头:一人两本,各看各的,不许换着看。听见没有?"

"听见了。"小山和存存说。

这以后,小山和存存就蹲在门口,借着外面的光线,看起了书。"白老鸦"这个老狐狸,浑身都透着精明,每一个毛孔都张着嘴,真正的商人是什么样的,他就是什么样的吧。不过呢,他也有很愚蠢的时候,比如经常就像刚才这样,先说完一人两本,各看各的,不许换着看,随后就又来一句,说有能耐你们就记熟了,出了门互相讲去。这是什么话?这难道不是一种额外的提醒和指引么?有的孩子一开始都还不太懂,规定让看几本就只能老老实实地看几本,经过他这么一提醒,一指引,很快就都豁然开朗、恍然大悟了,就像黑夜里看见了一盏灯,一下就都亮了。对呀,怎么早先就没有想到过这么好的一个办法呢,互相讲,不就什么都有了么。所以一直以来,小山他们就是这样做的,一人看两本,出来后走到街上,再把自己看过的讲给对方,这样一来,等于一人看了四本。

半个多小时以后,他们已经看完书,来到了城墙下。南门早已经不在了，打他们能够记事的时候起就从来没有见过，只剩下一段一段的旧墙，黑黄色的土墩子，上面长着草，墙根下沁出白灰一样的碱，有马车和行人在那些豁口处进出，有往城里来的，也有出城去的。有一个人抱着一只公鸡，从城外的豁口上进来，见人就上去拦住，打听鸦雀巷怎么走。小山告诉了他，但是他好像并不相信，仍然一边走一边问人。

"这种人。"存存说。

"瞎貉。"小山说。

每隔一些天，位于城墙一侧的木器厂便会有颜色黄白的锯末和碎木头被清理出来，那些东西一出来，很快便被人们抢光了，不仅附近一带的人们抢，有时甚至就连住在城西和城北的人们也来抢，推着旧的自行车，车后夹着空麻袋和绳索，眼睛滴溜溜乱转，一看就是来趸摸东西占便宜的。碎木头不仅能够拿回去烧火做饭，其实还有更大的用处，有人把它们拼装起来，打出家具——椅子、凳子，甚至还能做出衣柜和床。不过，凡是那种人家，都得自己本身有手艺才行，再利用所有的空余时间，一来二去就做成了一些东西。你要是专门雇一个木匠，一来木匠的工钱要远远高出那些碎木块以及你所要做的东西的价值，完全不值得，最主要的是也没有人愿意给你费时间费力气去拼装那些零碎。你雇一个木匠，给你做一个小板凳？没有人干那种事，连想都不会去想。除了碎木头有很多用处，就连锯末也是很好的烧火做饭的材料，小山一次就能往家里扛多半麻袋锯末。

可是，这会儿，当他们来到木器厂的外面时，却看见平时堆放锯末和碎木头的那个地方被拾掇得干干净净，连一把锯末也没有，只有一个女人穿着一件宽大的蓝棉袄坐在一根水泥电线杆上。他们见过她，知道周围的人们都管她叫寡妇。

他们朝她走过去,说:"寡妇,木器厂的锯末是没倒出来,还是已经叫人拿走了?为啥这么干净?"

听到有人这样叫她,而且还是两个十来岁的孩子,刚才还一直坐在冰冷的水泥电线杆上发愣的女人瞬间就爆发了。她猛然跳起来,一把抓住小山胸前的衣服,另一只手抬起来,啪啪就是两个耳光。"这是谁家的野种?"她边打边说,"寡妇也是你们叫的?想占寡妇的便宜?好,来占吧,我这就把裤子给你们脱了。"

小山一开始被揪得东倒西歪,像是被牢牢地吸到了那个女人的身上,怎么也挣扎不出来,但是后来他却忽然自己倒在了地上。原因是,那个女人的手基本松开了他,她腾出手解开她的那件宽大的蓝棉袄的扣子,接着又把手伸到腰间,在那里摸索着什么,很快又听见闷闷的啪的一声,好像裤带也已经解开了。

小山和存存都听见了。

响声就像命令,又像是一把明晃晃的刀,斜着朝他们砍了过来。他们从地上爬起来,朝着小南街的方向拼命地跑,沿街那些门户低矮的人家在他们的一侧纷纷倒退着。他们一边跑一边回头看。最终,他们跑进一条堆放着黄土和煤渣的小巷里,从巷口探出头去看,发现那个女人并没有追赶过来。

他们靠在墙上,喘着气。

"真厉害,打了人,还要脱裤子。"小山说。

"比你妈和我妈都厉害呢。"存存说。

"早知道她这样,就不问她了。"小山说。

"我爸爸说过,四十多岁的女人要比三十多岁的女人厉害得多呢。"存存说。

"为啥?"

"我也不知道。"

"你爸爸没说是为啥?"

"没说。"

"我知道了,肯定是因为比三十多岁的女人多吃了十几年的饭,见过的事情也多。电影里的人不是常说么,'老子吃的盐比你吃的饭还多呢!'。"

"一定是。你还记得秋天开学的时候,彭老师在操场上打杨老师,抓她的脸,揪她的头发,把杨老师开学才穿的一件新衬衣撕成布条条。杨老师呢,一声也不敢吭。"

"可是,彭老师三十多岁,杨老师才二十多岁呀。"

"那不是一样的么,三十多岁的对二十多岁的,就像四十多岁的对三十多岁的,差别都是十来岁。"

由年龄的差别,他们忽然又发现了另外的一种差别,那就是,女人,结了婚的女人要比没结婚的女人厉害得多,也泼得多。比如他们的杨老师,才二十多岁,还没结婚,所以就根本不是三十多岁的彭老师的对手。

就在那条堆放着黄土和煤渣的不算太深的巷子里,俩人分析起挨打的原因,也并没有说什么做什么呀,怎么就引起了那个女人的暴怒?分析来分析去,他们终于发现,之所以挨打,惹对方生气,是因为他们错误地把寡妇当成了一个人的身份或者职务、职称,与社会上别的那些身份混为了一谈。寡妇,听上去是一个称呼,可又好像不是一个称呼。有的身份或者称呼可以当面叫,也能背后叫,比如工程师、医生、老师……而有的身份或者称呼,却只能背后叫,不能当面叫,比如寡妇,不管是四十多岁的还是三十多岁的,都不能够当面直接叫,叫了就会惹对方生气。

一个问题解决后,很快又出来了另一个问题。

小山指着自己的脸上,问存存:

"能看出挨过打么?"

他之所以这样问,是因为脸上到现在还有些火辣辣的,担心回去后被发现。存存说,只要把嘴唇上面的那一点儿鼻血擦干净,就看不出来了,至于脸上的手印,已经不大能看清楚了。夏天,被马蜂蜇过以后,脸总是肿得很高,有时还能把眼睛挤成一条细缝。那时候,他们偶尔会学别人的做法,用蒲公英在肿痛的脸上擦一擦,抹一抹,但更多的时候根本想不起来,该做什么还是继续做什么,等到晚上要回家的时候,眼睛就又能睁大了,脸也又恢复成原先的脸。即使脸上还不平,可在煤油灯的灯影里也很难看出来,除非你专门躺在灯下,暴露在亮光里,故意想让人看见。

二十

孩子们吃饱后都到里屋去了,外屋就剩下他们两个大人。

几杯酒下去后,石觉的眼睛有些红了,话也比平时猛增了几倍。

"单位里的一把手,是很多人的榜样和标杆,同时还是好几个女人心仪和敬佩的对象,都认为他豁达、儒雅、形象高大,是她们心目中完美的男人。戴着眼镜,披着呢子大衣,在上面做报告,错别字一个接着一个。我年轻,幼稚,生瓜,不懂事,实在听不下去了,就站起来给人家指出错误,完全没意识到那让人家丢了多大的面子。"

"就这么点儿事?"怀玉说。

"就这么点儿事。"石觉说,"你看,连你也觉得就这么点儿事,包括你说话的口气都轻描淡写。可是,你要真这么认为,那你也就错了。徐老师,我告诉你,哪怕是最小的比芝麻还小还不起眼的事,你以为不是个事,早就过去了,早就忘记了,但是别人却一直都记着,尤其被你伤害过的那个人,永远都不会忘记。某年某月某日,当着那么多人的面,你用一个尖利无比的东西往人家的眼睛里使劲地戳了一下,往人家的心窝里狠狠地扎了一下,人家当时就流血了,血流如注,疼痛难忍,但是你却没看见,因为你觉得你并没有做什么。你戳完扎完就没事了,早就忘到九霄云外去了,可是人家一直在疼,一直都在滴血。"

"……"

"让一个体面的男人在很多人面前,尤其是在很多女人面前丢了面子,那种伤害,比你在背地里狠狠地揍他一顿,比抢走他几百几千块钱要大得多。……这种事情,我原先根本不懂,也完全不知道,也是后来才慢慢想明白。"

"……"

"碰到这种事,那种没水平的,没涵养的,沉不住气的,短时间内就会发作,就会想办法整治你一下,处处折磨你,羞辱你,或者干脆弄一双小鞋给你穿上。而真正有涵养的,能沉得住气的,肚子里能撑船的,完全就像什么事都没有发生过一样,只是在默默地等待,该干什么还干什么。等啊等,忽然有一天,铺天盖地的风暴来了,运动来了,机会也就来了。"

"我不整你,不和你计较,让运动来整你,和你计较。"

"对,我要说的正是这个。并不是拿不出手,说不出口的,每一个理由都能正经地摆在桌面上,都能发表在广播和报纸上,不怕你看,也不怕你怀疑,你尽管睁大眼睛看好了。外面天昏地暗,喊杀声一片,这个时候家里的门窗也摇晃得快要散架,急需要派一个人出去,必须得有一个人出去。把周围每一个人都过滤一遍,目光最后就停留在你的脸上,不派你去又能让谁去?只能是你了。要不是你,那倒真的有了鬼了。"

"前面把每个人都过滤一遍,只是个形式,实际上早就有目标了。"

"所以,我的经验和教训是,千万不要与人结怨,不要说是单位部门的一把手,能够拨弄你命运琴弦的人,即使是一名锅炉工,一个被所有人轻视惯了忽略惯了的人,也不要轻易结下那种你认为不重要的东西。你认为不重要,不等于别人也认为不重要。结了怨,就等于埋下了一个祸根和仇恨的种子,一有机会,那种子就会拱破地面长出来。三五个在心里一直怨恨着你的人,在一起一鼓捣,一算计,你的身份和阶级成分立马就变了。有时甚至某一个人一皱眉,你就永世不得翻身了。你以为你真的犯的是路线错误么?你以为你的那个案子真的大到重要到足以载入史册?史册知道你是谁?根本就不知道这世上有你这么一个人。除了周围的那几个人,再没有人知道你,而如果他们集体否认,那这个世上,究竟有没有过你这么一个人,都是一个很值得怀疑的问题。"

"难道不是路线错误?"

"当然不是。我这些年三次被捕,三进三出,案情竟然越来越复杂,复杂到连办案的人甚至都无法说清楚,理不出一个头绪。第一次判的是无期徒刑,无期徒刑怎么只坐了十年牢就出来了?我不能不想,不怀疑。就数最近一次时间最短,只在里面关了一年。里面的人,有很多是这种情况,根本不是什么路线问题、立场问题,完全都是个人恩怨在作怪。你得罪了人,别人就会借势整你,不是他本人划着一叶扁舟在和你单打独斗，在明显地报复你，在江心深处劫杀你，而是把你送到一艘时代的大船上去，让你误以为你和整个的形势有关，和那巨大的时代风暴有关。高明吧？"

"真是够高明的。"

"徐老师，我们太像是在一场白茫茫的大雾里，雾里有什么，雾的周围和对面有什么，你能看清楚？什么也看不清楚，看不清楚你就说不明白。"

"我们只是在一天一天地过着。"

"一场声势浩大的风暴里面，不知道包藏着多少个人恩怨和各种无耻的小动作。我有时候甚至觉得整个世界，所有的历史，是不是就是由这些东西构成的？"

"我是女人，从来不想这些，只是想着怎样把这个日子过下去。"

"你一定以为你们家老林也是路线上的问题，立场上的问题，说实话徐老师，我不这么看。你想想，就凭他那种孤高决绝的世人皆醉我独醒的性格，把谁都不放在眼里，他得罪的人会少么？被他的言语和态度伤害过的人，对他有怨恨的人，不知有多少。机会一来，墙倒众人推，没有一个人会站出来为他说一句话。人家为什么要为你站出来？没道理么，你平时什么时候把人家张三李四放到眼里过？言语伤人，有时候比利器伤人还要厉害。话那种东西，要是说不好，连自己也会被牵连进去。春种秋收，有种都不一定有收，更何况你平时就没有种下，当然也就不会有日后的收获。要说种下了什么，很可能只是种下了广泛的怨恨。"

  他当当地敲了三下，然后说没人。

  雨就是在那个时候开始下起来的，雨点大过榆钱，落到地上，有的还能蹦起来。不大一会儿工夫，空气里已全是土腥气和雨点的腥气。

雨下得又急又大，很快，街上就流成了河。

刘桂芝在邮局门口撑着一块雨布，喊他们过去避雨。他说，我不去，你要去你就去吧。

她说，她是刘桂芝，又不是洪程范，又不是要让你和洪程范站在一起。就算她是洪程范，站在一起避个雨，也不能说明什么。

她的话还没有说完，他已在雨里走远。

"人有那样的性格，很难得到援助，倒是常常能招来石头和锁链。在我们这个社会，领导要是对你有怨恨，群众也往往就不会喜欢你，上下两头，哪一头都不落好，都巴不得你有点儿事呢。一个人要是这种情况，那这个人基本上就完了，会连立锥之地都没有。"

"你家，我家，现在不是都立到了这没人烟的地方么。"

"我其实没有资格说他，我本人的性格比他也好不到哪里去。我今天喝了一点酒，在你面前胡咧咧，我三十八岁才结婚，三十九岁上才有了小石头，这些年过得像是做梦一样，前一个还没做完，后一个就又接上了，这就是最好的证明。"

听石觉这样说，怀玉忽然又想起一年多前，他的妻子宇文秀临终前的情景。宇文秀说，再也不会有那一天了，等他回来，我早就不在了，早就变成土了。那时候，谁也没有想到，仅仅一年后，他就回来了。接下来的情景就是，厚厚的眼镜片，乱蓬蓬的头发和胡子，背着篓子，篓子里站着三岁的孩子，每天早出晚归。

"徐老师，我其实不该成家的，我这样的人，怎么能成家呢？成家等于是又犯了一个大大的错误。而后又有了孩子，又是一个比前一个错误还要大的错误。前面害了一个无辜的女人，后面又害了一个什么也不懂的孩子，一下害了两个人。"

"不能那么想。宇文秀的病据说有遗传方面的原因。至于小石头，多可爱的一个孩子。"

"有我这么一个爹，他能有什么好的将来，到现在还是个'黑'孩子呢。人都有得寸进尺的毛病，就像我，刚放出来，蒙头蒙脑的，连一双多余的能替换的鞋都没有，却轻狂地想当然地以为天亮了，人顺了，运通了，一切都好起来了，就想着要结个婚吧，成个家哇，就被一种东西蒙住眼睛，控制住了。几个姐姐也头脑发热，起哄架秧，跟着瞎撺掇，想也没想过她们的兄弟有什么资格和条件去组建一个家庭，就稀里糊涂地组建了。选中一个女的，人家正好也没嫌弃你，然后就开始了，开始一步步地害人家。果然，没几年就像一个当初就没建牢靠的房子一样散架了，坍塌了。"

"所有的事情都不是我们能够预想和掌握的。比如，明天来一个通知，让咱们两家从这里搬走，搬到十里地以外的刘家坟去，你搬不搬？"

"那当然得搬。"

"所以，我一直觉得，我们能做的，就是关上门以后自己家里的那点儿事。等到一出了这个门，就又啥都不由你了。"

"徐老师，能遇到你们一家人，与你们成为共用一堵墙的邻里，可能也是老天对我和小石头的垂怜呢，我觉得很幸运。"

"我也常和几个孩子说，隔壁住着石觉叔叔和小石头，我们很放心，任何时候心里都很踏实。假如不是你们，是另外一家人呢，我们还能这么踏实么？"

屋外天寒地冻，菜放在桌子上，一会儿就凉了，盘子里的边缘部分已有乳白色的油脂凝聚成一圈糊状。石觉光顾着说话，很少动筷子。

怀玉把盘子里的菜拿到火上,又去热了一遍。

"不用热它了,这就挺好。"石觉说,"我不知吃过多少带冰碴子的饭。"

"那不是没办法么,想热你也没地方热去。"怀玉说,"就像你刚才说的,人都有得寸进尺的毛病,没饭的时候,想要是能有一碗饭就好了。等到真的有了一碗饭,就又想,要是能有火,把饭热一下,把里面的冰碴子化了,那就更好了。饭的问题先解决了,这么一想,就又会为一堆火去奋斗。"

"人生的烦恼也就在这里呢。"

"可是,活着的过程和乐趣不也在这里么。"

他们一边趁热吃饭,一边继续说着话,听见风在外面的岗上乱走,碰到墙上,被顶回来,然后再碰;遇到树丛,就从黑乌乌的树丛中间穿过去,往远处去了,不用看也能知道。更多的风聚集在坡上,前一批还没有来得及离去,后面的一批就又到了,新的旧的拥到一起。

"六〇年的时候,我的小弟去监狱看我,"石觉说,"给我带去了吃的,有一种特别薄的像纸一样薄的东西,好像叫什么饼。我问小弟在哪儿买的?小弟说在来的路上买的,是一个外地人在卖,鬼鬼祟祟地藏在树丛后面,一个油乎乎的挎包挂在胸前,先露出一点点,让你看一下,你决定买,他才抽出一叠。那东西油性很大,特别好吃。隔着铁窗,我和小弟每人各吃了三张,说把剩下的几张带回去给父母、姐姐们。吃到后来,才开始慢慢地品尝,才开始嚼了,嚼了一会儿,忽然觉得哪里有点儿不对劲。你猜是什么?"

"什么?"

"根本不是他说的什么酥什么饼,小弟被骗了。"

"那你们吃的到底是什么?"

"说起来也非常的简单，就是副食店里用来包点心的那种纸，上面净透了油，一张纸就成了一张油纸，几十张摞在一起，码得整整齐齐，无论谁看见了都会以为是一种吃的，没有人会怀疑，会往别的方面去想，脑子都不转了，还怀疑什么呀！我说怎么像纸一样薄呢，可我那没出过门的傻乎乎的小弟却说，手艺好呗，手艺好才能把面擀得像纸一样薄。完全饿傻了，到最后他也是半信半疑的。"

"先前吃的时候，你们就一直没有嚼？"

"唉，那哪能顾得上嚼呢，刚放进嘴里，听见嚓嚓两声，就直接咽了。"

石觉的话让他们两个人都笑了起来。炉子里有火光映出，怀玉把凳子挪开一些，背过身去咳嗽。她发现，一定程度上的轻松的谈笑，会让人暂时忘记寒冷，甚至想不起长久以来的忧愁，这样的时候，想起来好像已有很多年没有过了。

但是这样的时刻却也并没有能够持续多久，很快就又被石觉的一句话打断了，冲散了，那相对轻松的时刻像一只受惊的小鹿一样，一闪就不见了。既然被吓跑了，那就很难再回来了。她起身往炉子里放了两块树皮，树皮还没有燃起来，就听见石觉说，在我们这种人中间，还有人把自己当成是落难的英雄，真的是么？我原来也有过那样的认识，但最近两三年以来不再那么想了。事实上，也从来没有人会那样看你，认为你。你觉得你是，但是在别人的眼里，你什么也不是，你就是一个有问题的人，一棵有霉斑的菜，一个不光彩的人，一个有别于正常人的人。

怀玉也不得不承认，石觉说得没错，人们就是那样看待他们和他们的家人的，好在他们也早就习惯了。不习惯又能如何？在东风运输社搬运货物的时候，她把蓝色的工作帽一戴，麻袋片往肩上一披，东西往身上一压，绝大多数的时候都想不起自己是谁，更没有工夫去想。那时候想什么呢？只想着不要把一捆玻璃打了，不要让一摞碗碎了，琢磨怎样才能既省力又安全地把一桶硫酸搬运到指定的位置，再用草帘苫好，用砖头压住。

当一种意想不到的生活在外面叫门，猝然来临时，你只能紧跑着恭敬地迎出去，并伸出双手接住。命中注定它就是来找你的，你不接让谁接呢？它像蟒蛇一样盘在你的门口，冰冷，无声，你得把它小心地抱回去；它像炽红的炭火一样熊熊地来了，你得伸出双手把它捧住，不能让它灭了；更多的时候，它如同炸雷一样在你的头顶上面咔嚓咔嚓地响着，炸着，提示着，又用简短的或者长长的弯弯曲曲的闪电一次次地把你晃醒，为的就是让你伸手接住这个东西，你接住了，认领了，它们才能再往别处去。孩子们说，妈，咱们家和别人家不一样呢。当然不一样，因为我们接住了一个特殊的东西。妈，咱们家和别人家也一样呢。当然一样，因为每家都会迎来一个东西。人在世上活，不可能独苗一棵，三五棵，不管不顾地活着，不与周围的土壤、空气、风雨和阳光发生关联，你怎么可能活得下去？妈，老师今天点了我的名。点就点吧。生活早已点了我们的名，把我们叫住，让我们在门外弯腰等着，双手下垂，等所有的人都走完了，我们才能回家。

月亮斜挂在天上。

走出去没多远，就听见后面有人在喊。

"吓得呀，魂都快没了。"后来她这样对大姐说。

手一哆嗦，手里的脸盆和饭盒就咣啷一声掉到了地上，在那个寂静的月夜里，她领会到了什么叫灵魂出窍。饭盒里还有两个生鸡蛋，她都没顾上，也没敢看看是不是打碎了。

等了一会儿，却并没有人追上来，才知道那声断喝并不是冲她来的。奇怪的是，往下弯腰的时候，腰也竟然奇迹般地不痛了，昨天还不能弯呢。打开饭盒一看，那两个鸡蛋果然都碎了。

　　她蹲在路边，把那些碎蛋壳一点一点地捡出去，附近有布谷鸟在叫。

　　覆巢之下，安有完卵？这是她蹲在月光下能想起的唯一的一句话。

　　"坏人并不是一茬一代就完了，而是代代都有，所以你永远也不要指望生活中没有坏人。老坏人死了，退休了，退役了，不大再能发挥什么坏作用了，我们没必要欢欣鼓舞，因为接替他们的新一代的坏人正在场上纵横驰骋。比他们小一些的，尚在读书、成长阶段。更小一些的，则还躺在摇篮里听鸟叫，玩奶嘴，几十年以后才轮到他们正式上场……人究竟是怎样成为坏人的？是一出生就注定了，还是在成长的过程中慢慢变坏的？我真是说不清楚也想不明白。"

　　"一代一代的？这还有个完么？"

　　"没完，永生永世，永远没完。"

二十一

　　"老黄，每次给我拿多少粮食，你都记一下，我这里没有秤，有也不认识，不知道是多少。等将来……如果我还有将来的话，我一定加倍偿还。"

"你又来了,我就不爱听你说这种话。"

"老黄,我说的是真的。"

"我说的也不是假的。"

"唉,你不记一下,我吃得会不安心呢。"

"你怎么连这也不懂,我要是指望你偿还,那我又何必偷偷摸摸地做这些事呢,我清清静静的不好么?"

"老黄,我拖累你了。"

"你要还,那现在就还吧。"

"现在什么也没有,想还也还不了呢。"

"那还说那么多废话干啥。你记住,土豆千万别冻了,冻了就不能当菜吃了,只能焖熟了蘸酱吃。"

"老黄呀,我这一生,最怕的就是拖累别人,成为别人的负担和累赘,可是一年一年地下来,我终于发现自己什么也不是,就只是一个负担和累赘。老黄,命运和我开的这个玩笑,真的是有些太大了,让人承受不住呢。"

"每次从家里出来往这边走,我都会想,我做的这件事不能光明正大,只能偷偷摸摸,可它绝不是一件不光彩的事。"

"村里的人都不知道么?"

"连我家里的人都不知道。"

"老黄,真是难为你了,真不知道你是怎么瞒过他们的。"

"以我对上深涧人的了解,你要是正正当当地回村里去住,应该也没有问题,也不会有人去告发你,害你,可是咱们不能平白无故地去冒那个险呀,对不对?为啥要冒险呢?得以防万一,万一有个啥呢?十个手指头伸出来还不一般齐呢,人心就更复杂难测了。另外,又有上面的干部常年在村里蹲点、住着,那也不行。"

"老黄,我压根就没想过那些,我早就把自己当成一只土拨鼠,只配住在远离村庄远离人群的僻静处。我连黄鼠狼都不敢比,因为黄鼠狼还有机警凶猛、英勇善战的一面呢,我哪有?我有人家那两下么,没有。"

"听你这么一说,我也不如黄鼠狼呢,人家要是想吃肉了,就摸进村里,抓只鸡,逮只兔子,很少有空手回去的时候。"

"哈哈,老黄,我们都不如黄鼠狼呢。黄鼠狼的孩子们要是想吃肉了,就会对它们的父母说,今天想吃鸡肉。做父母的就会说,乖乖的,在家等着,就走了,不一会儿就弄回来了,一家人高高兴兴地大吃一通。我们的孩子能行么?一来没钱,即使有钱,也不一定就能买到。他们叫得烦了,只能给他们一个耳光,踢他们两脚。"

"我们的孩子,他们不如小黄鼠狼幸福呢。"

"你灰头土脸地出去一天,能给他们带回什么?"

是四月初几,具体日子你忘了——你从来都不记那些具体的民间的尤其是农历的日子,你甚至认为农历属于封建迷信,谭姨送给你一把韭菜,可是你在路上就丢了。回到家里,发现一家人都在等你,也在等那把韭菜。家里准备吃包子,什么都准备好了,就等你和那把韭菜回来。

你想起坐在你对面的那个人,一直把一个破提包紧紧地抱在怀里,很长时间连姿势都不动一下。其实里面很可能什么也没有。你不理解,你就纳闷了,那么一个破包,也值得那么紧紧地抱着?

"就在前两天,又有人家丢了鸡,只留下一些带血的鸡毛。"

"黄鼠狼干的？"

"只能是它们。"

"没有抓住么？"

"那上哪儿抓去？等你早上起来，它们早就走了。有人说它们住在梁上，也有人说看见住在下面的深涧里，不管住在哪儿，你都找不到。人们能做的，只能是把鸡窝的门扎得更紧更牢固一些。"

"一家人能养几只鸡？"

"三五只，十只八只，再多了，就是让你养，你也养不起呢。猪羊也是，一家一两头，两三头。养一群，你能喂得起么？"

"蹲点的干部不管么？"

"不管。他们在各家各户吃派饭的时候，也希望自己运气好，有口福，能吃到鸡蛋甚至鸡肉呢。"

"不会专门杀鸡给他们吃么？"

"那不会，平白无故的，不过年不过节，杀鸡干啥？如果正好赶上了，那就吃，赶不上也没办法，那才能显出运气。"

"他们对人们凶么？"

"也是人，能凶到哪儿去？不凶，你也别把他们想得太坏了。去人们家里吃饭，赶上啥吃啥，腌酸菜，窝头，吃得也都挺高兴。公社的王副主任最喜欢吃小米稠粥，一碗酸菜，一碗稠粥，每次最后还要喝一碗米汤，说这样吃完才最舒服。人们在房前屋后，山脚下，开一点荒地，种一些葫芦、南瓜、豆角什么的，他们不仅不管，倒是会关心你的收成，关心水浇得够不够，肥上得足不足。你在地里摘豆角的时候，要是正好碰上他们没事，还会一边帮你摘豆角，一边和你说话。法院的大老刘，最喜欢帮助村里的老太太们摘豆角，一边摘一边说话，比女人们还能说呢。时间一长，就像你的邻里一样。他们当中的某一个人要是忽然有事走了，好多天不见，人们就会问，小刘去哪儿啦，咋还不回来？你听听这话，'咋还不回来？'，完全就已经把他们当成了村里的一个人，走了反倒会想，会不习惯。"

"我离开社会太久了，真是没想到。"

"当然，也有那种一惊一乍的，一来了就要斗争，就要深挖狠抓，每天背着手，看谁都像坏人，把人分成左中右，分成三堆堆。这么一引导，人们就会转向，原来关系好的也会互相猜疑，甚至兄弟之间，姐夫小舅子也会变成仇人。"

"就怕那种人，是不是？"

"那当然是。你和你的老大不在一个堆里，和你的姐夫或者小舅子也不在一个堆里，时间一长，没问题也会有了问题。"

"就好像你们这一堆是土豆，他们那一堆是萝卜？"

"比那差别还大呢，最激烈的时候，完全就是水火的关系，一堆火和一堆水的关系。我那个二小舅子，已经有两三年了，一次也没有登过我们家的门，原来，一没事就来了。和我不对了，和他姐姐好像也因此生分了。"

"为什么？"

"因为我们不在一个堆里，他认定我说过他的坏话。"

"你说过么？"

"我哪有，我怎么可能说他的坏话？可这种事好像也解释不清，他心里已经有了那种圪茬，不再信你，你越解释越复杂，越抹越黑。我后来也就不解释了。"

"那你们就等于不来往了？"

"还来往啥，有些东西消除不了，不能来往了。我心里没有啥，还把他当小舅子看，他任何时候来了，我还会像以前一样。关键是他不行了，心里恨恨的，见了面绕着走，实在绕不开了，就当没看见。"

"这真是难受。"

"这是上上一个工作组干的事，闹腾完了，他们走了，却让好多人家从此背上了包袱，说不定一辈子也放不下来了。"

"现在呢？"

"现在在村里蹲点的是又一个工作组，组长是武装部的马部长。成员有公安局的一个女的，刘玉玲，人们都叫她小刘；还有文教部的崔宁，水利局的谢保义。"

"他们怎么样？"

"挺好的，挺正常的几个人。除了崔宁略有一点架子，其他人都没架子。马部长最喜欢吃酸菜，酸萝卜，无论到谁家吃饭，只要有酸菜就行，每顿饭都要吃一大碗。"

"老黄，我已不大记得村里的样子了。"

"还是先前那样，没变。"

"学校还在原来的那两间庙里？"

"啊呀，你看我这记性，村里别的都没变，还偏偏就是这个变了。学校已经不在原来的地方了，因为那两间庙塌了，就搬到了村外的野地里，你肯定也去过，最北边的那条河边，四周有白杨树，穿过村子边上的那些豁口就到了。新学校红砖红瓦，比你们原来在的那时候强多了。不过，就是有点儿太偏僻，白天敲钟，上课，学生们哇哇的，闹哄哄的，不觉得有啥。可是一到天黑以后，人都走光了，就显出僻静的厉害了。四周一个人也没有，风呼呼地刮着，树叶哗啦哗啦都响着，半夜里风把钟吹响，当当地敲，比白天的时候敲得吓人多了。就疑心有人戴着白手套，正站在树下敲钟，在黑板上唰唰地写字，写谁也不认得的字，还用白粉笔画枯树，画牡丹花，画梅花……有的女老师不敢一个人睡,甚至把娘家的嫂子或者姐妹叫来做伴。"

"有这样的事?"

"人们为什么不大喜欢文教部下来的蹲点干部崔宁?因为崔宁说,一个人,身在祖国的大好河山,难道不应该感到幸福和自豪么,怎么会害怕?你害怕,不敢睡,只能说明你思想有问题,心里有鬼,只能从你的灵魂深处找原因。有的女老师就说,他不怕,让他的女人一个人来这大好河山住两天试试看,看她幸福不?"

"老黄,我记得呢,那位置确实是够偏僻的。我当年常去那一带走动,好像是一片河滩,即使是夏天,也很少有人。从上游往下游看,河水是蓝的,蓝盈盈的,常觉得要是灌一瓶回来,说不定就能直接写字。"

"对,你还记着哩。"

"我能记住的也就是这些了。"

"好多东西,你以为忘了,其实没忘,只是平常不提,让别的一些东西给压住了,遮挡得严严实实,其实它们都还在。"

"老黄,你这话我信。可是一个人要是长期处于一种被追撵着的状态,会什么都想不起来,会什么都不记得。"

"它撵你,你不会反过来撵它么?"

"老黄,开什么玩笑?"

"今年夏天的时候,有一天,外面下着雨,工作组的刘玉玲在屋里擦枪,事先忘了把子弹退出去,擦着擦着,忽然走了火,啪的一声,把房东家的一个柜子从正面穿了一个洞,房东老大娘被惊得跌坐在两个水缸中间的旮旯里,好半天起不来。刘玉玲自己也吓呆了。事后,人们都说,小刘这回可完了,不处分,也肯定不能再继续留在工作组里了。"

"后来呢?"

"啥事也没有,就像啥也没发生过一样,马部长把事情给压下来了。发生了这种事,关键要看领导怎么对待,看他的立场和态度。马部长认为没事,那就没事,事情就随着时间一起过去了。要是碰上个牛部长、侯部长,喜欢有事的,那就真的有事了,事情会越滚越黑,越发展越大。大到不可收拾,一群人都合抱不住,越来越严重,连牛部长或者侯部长本人也不再能控制和掌握的时候,小刘面临的又何止是处分、开除,说不定还会闹出人命,像你一样,被追撵着到处跑,那也是有可能的。"

"这完全有可能,好多事情都是这么开始的。"

"所以说,小刘命好,碰上了马部长,她最应该感谢的人就是马部长。要是没有马部长,她现在是个啥情况,谁也不知道呢。"

"她的运气够好的。"

"村里的人们也都那么说哩。一个人的运气好不好,好多时候连自己都不知道呢,只能像摸黑赶路一样,走一步说一步,走到哪儿算哪儿。"

"老黄,你不觉得所有的人其实都是在摸黑赶路么?要是很早就看见自己的经历和最后的结果,知道好运气自己是一点点也没有,那会有很多人不敢再继续走下去,也会不想再继续走下去。比如我,我要是早知道要经历后来的这一切,我宁愿自己的年龄就停留在十七八岁以前,不再往前走,就在那时候就提前夭折了多好!"

"也不能那么想。要是都那么想,世界上早就没人了。"

"我们当年的一个同学,假期里在水库游泳淹死了,家里人哭得死去活来。还有人说,真可惜,一朵花还没有来得及开放,就提前谢了。现在看起来,那未必就不是一件好事。开放什么?开成像我这样的？还不如当年就谢了。"

"讲迷信说，人都是喝了迷魂汤以后才来到这个世界上的，然后慢慢长大，重新出发，所以只能是一步一步地走，一年一年地过，到最后才能看见自己这一辈子是咋样的，不可能提前让你看见那一切。如果提前看见了，就等于泄露了天机，有人就会逃跑，有人会早早地想对策，也有人会在灾祸到来之前及时地了断自己，一切的章法都乱了，所以不能这样。这是活着的时候。等死了以后，再喝一碗迷魂汤，让你忘记生前的一切，忘记自己曾经是谁，住在哪里，都做过些什么，有过一些什么样的亲戚和朋友，所有的一切都不再记得。"

"老黄，你信这些么？"

"不知道，我也说不上来。说不信吧，有时候也信，说信吧，又总觉得无根无据，连一点点哪怕是最小的凭证也没有，有一张像咱们卷烟用的那种小纸条也行呀，是不是？所以，有时候也真觉得像是喝了迷魂汤一样呢，啥也弄不清楚，说不明白。"

"不只是你我，这种事，从来没有人能弄清楚，有的人一生都在上蹿下跳地打听，也打听不出什么来。"

"我们有一个本家的叔叔，说他知道自己原来是谁，是啥人。人们问他怎么知道的，他说，凭啥要告诉你们，我是谁，我做过啥，和你们有什么关系？有人汇报到工作组那里，下乡的干部就问他，你真知道自己是谁？他说，那哪能知道，我是逗他们耍哩，解闷呢。而实际的情况是，他并没有对下乡的干部说真话。"

"他真的知道前世？"

"从他对工作组的态度来看，我又觉得他是在瞎说。有人传说他会法术，我却不太信。你想，他真要是会法术，能呼风唤雨，还能在乎个下乡干部，还会怕工作组？"

"可能法术在政治面前也得低下头，躲着走呢。"

"我也这么想过，就算他会法术，可能也只是一种小戏法，根本谈不上厉害和神奇。真要是无论关到哪里也能说出来就出来，刀砍不动，枪打不死，擎天柱一根，谁也拿他没办法，那还有啥可怕的。"

"事实是，干部们一来，他就吓得什么也不敢承认了。"

"对呀，所以我也不大信他。戏不是假的么，可人们都爱看。你再一想，那一切真的就都是假的么？我们那个叔叔，不吃肉，人们就猜测他，上一辈子说不定是个杀猪的呢，就因为透支得太多了，这一辈子才没有属于他的那一份肉，所以才只能不吃，只好不吃。你要问他，他不一定承认，他也许会说不想吃。人，不想吃，吃不上，都是理由，但是根源还在于没有他的肉，没有他的那一份。既然没有他的那一份，那他还吃什么，只能不吃。"

"老黄，这样看来，酒也是。一个人要是提前几十年把他在世上的那点定量喝完了，就只能去死了。如果那个人还活着，那一定是个戒了酒的人，不管因病还是别的什么，总有那么一个具体的且又能完全说得过去的原因，让他与酒无关。"

"不只是酒和肉呢，应该是所有的东西，包括我们身上穿的衣裳。你把属于你的那点棉花和布全都穿完了，剩下的日子咋办？光着？也只能是不活了。你要是还活着，就只能是在掠夺别人的衣裳，因为已经没有你的东西了。不活的理由和方法也会有多种多样，跳井，上吊，犯罪，生病，或者一次意外的事故。你正在宽阔的河川里走着，响天晴日，忽然洪水从背后涌来，一转眼就把你卷走了。你正在家门口站着，要说安全，那可以说再安全不过了，可是，一根牢牢地立了十几年的木头突然倒下，正砸在你的头上，当即没气。郭家窑的刘汉源，一家人过年，高兴得又说又笑，刘汉源嘴里还含着一块糖，觉得日子是多么的甜蜜，多么的美满。可是没料到那块甜蜜的糖突然把他卡住，让他再也笑不出来，坐在炕上就死了。所有这些事情，表面上看是出于这样那样的原因，可真正的原因只有一个，那就是这个世上已不再有你的那一份定量，从吃的到穿的再到用的，你啥都用完了，没有了，那还怎么继续活，那不死还等什么，只能是活不起，也不能再活下去了。"

"老黄，"

"嗯？"

"你看我的定量，我在这个世上的那点儿定量，是不是也早就用完了，没有了？"

"唉，咱们这是说闲话解闷呢，你又扯到你身上。"

"这些天，我也一直在想这个问题。你看，吃的，全都是你给我拿来的；用的，也是你拿来的；身上穿的衣服，虽然不是你拿来的，可是快一年多没换过了，那说明属于我的那一份布很可能也用完了。老黄你说，属于我自己的，还有什么？这一切又说明什么？那说明我已经什么都没有了，现在还活着，完全是靠别人接济，靠占别人的便宜，一个人的定量两个人在用。"

"你再这么说，我就要走了。"

"你不要走，我只是想让你帮我分析一下。"

"我不会分析，我只知道这是暂时的困难。"

"老黄，十多年了，我就没有顺利过一天，一直都是这样，我不能不往那方面想。"

"十多年算啥，有的人几十年，大半辈子都在和不幸打交道，粘得那个牢那个紧，缘分那个深，比狗皮膏药还紧，揭都揭不下来。在这中间，人呢，被锻炼得又顽强又结实，就像水浸过无数遍的麻绳或者牛皮，又硬又耐，刀砍不动，枪扎不透，我就佩服那种人。"

"所以你希望我也能成为那样的人？"

"对，你要是也成了那样的人，我就不用再操心了。相信你什么问题都能解决，什么样的难关都能渡过。"

"我又何尝不佩服那样的人。"

"你叫我分析，我就给你分析一下。你现在每天还有饭吃，那就说明这世上还有你的定量，至于那饭是从哪儿来的，先不要管它，管它是从哪儿来的，饭吃到了你的肚子里，就说明那份定量还是你的，如果不是你的，你是吃不到你的肚子里的，你信不信？"

"你说的好像也有道理呢。"

"我得走了。记住，土豆千万不要冻了，冻了就不能当菜吃了。"

月光照进来，模糊地照见你刚写下的一行字：最坏的一天。

霎时间，无数的头绪开始在你的眼前蠕动起来，过往的一切好像一下又都复活了。你自我感觉身陷苦海，苦思冥想，殚精竭虑，不知该从哪里说起。

如果这时有人对你说你有点小题大做，还有一点神经质的浪漫，你一定不会同意，甚至会勃然大怒。你其实不明白，一个人能够坐在窗前，看着月光，还能够在纸上写字，那能叫最坏么？说这种话的人，这么想问题的人，根本不知道什么叫最坏。

第八章　除夕夜在医院遇到朱槿

二十二

大年三十上午,飘了一点柳絮似的雪花,到快吃中午饭的时候,雪花不飘了,天好像亮了一些。人们说,雪下不来了。

街上已全是过年的气象,一冬天常见的马车和冒着黑烟的拖拉机都不见了,并没有看见有人扫街,但街道却十分干净,比平日看上去洁净了许多,也出奇的空旷。人突然比平时少了许多,这可能也是让人觉得干净和空旷的一个主要的原因。有时候,一整条街上只有两三个人在走着,这在平时只有半夜三更才有可能看到。有的是出来买东西的,有的已经买好了东西,正在往家里赶。尼龙网兜里露出冻鱼的尾巴,或者有两只黄色的同样冻得硬邦邦的鸡爪子从网眼里伸出来。

其实,无论冻鱼也好,冻鸡也好,都还不是最明显的表示要过年的样子,真正最能表明过年气象的,还是家家户户门外刚贴出来的对联和挂在屋檐下或者大门口的灯笼。鲜艳的红色,让整个小城都发生了巨大的变化,如果去掉这些红颜色,就还是一座灰蒙蒙的小城,与平时没有什么两样，谁也不会以为已经到了年关。

小山他们班里的一名同学，家里是西关的社员，几口大缸上都贴着"米面如山"的红色斗方。羊圈门上贴着"猪羊满圈"，尽管里面是空的，一只羊也没有。家里的柜子上贴着"衣服满柜"，旁边的一个小柜子上贴着"白浪滔天"。

一路上，小山就和母亲说着这样的一些见闻。母亲不理解，为什么要在家里的柜子上贴"白浪滔天"的斗方，难道柜子里有水么？小山解释说，这事不能怨他那个同学的家里人，要怨只能怨写对联的那个人。因为前面已经写过了，"大雨落幽燕"，五个字，也是一张斗方，贴在一扇门上。"白浪滔天"没地方贴，就灵机一动贴到了那个小柜子上。后面的"秦皇岛外打鱼船，一片汪洋都不见"，贴到了她奶奶一个人住的那间西屋的门外。老太太也不认识字，贴什么不重要，重要的是贴，看见崭新的红彤彤的对联贴在门口，就觉得高兴、喜庆。

小山和母亲从行人寥落的城里回到东坡上他们的家里时，石觉正在他的门前洗衣服。没看见小石头在哪儿，问石觉，说是睡着了。

大年三十，整整一个上午，石觉都在洗衣服，洗小石头的衣服和他自己的衣服。衣服倒是没有多少，棉袄棉裤不能洗，最难洗的是床单和窗帘。就在他洗衣服的过程中，天空中飘起了柳絮般的雪花，漫天飘舞，他抬起头，一边呆呆地望着，一边揉搓着手里的衣服。他有点儿担心天气，这雪要是一直下下去，他的这些衣服就别想干了，它们都将会阴冷冷湿漉漉地越过除夕，过渡到下一年。

洗着洗着，后来，等他再抬起头的时候，发现先前的雪花竟然没有了，深灰的天空里，有很多地方出现了蓝色和浅蓝色，天好像要放晴了，眼前这静悄悄的不知不觉的变化让他又高兴又放心，洗得也有了信心和劲头。

小山和母亲从长长的坡下走上来的时候，石觉叔叔已经在门前不远处的那根铁丝上晾起了一些衣服，小石头的几件衣裳，无论裤子还是上衣，都瘦小得可怜，往铁丝上一搭，就显得更小了。

母亲问石觉叔叔：

"买到肉了么？"

石觉叔叔说：

"买到了。"

母亲又问：

"买了多少？"

他没说买了多少，而是说够了，足够他和小石头两个人吃的了。

看看地上的水，又看看已经晾在铁丝上的衣服和仍然浸泡在水盆里的那些衣服，母亲又说："前几天怎么不洗，非得今天洗？你可真会选日子。"

"早就想洗，可一直没腾出空。"石觉叔叔说，"本来还想拆洗一下被褥，这也来不及了，只能等到过了年以后了。"

"你会拆洗被褥？"

"就是担心这个，一开始就是怕拆了以后再缝不回去，变不成原样，所以才没敢动手。后来研究了一下，发现其实也不复杂，不难。"

"等过完年，我帮你拆洗吧。"

"那怎么行，绝对不行！"

"怎么不行？"

"我在煤厂干活儿，被褥脏得很。我想过了，等过完年，我抽一天时间，把它们带到黄家梁，让我大姐帮忙拆洗一下，小石头也正好能见见他姑姑。"

"四十多岁的人了，还让大姐帮你拆洗被褥？大老远地驮过去，完了再驮回来，你不嫌麻烦也就算了，你就不怕你姐夫笑话你？"

"原来确实这么想过，打算过，现在已经决定要自己干了。你说得对，真要是拿过去，确实很不像话。"

回到屋里，关上门，母亲说：

"肉也肯定没买多少，不会超过三斤。"

说着，又从一个篮子里拿出三个洋葱头，让小山给送过去。小山回来没多久，石觉叔叔就领着小石头过来了。小石头穿了一身新衣裳，从鞋到帽子看上去都是新的，帽子是人造革的，两个帽耳上镶着一点儿驼色的绒，是介于夹帽和皮帽子之间的那种帽子，夏天戴着太热，根本不能戴，冬天戴又不能真正防寒，基本是个样子货。小石头的裤子也很长，裤脚那里往上挽了两圈。再看上衣，似乎更长。

"怎么都这么长？"母亲问石觉叔叔，"就没有正适合他的衣服？"

"买回来才发现长了，"石觉说，"不过，明年、后年穿就不长了。"

"你想让他穿几年？"母亲说。

石觉叔叔尴尬地笑笑，不安地搓着手，他说最大的失误就是没有在买之前让小石头穿上试一下，要是当时试一下，一下就看出问题在哪里了。母亲对他说，你真敢做主，试也不试一下，就直接拿回来了。我都没有那种把握呢，给他们几个买衣服，都得让他们亲自去试试，很多时候试一下都不行，还得反复地试，就那样都还有不合适的时候呢。

小石头却无所谓长短，他吃着一块又黏又黄的糖，母亲打开一个纸包，抓了一把刚买的糖放进小石头衣服的口袋里，直到把他那个小兜塞得鼓鼓的。

这时正是中午，在天上，在一堆灰蓝色的云彩上，出现了一条有些发亮的口子，刚出现时，很像是皮肤上的一道伤口，表面发亮，紧绷，甚至透明，下面有脓有血的那种。过了一会儿以后，那口子逐渐拉长，比原来变得略宽，不再像伤口的样子了，看上去更像是用扫帚新扫出的一条小路。

人们都以为天要晴了。小山觉得，要晴也只能从那堆灰蓝色的云彩上开始，从那条不久前才新扫出的亮亮的小路上开始。

石觉叔叔出来翻晒衣服，抬头观察天气，按照他的估计，他上午洗的这些衣服，到了晚上，干肯定是干不了，但是至少不会再像现在这样湿漉漉的了。衣服干到那种程度，那就好办多了，就放在外面让风吹，或者拿回家里挂起来，一黑夜的工夫，差不多就全干了。

可是，等人们吃完饭，到了午后，两点多的时候，天却忽然又阴了，整个天上看不到一丝蓝色，再找那条像是新扫出的小路一样的亮光，哪里还有，完全找不到了，像一扇门一样，早就合上了，被又黑又厚的云彩覆盖得严严实实。

阴沉沉的天底下，一下就好像提前到了晚上。

刮了一点儿风，然后，鹅毛大雪就下开了，感觉每一片雪都又大又沉，和上午的那种轻巧的雪花相比，完全是两种东西。

小山在窗户下劈了一会儿木柴，看见雪越下越大，就去叫石觉叔叔，让他把晾在外面的那些湿衣服收回去。石觉正在做饭，手上又是油，又是白白的面粉。把手洗干净，然后手忙脚乱地找钉子，找绳子，想在屋里拉起一根绳子，把外面的那些有的还在滴水的湿衣服全部拿回来，在屋里搭起来。到这时他才真正意识到他这衣服洗得真不是时候。

"人要是不顺了，事情就是这样，"他对小山说，"你总也不洗衣服，一洗，不是下雨就是下雪，还都挺大。"

小山说："再有两天肯定干了。"

小玲和小美一人穿了一件花衣裳，不时地出来进去，嘴里吃着糖，母亲还给小美的头发上扎了一个粉红色的蝴蝶结。除了小山和小石头，这高坡上再没有别的孩子,更没有与她们年龄相仿的女孩子,只能是她们姐妹俩蹦蹦跳跳地出来进去。

"小玲和小美,真像两只美丽的蝴蝶呢。"石觉叔叔站在一个凳子上,一边咚咚地往墙上钉钉子,一边得空往下瞄一眼。

"蝴蝶也是冬天的蝴蝶,下雪天的蝴蝶。"小山说。

"下雪天的蝴蝶,那不更宝贵么?"石觉叔叔说。

钉好一边的钉子后,他从凳子上下来,搬着凳子,去另一面墙上钉钉子,绳子的一头缠在手上。在小山的帮助下,终于把准备晾衣服的绳子拴好了。等到外面的那些湿漉漉的衣服都拿回来以后,屋里顿时变得潮湿、昏暗,比几分钟前显得更加拥挤和狭窄,湿衣服散发出来的水腥气和潮气很快就把这间本来就不大的屋子憋满了。

不到五点,天就全黑了。站在家门口,透过漫天纷纷扬扬的大雪,能看到下面的城里已全部亮起了灯火,远远近近各处的爆竹声也开始连续不断地响起,只不过由于大雪的阻挡和遮掩,城里的万家灯火看上去显得模糊、遥远,仿佛远在天边,又仿佛是与人间相对应的另一个世界里的灯火。

这场大雪带来的黑暗,让很多人家把晚饭提前了不止一个小时。天黑了就得有灯,灯一亮起来,就觉得该吃饭了。

他们把平时很少用的小方桌摆出来,四个人,五双筷子。母亲做的几个菜,竟然把小方桌都摆满了。

屋外大雪纷飞,屋里炉火通红。

一家人正吃着饭,忽然,门开了,一阵雪片夹带着一股凛冽的寒气吹了进来。一开始他们还以为是门没关好,被风顶开了,母亲正要去关门,但是很快就发现,与风雪一同扑进来的还有隔壁的石觉,他的脸也像雪一样煞白。

"徐老师,你快去看看,小石头好像不行了。"

听到石觉这样说,母亲一下就愣住了,什么也没来得及问,把手里的筷子往桌子上一扔,就跟着石觉向隔壁跑去。看见母亲走了,随后,小山、小玲和小美也都跟了过去。他们进到隔壁的屋里,拨开头顶上那些悬挂着的湿漉漉的衣服,看见小石头一动不动地躺在炕上。屋里的灯光比他们那边的暗多了,甚至有点黑黢黢的感觉,所以他们始终也没看见小石头的眼睛究竟是睁开的还是闭着的,只看见那一个小小的身体无比安静地躺在他们的炕上。他们站在地上看着,也不敢上前去,那些湿漉漉的衣服在绳子上晃来晃去,不时地挨住他们的脖子或脸。听见石觉叔叔对母亲说,煮好第一锅饺子以后,因为没有盘子,他把饺子捞到一个盆里。想接着再煮一点儿,却发现火不行了,不加木柴马上就要灭。他想到烈士陵园里总应该有干树枝,就过去找。陵园里黑咕隆咚的,再加上他的视力也不好,树枝没找到,却一不留神,脚下踩空,掉进了一个滑腻腻的深坑里,后来好不容易抓住一根树藤,才爬了上来。回来一看,盆里的饺子没有了,小石头也不动了。

"我们窗户下就有劈好的木柴,你怎么不用?"母亲对石觉说,"非要跑到陵园里去?不用我们的,你自己也应该事先准备一点儿。"

"唉,都怨我,不该把那些饺子一下都端给他。"

"吃了多少?"

"可能有三四十个。"

一个三岁的孩子,吃进去三四十个饺子,不仅母亲吃惊,连小山也觉得惊讶,要不是亲眼看见,他们不相信小石头那么小的一个身体里能放进去那么多饺子。母亲摸了摸小石头的肚子,发现胀得很硬,母亲说:

"赶快到医院吧。"

一听说要去医院，石觉变得更加慌乱。母亲给小石头穿上衣服，就用小石头自己每天盖着的那床小被子把小石头包裹起来。"抱紧了。"母亲对石觉说。石觉把小石头抱在怀里，临出门前，他甚至有些胆怯地问母亲：

　　"医院里会有人么？"

　　"应该有值班的医生。"母亲说。

　　小山也要跟着去，母亲不让他去，让他在家里照看两个妹妹。他要是也走了，这偌大的岗上就只剩下小玲和小美两个小女孩了。气象站今晚不知有没有人值班，但旁边的烈士陵园里肯定是一个人也没有了，就连常年不回家的张僖也回家过年去了。

　　石觉抱着小石头，母亲跟在后面，小山目送着他们出了门，走进漫天飞雪的除夕夜里，很快就看不见他们的身影了。

　　重新回到屋里后，就剩下他们三个人了，小玲和小美让小山把门锁上，四周无边无际的黑暗和纷纷扬扬的大雪，让她们觉得不安，再听着远处城里传来的爆竹声，更觉出这岗上的寂寥。但是小山对她们说，今天是大年三十，需要熬年，晚上不能锁门，家家户户都不锁门。除此以外，屋里屋外的灯也不能灭，要一直亮着，一直到第二天天亮。

　　她们说，要是有坏人进来咋办？

　　过了这个年，小山就十一了，他用他即将就要十一岁的年龄，用他对于这个世界和风俗的认识与理解，对两个妹妹说：

　　"今天晚上没有坏人。"

　　"今天晚上为啥没有坏人？你听谁说的？"小玲和小美看着他。

　　"因为坏人也要过年。"小山对她们说，"忙了一年了，他们也要歇两天，这个时候他们也正在过年。"

　　今天晚上竟然没有坏人？小玲和小美都愣愣地看着小山，然后又互相看看。小玲说:"他们顾不上出来?"

"顾上也不出来,"小山说,"就不想出来。所有的人都在过年,他们出来干啥?"

"坏人在哪儿过年?"小美忽然问道。

这个问题把小山也问得愣了一下,他想了一下后说:

"在家里,在他们自己的家里。"

"坏人也有家?"小美吃惊地说。

"当然有,谁能没有家。"嘴上虽然这样说,但在小山的心里,这个问题他也并不敢确定,他想把这件事尽快敷衍过去,却不料小美又说:

"我还以为坏人都住在一起呢。"

"应该不是。"小山硬着头皮说道,"虽然都是坏人,可他们相互之间也不一定能合得来呢。"他突然意识到,有些问题已经超出了他能回答的范围,只能依靠瞎想和猜测。这两个小女孩子,没完没了地问,他尽量不再看她们的眼睛。

勉强解决完坏人的问题后,小美忽然说她没吃饱,还想再吃。小山就对她说,小石头吃多了,去了医院,你要是也想去,要是不怕医生按你的肚子,再把肚子割开,把里面的饺子拿出来,你就吃吧。听见小山这样说,又想起不久前小石头的样子,小美不再要吃了。

小玲说:"哥,你给我们讲故事吧。"

"想听啥?"小山在地上走来走去,"《南征北战》《平原作战》?"

她们摇头。

"《地道战》《地雷战》?"

她们还是摇头。

"《海岛女民兵》《智取威虎山》?"

她们还是摇头。

"《东海小哨兵》《五个小八路》?"

看见她们还在摇头,小山说:

"那就《一块银元》吧。"

小美不知道《一块银元》是啥,看着小玲。小玲说:

"我不听《一块银元》,我怕。"

《一块银元》说的是一个七八岁的小女孩,被地主用一块银元买回去,给地主的母亲做陪葬。地主的母亲出殡那天,小女孩坐在车前,穿着红衣服,两个眼睛亮晶晶的,人们都以为她还活着,实际上早已经死了,头一天晚上就被灌了水银。灌了水银的人眼睛发亮,还和活着的时候一模一样。

"这也不听,那也不听,那你们到底要听啥?"

小山在地上来回走着。后来他忽然一手叉着腰,另一只手举起来挥舞着,用一种奇怪的声音和腔调说:

"目前,山区的斗争形势更加复杂、更加残酷了,可你们这些落后的妇女,"他用手指着坐在炕上的小玲和小美说,"什么也不懂,就知道拖男人的后腿,不让他们参军,不让他们上前线。这样下去,革命怎么能取得胜利?啊?因此我奉劝广大的妇女同志,不要做烂泥,也不要做酱缸,不要把男人拴在家里,腌着,沤着,等沤烂了就什么用也没有了。"

"我们不是落后妇女。"小玲和小美说。

尽管小玲和小美说要熬夜,一直熬到天亮,但将近十二点的时候,她们还是不知不觉地睡着了,一个靠着墙,一个把腿伸到桌子下面的黑影里。

她们两个人睡着以后,等于就剩下小山一个人了。小山走到门外看了看,看见大雪还在纷纷扬扬地下着,一点儿也没比吃晚饭的时候小。

岗上静极了,听不到任何一种声音,地上是白茫茫的,空中也是白的。

要是下雨天,气象站某一个屋顶上的铁皮就会发出敲鼓一样的嗵嗵声。

由于没有人玩,也没有人说话,后半夜的时候,小山也睡着了。

母亲回来的时候,已经是第二天了,大年初一的早上。

母亲是端着一玻璃杯蜂蜜回来的。玻璃杯没有盖子,为了不让里面的蜜洒出来,一路上她走得小心翼翼,手臂有时候伸得直直的,不敢晃动一下。与此同时,还得留神脚下,厚厚的积雪随时都有可能把人滑倒。

从医院回到岗上,她很是费了一番时间和力气。

二十三

除夕夜,医院里也仍然不乏病人。

凡是留在医院里过年的人,都是自身的病情不允许回家去过年,并不是医院不允许,医院巴不得他们都回去呢。病人中,凡是能慢慢走动的,甚至能被背回去或者抬回去的,也都回去了,在自己的家里过一个年,然后再回来。

从临街的栽着矮松树的大门口到进入医院的走廊前,已经被进出医院的人们踩出一条黑色的路,远看像是有一股黑水在医院的走廊前翻滚,流淌,与周围的蓝莹莹的雪地形成一种明显的反差和对比。

通往医院走廊上的那两扇刷着绿油漆的门,由于安装着比手电筒还要粗的硬弹簧而变得异常沉重,一个人如果不用手,不用力推,是很难推开的。石觉抱着小石头，怀玉跟在后面，其实通往门前的那条黑色的路是十分平坦的，但却让高度近视的石觉走得深一脚浅一脚，跌跌撞撞，有时甚至还会抱着孩子用力地跳跃一下，他也许真的以为是在蹚过一条翻滚着的黑水或者沟渠。等到了那两扇通往走廊的门前，他却无论如何也走不进去了，只能依靠怀玉上去把门使劲推开，然后再用身体顶住，留出一个空当，让他们父子先进去。

　　石觉抱着小石头进去了，怀玉慢慢地松开那扇沉重的门，让它在她的身后重新阖上。这种门，如果松开得过于快了，凭它本身的力量，会把一个人重重地拍倒在地上。怀玉喘了一口气，正要去追赶走在前面的石觉，却不料在门口的角落里突然站起一个黑乎乎的人来，一下就拦在了她的面前。

　　怀玉吓了一跳，出现在她面前的是一个形容枯槁的女人，瘦削，憔悴，高高的个子，和萧桂英的身高差不多，脸色苍白，穿着一件松松垮垮的棉大衣，在这除夕夜里，两只眼睛尤其显得又空又大。

　　"是徐怀玉么？"对方首先叫出了她的名字。

　　"你……"怀玉不知这是谁。

　　"我是朱槿。"对方开门见山地说道。

　　"朱槿？"

　　朱槿？看着对面这个女人那直勾勾的眼神，怀玉不知不觉地后退了两步，并开始在记忆的雾蒙蒙的光线里打捞这个名字，一些名字羽毛一样浮上来了，但很快又都纷纷跌落下去，跌落之前，显露出生锈的褐红色的背面。前一批沉落下去后，另一些名字又开始和尘埃一起上升，翻滚，无声地飘荡。朱槿？那个失去了一条腿的女地质队员？显然不是。南山公社那位活学活用的把自己扎根农村的誓言刻在山崖上的女知识青年？应该也不像，仅是身高就不像。粮食系统的那个会唱歌的百灵鸟？无数个名字在尘埃里翻滚……突然，一阵琴声像是划破了暗夜，破裂处露出白色的口子和殷红的血。啊，她终于想起来了。

"朱槿，"怀玉惊叫了一声，"弹钢琴的那个朱槿？"

"谢谢你还记得我。"叫朱槿的女人张开嘴，想笑却没有笑出来，只露出一排缺了两个门牙的牙齿。那两个与己无关的黑洞，不知为什么让怀玉好一阵心慌。

竟然真的是她。

那时候，怀玉感到许多从前的东西已然来到了门外，纷纷扰扰，摩肩接踵，只是还未发出曾经的喧嚣之声，只有窃窃私语，还有的正在急急赶来的路上。

"好多年不见了。"怀玉说。

"是呀，你变化不大。"叫朱槿的女人说。

"你也……"本想说你也变化不大，可那岂不是在睁着眼胡说？变得都已经完全认不出来了，还能叫不大？要不是对方主动先说话，她恐怕永远也不再能认出她来。无论如何，她也很难把眼前这个女人与昔日的那个叫朱槿的还原成同一个人。

"你这是……"

"把这一坛子蜂蜜卖掉。"

叫朱槿的女人说着，往旁边一闪，露出身后放在墙角里的一个黑色的坛子。在这之前，她一直用她那穿着一件很旧的棉大衣的瘦高的身躯遮挡着，来来往往的人，没有人能注意到靠墙放着的那个黑色的坛子。

"蜂蜜？卖给谁？"

"病人的家属。"

"能卖出去么？"

"大部分都已经卖了，剩下不多了。"

她怎么会卖蜂蜜？而且还趁黑夜躲在医院的角落里，一看就知道是在偷偷摸摸地交易。许多的话一下都涌到怀玉的嘴边，却不知哪些应该在前，哪些应该在后。最终，她说出的话却是问朱槿知不知道今天是什么日子。朱槿说，当然知道，怎么不知道，大年三十，而且还知道此刻正是除夕夜，她正是专门赶这个时候来的。过年了，医院里没人管，这正是卖出蜂蜜的大好机会。平时可不行，即使不没收，也断然不敢把东西拿进来，医院不允许私人之间互相买卖东西。更有人会装作失手或者无意，把你的坛子给打了。

"你不回去过年？"

"嘿嘿，我这样的人，还过什么年！能把这些蜜卖出去，就算是胜利，胜似过年。"她看着怀玉，"你不来点儿？"

"我买。"怀玉说。她告诉朱槿自己深夜来医院的原因，她得先去看看小石头的情况，然后得空再来找她。

"你去吧，我就在这里。"

说完，叫朱槿的女人重新退回到门边的那个黑暗的角落里，哧地划了一根火柴，将手里的半支烟点燃，蹲下。走廊里光线暗淡，青灰，怀玉又是一阵惊骇，看见蹲在黑暗中默默地抽烟的朱槿，很想说句什么，却又什么也没有说出来。她朝前走了几步，回头再看蹲在角落里的朱槿时，却怎么也看不见了，明知道她和她的那个不敢光明正大的蜂蜜坛子就在门口的角落里，却就是看不清楚。一眼望过去，门口那边黑暗，寂静，无声无息，就像那里压根就从来没有人一样。

走廊里的地是青黑的水泥地，两边的墙上是那种一粒一粒的摸上去十分硌手的被叫作大理石的东西。墙面上污迹重重，鼻涕，眼泪，风干了的血迹，什么都有，朱槿抽着烟，就靠着那样的墙面站着，或者蹲着。

父亲去世前几个月，经常拿一本书，躺在那里，一边看一边小声唱着。阳光透过窗户，照到他的脸上。"金兰，我们上山去！"有时候，会突然来这么一句，谁也不知道他在说什么，明明在那里躺着，感觉他却像是在有花的原野上，在倾斜的山坡上起舞。

有一天，天阴得很黑，他睡着睡着，忽然一翻身坐起来，对她说，我不回去了。要是下雨，记得把小鸟和蒜拿回去。

她愣了一下，蒜倒是有，好几瓣，都在外面的墙上挂着，可是哪有小鸟呢？不过，有一点他倒是说对了，过了不一会儿，雨果然哗哗地下起来了，院子里很快就漂满了水泡。

在那昏暗暗的青灰色的光线里，有女人的嘤嘤咽咽的哭声从某一个病房里传出来，但不能确定是哪一间病房。走廊里偶尔闪过一个人，不是拎着暖壶，就是端着脸盆，有的也如同病人一样慢慢地没有目的地走着。再仔细看，发现还有人在病房门外或者拐角处的有痰迹的地上蹲着，坐着，低着头，或者注视着外面有焰火闪过的夜空。

突然，某一扇门被用力推开，门失控般地碰在墙上，门上的玻璃与门一起发出很大的响声，门里的人大声地喝斥道：

"大过年的号啥哩，就不能等天亮了再哭？"

先前的那一阵嘤嘤咽咽的女人的哭声顿时就在昏暗的走廊里消失了，似乎被吓了回去。但也仅仅只是消失了一会儿，不久以后就又从某一个门缝里飘了出来。

刚才大声阻止别人哭声的那个声音似乎也不再有耐心和时间，听见门声又大响，先前打开的那扇门，砰的一声又关上了。

门砰的一响，怀玉的心里不禁一震。

她来到一个门口,看见小石头被放在一张白色的床上。

值班的医生是个中年人,梳着大背头,戴着黑框眼镜,满脸疙瘩,伸手撩起小石头的衣服,在他那硬鼓鼓的肚子上嘭嘭地敲了几下,接着又用一只手使劲地按了按。这以后,他回过头,对站在一旁的石觉说:

"你们真行,真给我们这个伟大的国家长脸!不就是个饺子么,一辈子没吃过,也不至于这样呀!"

石觉的嘴唇翕动了几下,正要说什么,却看见怀玉站在门口,朝他摆手,那是在示意他不要申辩,不要试图说明和辩解,更不要反对医生的话。眼前这位医生,正为在除夕夜值班,不能与家人团聚而感到不快,脸色阴沉得就像此刻外面的天气。于是,石觉闭上嘴,站在床前,怀里抱着那条一路上包裹着小石头的被子。

果然,医生旁若无人地,因旁若无人而更像是在自言自语地说:"简直是笑话。"

忽然又对一旁的石觉说:

"还吃不吃了?我那里还有一饭盒呢,家人刚送来的。"

顺着他的话音,怀玉和石觉几乎同时看见了放在他办公桌上的一个铝制的饭盒,用一个绿色的尼龙网兜罩着,与一叠病例纸摆在一起。

"大夫,"怀玉说,"您赶快给我们这个孩子看看吧。"

医生走到一个洗手池前,挽起袖子,开始用肥皂洗手,边洗边说:"我已经在开始看了。"

外面不时传来咚咚的爆竹的声响,间或还有烟花扭动着绚丽的身躯,从地上蹿入夜空时的那种尖厉的啸叫。

听说清水河放烟花，周围一带的人们都去看，上深涧、胡汉营两个村子的学校不到五点钟就放了学，好让孩子们早早吃完饭去看。

村子里剩下没去的人不到三分之一，有的站在院子里，有的站在村口，抬头望着黑蓝色的夜空和清水河的方向，等待着。还有那些长年不能动的，只能坐在家里，前面扶着窗台，后面靠着枕头，脸贴在窗户上。

那天后半夜，在回来的路上，无论男女，无论大人还是孩子，都失望极了，因为临时改了日期，烟花并没有放成。

二十四

土豆真的冻了。

早上一起来，他就发现了，冻得非常厉害，他不小心抬脚碰了一下放土豆的那个筐子，就听见声音不对，相互之间一拥挤，一磕碰，就会发出嘎啦嘎啦的石头一样的声音。这还能叫作粮食么，分明早已变成了另外的一种东西。

所幸的是只是冻了一部分，并没有全冻了，只是把朝着门口方向的那一部分冻了，就像一座山的阴面。

上冻当然是严寒所致，但他认为最直接的原因乃是从门缝外直接吹进来的风，是它们一夜不停地吹拂造成的，是它们把外面的严寒一趟一趟地搬进屋里，或者说，其实严寒本身就是它们。就连屋里的墙上也出现了一片又一片的白色的霜冻，放在地上的土豆哪能不冻。他在心里对自己说，总不能把一筐土豆放到炕上，甚至抱着它睡觉吧？这样问过之后，天气所承担的责任要比他本人所承担的大得多了，但事实却是，当屋里滴水成冰的时候，还就得那样做，把筐子放在炕上，倒不至于真的要抱着它睡，但至少离人的距离越近越好。

他心里其实后悔极了，也十分的懊恼。这件事他不打算告诉黄奇月了，倒不是怕老黄笑话他，而实在是觉得有些说不过去，这么大的人了，又不是三岁的孩子，竟然连这么一点儿事也做不好，还能指望干什么呢。一个大活人，能把好好的土豆冻成铁蛋，老黄不计较，不说什么，他自己也觉得难为情呢。人家老黄计较什么，当然不计较，东西拿来的时候是好好的，给了你，是你让它们发生了变化。老黄会认为他不珍惜粮食么？一定会的，只是不好意思说出来罢了。一想到这些，他更觉得难过，更不敢把这事告诉老黄。

大约快到中午的时候，有亮光照进屋里，后墙上的那些白色的霜冻开始消融，开始往下滴水。与此同时，那些原本冻得硬邦邦的土豆也不再像早上那样嘎嘎作响，也开始变软，开始起皱，流水。用手一捏，就有滴滴答答的水流出来。

果然已成了另外的一种物质。

就像老黄所说的那样，这样的土豆已不再能当菜吃，只能焖熟了蘸酱吃了。不过，蘸酱吃不也是一种吃法么，最终都是要吃进肚子里去的。这样想过之后，他不再懊悔。

一整天都是寂静的，没有人走动，也没有听见有人说话，整个世界仿佛已空无一人，只剩下他一个人坐在窗户前。

人都到哪里去了呢？

他只听见风在穿过树丛，在沙沙地扫地，所到之处，一些浮在地上的柴草被归拢到一起，更轻一些的越过房屋和山岗，飘得不知去向，似已飞出这世界之外。但是石头还凝固在原地，山脉也一如从前，这中间，如果要说有什么轻贱的东西的话，倒很有可能是他自己，这也是他偶然才发现或者意识到的。不是么，有人的时候，人多的时候，他担心，害怕，千方百计地躲着走，走得越偏僻越好，人越少越安心。可是，当真正感到世界已空无一人的时候，却又禁不住会想象远方或周围的嘈杂的人声，纷繁而复杂多变的人群。这前前后后的颠倒，有时把他自己也弄糊涂了，不知道到底想要怎么样。无数次在黑暗中发出询问，却一次也没有听到过回声。他多么渴望能听到一个回声，听到一个答案，此年此月，此时此刻，答案即方向，甚至更有可能是此后唯一的方向，他怎么会不想知道呢，太想知道了，问题是无从得知。他感觉自己一直在一个无限广大的黑洞里，虽然洞的四壁距他还非常的遥远，但四周还是看不见一丝一毫的光亮。

低下头的那一瞬间，他好像看到了往昔，以往那些互不关联的事件，其实是一个灾难的不同片段，直到今日，还在不断地向他涌来。

天色又暗下来的时候，他把十几个已经解冻了的土豆放进锅里，然后加水，开始煮。老黄管这叫焖，不叫煮。老黄曾经嘱咐过他，水不能多，只需要淹过锅底就够了，等到水收干以后，土豆也就熟了。如果水多了，土豆都浸泡在水里，那就不叫焖，只能叫煮了。煮熟的和焖熟的难道会不一样么？老黄说，当然不一样，差别大了去了，要是一样，还分那么细干什么？既然分了，就必定有它的道理。是的，世上从来就没有无缘无故的事，否则，所有的事情，只需要一个名称就都足够了。普天下所有的人都叫同一个名字，张三或者李四，岂不更省事。红黄的火光从锅的一侧映照出来，让他的脸一半明亮，一半发暗，也使这间荒野地里的小屋在黑暗中遽然劈出发红的一片，他就站在那发红的一小块地方的旁边，迎面感受着人世间的弥漫着烟火气的暖意和一种类似熹微的曙色般的昏明。松树枝在已经完全熏黑的黄泥砌成的灶膛里劈啪作响，有时发出阵阵嗞嗞的呻吟，那是受冻的躯干正在解冻的声音。它们躺卧在烈火中，有的一动不动，有的偶尔翻一下身，其实火焰本身也是它们燃烧后才形成的，它们要是不寻求解冻，不燃烧，也就根本不会有所谓的火焰。好奇特的关系呀！他蹲下身，默默地注视着它们的形状，火焰欢快地舔舐着锅底，不时地展现出一种丝绸般的飘逸和柔软，却又像精灵一样无法捕捉，没有人能够把它们完完整整地握在手里，或者收入自己的囊中。有的东西是不能保存的，老黄有一次这样对他说。你要是想保存，会连带着把自己也毁了。当时说的可并不是火焰一类的东西，而是在呼啸的寒风中另有所指。老黄被寒冷的天气冻出了清鼻涕，每当一流出来，他就用手抹一下。接连不断的打扰使他头上的狗皮帽子歪到一边，露出一道半月形的伤疤，粉红色的一弯，永远都不会再有头发生长并出现在那道光滑的弯形上了，永远就那样了。

九莲说，俺也有一道伤疤呢，不过不在头上，也不在脸上，你猜在哪儿？

什么，你也有一道伤疤？在哪儿？你的那道伤疤——在腿上，在腰上？

笨蛋！在心里，就在俺的心里呀。

绿油油的田野，燕子贴着小河飞过，鹰在更高更蓝的地方盘旋，翅膀如同农户家里的簸箕，一边盘旋，一边暗暗地打量、琢磨着地上的小羊。

兽医裤兜里揣着小刀又来了，他一出现，早有预感的小猪们顿时就乱了方寸，连贪玩也顾不上了，大声地吱吱地尖叫着，互相通知，四处逃窜。为什么这么又叫又跑的？什么也不为，就是嫌疼，不想做手术呗。

　　九莲呀，你想坐就坐一会儿，坐一会儿就回去吧，可千万不敢脱衣服。

　　他把地上的一只小板凳扶起来，在上面坐下，先是抬头谛听着外面的动静，后来用两只手捂住脸，就那么坐着，一动不动，像是在等待着什么人或者什么事情的到来。可是到底是在等什么呢，他觉得又完全说不上来，似乎是在等待什么，又似乎并没有在等。有什么让他等的呢？没有。

　　可是，真的什么也不再等了么？

　　他感到心里渐渐地拱起一个东西，忽然浑圆，忽然又棱角分明，锋利的棱角足以使一切靠近它的人流血受伤，是一种寒光闪闪的绝情，又是一种铁青色的抵制。然而，就在那外表锋利的最深处，却仍然潜藏着一个念头，像一条快死的虫子，软软的，凉凉的，很久都不动一下。那虫子的名字叫等待。

　　在等待什么呢？

　　又是过了很久，他听见从古井般幽深的心底传上来一句话：什么都行。

　　什么都行，问题是什么都没有，就连前一段时间曾经不声不响地站在他身后的那个鬼魂一样的女人也再没有出现过。

　　而周围另外那几户晦暗不明的人家，更像是住在耗子洞里，天气晴朗的时候，往往一整天都不露一下头，倒是常常刮大风的时候，下大雪的时候，能在白茫茫的雪雾里或者漫天的黄尘中瞥到他们的身影。也就只是一个模模糊糊的身影而已，别的也看不清什么，面目湮没在白雪里、黄尘中，完全看不清楚。所以即使有人从窗外经过，也无法知道是哪一个人，再加上他们本身有意地弯腰、抱头、缩脖子，刻意地隐藏自己，就更难辨认。有人抱着两个冻萝卜，在漫天的大雪或者黄尘中以一段枯木或者一个黑影的形象出现，很快又一溜烟地回到其家中，紧紧地闭上门，你能知道那是谁回来了？你很难知道。因为他之所以那么做，就是不想让你知道。当然也更不可能知道他怀里的那两个冻萝卜的来历。有点儿像鸟出去打食，打到后就直接飞回到窝里，不在路上做任何多余的停留。

他们很少出来活动，这其实给了他更多更大的空间和自由，从这一点上来说，他觉得自己应该从心里感谢那几户无声无息的人家。不是么，如果他们是另外的一种人，天生极富斗争精神，又兼火眼金睛，喜欢扩张，喜欢打听和参与，喜欢不断地生出各种事来……一句话，不愿意匍匐在地，不愿意无声无息地活着，与那样的一些人为邻，那还能有他的一点点余地和活路么？那样的情景，不用说亲身经历，光是简单地粗浅地设想一下，便已觉得难以招架，无力应对。

他们不出来，他便常常能够有机会出来，在寂静的山包之间自由地行走，有时甚至敢于斗胆上到一些岭上去，俯看下面的有炊烟升起的平川。平川里的马车、牛车、行人，往往会小到没有形状，只剩下一些模模糊糊的颜色或者如纽扣般的黑点。但是，在风向改变的时候，却又能从风里听到马车上的清脆的铃铛声，铃儿响叮当，就是那样的一种情景。站在荒草弥漫的山岭之间，不难想象出春夏季节的时候，这一带会有多么的美丽，青草茂盛，野花遍地。绝大多数的野花都是叫不出名字的，就像无数的人一样，你能叫出他们的名字么？但这并不影响它们年复一年地生长，开放，很多时候甚至自己也不知道自己是谁，那也无所谓呢。

杏花开了，杏花特有的香气让人沉醉，没有哪一种香气和它一样，也没有哪一个词能准确地说出它的那种气息。从那时起他才知道，有些东西是无法命名的。

他看着墙外的杏花，想起去年也是这个时候，赵小敏躺在一张黄油布上，说，我是等不到那个时候了，等杏子黄了，我早就不在这个世界上了。

他一边走，一边随手捡了一小捆干柴，用一截绳子捆好，然后在一片背风的洼地里坐下，给自己卷了一支烟。老黄拿来的这些烟叶太重要了，给了他极大的安慰和帮助，初吸时的那种辣舌头辣嗓子的感觉早已远去，现在剩下的只是一种有力的回味和悠长的邂逅。

老黄那次临走的时候对他说，快过年了，如果有可能，应该回家里去看一眼。当然不是长住，只是看一眼，一眼就行。这种事他其实连想也没有想过，所以老黄一说出来的时候，他真是吃了一惊。他说，怎么回去呢？老黄说，当然是悄悄地秘密地回去看一眼，难道还能光明正大地像出差或者开会回来那样回去么，要能那样的话，那也就用不着再东躲西藏的了。

抽完烟，他从那片背风的洼地里站起来，背上那一小捆干柴往回走。老黄怕他到时候迷路，帮他设计了一条可以说是最短的路线，尽管已经不能再短再近了，但要是快步行走，甚至以急行军的速度，来回至少也得需要七八个小时，甚至有可能十来个小时。

一路上他就这样想着，等到背着柴回到小屋里的时候，他已经决定了，找一个月黑风高的晚上出发，天亮后应该还能赶回来。

第九章　仿佛林教头风雪山神庙

二十五

到初二的时候,雪停了,整个世界一片雪白,城里的街上出现了走亲戚的人流,寂静了几天的街上突然变得喧闹嘈杂起来,洁净了两三天的街道,因为积雪,因为无数只脚的踩踏,变得污黑、泥泞。城外的雪地上、路上,全是三三两两的人,不管穿着什么颜色的衣服,只要一走远了,就都成了一个又一个的小黑点。

在那些穿行的人流中,最主要的是带着孩子和礼品去看望姥姥姥爷的夫妻,有的步行,有的推着自行车,自行车的车把上挂着点心盒子,前梁上坐着小的,后座上坐着大的,再大一些的就只能跟着走了,不再有他们的位置。路途远的,就一家大小直奔长途汽车站去了。去了才发现,有的线路根本不卖票,因为路上的雪不仅没有消,反而还结了冰,变得像镜子一样,所谓的路,完全就是一条滑溜溜的冰带子。碰到这种情况,一家人一下就没办法了,站在路边,东西放在雪地上,左顾右盼,苦思冥想,恨不能一人生出一对翅膀,或者将两条胳膊变成两只翅膀,无须排队买票,无须再借助任何交通工具,翅膀一扇,就直接飞到孩子他姥姥家里去了。那边的亲人免不了要问,这么大的雪,怎么来的?回答将是无比的自豪而骄傲的:没依靠谁,自己飞来的。一路上还有喜鹊和乌鸦做伴。紫凉山和白头山的老鹰也出动了,一直试图拦截,想在半空中抢劫我们的油酥饼和柿饼,那是要送给姥姥和姥爷的过年的礼物,那怎么能让它们说抢走就抢走?因此,一路上都在为了保护和反抢劫进行着不懈的斗争,终于还是赢了,没让它们抢成。

那些有幸买到票的,就在车站刷着黄油漆的长椅上坐下,喝一点从家里带的水,一心等待着发车的召唤。有的男人对女人说,说了那件灯芯绒的不好看,你还非要穿。女人说,我喜欢,我就要穿。男人还想说什么,看见有几个人正在围着他们看,就不再作声了,转过头去,看一眼卖票的窗口,又看看一会儿要检票的地方,看见铁栏杆还锁着,穿蓝色制服的工作人员还没有出现,但是栏杆外面已经有人在排队了。

在所有那些地方,数柳八湾和尖蚂蚁这两个地方最远,路也最难走,再碰上这样的大雪天,除了步行,去柳八湾和尖蚂蚁已成为一件不可能的事情。不过,小山他们一家人并没有打算去,因为年前的时候已经去过了。

中午,母亲煮好饺子,拣出一盘最完整最饱满也最为好看的,装进一个饭盒里,让小山给萧桂英家送去。饭盒是那种立式的,里面有隔层的,和《红灯记》里李玉和去粥棚里接头时提着的那个饭盒几乎一模一样。小山打开看了一下后,又重新盖上,对母亲说:

"密电码也放进去了么?"

母亲在他的头上拍了一下，嘱咐他路上不要跑，小心滑倒了，把里面的饺子撒出去。

一个多小时以后，小山就回来了，手里的那个饭盒依然满满的，沉甸甸的，不过里面装着的已经不再是他不久前拿去的那些饺子，而是换成了萧桂英家的饺子。除了满满一饭盒饺子，小山还拿出三块钱交给母亲，说是桂英姨给他们兄妹三人的压岁钱。

"这么多？"母亲对小山说，"你也不小了，桂英姨给你，你就不客气地拿上了？"

小山说他不要，他两次掏出来，把钱放在桂英姨家的柜子上，转身就走，可桂英姨每回都追出来，一个手里拿着钱，另一个手里还拿着捞饺子的漏勺，非要让他拿上。他要是不拿，她就要生气。桂英姨还说锅里正煮着饺子呢，他要是再和她推搡，饺子就都煮烂了。小山想起自己推辞压岁钱的情景，他桂英姨、萧老师地乱叫一气。

小山告诉母亲，桂英姨家正在请客，有好几个人在她家里吃饭，一进去，家里全是浓浓的酒味。请的客人中，有文教部的、组织部的、学校的，还有两个人竟然是粮食局和食品公司的，也有可能是百货公司的。桌子上摆满了盘子，客人们正在互相敬酒、划拳、吃饭，只有周文校长一个人光喝酒，不吃饭。

"他为啥不吃？"母亲问小山。

"周校长说他不爱吃刚煮出来的饺子，只喜欢吃用油煎的饺子。"

"你桂英姨给他煎了么？"

"还没顾上给他煎，得等到其他人吃完饭以后才能腾出火，专门给他煎，他自己也说不着急。"

"他当然不着急。"母亲哼了一声，忽然有些愤愤地说道。

远处偶尔传来爆竹的声音，已经明显稀疏多了，不像前两天那么频繁了。

　　有好一阵，母亲坐在一只小凳子上，不再说话，也不知在想什么。小玲和小美吃着小山带回来的饺子，她们发现，桂英姨家的饺子里是纯粹的肉馅，没有菜掺和在里面，因而非常好吃，比她们家里的好吃多了。两个女儿说她包的饺子不如别人家的好吃，母亲也没有在意，更像是完全没有听见她们在说什么。

　　小石头已经脱离了危险，从医院里回来了。母亲发了一会儿愣，似乎忽然想起了什么，让小山把从桂英姨家拿回来的饺子给小石头也送几个去。母亲对小山说：

　　"不要多给他，给他五个。"

　　小山送饺子回来后，母亲忽然又问他：

　　"你桂英姨请那些人吃饭，你看她高兴不高兴？"

　　"高兴，高兴得很。"小山说，"桂英姨穿着红毛衣，很好看，出来进去，一直都在笑着，还和他们碰杯呢。"

　　小山的回答使母亲又一次陷入了沉默，她把屋里的门开了有两寸宽，看着外面的白得耀眼的雪地。就在那时候，她忽然听见她的心里嘡地响了一声，好像有一个东西从高处滚落下来了，重重地砸到了地上。

　　洁白的雪地上，有几只麻雀正在用它们的细细的爪子在雪里刨着，刨一会儿，抬起头警觉地看看四周，眼睛滴溜溜地转着，看见四周还和方才一样，接着再刨。

　　母亲忽然又问小山：

　　"你去的时候，存存在家么？"

　　"不在，"小山说，"听桂英姨说，一早上起来就去他姥姥家了。"

　　也许是雪地上的反光太晃眼了，母亲觉得她的眼前有些发黑，有一丛一簇的黑影从眼底过往,像是一些小型的背影模糊的队伍,正在无声地经过。一支刚过去,另一支就又来了。她吃惊地看着,似乎不明白自己到底看到了什么。

初五一过,母亲就又要去工作了,除了给一些学校刻蜡版,她现在还在东风运输社做一名临时工,这还得益于她从前的一名学生,那名学生的父亲就是东风运输社的主任。东风运输社属于集体所有制,三分之二是男性,都驾驶着"铁牛55"拖拉机,三分之一的女人,则开那种相对要安全得多的手扶拖拉机。母亲刚去时,也曾经下定决心,要准备学开手扶拖拉机,但是那名学生的父亲对她说,开手扶拖拉机这种活儿不太适合她,不如就留在仓库里搬东西,不用出去,反正仓库里也需要人。你要开那种东西,连我也觉得别扭。学生的父亲这样对她说。这样,就先留在仓库里了,不需要出去东奔西走。至于所搬的东西,则什么都有,碰上什么搬什么。从铸铁的弯头,到钢筋水泥、整箱的玻璃,大到原木,小到板凳、刷子,甚至曲别针、大头针。一大捆白色的连史纸的重量,要远远超过一根木头。每天上多半天班,早上七点离开家,下午三点多回来。如果当天有刻蜡版的任务,一般就都在晚上刻。小山有一次去仓库里给母亲送饭,看见那些开手扶拖拉机的女人,有的皮肤粗糙,脸面又红又黑,有的骨瘦如柴,看上去像是有病,但是只要一穿上满是油污的工作服,戴上和男人们一样的帽子,把头发盘起来,塞进帽子里去,特别是用力摇动摇把,把拖拉机发动起来的时候,根本看不出是女人。小山有一个同学的母亲也在那里开手扶拖拉机,才三十几岁就已经满脸皱纹,一笑的时候,露出两个金牙。学校里每次同学吵架的时候,有人就说,不是说你们家没有钱么,没钱你妈咋还镶着金牙?每当听到别人这样说,做儿子的就只能哑口无言,无法再理直气壮,因为连他也不知道母亲的嘴里怎么会有那么两个金灿灿的让人觉得丢脸的东西,至于它们到底值多少钱,更是完全不清楚。其实,无论值多少钱也没有用呢,就算家里明天没饭吃了,难道真的能把它们敲下来去换吃的换穿的么?嘴里镶那种东西,除了让人说道、议论、嘲讽,再没有一点点作用。电影里的坏人才有金牙,好人哪有金牙?母亲虽然失去了正式的工作,但是让小山感到庆幸和放心的是,母亲没有金牙。

二十六

蓝天,白云,阳光,歌声……

鲜花,大海,诗行,琴声……

高跟鞋,连衣裙,修长的身躯,灵巧的手指,波浪般的卷发,美艳的容颜,还有,女王般的骄傲。

是的,没错,记忆中的朱槿就是这样的,且总是和这样的天气这样的景色紧密相连,有朱槿的地方,必然晴空万里,鲜花怒放,争奇斗艳。琴声如清泉,如白鸽。

她写诗,当然也离不开读诗,读《致大海》,读《叶甫盖尼·奥涅金》,读《假如生活欺骗了你》……

最初的时候,怀玉其实并没有关注过这个叫朱槿的女人,只知道现实生活里有这么一个能够让众多男性的头颅像向日葵一样跟着转动的女人。不是么,她美她的,骄傲她的,与别人何干?在这个小城里,一个人会写诗,会念诗,真的不算什么,非常的不重要,还不如一个双手会打算盘的人有名,甚至与一个照相馆的摄影师、国营理发馆的理发师、粮油门市部的负责人，都无法相比。但是，事情要看是谁做，要是一个美丽的女人来做，写诗，读诗，那这件事就不一样了，立刻就有了意义，立刻就具有了更大的形式感和荣誉感。而朱槿就是那个唯一会写诗、会读诗的美丽女人。

直到后来，有一句话传入怀玉的耳中，她才开始自觉不自觉地对这个叫朱槿的女人从心里留意起来。

有人说，林烈和朱槿才是天生的一对。

正是这句话传入怀玉的耳中，才让她平静的心里荡起了外人看不见的涟漪。

林烈从外面回来，说起别的任何事情，他都能滔滔不绝，眉飞色舞，但是只要一提到那个叫朱槿的女人，他就会敷衍着搪塞过去，甚至顾左右而言他，甚至说与之不熟，只是一般的认识。话则能少就少，能尽量简约就最大限度地简约。

早就听说过朱槿钢琴弹得很好，但是怀玉从来没有见识过，也没有听过，只是在一次三千人大会上看见过朱槿演奏，不过演奏的并不是钢琴，而是一架脚踏风琴。高跟鞋，黑色丝袜，波浪似的卷发闪耀着大海般的光泽，使她与台下的人们的距离近在咫尺却又遥远如星辰。弹奏完毕，她起身躬谢，之后飘然消失在后台。这样的情景与结果也尽在人们的预料之中，不然你如何想象这样一个人物如何走下台来，坐到你们大家中间，转眼成为大众中普通的一分子，让身边的人惊愕且又惊骇地看到她的耳后竟然也有一丝乱发，锃亮的鞋上竟然也有刚刚蒙上的灰尘，甚至鼻梁一侧的几粒雀斑，使珍珠变为石子，神秘沦为寻常。

后来在回去的路上，怀玉问为什么不弹奏钢琴，而要弹奏脚踏风琴？林烈回答说，钢琴坏了。县委书记都急得上了火。

多少年过去了，没想到她终于变成了一颗最寻常的石子。

凌晨两点，除夕已过，已经是大年初一了，新的一天已经开始。怀玉从病房里出来，穿过寂静而朦胧的丁字形的走廊，到位于门口的角落里去找那颗"石子"。

刚一转过弯，远远地就看见大门口那个黑暗的角落里有一个忽明忽暗的小红点在闪烁着，怀玉听见自己的心跳有些加快。是朱槿正在那个黑暗的角落里抽烟么？都这么晚了，她竟然还在原地等着。从很多方面来看，她已经具备了一颗石子所应该具备的一切。她背靠着上面叠印着脚印、风干了的鼻涕眼泪以及血迹的脏污的墙，一声不响地抽着烟，蹲一会儿，站一会儿，整个除夕晚上就是这么过来的。

看见怀玉走过来，朱槿掐灭烟，从地上站了起来。

"以为你已经走了。"怀玉说。

"除夕夜，难道能回去睡觉么？"朱槿说，"我也在这里辞旧迎新呢。"

怀玉看一眼靠墙放着的那个几乎很难被看到的坛子，问朱槿：

"还有么？"

"还有一点，"朱槿说，"已经剩下不多了。"

医院的大门外挂着两个灯笼，把门口的雪地映得很红。但是现在，外面的雪好像更大了，透过门上的玻璃望出去，那两个灯笼被裹挟在白茫茫的雪里，已不再鲜红，而且变得很小、很雾。雾蒙蒙的街上也分明有人走过，从医院的门口经过，但是完全看不清楚。

朱槿穿着棉大衣，戴着红色的绒线编织的手套，但只戴了一只手，另一只手没戴，也许是为了抽烟，为了卖蜂蜜方便吧？怀玉想道。她没有问朱槿那一坛蜂蜜是从哪里来的，天知道是从哪来的，人总有自己的办法和门路。就像她自己，蚯蚓一般在黑暗中寻觅、探求，竟然出乎意料地开掘出一条细细的刻蜡版的路，虽然细瘦，虽然微弱，却也似乎有希望存在，在前面闪烁。果然，以后又有了别的一条路。让怀玉感到吃惊并钦佩的是朱槿这样一个人，竟然也能找到活下去的缝隙，且如蚂蝗一般，一旦找到，便一头扎进去，全心全意地咬住，开掘着新的出路。眼下，她就是选择在最适合的时间和地点，把蜂蜜卖给最需要的人，而卖掉那一坛蜂蜜，也正是她眼前最大的心思。这与多年前那个只知道写诗弹琴的朱槿无论怎么看都不像是同一个人呢。

朱槿，你的高跟鞋到哪里去了？普希金到哪里去了？昔日的钢琴和琴声又在何方？它们可曾还在缭绕？那些芳菲明媚的好日子又都到哪里去了？时光一直都在旋转，一直都在跳着令人昏头昏脑的舞蹈，时而如青春做伴的春日，时而又席卷起深秋的落叶，很多时候没有出口，更无法沿着一条大道或原野徐徐向前。眼前的这场大雪，似乎又取代、覆盖了一些东西，她听不见自己的声音，只能看见站在对面暗影里的朱槿，对方缺了门牙的那两个幽深的黑洞尤其使她感到惊心。那究竟是什么时候的事，又是一件怎样的事，致使它们永远离她而去？

然而，作为失去了它们的朱槿，看上去似乎并不记得它们，她抱起地上的那个冰冷的坛子，举到脸前，眯起一只眼睛往里看了看，之后又把脸从坛口离开，问她：

"你要多少？"

怀玉看看昏暗的四周，又下意识地摸摸自己的身上，有些手足无措地说：

"连个东西也没有，怎么拿呢？"

"我有。"朱槿说。

说着，回过身，弯腰放下手里的坛子，从那个漆黑一团的角落里拎出一个竹篮，即使在这样昏暗的光线里，那竹篮也不算很干净，里面有两个空瓶子，瓶子也不是清明瓦亮的那种，里面好像有一层灰白的雾蒙蒙的东西。

看见怀玉有些犹豫的神色，朱槿把那两个瓶子重新塞回到竹篮里，又用脚把篮子往角落里的更黑暗处踢了踢。这以后，她解开棉大衣的扣子，掀起大衣的一侧。

那一刻，怀玉呆住了。

有生以来，活了这么多年，她还是第一次看见这样的一幅情景，第一次知道一件大衣还能派上这样的用场：在朱槿掀起大衣的一刹那，怀玉看见大衣一侧的里子上排列着一片口袋，惊异中她注意到一排三个，共是三排，也就是说一共有九个口袋，一看就知道都是后来缝上去的，针线活儿不怎么好，针脚根本谈不上细密，十分粗拉。

那么多的口袋，是用来做什么的呢？是用来放玻璃杯的。朱槿解释说，天气过于寒冷，玻璃杯放在篮子里，不一会儿就会变得又冷又脆，稍一不小心就碎了。而放在衣服里面，有人的身体暖着，那就好多了。

"这些口袋……都是你自己缝上去的么？"

"是的，不然还能是谁。"

"什么时候学会做针线活儿的？"

"最近三四年。"

就在她们俩说话的时候，走廊上的那两扇沉重的门突然发出一阵吱吱呀呀的响声，门外有人正在倒退着试图用后背把门顶开，门两边的那两根粗弹簧显然使他们倍感吃力。几经顶撞之后，门开了一点点，最先进来的果然是一个人的后背，却不止他一个人，而是他和另外一个人共同抬着一扇门板。见此情景,怀玉赶忙上去,帮助他们把门拉得更开一些。门一开大,门板和后面的那个人终于也进来了,随同他们一起冲进来的还有外面的风雪,走廊的地上瞬间就出现了一道长长的雪沫子形成的雪线。看见他们都进来了,怀玉松开手,门在他们的身后重新阖上。门板上躺着一个人,用一床旧棉被蒙着,看不出躺在上面的人是男是女,但感觉是一个成年人,不是小孩。吃水不忘挖井人,那两个抬着门板的人,却似乎根本没意识到他们是怎么进来的,更没有注意到旁边一个女人的存在,他们只顾抬着门板上的那个人,急匆匆地往里面去了。他们的鞋上沾了太多的雪,每走一步,寂静的医院走廊上便会响起吱吱扭扭的叫声。

随后,又有两个身上落满雪的人从外面挤了进来,一个人扶着一个头戴着大皮帽子的人,也是一个看不出男女的病人,大皮帽子完全遮住了他的头和脸。扶着病人的那个人也是先用后背把走廊上的门顶开一道缝,用身体撑着,让那个病人先从那道一尺多宽的门缝里挤进来,然后自己再慢慢旋转,把脸和正面的身体转过来,让门在身后阖上。

稍后进来的这两个人也完全没有注意到站在门厅里的两个女人,那个看上去没病的人扶着那个看不出面目和性别的病人,一边慢慢地往里面走,往走廊的深处走,一边在嘴里唠叨说,唉,过个年也不能消停一下!我原想你这病等到初五再发作也不迟,不,不用等到初五,哪怕初三初二也行呀,可你就是等不了,偏偏要在大年三十的黑夜发作。好,那咱们就发作吧!咱们发作了,可人家医院却不发作,人家一点儿也不知道,还不知道有没有医生呢。

他们的鞋上也沾满了雪,那个病人还好,因为几乎是拖着两只脚在地上移动,所以没有太大的声音。而扶着他的那个人就不一样了,病人差不多就等于倒在他的身上，往轻里说，至少也等于是一个半人在行走，所以就显得格外吃力，鞋底的那些还没有融化掉的雪与走廊的地面一接触，便发出一连串吱儿——吱儿的尖叫声。

那时候，怀玉注意到朱槿已退回到墙边的黑暗里，点燃一支烟抽着。

终于，他们转过弯，消失在另一条东西走向的走廊里。

妈，假期里就不要等我了，我不回来了。

你要去哪儿？

我们十几个同学分成三个组，要去宣传《婚姻法》。

《婚姻法》是啥？

你看，连你也不懂吧，好多人都和你们一样呢，所以才要宣传。

是谁叫你们去的？你们校长？

是我们自己。人民还在昏睡，必须把他们唤醒，不能再睡了。

朱槿从黑暗中走出来，掐灭烟，一些细碎的火星从她的手里出发，朝黑暗中坠去，有的落到地上后还像是在眨着红红的眼睛。在她朝怀玉走过来的时候，她就边走边把一只手伸进大衣里掏着。此前，在那几个人进来之前，怀玉已经看见大衣里子上缀着的那些口袋大部分都已经空了，只剩下一两个是鼓起来的。随着坛子里的蜂蜜的不断卖出，在大衣口袋里默默等待的那些玻璃杯子也在一个一个地减少、消失，被病人的家属小心翼翼地端到四面八方，端到医院的各个角落。

那只原本只善于只习惯于抚弄琴键的手，进去好一会儿了还没有出来。不过，尽管大衣里面没有黑白的琴键，它们好像也并没有闲着，而是一直都在主动地使着劲,在积极地做着一种实实在在的努力,这从她的那张脸上就能够看得出来。怀玉看见朱槿的脸有些微微地红了,那即是一个费力的证明。又见她双唇紧闭,那使得门牙位置上的黑洞不再浮现于人前,似乎有望成为一段尘封的记忆。

"口不能留得太大了,"朱槿一边费力地掏杯子,一边对怀玉解释说,"口要是大了,一弯腰,甚至一侧身,杯子就会掉出来。"

那当然,那是一定的,在这方面,身为一名三个孩子的母亲,怀玉又怎么会不知道,不仅明白,而且也有过类似的经历呢,只不过她掉出来的不是轻薄易碎的玻璃杯子,而是七八个闷葫芦一样的南瓜。走一路,掉一路,事情发生在一个炎热的夏天,她早已经忘记了,永远都不再愿意想起。

真不知道先前的那些杯子她是怎么把它们一个一个地拿出来的。怀玉告诉朱槿,这事不能硬来,千万不能像拔萝卜一样想把杯子一下拔出来,那不大可能,弄不好只能把杯子弄碎。应该用大拇指顶住杯子的底部,然后一点一点地往上推,往出挤压,等到杯子从口袋的口上露出一截后就好办了,应该一下就能抽出来了。朱槿就按照怀玉所说的去做,果然很快就把杯子从口袋里拿出来了,还说果然比她的那种办法省力多了,也简单多了。至于她先前用的是什么方法,却只字未提。

现在,那只上面印有红色波涛图案的杯子就托在朱槿的一只手里,在医院走廊里青灰而幽暗的灯光下,朱槿对怀玉说:

"杯子不脏,在家里洗过,来这里后,又用外面松树上的雪擦洗过一次。"

家?她现在有一个什么样的家?

怀玉的眼前出现了两扇光线不足的窗户,至于窗户是传统的菱形,还是简单的正方形,她还没有来得及想,朱槿忽然就把那个准备用来盛放蜂蜜的玻璃杯递到了她的手里,让她端着,而她本人已经又一次地把那个放在墙边的冰冷的黑瓷坛子举了起来。按照前面的方法,朱槿一开始本来是想把杯子放在地上,然后把蜂蜜倒进去了事,但是眼前的这个女人极有可能会挑剔,会嫌脏,所以才把杯子交由她本人亲自端着。坛子倾斜过来,慢慢地接近于倒立,一股比筷子略细一些的蜜从坛口流出来,流进怀玉端着的那个杯子里。

"没有盖子,"朱槿举着坛子,不无歉意地对怀玉说,"端的时候小心一点,尽量不要晃动。"

这不是她的错,绝大多数的玻璃杯好像都没有盖子。

凌晨四点多,不到五点,天快亮的时候,怀玉又一次来到了一进门的那个地方,却看到朱槿已经不在了,随她一起消失的还有那个装蜜的黑瓷坛子和那个放空瓶子的篮子。

从门口望出去,外面白茫茫一片,雪还在下。

  雪一直都在下,这一天半就没有停过。下紫凉山的时候,车翻了,底朝天倒扣了过来。她从地上爬起来,看见两个轱辘正在寂静的雪地上慢慢地转着,世界已失去棱角,到处都白皑皑、圆乎乎。

  她到处寻找孩子,喊着他的名字。后来终于在一个雪窝子里找到了,脸上和身上全是雪,看上去不像是她的骨肉,更像是老天从很远的地方送来的一个礼物。

二十七

　　除夕上午,他把灶膛里的灰掏干净,出门去倒的时候,一转脸,竟然发现西边的小儿麻痹症的那一家人正张罗着往家门口贴对联。那一刻,他彻底惊呆了!这家人,这是在正经过日子呢,完全不像是一户背井离乡地出来躲灾避祸的人家,在这么一个临时的地方,竟还忘不了要张贴对联,讨取吉祥。尽管对联也就只是一副对联,一个横批和一个正方形的"福"字,纸也不是那种鲜红的纸,属于暗红色,倒显得很旧,可那一家人仍然看上去喜气洋洋,在低矮的门前热烈地讨论着。他们要把对联贴正,贴牢,怕它歪了。不管是一副还是几副,真不知道他们是从哪儿鼓捣回来的。此外,他还注意到,患小儿麻痹症的那个年轻人穿上了新衣服——一件蓝色的中山装,只是太长了一点。

　　另外的几户人家,虽然没有贴对联,却都用扫帚把门前的空地仔细地清扫了一遍,还洒了水。地一扫干净,再加上那刚刚贴好的两竖一横和一方的红色,使他们这个僻静的地方顿时就不同于往常,有了一种明显的节日的气氛。

　　快中午的时候,黄奇月忽然来了。

　　老黄显然也是一来了就注意到了那边贴出的对联,因而一进门就说:

　　"好大的胆子,还敢贴对子!忘了自己是啥人了吧。"

　　看见狗皮帽子下老黄的那张脸,他吃了一惊,他没想到老黄会来,因为今天是除夕,每一户人家都会有许多做不完的事情,人间烟火对他再陌生，这一点他还是知道的。其实这些年腥风血雨地下来，很多东西早就已经不陌生了，包括一些曾经确属陌生的家长里短的事情、柴米油盐的事情。比如，当别人——一般也是一些关系相对比较亲近的人——拿着一个新买的东西，或者亲手制作的东西，甚至他们的子女，征求你的意见时，你要说好，一定要说好，而千万不能说不好，更不能劈头盖脸地给人家泼冷水，打击他们。人家之所以问你，最真实的意图就是希望你能说个好，不然又为什么要问你，问谁不行，非得问你？这些，他原来确是不懂，往往总是开门见山，直抒胸臆，让别人下不来台。你这样不明事理，以后人家就不会再问你了，本应存在的友谊也会随着时间被逐渐撤走。最初几年他还颇不服气，觉得本来不好，为什么要违心地说好？好朋友不是更应该直来直去，说真话么。他不知道这就是生活，这就是所谓的日子和人情事理，人与人之间的关系，亲戚朋友之间的关系，很需要一些假象来平衡和维护呢，来润滑和镶镀呢。一对与你关系不错的夫妻带着他们的又丑又蠢的孩子来做客，你不仅不能直言孩子的真相，反而要情不自禁地由衷地称赞他聪明漂亮，将来必成大事。你若实事求是，说出你所谓的肺腑之言、所谓的真相，失掉朋友之间的友谊还在其次，还属小事，说不定你从此就播下了仇恨的种子。要知道，那仇恨原本并不属于你，但就因为你过于不懂事，过于不会说话，张口就来，最终又非你莫属。孩子不怎么样，丑或者蠢，人家做父母的难道就真的看不见，意识不到么？但是绝不允许别人说，更不能容忍朋友这样说，这样说就等于把彼此都送上了一条绝路。

"你就能保证你一切都好，永远都好？你我都还不老，咱们走着瞧，我倒要看看你如何十全十美，一帆风顺？"

钟槐一摔门走了,从此真的再没有登过他们的门,也再没有见过。

门和门上的玻璃一起都在震动,有灰尘被震落下来,纷扬翻滚,在明亮的光线中变成一根倾斜的圆柱,像是戳破窗户后斜插进来的。

"老黄,你怎么来了呢,今天不是大年三十么?"

"正因为是三十,我才要来。"黄奇月把一个沉甸甸的口袋放到地上后说,"不放心你一个人,连一根肉丝也没有,咋过年呢。"

"还和平时一样,"他说,"我也没有那个过年的意识。"

要不是老黄来一次说一次,他根本不知道竟然又要过年了。

黄奇月弯下腰,解开口袋上的绳子,伸手进去把里面的东西一样一样地掏出来。他吃惊地看着,有白菜、粉条、冻饺子、肉丸子、油炸的馃子,甚至还有一碗已经做好的却不知道是什么的熟肉。

"老黄,你从家里拿这些,家里人不知道么?"

"这一回不行了,必须得让他们知道了,不然也根本拿不出来。我跟她说了,她一听是给你的,没意见。本来想把饺子馅和面一起拿过来,又想到你可能根本不会包,她就连夜给你包好了,又冻到外面,冻硬了才好拿,不然软塌塌的也没法拿呢。"

"老黄,我知道你的情况,你家里那么多孩子,还有老人,我把饺子留下,剩下的你都拿回去吧。"

"我背来了,再背回去?让人看我笑话?"

"我真的不能要这么多。"

"这些东西,还都得再冻到外面去。你找一个隐蔽一点的地方,把它们放好,等到吃的时候再去拿回来。记住,一定要藏好,既不要被人发现，还要提防野狗。"

"老黄……"

"我走时她还说：'不行就把他领回来吧，和咱们一起过年。'我说，还是别冒那个险了，就让他一个人过吧。"

"老黄，我真的不知该说什么好。"

"煮饺子你会煮吧？"

"会。"

他说会，其实却不会，因为从来都没有煮过，何曾做过那种事。现在听老黄这么一说，心里开始有了一点相关的概念和眉目，但也还都停留在想象的阶段。想象着一锅水哗哗地开了，他的心情一定会有波动和起伏，不知如何下手，先干什么。

他们抽着烟。

黄奇月这回来，还给他带来两包纸烟，并告诉他纸烟要每天抽一两根，这样才不至于把已经习惯了的烟叶的感觉再从头改回去，抽完两包纸烟以后怎么办，一切又都得重新开始，重新习惯和体会烟叶的那种辛辣，就像过完好日子再从头开始过苦日子一样。而每天一两根，穿插着抽，点缀着抽，就不会尝到那种先甜后苦的滋味了。先苦后甜，那中间包含着希望和胜利，而先甜后苦，那就只剩下苦了。

抽着烟，黄奇月忽然想起了什么，问他回家去看过没有。他用那只拿烟的手捂着脸，说：

"回去了，不过连家门也没有进。"

"为啥？"老黄吃惊地看着他。

"不能回去呀老黄，"他说，"有人在附近监视着呢，很可能这么长时间，一直都有人在监视着呢。"

"在你家附近？"

"对，就在家对面的松树后面。"

"你是咋知道的？看见了？"

"我到处绕路，七绕八绕，不知怎么就正好绕到了他们的后面，两个人，一个穿着黄大衣，一个穿着海军蓝的那种蓝大衣，都拿着手电筒，就躲在那些松树的后面，正对着他们视线的就是我家。透过树丛看，看家里的人，看得清清楚楚。"

"你确定他们是监视的？"

"其中一个人，就是那个穿黄大衣的，手里还拿着一把剪子，像是在给松树剪枝。数九天呀老黄，又要过年了，哪有这时候给树木剪枝的？一看就不对。"

"他们没发现你？"

"我在他们后面，地势又比他们低，那么冷的天，他们根本想不到他们的后面会有人，而且是我。"

"说起来还真够危险的。"

"老黄，我没觉得危险，当时只是感到愤怒和绝望。"

"这么说，徐老师和孩子们根本不知道你回去？"

"那哪能知道？他们要是知道了，那两个负责监视的人不也就知道了么，那我还能回得来么。"

"这么看来，你还真是不能回去。如果不是发现得早，自己瞎摸咕咚地回去了，身上还没暖和过来，说不定就被抓住了。"

"那是一定的，正好来个瓮中捉鳖。"

"那……徐老师和孩子们，知不知道有人监视他们？"

"不清楚，看样子也未必知道。"

他们抽着烟，蓝白色的烟雾在他们两个人之间缭绕着。

"老黄，你坐一会儿就回去吧，今天不同以往，家里人一定在等你。"

"嗯,我一会儿就走。你呢,也不要太麻烦,已经是这样了,麻烦又有啥用,不解决任何问题。管他天塌地陷,家家户户都在过年、团圆,你也得过,一个人也要过。"

"我知道。"

"我有一个兄弟在察右旗,我原想那里天高皇帝远,还曾想让你到那里去避避。可前些日子他来了,听他一说才知道那里也紧得很,一点儿也不比咱们这边松,也动不动就斗争,尤其对一些来路不明的生人,盘查得很厉害。"

"老黄,天下是一个天下,我去过,发现不行,才又回来的。"

"啊!怎么从来没有听你说起过呢?"

"那有什么好说的,我早就忘了。"

　　灰砖灰瓦,泥墙土院,静悄悄的街上,隔一二百米,就有一根电线杆子,下雨的时候,电线上落满麻雀和燕子。

　　在最远的一根电线杆子下,那个爆米花的老头被叫去讯问。一天一夜后,又连人带机器回到那根电线杆子下,损失倒是不大,除了惊吓一场,就只是把平时装糖精的那个瓶子打碎了。惊吓一场又不能算损失,是不是,人生在世,谁没有被惊吓过?不过,爆米花的机器还好好的,还能用,还能爆出砰的一声巨响。

　　"说街上的群众有反映,说我长得有问题,像是那边派来的。我想了半天,我哪里有问题,无非是胡子黄了一点儿,眼睛有点儿三角形,别的问题也没有。另外,还说行为举止和那个黑乎乎的上面带有仪表的机器也十分的可疑。"

临走的时候,老黄又一次嘱咐他,粉条可以和肉一起冻在外面,但是白菜最好不要冻了,也尽量别让它烂了,这中间的分寸确也不好把握。就说这间小屋,人住在里面会感到冷,可要是把肉放在屋里,又会因温度不够低而坏掉。人世间的矛盾,无时不有,无处不在。

送走老黄后,他就在屋后看中一个地方,既有起伏的蒿草,又有石头,把装了东西的篮子放在石头下面,上面再堆上一些石头,再加上周围的纷乱的荒草,外人不大能看得出来。至于野狗,即使闻到味道,也无法搬开那些石头。

藏好东西以后,他直起腰,听到远处已有爆竹声传来。

真的是要过年了。他想。

又是阴天,铅灰色的天地之间一派萧瑟,雪就在那个时候忽然下了起来。

好雪,好天气呀!望着逐渐变得繁密的纷纷扬扬的雪花,他不禁大声地喊了一句,是来自心底的赞叹,也是无限的感慨。他就喜欢这样的天气,迎着漫天飞舞的雪花,他一个人在那些已经落满雪的山包之间慢慢地走着,一种心旷神怡的感觉不知不觉地来到他的心里。他想起那些亡命天涯的人,想起林教头风雪山神庙,在家破人亡之后,又以戴罪之身,一个人在漫天的雪里饮酒,独坐,舞动丈八蛇矛。

他走着,雪落在他的头上,身上,很快就让他披上了一件白茫茫的外衣。这个时候,家家户户都在团圆,说笑,没有人会理会或者注意到他这样一个孤魂,这让他感到无比的安心。这种时候,到岭上去登高远眺一番,应该没有什么危险,甚至到下面的能看清人烟的平川里去走一趟,也应该是安全的。

就算不安全,又能怎样?在雪里走了一会儿,他忽然感到一种前所未有的轻松,明显地觉得有东西从身上卸了下来,这前后的变化不到一分钟。一直以来都活得提心吊胆,丧家犬一样,真有那么可怕么?他想。大不了横竖都有一个死,一切的一切就全挡住了。

供销社岁月之三　再不好,也是我们的故乡

来到长城前,豁口处的风很大,吹得人都站不住,一批一批的荒草每天都被拦腰折断,上半截倒在地上,慢慢地枯干,慢慢地变成土,变成烟。叶柏翠书记问,这就是秦始皇让人搞的那堵墙?叶书记啊叶书记,亲爱的叶书记,是的,这就是秦始皇当年让人搞的那堵墙,具体闹了几年,没有人记得,也没有人能说得清楚,唯一可以证实的一点是,后人都管它叫万里长城。叶书记在那些火车一样的长长的既望不到头也望不到尾的土台上面走了一会儿,上下牙齿就已经打起了架。风太大了,她说,扶我一下,我要下来。她站在一丛狼蒿的旁边,她几乎是被抱下来的,她的头发早已被吹乱。风把她的脸吹得有些红,她看着眼前的那道由西向东过来又渐渐远去的土台,又像对我又像自言自语地说,真不敢相信,竟然是这样的。我在心里说,不是这样的还能是哪样的,难道是镀金的么?又听见她说,墙那边的人和车都是从豁口上经过的?我说是的,咱们这边的人要到那边去,也是从这些口子上过,运粮,运煤,结婚,走亲戚,都是从这些地方走。供销社应该在这些豁口上设一些收购点,这样一来,从那边来的东西就都跑不了啦。以前有过。有过?什么时候?那就早了,很久以前,旧社会的时候,民国时候。我们现在的人还不如民国时候的人呢。一只乌鸦从土台上飞起来,转了一阵后,落进一片草丛里,可能下蛋去了。四

周没有人,风把叶柏翠书记的那句话刮走了,刮到哪儿都行,就是不要刮到县里去,不要刮到省里去。不知什么地方,有人在演奏,但听上去如同在锯锅,不由得让人的牙根深处一阵一阵地发痒,酸楚。万年青同志,下边的同志们对这件事情是怎么看的?你们是不是都和老范一样,对武装部的小牛写血书是一样的看法,认为他是一个十足的愣货?我倒认为小牛不傻,他有他的聪明之处,真要是一个地地道道的上下都不开窍的愣货,是不可能干出这种事情的,这里面有勇气和心力同时存在。退一步说,就算小牛真的就是你们说的那种愣货,那又有什么不好呢?我们既需要有诸葛亮那样的人,但更离不开小牛那样的愣货(我也先这么叫吧,实在想不出更好的词来代替),正是无数的小牛,无数的你们认为的愣货,成就了大事。如果人人都是诸葛亮,那这个世界不可想象,许多事情都没法去完成。所以,像诸葛亮那样的人不能多了,只能有几个,甚至一两个,而像小牛那样的愣货却是越多越好,多多益善,有多少都不多,我这样说对么?叶书记啊,您说得太对了,您说出了整个世界的原理,我也被震醒了,仔细一想,世界,历史,就是这么个道理。我要是一位公社书记,我要是也处在您这个位置上,我也一样会赞赏小牛,把他像旗杆一样竖起来,让大家向他学习,这样的人不学,难道要让大家去学那些阴阳怪气的人么?那对工作有什么好处?小牛啊,他的流到纸上的血第二天就变成了黑的,这不能怨小牛,谁的血在外面放上一天一夜,也会变成黑的。我想起那天,老邢把小牛的那份血书贴出去不久,苍蝇们就都来了。这些讨厌的动物啊(如果苍蝇也算是动物的话),你不能不佩服,不能不承认它们的鼻子的确是世界上最尖的,它们从四面八方纷纷赶来,密密麻麻地落在了小牛的那份血书上,有挤不上去的,就一直在旁边不停地嗡嗡嗡地乱叫,不停地乱飞,心里焦急如焚,难过得要命。它们是在等机会，一刻也没有放松警惕，一旦发现纸上有一点儿空隙，马上就一个猛子扎了上去，落下去以后就再也不起来了，像是死死地钉在了上面，焊在了上面，谁也拽不起来，谁也抠不起来。它们摆出一副宁为玉碎，不为瓦全，宁可粉身碎骨，死也要死在上面的架式，没有谁能把它们弄下来，更别说把它们劝下来。武装部的另一名成员小吴建议使用手榴弹，这是一个明显的馊主意，很快就遭到了大家的一致反对。有人嘟囔了一句，要无为而治。什么叫无为而治？很多人都闻所未闻，以为是一个比手榴弹或步枪更实用的东西，等了许久却始终没有见拿出来。从困难的情形来看，这应该不是一件能够轻易得到的东西，至少不是一块石头、一张纸、一个碗、一只狗、一个人，不是这些极容易就能够得到的东西，或许还是一个本地所没有的东西，那就更没有希望到手了。有人说，算啦，不要管它们了，它们想在那上面趴着就让它们趴着吧，总有它们不想趴的时候，到那时，它们会站起来，主动撤走，要不走，大不了它们都集体死在那上面，还能怎么样呢？这话说到了大家的心里，不仅及时，而且管用。第二天，大家吃惊地发现，一个苍蝇也没有了，苍蝇们走了，都走了。黄鹤一去不复返，千呼万唤不回来。没有一定的甚至是相当的变化，它们很难再回来。这以后，小牛吊着一只手臂，开始到处出现，你刚在武装部的门口和他说完话，往回走的时候，却看见他正从王主任的办公室里出来，你愣了一下，刚想琢磨一下，却看见通讯员来叫你，让你马上到叶柏翠书记那里一趟。到了那里，看见小牛正在帮叶柏翠书记捉蚂蚁，一个四方的普普通通的粉笔盒，每捉住一只尖蚂蚁，就放到那个盒子里去，你往前跨一步，吃惊地看到已捉了快满满一盒了，数不清的尖蚂蚁正在里面翻滚，一个压一个，谁都不想让别人把自己压住，就拼命地挣扎，想让自己翻起来，再把别人压下去，残酷的斗争一刻也没有停止过。眼前的情景让你真的觉得是在梦里，吊着一只手臂的小牛是用什么样的速度赶到这里来的呢？又是用什么样的速度和办法捉到这么多尖蚂蚁的呢？要知道，他只是用一只手捉的，要是两只手一齐上，那还不知道会有多少尖蚂蚁被捉住呢，至少是现在的一倍，有两粉笔盒。你越看越觉得心里没底，发虚，不知道发生了什么事。你对自己说，可以怀疑小牛这个人是假的，是完全不存在的，只是一个晃来晃去的影子，可是，叶柏翠书记这么一个鲜活的女人就站在面前，总不能也是假的吧？她的头发刚刚洗过，还是湿的，她的手是热的，还有那满满一盒翻滚不止的互相倾轧的尖蚂蚁，要不是小牛用一盒印泥压着，愤怒焦躁的它们早就从里面爬出来了，它们互相催促，快走，不走还等什么！它们看不见那个捉拿它们的人，我能看见，我觉得那是一个能够随意地把自己分成若干份的人，想分成几个就能分成几个，想在哪里出现就能在哪里出现，想什么时候现身就什么时候现身。叶柏翠书记看看那个盒子，高兴地说，今天的成绩很大……后面的话还没有说完，只见她脸色突变，急忙弯下腰去，伸手在自己的大腿上又捉住一只尖蚂蚁。她把它拿在手里，看了一会儿，然后说，我发现了它的一个特点，它的前面为什么这么尖？就是为了便于透过衣服往人的肉里钻，这样的东西，真应该集中起来培训一下，然后把它们都派到美国去，派到日本去，让它们去好好地咬美国人，咬日本人。小牛说，我觉得帝国主义那里一定也有尖蚂蚁，说不定比我们这里的更尖，毒性也更大。小牛这话说得很好，这才是我们的人应该说的话。叶柏翠书记白净的脸上浮起了美丽的笑容，尽管尖蚂蚁在她的大腿上咬了一口，让她感到刺痒难挨，但她依然很高兴，心里高兴，精神上满足，肉身上的一些痛苦也可以忽略不计。我在想，蚂蚁们，它们肯定不知道她是谁，以为就是一个普通的女人，它们要是了解她，知道她是谁,一定不会咬她的。逮谁咬谁在任何时候都是非常错误的,都是说不过去的,人不能够这样,蚂蚁也同样不能够这样,所有的动物都不能够这样,不要以为长得大就可以为所欲为,不要以为长得小就可以被原谅。供销社每次开会,我都是苦口婆心。人是要有原则的,人是要有一点儿精神的,难道蚂蚁就不应该也有一点儿精神么?比如,知耻近乎勇。叶柏翠书记说,去年夏天,我正睡着,有一只尖蚂蚁慢慢地不知不觉地到了我的身上,顺着我的腿,爬啊爬,一直爬到这儿——她说着,用手指了一下她前面的胯骨那里。我听了,吃了一惊,我说,噢,那后来是怎么把它弄出来的?叶柏翠书记笑着说,我没管它,后来它自己就出来了,下去了。我说,这么说,它还活着?有些时候就是这样,你越认真,越在意,越和它针锋相对地计较,它也就越来劲,你彻底不理它,它也就觉得没意思了。叶柏翠书记说,你倒是很了解它们,我一开始还真觉得不好把握,没有人告诉我该怎么做,全凭自己一点一点地摸索、体会,慢慢地才有了经验。唉,经验这个东西,没有不行,多了还不行,怎么才能又不多又不少呢?没有谁能把握住这一点。每个人都在晃荡,但每个人都自以为自己不晃荡,是别人在晃荡。叶柏翠书记啊,看着她身上雪白的肉被可恶的尖蚂蚁们一次一次地占领,左一口右一口地咬,我真是看在眼里疼在心里,比咬我本人还要难受。我相信很多人也都有着和我一样的感觉,比如小牛,他忍着疼痛,奋不顾身地捉蚂蚁,就是最好的证明。这件事给我留下很深的印象,从此我再看见小牛时,觉得这个孩子也不像以前那么讨厌了,我时常会想起那满满一粉笔盒尖蚂蚁,是它们让我经常记着他的好的一面。有一次,他到供销社来,说他的一个外甥要结婚,想买一辆自行车。自行车是一个多么难闹的东西啊,这个月,县里只分配给我们一辆,上两个月还不如这个月,根本就没有,连一辆也没有。小牛提出这个要求后,我认为很荒唐,也非常的不现实,我根本没有考虑过。可是后来,那满满一粉笔盒尖蚂蚁忽然在我的眼前浮现出来,我的心里一下就发生了动摇,重量也开始明显地往这边倾斜。后来,我听见我心里的一个声音告诉我,我应该把这辆车子卖给小牛。另一个声音问,为什么?为什么要卖给他?先前的那个声音说,不为什么,没有为什么。后来的那个声音说,是为了那满满一粉笔盒尖蚂蚁吧?先前的那个声音说,你这么说也没有什么不对,是的,就是因为那满满一粉笔盒尖蚂蚁……事情到了这一步,我答应了小牛。之后我又去做胡木刀的工作,本来这一辆是要卖给胡木刀的,他已经说了很久了。我反复地劝胡木刀,让他做一个高尚的人,一个有觉悟的人,一个有道德的人,一个脱离了低级趣味的人。又对他说,这一次分配来的自行车是一辆红旗牌的,不是很好,不如等下一辆。常在河边站,还愁没水吃么?我又反复地向胡木刀阐述这样的一个道理,胡木刀终于被我阐述通了,心甘情愿地让了出来。我向胡木刀保证,下一辆来了一定给他,只能是他的,只能姓胡,绝不会是任何人的。说是这么说的,说得斩钉截铁,山盟海誓,但是,真正到了下一辆来了以后,依然没有轮上胡木刀,我忘了卖给谁了,也忘了当时的原因,肯定应该是一个非常复杂非常过不去的原因。服从大局,牺牲个人,胡木刀在不经意间做到了这一点,有的人,终其一生都不行。有几天,我怕看见他,因为我觉得我是一个说话不算数的人,一个在低级趣味的泥坑里起起落落、摸爬滚打的人,除了滚得一身泥、一脸水,什么也没有,要甚没甚。我甚至不敢朝公社那个方向走,我知道叶柏翠书记就住在里面,我想见她又怕见到她,每次我从距离那里最近的地方路过时,我都会想,此时此刻,她在干什么呢?有时候会停下来想,想着想着,就有了答案,那还用问么,一定是在干革命,是的,一定是。

革命者不干革命还能干什么,这话问得真蠢,还好的是没有别人听见,它只在我的脑子里转了一圈后就消失了,没有留下什么明显的印迹,也没看见它通向哪里,像是以前在一个梦里曾经见过的一段石阶,没有通向任何地方就消失了。野草站在路边,隔几天它们显得精神抖擞,饱满丰饶,过些天再见时,看见它们失魂落魄,削瘦得让人不敢相信。牵牛花把自己悄悄地变大,像是用嘴吹出来的一朵朵幽香的气。什么时候我也能吹出那样的气,出去之后,变成一朵一朵的花?这个念头刚一闪过,一个声音忽然对我说,做梦去吧,永远也不会有那样的时候。我想起库房里的牛皮、锣鼓、紫平绒和生石灰,老鼠的小尾巴在试探性地摆动,小眼睛在滴溜溜地乱转,在黑暗中放出又欣喜又害怕的孩子般的光芒。这些捣蛋的家伙啊,我有时候真拿它们没办法,它们的作息时间和我们的作息时间正好相反,阴阳相隔两茫茫,这是最让人头疼的一点。不过,现在最让我感到意外和难过的不是库房里的耗子,而是叶柏翠书记的事。她说事情发生了变化,正在朝着另外一个方向发展,方向一变,轨迹一变,很多东西肯定就都不一样了。她说她很可能会在公社书记这个位置上一直坐下去,向上移动的希望不能说完全没有,但总的来说那种光芒不是很大,甚至是十分的黯淡、微弱,不是容不容乐观,而是根本谈不上乐观。我说,这到底是因为什么呢?我记得那次我和联社的贾主任闲聊时,从贾主任的话音里已知道那已经是一件明白无误的铁板钉钉的事了,贾主任还十分羡慕叶柏翠书记呢,因为同一级别的干部,他却没有她那样的福分和运气,能把联社主任这个位置一直坐下去,就已经让他相当的满意、知足了。所以他从来不想别的,不琢磨那些无影无踪的事,平白无故地给自己增添烦恼和不快。但是,叶柏翠书记就不一样了,她是公社书记,又非常的出色,因此我不相信她会永远锈在这里。她和贾主任不属于一个渠道，从他那个渠道往上移动，那是非常困难的，希望不能说等于零，但肯定非常的小。但是，从叶柏翠书记的那个渠道往上移动，那就是一件非常正常、自然甚至必然的事。我是多么盼望她能像鱼一样游动上去啊，她应该是一条成熟的富有魅力的大白鱼，不是那种瘪瘪缩缩的前胸贴后背的小虾米。她的手忽凉忽热。她说，你还记得公社原来的王主任么？我说，当然记得，前些天我还见到了他。叶柏翠书记说，看看他，你就明白什么叫锈住了。王主任，王守业同志，那曾经是一个多么大无畏多么雷厉风行顶天立地的人，多少人都认为他的前程不可限量，谁也无法估计到他会到达一个什么位置上，可是，一经锈住，一切便都天翻地覆。你看他现在锈成什么了？听到叶柏翠书记这样说，我想起前些日子，有一天我从王主任的房子前路过，这房子是他锈住以后买的，小小的一个院子被他完全收拾成了一个菜园子，里面有各种各样的蔬菜，在青枝绿叶之间还不时传来鸡的叫声。我从他院子前面的豁口处路过时，从一大片荷叶一样的葫芦叶子中间突然站起一个人来，正是王主任。万年青同志，请等一等。王主任朝我扬起一只手，手上带着泥。很快他又消失在那些碧绿的叶子中间了，不久又站了起来，对我说，万年青同志，拿一把韭菜回去吧，我刚割下来的。说着，一捆鲜绿的韭菜已经来到我的手上，上面还带着星星点点的露水。我想和他说一会儿话，可是，他却说，你走吧，我还得给鸡做饭呢，它们都饿了。于是，我从豁口前离开。走了两步，隔着院墙，我听见王主任在院子里说，好啦，都出来吧，请大家都站好，都不要着急，不要拥挤，不要做那种没水准的事，每个人都有份；请母鸡和小鸡往前面站，公鸡都到后面去；饭呢，要慢慢地吃，这样才能消化得好，不会得病；吃饱以后，稍微歇一歇，我领大家唱歌，出操，锻炼身体……我拿着那捆湿漉漉的韭菜，一边往家里走，一边在心里说，王主任啊……我把这些说给叶柏翠书记听，叶柏翠书记听了没有说话，使劲地按了一下我的手。我感觉到是一个女人的手，十分的柔软，指间仿佛有香气在生长，流泻。天黑得厉害，没有人知道别人在干什么，有的人甚至连自己在干什么也不大能够说得清楚。我看见一些字映在窗户上，我看见政治的色彩在叶柏翠书记的脸上开始褪色，变浅，有些东西不知不觉地从她的脸上下来，推开门，走了出去，身影时大时小，忽明忽暗，已经在路上越走越远了。这一走，从此应该不会再回来了。她的身体开始寂静下来，变得如同一个没有人居住的院子，无论哪里有一点儿响动，整个院落都会充满回声。常听见有人在耳畔或身后咚咚咚地跑，试探性地行走，看见有人手里拿着绳子和刀，在附近一带转悠，脸都是生脸，应该没有见过。为了革命，我甚至都不敢多要孩子，像我们这个年龄的人，谁没有三五个甚至六七个孩子，而我只有一个。是的，还是个女儿，十三四就到了部队，对于她来说，任何一件军装都显得过于肥大，那麻袋一样的裤子，几乎能把她整个人都装进去。她的爸爸也穿着军装，但他们父女并不在同一个部队。这些年来，我就代表着我们这个家，我在哪里，我们的家就在哪里。一个人生活都有哪些好处呢，有没有总结过？很多，应该说很多，但是，不好的方面也不少，那都是别人看不到也想不到的。牵牛花弯弯曲曲地从窗户下面爬上来，脆弱柔嫩的喇叭口有的朝里，有的朝外，它们努力地翻卷着，她无意中朝里面扫了一眼，看见里面湿润得仿佛是一个夏天的晚上。怎么这么湿呢？摸哪儿哪儿湿，应该派一个工作组下去调查一下，尽快把情况摸清楚。有一年夏天，我们开会一直开到后半夜，听见外面鸡都叫了头遍，我们还没有开完。后来，不知是谁最先发现的，发现在场开会的每一个人都变得湿漉漉的，不知是从什么时候开始变成这样的，脸上，身上，衣服上，没有一处不是湿的。到底发生了什么事呢，让我们湿成这样？大家找不到原因，有不少人认为是露水的原因，我有百分之几十的观点也认为是露水把我们弄湿了，让我们像是坐在水里，但另外百分之几十的观点我不认为是露水。我当时之所以那么想，是因为有些东西让我越想越觉得很不对劲，直到今天再想起来，我仍然觉得那真是一次奇怪的经历，仍然无法解释。有些事情，在当初发生的时候就是一个解不开的谜，以后，无论再过多少年，它仍然还是一个谜，甚至包裹得比当初更加严实，更加不好琢磨，也更为凶险。这里面，时间和人的忘性起了很大的作用，时间每天都在裹挟着每一个人往前走，因此，你不可能永远都对一件事情念念不忘地记着，生活的磨难又总是让你顾了东再顾不了西，有时甚至一头都顾不上，谁又能老抓住一件旧事不放呢？人这边是这样的情况，种种原因让你不再去想它，但这并不等于那个东西就不存在了，它一直还在，只是不知道它在什么地方，没有明确的地址和消息。月亮升高了，派出去的人还没有回来……这事，不会是肉包子打狗吧？噢？那你说说看，谁是肉包子、谁是狗？这个问题是一个重要的问题，这个问题要是不搞清楚，我们都会犯大错误。叶书记啊，俺已经犯了错误了，你批评俺吧，处理俺吧。先说说看。昨天夜里睡觉的时候，俺一不小心梦见了你……那有什么奇怪的，罗家庄的罗玉，前半夜梦见他的一个远房亲戚，后半夜梦见了他最喜欢的一个女人，让他觉得不能接受的是，他的那个亲戚在后半夜又出现了，拽着马尾巴，一路小跑……还有老资格的葛生荣同志，眼看自己生命垂危，就要不行了，还能凭着顽强的意志和坚定的信念，梦见广大的人民群众，那么多人，数都数不过来，但硬是都让他给梦见了，这是一种什么样的精神？唉，俺这个梦和他们的都不一样啊，俺这个梦有些特别啊！俺是千不该万不该，不该做这个梦啊！俺知道这说不出口，可还是得说，不说过不了这一关，搁在心里也会闹出病来。俺……一不小心梦见了叶书记，还梦见公社食堂刚出笼的馒头…就是这些？还有什么？还有？没有了，就这还不够严重的么？俺盘算过，要是就凭这判俺个十年八年的，俺也没啥可说的，也不冤，谁让俺不好好睡觉净胡闹呢。不过，有一点俺要说明，俺不是成心的，绝对不是。你说的都是实话么？我们认为你没有说实话，你隐瞒了最主要的东西。最主要的东西？那是什么？是什么，你比我们更清楚，你肯定还看见了别的，说出来吧，告诉我们那是什么？没有了，真的再没有了，俺看到的就是那些，一片白光把俺晃醒了……白光啊！真的有那么耀眼么？她低头看了一下她的胸前，群众的眼睛是雪亮的，有些东西，无论你藏得多深、多隐秘，还是能够被看到的，而有的东西，不管你表白得多么动听、多有力，没有还是没有。从那以后，她开始分出一些时间来注意自己，一些疑问如同低矮的门槛，有时候会奇怪地横在她的面前，她无法叫出它们的名字，只有一种直觉告诉她，遇到这些的时候，抬一下腿就过去了，要是不抬或者忘记了，很有可能就会被绊倒。我对她说，好多女人都在心里羡慕你呢，羡慕得要死。噢？我有什么可羡慕的？那就多了，总的来说，各方面都让她们羡慕，她们觉得，同样都是女人，她们好像都在地底下，而你在天上。……真的吗？大家真的是这么想的么？她似乎在这样问，但是并没有出声，并没有把话说出来，而是用一种十分庄严的表情看着我，好半天没有说话。后来，听到外面有出殡的人群经过，唢呐吹得吱哇乱叫，长长短短的好几支唢呐像是在跑接力赛。我们听了一会儿，她忽然说，要防止有人利用人民群众的这种朴素的感情。我注意地听着她的话，但是心思不能很好地集中，那种吱哇乱叫的唢呐声严重地分散了我的注意力，并把一些已经过去了的事不声不响、不容分说地塞进我的心里。不管是好事还是坏事,只要它主动地来找你,你是挡不住的,你是没有办法的,你只能硬着头皮接下来。我想起了什么呢?我想起胡木刀死了以后,他们家里的人为他做了一口十分轻薄的棺材,而且还是杨木的,我见过的棺材也不算少了,但从来没见过那么薄的棺材。一般的棺材,四个人抬都显得十分吃力,而胡木刀的那口棺材,一个人就能扛得动,力气稍微大一些的人,夹在胳膊下都能走了。就因为这个薄薄的木盒子,从此我对那一家人充满了看法,什么看法呢?就是觉得他们不好,很不好,不厚道,那里面是要放他们的儿子,又不是要放别人。想到这些的时候,我觉得我说不出话来,我常常会被一些东西堵住、塞住,闹得水泄不通,甚至觉得与世隔绝,觉得身上的血稠得快流不动了。不好,尖蚂蚁又来了!叶柏翠书记忽然低低地叫了一声。我说,在哪儿呢?叶柏翠书记的一只手越过肩膀,指着自己的背后说,已经窜进去了,快帮我把它捉出来。说着,低下了头。我从她的衣领后面把手伸进去,我的那只手就像一个天旋地转的醉鬼一样开始在她的光洁的背后不住地打滑,根本站不稳,正要站起来,很快就又倒下了。我说,在哪儿呢?她说,往下,好像往下面去了。于是,我调整了方向,决定跟踪追击,不再游击,但追了一阵没有追上。我向她报告说,叶书记啊,我没有追到,我可能把它跟丢了,我找不到它了,我请求处分。叶书记说,先不要说这些,处分会给你的,我说过它往下面去了,你就是不听,继续往下面追吧……唢呐的声音已经远去了,四周一片寂静,蚂蚱在草丛里蹦,蝴蝶在路上飞,树木在哑声哑气地摇晃,水在响,但尖蚂蚁没有任何踪影。叶书记啊,以我的短见看,不能再一直追下去了,已经连着过了几条河了,该放手时须放手,它好像扎到土里去了,再这样追下去,还是没有任何结果。错了,我的同志!有些事情,没有结果,就是一种结果,一种肉眼凡胎看不见的结果……算啦，今天就到这里吧，看你也累得够呛。你这个万年青啊，什么事也做不了，连那么小的一个东西都捉不住，你还能捉住什么呢？叶书记啊叶书记，我会深刻反省自己的，我好像就要知道问题在哪里了。在哪里？在这里——叶书记伸出一个手指，在自己的太阳穴上指了一下。我出神地看了一会儿，心中觉得似有所动。又听见一阵细微的哗啦哗啦的声音，仿佛是在往下掉土，又像是在滴水，房子快要坍塌的时候就是这样往下掉土，窑洞在夏天出汗的时候就是这样在滴水。我想起那几条河，袒胸露臂地躺着，浑身上下闪着金光，被太阳越晒越懒，头朝北，脚朝南，有的把腿伸到别人那里，把手插在另外一个的下身，其情其状看上去要多乱就有多乱，事实上这也是一种有血的斗争，一种寂静的从来都不出声响的斗争，一切都在暗中进行，一切都在不知不觉地发生，发生以后就再变不回去了。叶柏翠书记不止一次地用她的两条腿丈量过我们这里的土地，尖蚂蚁的穷山恶水让我们这些土生土长的本地人都觉得不好意思。叶书记，对不起。叶柏翠书记说，这是什么话！这种情况我是早就知道的，这里如果是一个富有的花园，上面也不会派我来了。同志们，我是有准备的，我担心的倒是你们大家反而没有什么准备。人民群众现在在干什么？种地，主要是在种地，也有做别的的。"别的"是什么？我在白庙村的村口看见一些壮劳力在互相摔跤、扳手腕，围观者有妇女、老人和孩子，还有的端着空碗，一遍一遍地在碗里掷骰子，他们是在干什么？是在赌博么？有赌注么？唉，叶书记啊，哪有什么赌注。摔跤有时候摔得头破血流的，最多也就能赢一顿饭，有时连饭也没有，只是一根纸烟。地主都斗瘪了，反革命分子们也都趴下不动了，大家也是觉得高兴，想娱乐娱乐。娱乐就靠这个？当然还有别的，但是不能说。为什么不能说？唉，真的是不能说，说不出口啊，您又是个女同志，那就更不能说了。到底是什么东西让人们觉得说不出口呢？看见每个人都面有难色，她再没有追问下去，但那个东西从此就悄悄地放在了她的心里，她猜测过，分析过，甚至进行过深入细致的思考。世界上的事怕就怕认真，而我们这些人又最讲认真，所以，答案最终还是让她给破解了。当然，这中间也不全是她本人思考的结果，也有别人的功劳。来到尖蚂蚁这个地方以来，她的脸第一次红得如同天边的晚霞……点灯靠油，娱乐……人民群众活得是多么的不容易啊，在他们的中间又蕴藏着多少的智慧和对生活对美好光景的真知灼见啊！一个人可以一天不吃饭，但是不能一天没有精神，没有理想。一个每天只知道往自己的肚子里装饭的人，究竟算是一种什么人呢？我说不好，我只是有一种粗略的判断和认识。夜深以后，整个塞外大地都睡得黑沉沉的，天上缀满星星，偶尔有飞机贼一样地从这空中溜过。如果是一个冬天的夜晚，如果是一个人出门或者回家，你会看到有的星星被冻得发抖，不停地哆嗦。原因是什么呢？天气冷肯定是一个原因，但还有更重要的原因。有些孩子说，啥也不因为，就是因为它们没穿衣裳，身上是光的，亮的，不冷才怪呢。牛栏里没有牛，只有牛的气息，牛毛在黑暗中努力地飞着，飘着，从牛身上下来以后，它们也不知道自己该到哪里去，到哪里才算合适，才算最好。有人说，尖蚂蚁这个地方穷山恶水，不养人，谁来了都得锈住，然后再慢慢地一点一点地风化，烂掉，变得越来越小，越来越轻，直至最后什么也没有，一开始我还不信呢，现在，通过检查自己的身上，我信了。此外，还有一个活生生的王主任呢。最前面的那个李书记，虽然是在别处锈住的，但他的锈正是从这里开始长起来的，所以根源还是在这里。他想得很简单，他以为换一个地方就没事了，以为就能躲过去了。叶书记啊，我其实一直不好意思说，你看我算不算也是一个生了锈的人呢？我觉得应该是。你还年轻，现在还不能下这样的结论。什么？说我还年轻？嘿嘿，我真是没想到。在我们供销社，我是最老的一个呢，新来的陈美琳……什么？您说她是一个妖精？是的，她就是一个妖精，她的骨头是能变化的，她的血管里流着的是妖孽的血。叶书记啊！万年青同志，你的眼睛经常会被灰尘蒙住，你要时常注意清洗，你要是不愿意洗，我来帮你洗。来，先看看这些报纸，了解一下国内的形势和国际上的风云，不要让供销社的小世界挡住了你的视线。报纸上的字排山倒海地走过来，我想起了上个星期二我安放在库房里的几个鼠夹子，一晃好几天过去了，也不知有没有耗子被夹住，我竟把这件事忘得干干净净。要是夹住了，没夹死，这两天也肯定饿死了。有一天，我从库房里出来，手里拎着一个肚子很大很鼓的死耗子，在后院里转了半天，竟想不出该把它扔在哪里。后来，看看周围没有别人，一时兴起，抬起胳膊，狠狠地把它悠了出去，眼看着它越过供销社高大的墙头，像一只活生生的鸟一样飞走了。正在暗自高兴，忽然听见外面的路上有人在骂骂咧咧地叫唤，好像是那个死耗子正好砸到了他的脸上。他没名没姓地骂人，还骂社会，骂这个世界，每一个对象都是那么的不堪和恶心，世界是谁的世界？是流氓王八蛋的世界，整个世界就是一包恶臭的脓。形状长得像鸡一样的鸟赶路似的从空中经过，不时地把自己不需要的用不着的东西扔下来，白色的、糊状的东西，有时候溅到墙上，如同墙上泅出的花。一个时期以来，经常有煮肉的香味神秘地出现，一旦出现，一旦流出，很快就像出笼的鸟一样展开了愉快的翅膀，越过山岗，越过河水，到处飘荡，到处扩散，越是在人多的地方就越来劲。那是一种无法按捺得住的气息，煮肉的人本身当然不希望它跑出来，但他们越是拼命地想把它们按住，严严实实地捂住，滴水不漏地包住，它们就越要想尽一切办法地挣脱出来，跑出来，不顾一切地到处奔跑。他们可以把它们的物质部分不容分说地按进锅里，煮熟，煮烂，煮得喷香诱人，但是，却无法将它们的精神也按进锅里一并煮熟。好在他们都算是一些唯物主义者，都相信物质决定精神，都相信他们连精神一并吃了下去，而不相信它们正在到处飘荡，像蛇芯子一样在到处忽隐忽现。叶书记，昨天晚上我在回家的路上又闻到了，我停下来辨别了一下方向，就是从西边来的，和咱们前两次判断的一样。能确定是什么肉么？能行，应该是狗肉，不过也有可能是马肉或驴肉。叶书记啊，他们把马从车上卸了，去掉笼头和鞍子，然后哄到一个地方。你是怎么知道的？听谁说的？我是这么想的。去告诉他们，让他们来吃我的肉好了，我准备把我自己提供给他们，把我这一百多斤连骨头带肉都交出去。叶书记啊，您的身体就是我们大家的身体，您的肉就是我们大家的肉，谁要是敢碰您一下，我们就和他没完。是的，她的头发，她的笑容，她的眼神，她的胳膊，都是属于大家的，这一点务必要使同志们都能明白，尤其是那些长期以来无论对什么人无论对什么事都怀揣着一种糊涂认识的人来说，就显得更加必要和重要，因为，有不少人，从其本性上来说，他们既不属牛，又不属马，而是属煤油灯的——不点不亮。你要是不去点，他永远也亮不起来。啊！我干娘的儿子就属于这种人，十年前我就看透他了，好多事情都逼得你主动开口，你要是不主动，等他主动，那就什么事也做不了。有人躲在暗中，目不转睛地盯着她看，嘴里像是爆发了一场革命，正在一遍一遍地咕噜咕噜地吞咽着贪婪的口水。叶书记，快回屋里去吧，这里有危险，有人在偷看你呢。什么，有这样的事？是谁？为什么不正大光明地过来看，而非要把自己缩起来，搞得诡诡秘秘？唉，有些事情一时半会儿说不清楚，不是一两句话能解释得了的，去草原上买马的人回来了。他们好像有事要报告呢。月亮升起来了，房子，庄稼，牛栏，路，一切都好像是到了水里，有的在微微地晃动，看上去似乎能折叠起来，能串成一串举起来。黑夜看上去要比白天干净一些，这是为什么？不能这么说，有人还认为是白天干净呢。是的，说得没错，亲兄弟之间也往往很难尿到一个壶里呢，更何况是毫不相干的人。一个东西，有人觉得是白的，有人就会说是红的，甚至是黑的，这里面究竟是那个东西有问题呢还是说话的人有问题？不知道。鸡叫过两遍了，露水才开始浮现，一点一点地聚集，最后形成，变得像眼泪一样。黑夜里常有呼哧呼哧的声音传来，声音是在一浪一浪的起伏中前行的，比鸡叫的声音要低得多，一会儿起来了，一会儿又下去了。这些年，我时常能从人们的脸上看到过去不曾留意的东西，终于明白无论革命，还是过日子，一年一年地活着，都是一件十分严酷的事情。犁地的，打铁的，熟皮子的，做孩子王的，甚至专门捆人的，没有谁能够不给自己留下相似的印记，就像一封封奇怪的信，主要的大部分的内容都密密匝匝地写在了信皮的外边，里面反倒没什么了，不过，要是硬去刨，也还是能够刨出东西来，毕竟不是真正的空洞，只是因为板结得过于死，风化得过于厉害，所以才如同空的一样。有一次，在河边，在小学里当孩子王的孙富仕对我说，太远的先不敢考虑，他给自己制订了两个五年计划。第一个五年计划里，争取努力奋斗一辆自行车、一台缝纫机；第二个五年计划里，主要奋斗五间新房。为什么是五间？两个儿子各住两间，他本人和女人住一间，这个理想要是实现了，他这一辈子也就没什么遗憾了，他会和他的女人两个人含笑九泉。不过，这可是块硬骨头，难啃哩，这和让我去攀登珠穆朗玛峰是一样的困难，孙富仕说。又说，如果到时候条件允许，我是说如果，万一，假如，真的有那种可能，我还想有一台照相机（我是不是有点儿贪心不足）。老万啊，你不知道我是多么地喜欢一台照相机，如果我真的有一台照相机，无论让我去照什么，我都愿意。说着，他用一根树枝，在河边的沙子上几下就画出一台照相机。他身上的那件中山装，他本人戏称为上朝时才穿的官服，已经补了好几个补丁了。我劝他先不要考虑照相机，先把照相机放下，照相机可以做为一个理想，一个幻想，远远地放在那里，反正它又跑不了，重要的是先一步一步地把另外的几件东西奋斗到手。孙富仕说，是的，你说的和我想的一样，我就是准备这么闹的，但是很不好闹。去年夏天的暑假里，他本来打算去煤窑上干一两个月装卸工，但后来突然被集中起来学习时事，不仅一分钱没挣上，还赔了几十块。我说，没挣上也就算了，怎么还能赔了？他说，怎么赔不了？死赔，铁定是要赔的，每天你总得吃饭吧，吃饭总不能白吃吧？都交了伙食费了。把我老婆气得，最少有一个星期没和我说过话，我愿意赔么，我还气呢。向日葵的头在河边转来转去，蚂蚱干瘦干瘦地叫着，天上一贫如洗。有一天是个星期天，我们在后院里收购黄麻草，忙不过来，小伍说，叫个人来帮忙吧。叫人来帮忙是要付报酬的，我也正在这么想。小伍说，叫谁来呢？我说，去叫孙富仕吧。小伍说，小学里的那个老师？我说对。后来，孙富仕很快就来了，又是抬秤，又是弯下腰抱草，干得非常卖力，最后还把院子认真地扫了一遍。天上的星星都出来了，蚂蚁在地上窜着，正在扛着粮食回家，河里的水蓝乌乌地流着，公社的灯还亮着，我注意到巡逻的民兵出来了，一个身上背着口袋的人正在敲临街的一户人家的门，看见一个长着一张国字脸的民兵正向这边张望着并露出一线狐疑时，急忙钻进旁边的一个马棚里，背着口袋蹲了下去，马棚前面的一截抹着黄泥的短墙成功地掩护了他。在公社通往外界的一条大路上，民兵们手里挥舞着手帕般大小的小红旗，不时地有可疑的人和车辆被截住，姓名，籍贯，年龄，政治面貌，婚否，是否健康，是否原配，何年何月在何地受过何种奖励，何年何月在何地受过何种处分，家庭成员，主要社会关系，从哪里来，要到哪里去，祖上是否有人参加过皇协军、三青团或一贯道、哥老会？……蝙蝠肥软的肚子热烘烘地擦着人的耳朵飞过，女人尖厉的声音透过烟雾箭一样地从屋里射出来，将正从门外回来的男人射得目瞪口呆，人仰马翻。张德龙，操你祖宗！骂声让男人渐渐地缓过神来，男人镇定了一下后，说，别忘了你是个女人，母的，张口闭口就操啊操的，你拿什么操？想操你还得有东西呢，你告诉我你拿什么操？女人气急败坏地说，别管我有没有东西，我就要操！男人说，想操你就操去吧，反正他们也听不见。院子里的烟雾多得放不下了，越过墙头，溢到街上，到处都能听见羊的叫声，中间还夹着牛的浑厚的声音。山头是黑的，山上白色的标语像是在向前运动，定睛细看，却又一动不动地趴在山上。万年青同志，你说说看，我现在还是尖蚂蚁公社的书记么？为什么要这样说呢？当然是，这一点没有人能否认。我的话你还听么？当然听，作为公社书记，你的话我要听，作为一个女人，你的话我更愿意听。很好，那么，万年青同志，现在我命令你过来，把我抱住。叶书记啊，我有什么做得不对的地方，请您尽管批评，怎么骂我都行，只是别用这种话来吓我。我没有吓你，我吓你了么？我就是让你把我抱住。叶书记啊，那怎么能行？我不敢啊，借给我一百个胆子我也不敢。刚才还信誓旦旦地说要听我的话，怎么转眼就不听了？是不是看我已经没前途了？不是的，叶书记，我是真的不敢啊，这太突然了。不要怕，是我让你这么做的。叶书记啊，我做梦也不敢梦这样的事。别那么没出息，以前你没想过是对的，从现在开始想也不算晚，来吧，我等着呢。……就抱一下么？听着，不仅要抱，而且要抱紧，不能敷衍了事。叶书记啊，我豁出去了，我不要命了，把你抱疼了你可不要叫唤。叫唤是必要的，怎么能不叫唤呢，关键的时候是要叫的。叶书记啊，我想通了，没有什么大不了的，脑袋掉了不过碗大个疤，二十年后会又有一个万年青。好啦，这就好了，万年青同志，请再紧一点。叶书记啊，还不够紧么？万年青同志，你是个好同志。啊……每天清晨，麻雀最先醒来，互相交谈，议论时事，随后，蓝色的阳光一片一片地铺展开，牛车掀开霞光，叮咚叮咚地从薄雾里出来，从坝上走过……啊，万年青同志，尖蚂蚁好像又出来了……叶书记，我来的时候，看见武装部的几个人在曾部长的带领下，正在擦枪……啊，让他们擦去吧，最近有敌情……叶书记啊，你像海一样深……万年青同志，你最主要的问题还是勇气不够，啊，这就好了……红日跃出东海，叶书记啊，你就像大海，太平洋……万年青同志，你真是让我吃惊啊！当初让你当供销社的副主任，真是委屈你了……叶书记啊，快别这么说，我很满足呢，我很高兴。我是一个乐观主义者，别说让我当副主任，当那么大的官，就是让我去公社食堂里剥葱剥蒜，我都愿意呢……莜麦长高的时候，就像是一片一片的青绿的湖水，波光荡漾，白翎鸟清脆地叫着，不时地从上面飞过。在湿润的空气里，沙枣花的香气在方圆几里内的地方轻轻地弥漫着，扁豆在慢慢地伸腰，因为担心伸得太猛会因此岔气而一点一点地舒展，张弛。叶书记，我该怎么做呢？都这么大的人了，还用我教你么？一个好的干部，要善于创造性地开展工作，做出别人不能做也做不到的壮举，要多动脑子，胆大心细，有条件要上，没有条件创造条件也要上。困难是什么？困难就是一只尖蚂蚁，你要是把它捉住了，它就会乖乖地听你的，你让它往东，它不会往西，可是，你要是捉不住它，你就会有遭不完的罪。叶书记，这话我信，可是，我好像越来越捉不住了。发生了什么事？叶书记，我的工作没有做好。来，万年青同志，让我们学习一段，当我们在实际中遇到困难的时候，看看我们应当怎么办？我们的同志，在困难的时候，要看到前途和光明，要提高我们的勇气……来，万年青同志，让我们大声地念出来。可不敢念啊叶书记，千万不敢念出来。要是念出来，我们就都完了，别人会听见的。听见又怕什么，我们是在学习，是在实践中锻炼和提高自己。叶书记，还是让我自己想办法吧，给我一点儿时间，我会想出办法的。雨，下了一会儿后又停了，路上的沙子开始慢慢地变红，变黄，粉红，棕黄，橙黄，白芨芨咪咪地从根部冒出来，一丛紧挨着一丛，云彩盘成兔子的形状，一看见梁上有人上来，有车出现，马上就变成了烟的样子，马车咕噜咕噜地走着，她们在车上说的话被风送得很远，在四月的山梁上小跑。娘舅，小姐妹，画眉鸟，金盏花，疏松的木门在远远地启合，一会儿关上了，一会儿又开了，那吱吱呀呀的转动声让人牙根又酸又痒。叶书记啊叶书记，亲爱的叶书记，报告您一个好消息，我想出办法了。什么？这是真的么？当然是真的，这种事情，来不得半点儿虚假。啊……啊哈……你这个万年青啊，有时候真像是一个淘气的孩子，啊……你这个……什么？说我是个孩子？孩子就孩子吧……流星划过山梁，一头栽进沟里，树木在低吟浅唱，暗红色的围巾在山梁上越飘越远，后来终于再也看不见了。贾主任啊，把我也发配到皮条窑去吧，我的心在那里——贾主任意味深长地微笑着，狞笑着，将一个沾满了思索和忧虑的烟头准确地送进炉膛里，然后转身离去。就在他离去后不久，雨又下起来了，先是铜钱大的雨点，像是一分二分的钢镚，在地上乱滚乱蹦，像是一个失去控制的无数人参与的赌钱的场面。啊，它们瞎蹦什么？为什么不到它们应该到的地方去？到哪里？这还用问么，比如，到胡木刀同志的口袋里去。当年，它们要是蹦到了胡木刀的口袋里，他也就不会犯错误了，更不会送了命。万年青同志，不要松懈，帮我过了眼前这个坎……叶书记，被敌人反对的事不是坏事，而是好事。

你说什么？啊，这句话我也学过，我怎么就忘了呢？感谢你万年青同志，感谢你在这个时候把它说出来，这对我来说太重要了，太顶事了！不怕你笑话，我目前就需要这么一剂强心的针，人有时候需要的并不是金山银山，而仅仅就是一句话啊。满地的铜钱都被收起来了，那些一分二分的钢镚也不再乱滚乱蹦，雨水变成麻绳粗的雨线，一根一根地从树上垂下来，一把一把地从屋檐上顺下来。到了夜里，雨停了，月亮出来了，又是一个下弦月，又是那种淘米水一样的月光。

世界，你这个苦难的人间啊。

2014年10月18日下午写毕
2015年11月3日改定